Capucine Jean-Jean

Ïlqana

Prologue

Ma main s'avance vers l'eau dormante de l'étang. Les reflets de lumière dansent sur sa surface, tels de véritables joyaux.

Mes doigts se tendent pour effleurer ces éclats. Mais à peine au contact du liquide que ce dernier se redresse pour hâper mon bras.

Je pousse un cri de surprise alors que je me sens tomber . L'écran scintillant et glacial se déchire sous le poids de mon corps.

Je chute vers le haut, au milieu des troncs d'arbres. Leurs branches se courbent vers moi, et je les sens s'enrouler autour de mes membres avec une délicatesse peu commune.

Je cherche la lumière de la surface mais mon regard ne trouve que la forêt, immergée par cette eau devenue transparante et visqueuse.

Je tombe et me rapproche des feuillages. Un rire attire mon attention.

Je tourne la tête, mais ne vois que les arbres. Leurs écorces rougeoient sous l'effet des rayons du soleil couchant. Jamais je n'ai vu une telle couleur. A peine mon attention dessus que le bois se met à couler tel des trainées de sang. Il recouvre lentement les troncs avant de se déverser jusqu'à atteindre les feuilles. Les rayons du soleil jaillissent au milieu des branches. Mon corps atteint finalement les feuilles. Il se presse sous l'effet de mon corps,sur ce matelat moelleux et douillet.

A peine mon dos en contact avec cette nouvelle surface que la lumière explose tout autour de moi et fait disparaître les troncs et l'étang sous mes yeux.

Un inconditionnel bonheur m'envahit face à tant de beauté.

"Altesse ? Altesse Théa ?

Je me redressai en sursaut dans mon lit, un sourire immense sur mon visage. Mon rire jaillit de mes lèvres.

Je m'étirai au maximum, les bras levés au dessus de la tête.

-Olia ! Je viens de faire un rêve incroyable ! Je sens que ça va être une journée merveilleuse !

-Mmh…..

Le râclement de gorge masculin finit par m'interpeler. Je ramenai mon regard devant moi et écarquillai les yeux de surprise.

Je baissai d'instinct le regard vers ma chemise de nuit et réalisai le décalage de mon col. Mes mains remontèrent aussitôt la couverture sur ma poitrine.

-Que faites-vous ici !? M'écriai-je, outrée. Olia !

Les douze membres du Conseil se tenaient aux pieds de mon lit, leurs regards braqués sur moi, la mine grave.

-Je suis désolée Princesse, m-mais ils ne m'ont pas laissée le choix……

Je plissai les yeux, mon visage échauffé par la colère et l'embarras.

Avant que je n'ajoute quoi que ce soit, Sëgga Dhymaqî intervint d'une voix dure.

-Pardonnez-nous notre intrusion Altesse, mais un messager vient d'arriver. Votre père, feu l'Ïlqa Léandre Vämïga, est tombé au Front."

Chapitre 1

Le corps de mon père arriva le jour suivant, transporté du Front.

Depuis la veille, j'avais entrepris de préparer au mieux les funérailles en attendant l'arrivée du corps. J'avais espéré qu'Eryn soit avec moi, mais ma soeur s'était isolée dés l'instant où l'annonce lui avait été faite. Je ne pouvais pas lui en vouloir. Après tout, j'étais l'aînée et c'était à moi qu'incombait la tâche des préparatifs. Sa présence m'aurait néanmoins soutenue et je regrettais son isolement.

Le corps fut confié à des serviteurs afin d'être nettoyé. Je dus dépêcher plus d'une centaine de crieurs afin d'annoncer la nouvelle dans tout le pays. Les nobles des quatre coins d'Hîsöq arrivèrent, et certains voulurent se loger au palais, le temps des funérailles ce qui nécessita la préparation de repas supplémentaires, ainsi que de l'aile des invités.

La cérémonie fut prévue une semaine plus tard.

Vêtue, je quittai mes appartements, nerveuse. Je n'avais plus fait d'enterrement depuis la mort de ma mère, ce qui remontait à une dizaine d'années. Je craignais d'avoir oublié des détails, ou des personnes à inviter. Les nobles m'en voudraient-ils si tel était le cas ?

Ou mettraient-ils ça sur le compte de l'émotion ?

Tel que je les connaissais, ils prendraient probablement mon erreur comme un affront.

Je fis défiler leurs visages dans mon esprit.

Non, a priori tous avaient bien été conviés.

-Princesse ! Princesse Théa !

Prête à quitter le palais, je me retournai et découvris avec surprise Emile, l'intendant.

Essoufflé, il courait vers moi, le visage pâle, son costume blanc de travers.

” Ouf !…Je vous ai trouvée ! Je craignais de ne pas vous atteindre à temps !

-Que se passe t-il Emile ?

-Des paysans sont arrivés. Ils exigent de vous voir.

J'écarquillais les yeux.

-Quoi ? Maintenant ? Mais, la cérémonie va bientôt commencer !

-C'est ce que je leur ai dit ! Mais ils prétendent avoir fait un très long voyage pour vous voir et à présent ils veulent repartir au plus vite.

Je regardai la porte, puis ramenai mes yeux vers l'intendant.

Je n'étais pas encore Ïlqana, recevoir ces gens m'était-il obligatoire ? Surtout à un moment pareil ?

En même temps, les Vämïga, ma famille, étions au pouvoir précisément pour le peuple. Pour les protéger et les écouter.

Je levai les yeux au ciel.

-Aaaah….C'est pas vrai !Ils ont vraiment choisi leur moment ! Excusez-moi auprés du Patriarche pour le retard Emile, voulez-vous ?

-Bien entendu Altesse.

Je fis donc demi-tour pour me rendre à la salle d'audience.

Les gardes me saluèrent alors que je passai les portes. Je trouvai un petit groupe de personnes immobiles et proches les uns des autres. Leurs regards détaillaient l'immense pièce dans laquelle ils se trouvaient.

J'inspirai profondément pour effacer au mieux mon agacement, et m'approchai.

-Bienvenus à Sehla Mesdames et Messieurs. Je suis Théa Vämïga, la fille aînée de feu l'Ïlqa Léandre. Je suis navrée de vous avoir fait attendre. La cérémonie d'adieu est sur le point de commencer.

-Nous avons appris la mort de l'Ïlqa en arrivant dans la ville en effet, acquiesça une femme, la mine sombre.

Je me tins devant eux, trop nerveuse pour rester assise. Ils n'étaient pas nombreux.

-Que puis-je pour vous ?

-Altesse, nous venions à vous pour vous demander des soldats.

J'écarquillai les yeux.

-Et pourquoi donc des paysans me feraient-ils une telle requête ?

-Les Peurs adorent se dissimuler dans les champs et elles nous agressent durant notre travail. Cela s'est toujours déroulé ainsi, mais cette dernière année, leur nombre est devenu tellement élevé que nous craignons de nous rendre aux champs.

-Ce qui ne fait qu'augmenter encore plus leur nombre, grimaçai-je.

-Nous avons songé qu'avec des soldats pour nous protéger, notre travail serait plus facile. Nous n'aurions pas besoin de nous relayer pour faire le guet à tour de rôle.

Les cloches retentirent à cette seconde, pour indiquer le commencement iminent des funérailles.

Je serrai les poings, et m'obligeai à réfléchir calmement, en vain.

-C'est entendu. Je détacherai une garnison de Sehla afin de vous accompagner.

-Il ne s'agit pas seulement de nous Altesse. Nous savons que les villages voisins sont dans la même détresse.

-Eh bien, j'augmenterais le nombre de soldats dans tous les villages, et certains devront assurer votre sécurité dans les champs.

-Mais….Altesse….Il faudrait un nombre vraiment important de soldats pour une telle tâche. Nous n'avons pas autant de garnisons disponibles….., me souffla Emille.

-Et bien je ferais revenir des soldats du Front dans ce cas !

-Alors qu'ils se font déjà massacrer, vous voulez diminuer leurs rangs ? S'inquiéta l'homme tout bas.

Je levai les yeux au ciel et retins un grognement.

-Ne peut-on pas reprendre cette conversation après la cérémonie ? Je ne suis même pas encore Ïlqana !

-Mais dans les cas d'urgence, vous pouvez prendre des décisions de ce genre, fit l'intendant.

Je pressai mon crâne.

Réfléchis Théa….Réfléchis !

Si je ne pouvais envoyer plus de soldats pour protéger les villageois, que pouvais-je faire de plus ?

Interdire aux paysans de se rendre aux champs ?

Ils nourrissaient toute la population. Un tel ordre risquait de nous conduire à la famine.

Les forcer à se rendre aux champs en ordonnant aux soldats de les y obliger ?

Les fermiers auraient certainement encore plus peurs et se feraient massacrer par les Peurs avant même d'atteindre leur poste.

Rapatrier des soldats du Front ?

Les Peurs maintenues aux frontières du pays risquaient de briser les lignes de défence et de déferler sur Hîsöq, ce qui condamnerait tout le monde !

C'est pas vrai !

Qu'aurait fait Père à ma place ?

Je grimaçai.

Il avait choisi de combattre au Front avec les soldats pour ne justement pas avoir à résoudre ce genre de problèmes. Personne ne le lui avait reproché ce manquement vu qu'il mettait déjà sa vie en jeu pour protéger le pays.

Il n'empêche que les fermiers continuaient de se faire massacrer. Et ils espéraient que moi, à l'inverse de mon père, j'ai une solution à leur proposer pour les protéger.

-Très bien….Messieurs…Avez vous des musiciens chez vous ?

-Des musiciens ? Heu…oui, bien sûr que nous en avons….Ils sont certainement moins doués que ceux que vous avez ici mais….

-Vous appréciez leur musique ? Quel effet a t-elle sur vous lorsque vous l'écoutez ?

Je vis les regards s'échanger dans le groupe.

-Eh bien….Elle nous fait voyager….Enfin….rêver….Je….

-C'est le cas de vous tous ?

Les mines perplexes, les fermiers acquiescèrent.

" Très bien….Je veux que vous formiez des groupes de travail. Et chaque groupe devra avoir un soldat pour vous défendre en cas d'attaque, et un musicien qui devra jouer pour vous divertir pendant que vous vous occupez de vos champs.

-Mais…la musique n'a jamais protégé quiconque des Peurs….,lâcha une des paysans.

-En effet. Mais elle vous fait rêver et si vous rêvez, vous n'êtes pas en train de vous effrayer du moindre mouvement ou bruit alentour. Par conséquent, vous aurez moins de risque de voir apparaître des Peurs. Apportez-moi du papier et de quoi écrire Emile, s'il vous plait.

-Bien Altesse….Oh…Mais attendez, nous allons vous porter une tabl….

Accroupis devant mon siège pour y poser la feuille dessus, je rédigeai le nouvel édit. Je sentais les regards appuyés sur mon dos tourné.

-C'est inutile, j'ai presque terminé.

Je secouai finalement la feuille de façon à faire plus rapidement sécher l'encre et la tendis à l'intendant.

-Je vous charge de diffuser cette nouvelle loi. Tous les paysans devront être accompagnés de deux ou trois personnes capables de se battre et d'un musicien.

-Bien Altesse. Cela sera fait dans l'heure.

-Excellent. Messieurs ? Y a t-il autre chose que je puisse faire pour vous ?

-Heu…N-non….Mais….Vous êtes sûre que…

-Oui….ça fonctionnera….Si vous n'avez plus rien à ajouter, veuillez m'excuser mais je dois me rendre aux funérailles. Vous pouvez rester au palais pour vous reposer et ne partir que demain. Demandez à Emile si vous souhaitez vous restaurer avant le départ. Si vous préféez nous quitter dés maintenant, qu'il en soit ainsi. Des provisions vous seront données pour le voyage. Gardes !

-Majesté ?

-Je veux que quatre des vôtres raccompagnent ces personnes chez elles. La route n'est pas sûre.

-Bien Altesse.

Je saluai les fermiers quelques peu désorientés. Visiblement, tout allait un peu vite pour eux.

-Je suis navrée mais je dois vraiment vous laisser.

-Merci de nous avoir reçu Altesse.

Ils s'inclinèrent avec gaucherie, embarrassés. Puis ils repartirent, accompagnés des gardes.

-Altesse....Des musiciens ? Pensez-vous sérieusement que ça changera quoi que ce soit ?

Je me tournai vers Emile.

-Mon père ne comptait que sur la force de combat et les Peurs sont toujours aussi nombreuses, contrairement à nos soldats. Je n'ai pas le choix. Il me faut envisager d'autres moyens de combattre les Peurs. Faire oublier aux paysans leurs frayeurs par la musique est une possibilité, mais je n'ai aucun moyen de savoir si elle fonctionne avant de l'avoir testée. Par conséquent nous verrons. Allons-y à présent Emile. Tout le monde doit nous attendre.

-Oui Altesse, acquiesça l'homme."

Les cloches ne cessaient de sonner dans toute la ville.

Le carosse s'arrêta face au temple immense. J'observai laa foule s'introduire à l'intérieur en une masse compacte et je n'eus aucune idée de comment j'allais faire pour passer.

L'ouverture de la porte du carosse m'arracha de mes réflexions.

"Altesse.

Je bondis à terre, les pans de ma robe de deuil serrés entre mes doigts, sans voir la main que le lad m'offrait. Les nuages s'amoncelaient dans le ciel, réduisant toutes les couleurs environnantes en une déclinaison infinie de gris.

-Merci.

Mon escorte descendit de cheval et vint m'encadrer.

Je m'avançai à mon tour vers l'entrée. Malgré mes craintes, la foule s'écarta sur mon passage.

-Altesse !

-Altesse ! Protégez-nous !

-Le dernier Vämïga est mort ! Croyez-vous vraiment qu'une femme pourra nous protéger là où même un valeureux guerrier a échoué ! Nous sommes fichus !

Je cherchai le crieur du regard mais la main d'un garde m'invita en douceur à poursuivre mon chemin vers le temple, sa main sur mon bras.

-Ne leur prêtez pas attention Altesse. Ils ne savent pas ce qu'ils disent.

-L'Ïlqa n'aurait jamais dû rester autant sur le Front ! Il a abandonné son peuple ! Il a fui ses responsabilités !

Je voulus me retourner, outrée, mais mon escorte m'en empêcha.

-Laissez-le dire. Ce n'est qu'un sombre crétin. Votre père était admiré des hîsöqii.

J'obéis, le sang bouillonnant de colère.

La fraîcheur du temple et ses senteurs d'encens frappèrent mon visage et balayèrent d'un coup mes sombres pensées pour me ramener dans la réalité de l'instant.

Mon père était mort.

Cette vérité serra mon coeur et ma gorge se noua.

J'aurai aimé être seule afin de libérer les larmes que je sentais monter à mes yeux.

Mais le moindre signe de faiblesse en public pouvait être très mal interprêté par les présents. Lorsque les hommes voient leurs pires cauchemars devenir réalité, ils s'accrochent au moindre espoir pour continuer à vivre. Mon père représentait cet espoir et désormais c'étaient à nous, ses filles, de l'incarner.

Mes pas résonnaient sur le carrelage en pierre taillée. La nef s'étendait sous mon regard, et m'apparut d'une longueur interminable, tandis que les visages des présents se retournaient sur mon passage. J'aperçus le banc en première ligne, destiné à la famille du défunt et aux proches.

Je me mordis la lèvre inférieure, le coeur emballé.

Eryn n'était pas encore arrivée.

J'avais espéré la voir là, mais le banc brillait par son absence.

Je m'installai.

La basilique se remplissait rapidement, les discussions chuchottées répèrcutées contre les voûtes et amplifiées.

Je sentais les regards de la foule appuyés sur mon dos. Je serrai mes mains moites sur mes genoux et luttai pour ne pas me tasser sur moi-même.

Mon ventre se tordait depuis que l'on m'avait annoncée la funeste nouvelle..

J'aurai tout donné pour être seule.

Une ombre passa prés de moi.

Je me redressai.

-Eryn ! Enfin te voil…..

Mes mots s'étranglèrent dans ma gorge lorsque je vis des visages inconnus s'installer à mes côtés.

-Pourquoi personne ne vient ici. Ce sont pourtant les meilleures places ! Pardon jeune fille, cela ne vous dérangerait pas de vous décaler un peu ?

Je fixai la femme avec stupeur. Son doux sourire étouffa les mots secs que je m'apprêtai à prononcer. Elle était accompagnée de trois garçons d'âges différents. Le plus âgé n'avais pas quinze ans.

Je vis d'un coup d'oeil les gardes prêts à intervenir mais secouai la tête.

-Pardonnez-moi Madame…Mais je ne peux vous laisser vous installer ici. Je vous demande de bien vouloir prendre place ailleurs.

Elle me dévisagea d'un air outré.

-Mais….Comment osez-vous me parler sur ce ton jeune fille !? Ce banc est à la meilleure place ! Si nous partons d'ici, nous allons nous retrouver tout au fond du temple !

-Théa ?…Excusez-moi, vous n'auriez pas vu ma soeur ? Théa ? Théa ?

Je tournai la tête à l'appel de mon prénom. Le soulagement m'envahit lorsque je reconnus le visage familier qui avançait dans la nef, ses yeux scrutant les visages à la recherche du mien. Je levai la main.

-Eryn ! Eryn par ici !

Ma soeur leva les yeux et un sourire vint fendre son visage lorsqu'elle m'aperçut.

-Ah ! Te voilà enfin ! Tu sais que je te cherche partout depuis ce matin ?

Elle voulut s'approcher de moi mais la famille lui bloquait le passage, toujours installée sur le banc.

Elle fronça les sourcils.

-Tiens ? Bonjour ? Vous êtes de la famille Vämïga ? J'ignorai que nous avions d'autres parents encore en vie…..

-De la famille Vä…..(La mère de famille posa son regard sur ma soeur, puis sur moi. Elle écarquilla les yeux sous le choc et se leva d'un bond.) Veuillez me pardonner je….je n'avais pas compris……Je….

-Tout va bien ! Assura Eryn en tapotant l'épaule de la pauvre femme d'un geste rassurant. Si vous êtes prête à mourir pour une noble cause, alors nous sommes toutes disposées à vous adopter vous et vos enfants ! Pas vrai Théa ?

Je parlai entre mes dents.

-Eryn, veux-tu bien baisser d'un ton s'il te plait ? Assis-toi maintenant, avant de tomber par terre. Qu'est-ce qui te prend ?!

-Oh…..Regarde-les….Ils s'en vont….Théa, tu leur as fait peur avec ton grincement de dents.

Je pressai mes sourcils de ma main.

-Pitié Eryn parle moins fort. J'ai l'impression que l'on entend que toi….

Elle se laissa tomber à mes côtés et me donna un coup d'épaule.

-Mais non, personne ne nous prête la moindre attention je t'assure !

La musique démarra.

Nous nous levâmes tous dans un même mouvement.

Je tournai la tête vers les grandes portes. Elle s'ouvrirent et le brancard sur lequel était déposée la dépouille de notre père s'avança. Des cris me parvinrent de l'extérieur.

-Vämïga ! Occupez-vous de votre peuple !

Les soldats postés à l'intérieur de la basilique accoururent pour prêter main forte aux gardes qui peinaient à contenir la foule hors des murs de l'édifice.

Quatre porteurs se chargeaient de transporter le mort jusqu'à l'hôtel où le Patriarche se tenait dans son habit blanc.

Derrière, les doubles portes se refermèrent avec lourdeur sous les cris de protestation de la foule encore amassée dehors.

J'inspirai profondément, le coeur battant, soulagée de voir la dépouille de notre père avancer sans encombre vers l'hôtel où attendait le Patriarche.

La main de ma soeur aggrippa mon bras.

-Théa, je crois qu'il y a encore du monde dehors.

Elle semblait inquiète. Je lui tapotai doucement la main.

-Ne t'en fais pas, ça va bien se passer.

-Ah bon….D'accord….

Elle m'offrit un sourire confiant et ramena son regard vers l'autel.

-Altesses ?

Je me tournai vers le Patriarche et croisai son regard désapprobateur.

-Excusez-nous…..Je vous prie de bien vouloir commencer Patriarche.

Il acquiesça et ramena son attention sur la foule.

-Nous voici tous rassemblés en ce jour sombre, pour offrir nos derniers adieux à l'Ïlqa Léandre Vämïga, fils de Jilan et Clisop Vämïga. Léandre Vämïga était un guerrier et il consacra sa vie d'Ïlqa à la défense du royaume. C'était également un homme bon, qui croquait la vie à pleines dents. Jamais un Vämïga ne prôna autant que lui la nécessité de profiter des joies de l'existence et de se réjouir de toutes celles qui passaient. Malgré…..

-Vous pensez probablement que les Peurs sont c'qu'il y a de pire….

La chanson retentit à mes côtés. Je donnai un coup de coude à Eryn pour la faire taire. Imperturbable, le Patriarche poursuivit sans se laisser interrompre.

-…..des années à combattre sur le Front, il n'a jamais cessé d'espérer la paix et il suffisait de croiser cet homme pour comprendre qu'il n'attendrait pas qu'elle arrive pour être heu…..

-Mais laissez-moi conter toute l'horreur que vous n'pourrez prédire….

-Eryn ! Arrête de chanter, soufflai-je, le visage en feu. Tu ne vois pas que tu déranges tout le monde ?

-Filles Vämïga ? Vous désirez énoncer quelques mots ?

Je relevai la tête vers le Patriarche qui nous dévisageait avec bienveillance.

-Pardon….N-Non….Nous….

-Oui, j'ai quelque chose à dire.

Eryn passa dans mon dos sans douceur et marcha dans l'allée principale avant que je n'ai le temps de réagir. Elle s'approcha du Patriarche et lui offrit un large sourire avant se tourner vers la foule. Elle ouvrit les bras pour tous nous englober.

-Mon père….détestait ce genre de cérémonie. Tous ces grands discours où chacun fait semblant d'être malheureux. Ça pue l'hypocrisie à plein nez !

Je tournai la tête lorsque des cris choqués retentirent de partout. Eryn ne se laissa pas démonter et releva le menton.

" Il y a une vérité que vous semblez avoir oublié, et qu'il me parait important de souligner. C'était un Vämïga ! S'exclama t-elle avec fierté. Et en tant que tel, son courage lui a valut de ne créer peut-être que cinq ou dix Peurs sur toute sa vie ! Soit environ cent fois moins que chacun d'entre vous !

Le silence retomba aussitôt. Ma soeur acquieça, comme si chacun approuvait ses dires.

-Eeeeh oui…..Par conséquent, toutes les Peurs qui ont fini par le tuer….. ce n'étaient pas les siennes, mais les vôtres. Théa et moi sommes entourées des assassins de notre père !

Les protestations retentirent de plus belle dans toute la basilique. Eryn fit front, impertubable. Elle finit par offrir un large sourire à la foule.

" Vous savez ce qu'aurait aimé mon père pour ses funérailles ? Une bonne chanson de son cru ! Et j'en ai justement une en tête.

-Non, Eryn arrête.

Je fis mine de me lever, certaine que la catastrophe allait survenir d'un moment à l'autre. Mais ma soeur se hissa sur l'autel sans prêter la moindre attention aux protestations du Patriarche. Elle offrit un immense sourire à la foule médusée.

"Vous pensez probablement que les Peurs sont ce qu'il y a de pire.
Mais laissez-moi conter toute l'horreur que vous n'pourriez prédire
Il suffira mes chers messieurs
De croiser une belle femme
Pour la mettre dans votre pieux
Vous lui déclarerez vot'e flamme.
Mais une fois consommée,
Elle vous en f'ra baver !
Alors vous rêverez
D'une belle liberté
Deux possibilités,
Du rhum et une épée !
Vous partirez au Front d'un bon pas guilleret !
Heureux de vous défouler sur not'e enn'mi juré !
Ce que cette chanson,
Nous apprend comme leçon,
C'est que pour être un bon trouffion
Faut une femme pendue aux roustons !"

Le poing levé en signe de victoire pour appuyer les derniers mots de sa chanson, Eryn partit dans un grand éclat de rire sous nos regards médusés.

Je m'approchai d'elle d'un pas décidé, les mâchoires serrées.

-Maintenant ça suffit Eryn. La douleur te fait perdre la tête ! Reviens à ta place à présent, que nous puissions rendre correctement hommage à notre père ! Il l'a mérité tu ne crois pas ?

Elle se dégagea d'un mouvement brusque de ma poigne tandis que je la tirai vers le banc.

-Rendre hommage à notre père ! Bien entendu Théa que je le veux ! Mais je ne comprends pas pourquoi tous ces gens sont ici !? Ils n'ont rien à faire là !

-Eryn ! Arrête de dire n'importe quoi, c'était l'Ïlqa ! Par conséquent les hîsöqii sont tous concernés !

-Tu n'as jamais créé la moindre Peur Théa ! Et les rares que j'ai moi-même eu datent de mon enfance et ont toutes été tuées. Pourtant, notre père a été assassiné par une Peur. Si ce n'est ni la tienne, ni la mienne, alors il s'agit de la leur ! Je refuse que ses assassins assistent à ses funérailles !

Je sentis mon sang déserter mon visage face à sa mine sereine, comme si elle énonçait une évidence à ses yeux.

J'entraînai ma soeur vers la porte latérale la plus proche, le visage blême de colère.

-Tais-toi Eryn !

-Il méritait mieux ! Insista t-elle en tendant le bras vers la foule. Mieux que des hypocrites, des meurtriers et des lâches ! Réfléchis Théa ! Qui accepterait à la cérémonies les assassins de son proche décédé ! Ah ah ah ! C'est le monde qui marche sur la tête !

-Il suffit ! Il est hors de question que je me laisse insulter par une gamine ! Vämïga ou pas, ce n'est pas tolérable !

Je me retournai lorsque les centaines de présents se levèrent et se mirent à hurler leurs protestations.

Eryn éclata de rire.

-Mais oui ! Allez-y ! Vous ne savez qu'aboyer mais il n'y a pas de dents dans vos gueules ! Voici toute la différence avec notre famille. Nous sommes silencieuses, mais lorsque nous attaquons, nous apportons la mort à chaque fois !

Le râclement des bancs envahit la basilique.

-Allons allons ! Un peu de tenue ! Nous sommes tous ici réunis pour rendre un dernier hommage à l'Ïlqa ! Intervint le Patriarche. Ah !

Je tournai les yeux et découvris les soldats qui venaient de s'interposer entre la foule et nous.

Ma soeur se débattit de plus belle entre mes mains.

-Lâche-moi Théa ! Laisse-moi leur dire le fond de ma pensée !

-Je crois que tu as été on ne peut plus claire Eryn ! Grommelai-je entre mes dents. Mais qu'est-ce qui t'arrive ?!

-Altesses, par ici !

Je levai les yeux vers les deux gardes qui vinrent m'aider à retenir ma soeur qui se démenait pour échapper à ma poigne.

Nous étions presque à la porte.

Je sursautai en entendant le brusque vacarme dans mon dos.

Je découvris les bancs de devant renversés sur le sol tandis que la foule se débattait avec les gardes pour nous atteindre.

Un chandelier en fonte s'écroula à son tour sur le dallage, sous le regard horrifié du Patriarche, complètement dépassé par la situation.

-Vous êtes sur un sol consacré ! Comment osez-vous profaner un tel lieu !?

-Les Vämïga se fichent de nous ! Ils ont un pouvoir qui les protège des Peurs et refusent de le partager pour garder le contrôle sur le peuple ! Voilà la vérité ! Un tel égoïsme ne donne pas lieu à une cérémonie dans cette basilique !

-Ils osent nous diriger alors qu'ils ne connaissent rien à la peur !

Je devais garder la tête froide.

Quitter les lieux pour ne pas envenimer la situation, ou riposter pour sauver l'honneur de ma famille.

-Altesse, il faut que vous partiez !

Je tournai la tête vers le garde au visage alerte et inquiet.

Je serrai les poings.

-Je vous confie ma soeur.

Je retournai vers la foule, maintenue à distance de nous par les soldats. Je montai les trois marches qui menaient à l'hôtel pour pouvoir être vue et fis fasse à la foule furieuse.

-LA FERME !

Mon hurlement claqua dans l'air, et recouvrit le brouhaha ambiant. Les yeux surpris se levèrent vers moi. La foule me fixa avec incompréhension.

-Comment osez-vous ! Nous sommes dans un lieu sacré, pour rendre hommage à un homme qui a sacrifié sa vie entière à la défence de ce pays ! Et vous êtes tous là à souiller le nom de notre famille !? C'est donc ça votre reconnaissance envers cet homme qui vous a aimé au point de faire la guerre durant prés de quarante ans ?! Qu'y a t-il d'égoïste là dedans ? Hein ? Ma soeur est assaillie par le chagrin et elle n'a pas fait l'effort de tourner ses phrases de façon à ne blesser personne. Néanmoins ce qu'elle a énoncé n'est que la stricte vérité ! Mon père est mort par une Peur que vous avez créé ! Tout comme le reste de notre famille d'ailleurs ! Il n'avait pas de pouvoir magique qui l'empêchait de créer des Peurs. Il était juste courageux ! Et ce courage, il le trouvait parce qu'il vous aimait profondément ! Il aimait cette terre et il aimait son peuple ! Au point de prendre sa défense plutôt que de passer du temps avec sa famille ! Et c'est grâce à cette volonté sans faille à vouloir vous protéger que vous êtes encore en vie ! C'est pour cet homme que nous sommes tous réunis ici ! Honte à vous qui voulez nous chasser des funérailles de notre propre père parce que votre amour propre a été froissé ! Si vous n'êtes ici que pour les apparences, je vous demande partir. Si par contre vous respectiez réellement l'Ïlqa et que vous souhaitez lui rendre un dernier hommage et le remercier pour son sacrifice, alors vous êtes la bienvenue à cette cérémonie. Quoi que vous choisissiez, faites le tout de suite que nous puissions repprendre cette cérémonie !

Un silence penaud suivit mes paroles tandis que je fixai la foule avec sévérité. Il était hors de question que je n'assiste pas au dernier hommage rendu à mon père à cause des hîsöqii !

-Tu es trop gentille Théa. Tu leur laisses la possibilité de suivre la cérémonie. Mais leur comportement prouve bien qu'ils n'en ont rien à faire de notre famille.

Eryn s'était rapprochée de moi, son maudit sourire toujours accroché sur ses lèvres.

" Tout ce qui les intéresse c'est d'être protégés. Patriarche, j'ordonne que nous annulions la cérémonie.

Je tournai la tête vers ma soeur, les yeux arrondis.

-Quoi ! Non !

-Je veux dire adieu à mon père sans être entourée de couards et d'hypocrites. Reprenez le cercueil, ordonna t-elle aux gardes.

Ces derniers obéirent, non sans m'avoir jeté un regard interrogatif.

Mais nous avions un pouvoir de décision équivalent Eryn et moi, et m'opposer à elle en public après l'avoir défendue fragiliserait notre position au sein de la Noblesse.

Je serrai les dents, et acquiesçai.

C'est donc sous les yeux médusés du Patriarche que le cercueil de l'Ïlqa fut emporté.

-Comment osez-vous ! Vämïga ! Vous dépassez les bornes !

-Altesses, vous devez partir !"

J'attrapai le poignet d'Eryn pour l'entraîner avec moi vers la porte qui menait aux quartiers du Patriarche tandis que la foule poussait les gardes pour nous atteindre.

La porte claqua dans notre dos. Je sentis un profond soulagement m'envahir de nous savoir séparées des hîsöqii.

"Par ici Altesses. Vous devez retourner au palais avant que toutes les issues ne soient assaillies.

-Ce n'est qu'une bande d'imbéciles.

-Tais-toi Eryn. Qu'est-ce qui t'as prise de chanter cette chanson et d'insulter tout le monde ? Tu veux notre mort ou quoi ?

Elle éclata d'un rire qui me saisit.

-La chanson n'avait rien d'insultant Théa et tu le sais aussi bien que moi ! C'est pour notre père que je l'ai chantée, non pour satisfaire les hîsöqii ! Tu comptes me repprocher ça aussi ?

-Tu savais pertinemment que ça allait créer un scandale !

-Tout ce que j'ai dit n'est que la stricte vérité ! Rétorqua t-elle avec le sourire. D'ailleurs, pourquoi avoir pris ma défense si tu es contre mon initiative ? Hein ?

-Parce que tu es ma soeur ! Et que notre famille vient d'être sérieusement fragilisée avec la mort de Père ! Si je m'étais opposée à toi, la Noblesse en aurait certainement profitée plus tard pour tenter de nous séparer d'avantage et récupérer le trône !

-Eh bien qu'ils le fassent donc ! Je me fiche du trône ! Et je me fiche des hîsöqii ! Je veux juste récupérer mon père.

La gifle claqua sur sa joue. Eryn écarquilla les yeux de stupeur. Jamais je n'avais porté la main sur elle.

Son sourire idiot disparut enfin de ses lèvres.

J'étais blême de fureur.

-Maintenant ça suffit. A cause de toi, les hîsöqii sont furieux et il falloir des jours pour retrouver un semblant de calme. Tu te fiches peut-être d'insulter des personnes pour qui tu n'as aucun respect, mais dans l'histoire, ils sont des milliers, et nous ne sommes que deux ! Si tu t'opposes aux hîsöqii, tu brises tout ce qu'a construit notre famille depuis que nous sommes au pouvoir ! Alors si ce n'est pas pour le peuple, fais-le pour les Vämïga ! C'est la dernière fois que tu me fais honte en public Eryn. Est-ce que je me suis bien faite comprendre ? A l'avenir, ne t'attends pas à ce que je choisisse de prendre ta défense si ce n'est pas dans l'intérêt du pays ! Est-ce que c'est clair ?

Son sourire éclatant me prit complètement au dépourvu.

-Je sais que tu ne tiendras pas ta promesse ! Tu es ma soeur et c'est dans ta nature de vouloir toujours me protéger ! C'est d'autant plus vrai que je suis désormais ta seule parente encore en vie ! »

Elle se redressa pour déposer un baiser sur ma joue avant de partir en chantonnant, le pas dansant.

Chapitre 2

Plusieurs jours s'étaient écoulés depuis la cérémonie d'adieux de l'Ïlqa.

Accaparée par les demandes incessantes, je n'avais pas trouvé le moindre temps libre pour voir Eryn.

A vrai dire, si je devais être parfaitement honnête avec moi-même, je m'étais certainement surchargée de travail pour ne pas la voir.

Ma colère face à son comportement lors des funérailles n'était toujours pas retombée et je n'avais guère envie de lui parler.

L'absence de Père me pesait lourdement sur le coeur, et j'aurai pourtant apprécié avoir ma soeur à mes côtés pour alléger ma peine.

Pourquoi avait-elle donc agi de la sorte ?

Je recevais des lettres anonymes d'insultes tous les jours concernant son comportement. Même le Patriarche avait signifié sa désapprobation en venant personnellement au palais pour obtenir un enretien privé.

Son ton de reproche me brûlait encore et je n'avais éprouvé que plus de honte face au comportement d'Eryn.

On frappa à la porte du bureau.

"Altesse ? Un nouveau message pour vous.

-Entrez.

La garde pénétra dans la pièce et s'approcha de moi pour m'offrir son salut et me tendre la feuille enroulée et scellée.

Je serrai les dents et récupérai le rouleau.

-Merci.

Je portai le parchemin à la bougie prés de moi et le laissai s'enflammer avant de le jeter dans la poubelle en métal, où il termina de se consummer.

Je me penchai de nouveau sur mes dossiers.

La garde n'avait pas bougé de sa place.

-Vous pouvez repartir Jenna.

-Altesse, si je puis me permettre…..Votre soeur a une pile de lettres déjà rédigées. A ce rythme elle compte vous en transmettre une toutes les heures sur plusieurs jours. Vous devriez au moins lui répondre……

Je ne levai pas les yeux de mon travail.

-Que ses remords la fassent écrire si ça lui fait du bien. Mais je n'ai pas l'intention de lui pardonner aussi facilement son comportement. Notre père méritait mieux que ça. Elle nous a mises inutilement en danger. C'était irresponsable.

-Oui Altesse. Pardon de m'être mêlée de ce qui ne me regardait pas.

La garde s'inclina et se dirigea vers la porte.

-Jenna…..

La jeune fille se figea et se tourna vers moi.

-Eryn n'arrêtera pas en effet. Et elle sait pertinemment que je ne compte pas céder non plus. A l'avenir, contentez vous de me transmettre les messages.

-Pardon Altesse. Je resterais à ma place….Veuillez excuser mon attitude, c'était déplacé de ma part."

Elle s'inclina et quitta le bureau d'un pas vif, le dos raide. Je me laissai aller dans mon fauteuil et baissai les yeux sur la lettre d'excuse que j'étais en train de rédiger à l'intention du Patriarche.

Ma main froissa cette dernière et l'envoya dans la poubelle avec les dizaines d'autres brouillons abandonnés en route recouverts de flammes.

J'avais beau être furieuse contre ma soeur, je ne pouvais pour autant me permettre d'annoncer que ses actes étaient juste guidés par le chagrin. Elle n'aurait jamais dû agir comme elle l'avait fait. Néanmoins ses paroles n'avaient été que le reflet de la stricte vérité. Elle avait exprimé tout haut la colère que j'avais moi-même contre Hîsöq.

Pouvais-je en vouloir à ma soeur d'avoir défendue la cause de notre famille auprès du peuple après tout ce que nous avions perdus ?

Je baissai les yeux sur les feuilles blanches posées devant moi.

Repoussant mon siège, je me levai pour aller récupérer un dossier en attente d'être traité par le prochain Ïlqa. Autant ne pas perdre plus de temps. Hîsöq n'avait vraiment pas le luxe de s'accorder cette flânerie. Les Peurs n'avaient pas cessé d'attaquer le pays le temps des funérailles.

Je revins à ma place et me plongeai dans les rapports de situation du pays.

Je posai mon stylo et m'étirai, les yeux levés vers la fenêtre face à moi.

Le jour déclinait rapidement. L'après-midi tendait vers sa fin et si je voulais prendre l'air, c'était maintenant ou jamais. Me dégourdir les jambes ne ferait pas de mal à mon corps tout ankylosé.

Je me levai. Mes articulations craquèrent. Finalement je quittai la pièce après avoir rangé mes dossiers.

L'envie de nager me traversa.

Je pourrais aller aux bains publics. Voilà un moment que je ne m'y étais pas rendue.

J'hésitai.

Nous avions toujours eu l'habitude Eryn et moi de nous y rendre ensemble.

Je me mordis l'intérieur de ma lèvre. Si je partais avec elle, c'était en vue d'une réconciliation. Je n'allais pas pouvoir maintenir cette distance entre nous encore longtemps.

Quoi que j'en pense, je n'aimais pas être en colère contre ma soeur.

Après tout, elle n'était pas dans son état normal.

Je soupirai et me dirigeai vers les appartements d'Eryn.

J'y saluai le garde et pénétrai dans les quartiers de ma soeur sans me faire annoncer.

Je trouvai les lieux parfaitement silencieux.

-Eryn ? Tu es là ?

Passant les deux petits salons, j'atteignis finalement la chambre, fermée.

Je poussai la porte et fus aussitôt frappée par l'odeur de transpiration.

La pièce était plongée dans une semi-pénombre qui m'alerta.

J'écartai le panneau de bois d'un mouvement sec.

" Eryn ? Tu es là ?

-Théa ? C'est toi ?

La voix affaiblie m'alerta.

Les remords m'envahirent. Pourquoi personne ne m'avait signalé que la jeune fille était malade !?!

" Tu as enfin lu mon message….

Je m'approchai du lit et la trouvai allongée sous une pile de couvertures.

-Mais….Qu'est-ce qui t'arrive ?! Depuis quand es-tu malade ? Qu'as-tu ?

-Oh….R-Rien de grave, je t'assure….Théa, je suis heureuse que tu sois venue…..Je tenais tellement à m-m'excuser…..

Je m'approchai du lit et m'assis sur le matelat. Ma main se posa sur son front poisseux de sueur.

-Tu es fiévreuse.

-Mais ça…va mieux. Je n'ai besoin qu-que de repos selon le médecin.

-Qui t'en as fait venir un….?

-Emile…..Il veille sur moi depuis la fin des funérailles….

Je songeai qu'il me faudrait remercier chaleureusement notre fidèle majordome.

-Je n'aime pas être en colère contre toi Eryn. Tu n'étais pas dans ton état normale. Mais tu comprends j'espère que ce que tu as fait aurait pu avoir des conséquences réellement catastrophiques….J'étais hors de moi….Pourquoi avoir agi ainsi ?

-Désolée Théa;….Je me sentais en colère et impuissante….Je sais que je n'aurais pas dû mais…..voir tous ces gens qui n'ont jamais levé le petit doigt pour aider Père, présents pour le pleurer alors qu'ils n'allaient rien changer à leur attitude ! Tu es l'héritière du trône. L'idée de te laisser entre les mains de ces gens et de leurs faux sourires m'était insupportable. J'ai tenu à leur signifier que je n'étais pas dupe….

-Mais crois-tu franchement que c'était le bon lieu et le bon moment pour vider ton sac ?

-Non, probablement pas…..

Je soupirai, ma colère néanmoins définitivement évaporée.

-Est-ce que tu te sens d'aller aux termes avec moi. Je suis certaine que ça pourrait te faire du bien.

Elle acquiesça, un petit sourire sur les lèvres.

-Alors tu n'es plus fâchée ?

Je secouai la tête.

-Non….Mais ne t'avise plus de te comporter de façon aussi déplacée en public Eryn ou je jure de te corriger de la même façon, c'est bien compris ?

-Oui Théa….C'est promis….Encore désolée.

Elle tendit sa main vers moi.

-Tu m'aides à me lever s'il te plait"

"Altesses ! Souhaitez-vous vos montures ?

Je secouai la tête.

-Non….Veuillez préparer la calèche sans armoiries. J'aimerai traverser la ville jusqu'aux thermes de façon discrète.

-Bien Altesse.

Eryn me dévisagea.

-Pourquoi autant de précautions ? Jamais nous n'avons eu besoin de cette calèche dans la ville….

-J'ai envie d'être tranquille et c'est le meilleur moyen de l'obtenir.

Le trajet se fit dans le calme. Les rideaux fermés, je songeai que c'était bien la première fois que je me cachai du peuple pour me rendre quelque part.

Nous pénétrâmes finalement dans la cour des bains.

L'intérieur des lieux étaient impeccablement entretenu, les murs en mosaïque représentant des scènes de combats contre les Peurs ou des scène de liesse générale.

"Bonjour Altesses, bienvenues aux termes de Sehla.

L'hôtesse souriante nous mena aux cabines pour nous permettre de nous changer. Finalement nous pénétrâmes dans une pièce plongée dans une semi-pénombre et remplie de vapeur.

Un bassin fumant nous faisait face, les reflets des centaines de bougies présentes sur les lieux ondoyants à sa surface, au milieu des pétales de roses odorantes.

J'abandonnai mon peignoir pour pénétrer dans l'eau et m'installai sur un banc, l'effet délassant de l'eau faisant déjà effet sur mon corps tendu. Je posai ma tête sur le coussin prévu à cet effet sur le rebord de la piscine.

J'entendis Eryn glisser à mes côtés et pousser à son tour un soupir d'ententement.

Sans prononcer un mot, nous restâmes ainsi côte à côte à profiter des bienfaits des lieux.

La chaleur m'envahit et je m'abandonnai à la torpeur qu'elle provoqua.

Je redécouvrai tout le plaisir d'être détendue.

« Théa ?

-Mmh...

-Pour se qui s'est passé à la cérémonie d'adieux de Père.....

-N'en parlons plus.

Je n'avais vraiment pas envie de repenser à tout ceci.

-Je ne regrette pas de l'avoir fait Théa....Simplement que ça t'ait causé du tort à toi. J'aurai préféré que nous ne soyons que toutes les deux.

Je soupirai.

-Moi aussi. Et c'est bien pour ça que je t'ai pardonnée. Père a apprécié ta chanson, j'en suis certaine. Mais nous sommes la famille des Protecteurs Eryn. Par conséquent, agir comme tu l'as fait était suicidaire. Nous aurions pu nous faire tuer.

-Oui....J'en ai conscience aujourd'hui et la honte que j'épprouve m'a rendue malade je crois. Je te demande pardon pour t'avoir empêché de dire adieu à Père.

Les gouttes d'eau tombaient du plafond en notes aigües sur la surface du bain. Il régnait en ces lieux une immobilité intemporelle bienvenue. Il était tellement facile d'oublier l'écoulement du temps, sans le moindre repère extérieur.

Le léger courant d'air frais effleura ma joue humide. Mûe par mon instinct, je me tournai vers Eryn.

La montée d'adrénaline me fit m'emparer de la lame à pleine main avant que je ne réalise de quoi il s'en retournait.

Tirée de sa torpeur par le contact de mes doigts sur sa gorge, ma soeur sursauta en découvrant le visage dissimulé au-dessus de sa tête. Un cri de surprise jaillit de ses lèvres.

Avant que je ne songe à faire quoi que ce soit, la panthère jaillit du néant pour bondir sur nous, toutes griffes dehors.

J'attrapai le col de notre agresseur et l'attirai sans hésiter entre nous et la Peur. Les dents de cette dernière se refermèrent sur l'épaule de l'assassin qui laissa échapper un cri de douleur sous sa cagoule.

-Au milieu du bassin Eryn !

Je vis ma soeur plonger sous l'eau.

J'abandonnai l'inconnu à la Peur et me mis à mon tour hors de portée.

Eryn jaillit à cet instant à mes côtés.

-Théa ! Le poignard !

Je le récupérai dans sa main et me tournai vers la panthère qui venait d'abandonner le corps au bord du bassin. Les babines écumantes de sang, elle feula, ses yeux mordorés braqués sur nous.

-Reste prés de moi !

Je levai mon arme et cherchai un moyen d'attaquer la panthère. Malheureusement, nous étions plus basses qu'elle et sérieusement entravées dans nos mouvements par l'eau qui me montait au dessus de la poitrine.

Le cri d'effroi d'Eryn me parvint dans mon dos.

-Lâchez-moi !

-Eryn !

Je voulus tourner la tête, mais la panthère choisit cet instant pour bondir sur moi, toutes griffes sorties.

Je plongeai au fond du bassin. L'eau arrêta la masse de l'animal un instant à sa surface. J'en profitai pour l'attaquer directement à la poitrine de ma lame. Le coeur battant, j'assénai à l'animal plusieurs coups, jusqu'à voir sa masse cesser de se démener et rester inerte.

Ma tête perça la surface de l'eau et j'aspirai une grande bouffée d'air avec soulagement.

Les cris me parvinrent.

-ERYN !"

Je me hissai hors du bassin, mes yeux encore embués d'eau, à la recherche de ma soeur.

Elle se démenait avec rage pour échapper à la poigne de son nouvel agresseur.

Ce dernier poussa un cri de douleur alors que les dents de la jeune fille mordirent à sang sa main.

Je me précipitai à mon tour. Mon arme se planta avec force dans la nuque de l'inconnu.

L'assaillant se pétrifia aussitôt.

Eryn échappa à sa poigne et s'éloigna aussitôt de lui tandis que le corps s'effondrait par terre.

Le silence retomba.

Mon regard se posa sur les cadavres des deux hommes. L'un d'eux, en partie immergé, se vidait de son sang dans le bassin, devenu noir avec le peu de lumière présent. J'attrapai la main de ma soeur et la tirai hors de l'eau.

Nous récupérâmes nos peignoirs et sortirent sans plus attendre.

Mon regard balaya le couloir à la recherche de la moindre présence humaine mais nous étions seules.

"Montre-moi tes blessures.

-Je vais b-bien Théa….Je t'assure….C'est plutôt à toi que je devrais demander. Tu as pris ce poignard de pleine main !

Je dégageai son cou de ses cheveux emmêlés. Sa peau apparut. L'entaille laissée par la lame tranchait de façon nette avec sa peau lisse.

Je fus soulagé de constater que la plaie était superficielle.

-Tu as eu beaucoup de chance….Tu as manqué d'un cheveu de te faire égorger !

-D'une main tu veux dire….La tienne, ajouta ma soeur qui m'offrit un sourire tremblant.

Je regardai ma peau et constatai que le sang la maculait. A présent que j'y prêtai attention, je sentis la douleur se répendre dans le membre. Eryn s'empara de mon poignet et amena la plaie à ses yeux.

-La coupure est profonde. Tu n'auras peut-être pas besoin que je la recouse, mais il faut agir tout de suite. Sinon, tu es bonne pour une belle cicatrice.

Nous nous rhabillâmes et quittâmes les vestiaires.

Prête à sortir, je retins Eryn et lui fis un signe de tête.

Impossible de savoir ce qui nous attendait à l'extérieur.

Les soldats qui nous avaient accompagnés avaient ma pleine confiance, pourtant nous avions manqué de nous faire tuer à l'instant.

Je ne pouvais par conséquent me fier à personne d'autre qu'Eryn.

-Théa ? Que faisons nous ?

-Il faut trouver un autre moyen de sortir d'ici.

-Mais….Et les soldats ?…Tu crois qu'ils étaient de mèche avec les assassins ?

-Je ne prendrais pas de risques tant que je n'aurais pas la confirmation qu'ils sont bien de notre côté. En attendant, nous devons trouver un moyen de rentrer au plus vite au palais.

Je m'approchai des corps et me penchai. Je ramassai les poignards abandonnés et en tendis un à Eryn.

-Je….T-Tu es sûre ?

-Puisque'il n'y a pas d'autres moyens que de sortir par la porte, autant prendre nos précautions.

-D'a-d'accord…..Théa….Si tu te trompes….les gardes risquent de nous en vouloir à mort tu sais ?

-Je ne pense pas…..Allons-y.

Nous quittâmes le bain et nous dirigeâmes vers la sortie. Faisant signe ma soeur de dissimuler son arme, je fis de même et plaquai une expression impassible sur mon visage avant d'ouvrir la porte.

-Altess…..

Le garde n'eut pas le temps de réaliser ce qui se passait que ma lame se trouvait déjà plaquée contre son dos.

Une pointe affûtée vint également contre sa gorge de ma main libre.

" Mais…Mais que faites-vous ?!

-Nous souhaitons rentrer immédiatement. Pas un geste Barl ou je n'hésiterai pas à tuer ton ami, ajoutai-je à l'intention du second soldat pétrifié. Nous devons rentrer au palais sans attendre et le plus discrètement possible.

-Ou-Oui….Bien….Je vais demander à ce que la voiture soit stationnée dans une rue moins fréquentée. Je…..J'y vais de ce pas….

-Nous vous suivons.

L'homme ouvrit la marche et nous le suivîmes, mon arme toujours plaquée sur la gorge de ma victime. A mes côtés, Eryn surveillait les alentours, attentive au moindre mouvement.

Prêts à revenir dans le hall principal, je fis signe au soldat libre d'aller chercher notre véhicule. Il passa la porte pour exécuter sa mission.

Nous patientâmes avec Eryn et le second garde. Ce dernier déglutit péniblement.

-Altesse….Pourquoi faire ça ? Qu'est-ce qui vous arrive ?

-Deux assassins ont tenté de nous égorger dans la salle d'eau. Leurs cadavres sont en train de se vider de leur sang dans le bassin. J'ai beau vous apprécier énormément, je ne peux me permettre de vous faire confiance dans une telle situation, vous le comprendrez j'espère.

-D-Des assassins ? M-Mais….Comment….? Nous n'avons pas bougé de notre poste !

-C'est justement la question que nous nous posons.

-Altesses ! Votre voiture vous attend.

Je levai les yeux vers Barl qui revenait, le visage blême.

-Excellent.

Je maintins ma proie entre le soldat libre et nous et nous fis pivoter pour être dos à la sortie.

-Eryn, commence à partir. Je te rejoins.

Ma soeur m'obéit.

-Altesse….Je ne comprends pas….Pourquoi…..

-Thomas vous expliquera cette mesure dés notre départ. Je suis désolée de vous traiter ainsi mais je ne peux prendre aucun risque.

-Théa !

Je libérai mon otage et reculai d'un pas vif sans quitter les deux gardes pétrifiés.

La main d'Eryn me tira vers l'extérieur. Je ne consentis à quitter les deux hommes des yeux qu'une fois la porte de l'établissement passée.

La voiture nous attendait.

Nous pénétrâmes à l'intérieur avec soulagement.

-Au palais ! Ordonnai-je au cocher. Au plus vite s'il vous plait.

-Bien Altesse.

Les chevaux s'élancèrent.

-Théa….

Eryn désigna mon poignard, toujours crispé dans ma main.

-Pas tant que nous ne serons pas parfaitement en sécurité. Comment va ta blessure.

La jeune fille semblait épuisée. Je me souvins un peu tard qu'elle était souffrante lorsque je l'avais tirée de ses appartements.

-Je survivrai je te l'ai déjà dis. Dés notre arrivée, je soigne ta main.

-Il faut avant tout que nous trouvions qui….

-Je soigne ta main, m'interrompit ma soeur d'une voixraffermie.

Je me tus, consciente que ce combat était perdu d'avance.

Une esquisse de sourire vint sur mes lèvres.

-D'accord. Tu soigneras ma main en premier lieu. Et ta gorge. »

Elle approuva. Nous restâmes silencieuses jusqu'à la fin du trajet.

"Bien.…..Merci d'avoir mené l'enquête aussi vite.…..Qu'avez vous trouvé ?

L'espion se redressa après s'être incliné.

-Je crains que mes réponses ne puissent vous satisfaire Altesse. Le premier mort était Nott Guidaar, et c'était un chasseur. Quand au second, je n'ai trouvé qu'un tatouage.

Il m'offrit le croquis qu'il avait apporté. Je tressaillis en reconnaissant le tracé.

-Un homme de la guilde des assassins ! Ce qui signifie qu'il a pu être payé par n'importe qui ayant suffisamment d'argent pour s'offrir ses services ! Mais pourquoi ces deux hommes travaillaient ensemble. Ça n'a pas le moindre sens.

Je me mis à marcher de long en large sur le tapis du bureau.

" L'assassin aurait pu être commandité par la Noblesse. Ce ne sont pas nos ennemis qui manquent parmi eux. Je suis pratiquement certaine que la quasi totalité des nobles souhaitent prendre la place de l'Ïlqa. Alors pourquoi ce second homme ? Je ne peux croire qu'ils aient été envoyé par deux employeurs différents pour effectuer la même tâche au même moment ! Cette probabilité est pratiquement nulle. D'autant plus qu'ils ont semblé travailler en concert. Et qu'Eryn était la cible évidente de leur tentative ! Ce qui là non plus n'a aucun sens. C'est moi qui suis cencée prendre la place de l'Ïlqa et non elle. Je devrais donc être d'avantage exposée à ces tentatives.

-Si je puis me permettre Altesse….., commença l'espion. La colère que provoqua votre soeur lors de la cérémonie des funérailles de votre père n'est toujours pas dissipée.

Je secouai la tête

-Non.….Je ne peux pas croire que l'on veuille tuer Eryn juste parce que le chagrin lui a fait dire n'importe quoi !

-Elle a offensé toute la ville Altesse. Je crains que la carte du chagrin ne fasse pas le poids face à des milliers d'amour-propre bafoués en public.

Je jurai entre mes dents.

-Ce que vous êtes en train de me dire, c'est que tout le monde est suspect. Ça ne va pas faciliter ma tâche pour protéger ma soeur.

Je m'enfonçai au fond de mon siège, et croisai mes mains devant mes lèvres, pensive.

Tant qu'un nouvel Ïlqa ne serait pas sur le trône, Eryn serait en danger.

Malheureusement, la période de dueil durait normalement deux bons mois.

Il allait donc falloir que j'accélère les choses, ce qui allait encore créer des tensions et faire parler des filles Vämïga.

J'ouvris un tiroir et tirai la bourse pleine que j'avais préparée pour la tendre à l'espion.

-Merci. Une dernière chose. Les soldats qui nous ont accompagnés, avez-vous eu la moindre information sur leur compte ?

-D'après de nombreux témoignages, il semblerait qu'ils n'aient pas bougé de leur poste dés lors que vous êtes entrées avec votre soeur dans les bains. Ma filature durant ces trois derniers jours n'ont rien montré d'inhabituel dans leur comportement.

Je soupirai de soulagement.

-Je vous remercie. Vous pouvez disposer. Je vous recontacterai par le canal habituel si j'ai encore besoin de vos services.

L'homme s'inclina et empocha sa prime.

-C'est toujours un plaisir de travailler pour vous Altesse."

Il récupéra le plateau contenant mon thé vide et quitta le bureau dans sa tenue de serviteur. Ainsi passerait-il complètement inaperçu et pourrait quitter le palais sans encombres.

"Réduire la période de deuil ?! Mais....Pourquoi faire une chose pareille ?

Je serrai les poings, debout face au Conseil, Eryn à mes côtés.

-Ma soeur a manqué de se faire tuer hier. Je suis certaine que vous en avez entendu parler. Tant qu'un Ïlqa ne sera pas désigné, les criminels pourront agir en toute impunité. Il est donc primordial de nommer le successeur de notre père.

-Altesse, pardonnez-moi mais les hîsöqii sont déjà en colère contre les Vämïga, intervint d'une voix douce Sëgga Hâz, son délicat visage inquiet. Si vous les privez de leur période de deuil, après ce qui s'est passé à la cérémonie d'adieux, vous risquez d'attirer les gens dans les rues. Et Hîsöq n'a pas besoin d'une révolte maintenant.

-J'entends bien ce que vous dites ma dame, acquiesçai-je. Je maintiens toutefois ma position sur le fait que sans dirigeant, ma soeur est en danger et le pays ira plus mal. L'Armée a beau avoir d'excellents officiers, sans Ïlqa pour les motiver, ils risquent de se laisser submerger. Avec la mort de notre père, c'est l'espoir qu'il incarnait, de croire en un monde sans Peurs qui risque de disparaître. Et sans espoir, les dégâts pourraient être considérables.

-Votre attitude est...révoltante !

Je tournai la tête vers Sëgg Ïgeô. Ses cheveux noirs attachés en arrière par une queue de cheval, son regard sombre brûlait de colère, sa mâchoire crispée.

" D'abord le scandale aux funérailles et à présent la période de deuil bafouée ! Faut-il donc en déduire que vous détestiez votre père à ce point pour lui manquer tant de respect ?

-Nous aimions notre père, intervins-je d'une voix dure. Il a perdu la vie pour protéger Hîsöq et c'est bien pour que son sacrifice ne soit pas inutile que nous demandons à écourter la période de deuil. Car plus nous attendons, plus les morts s'accumulent.

-Et bien entendu, vous comptez hériter du trône, vous ou votre soeur n'est-ce pas ? Lâcha Sëgg Wîthà d'un ton sarcastique.

Eryn intervint.

-Vous vous trompez Monsieur. Nous respecterons la tradition. Le peuple choisira le prochain Ïlqa. Qui que ce soit, nous accepterons sa volonté.

-Vous seriez prêtes à quitter le palais, sans résister, si votre famille venait à être destituée de ses fonctions ? Vous perdriez tout sans rien dire ?

J'acquiesçai, un pincement au coeur.

-Notre famille réside au palais depuis des générations, mais nous n'en sommes pas propriétaires et ne possédons en effet aucune terre. Mais les terrains s'achètent et les maisons se construisent. Toutefois, la question n'est pas de savoir ce que nous allons devenir, mais ce qui va arriver à Hîsöq pendant que personne n'est là pour protéger le pays. Nous pouvons solliciter en tant que nobles ce Conseil, mais la décision finale vous appartient.

Je regardai chacun des membres avec attention.

Leurs visages étaient une palette d'émotions incroyable, qui traduisaient leurs pensées sans qu'ils en aient la moindre conscience.

Mais aucun parmi eux ne semblait coupable d'une tentative d'assassinat pour autant.

Ils discutèrent entre eux quelques minutes tout au plus. Finalement, Sëgg Hâz prit la parole. A mes côtés, je sentis Eryn se crisper.

-C'est entendu. Nous allons annoncer aux hîsöqii la fin de la période de deuil et la désignation du prochain Ïlqa. Avez-vous une autre requête à faire passer à ce Conseil ?

-Non. Merci à vous de nous avoir reçues.

Je m'inclinai et ma soeur en fit autant. Nous quittâmes les lieux en silence.

A peine écartées de la salle de réunion que la jeune fille lâcha sa colère.

-Cinq minutes ! Voilà le temps qu'il leur a fallu pour accepter de bafouer la période de deuil ! La mort de Père leur importe peu ! Tout ce qui compte à leur yeux, c'est d'obtenir la place d'Ïlqa !

-Ils ne sont pas tous aussi mauvais Eryn. Et la situation est particulière.

Eryn se tourna vers moi.

-Au moins avons nous eu ce que nous voulions.

Je secouai la tête.

-Pas tout à fait, je le crains.

-Comment ça ?

Je m'arrêtai et jetai un regard autour pour m'assurer que personne ne nous entendrait.

-J'ai bien observé leurs visages pendant que nous parlions et aucun ne m'a semblée coupable d'une tentative d'assassinat.

-Ïgeô me semble être le bon candidat. En réduisant la période de deuil, tu les as privés d'un temps de préparation pour une nouvelle tentative d'assassinat envers nous. Sa colère pourrait être dû aux chamboulements que tu as causés dans ses plans pour nous faire tuer.

-Peut-être. Mais sans preuves, impossible de l'affirmer.

A ma grande surprise, Eryn laissa échapper un petit rire.

-Théa, tu réalises que nous allons peut-être être délivrée du devoir de protection d'Hîsöq d'ici quelques heures ?

-En tout ças, ça a le mérite de te mettre en joie.

Elle se plaça devant moi, marchant à reculons, le visage éclairé.

-Qui ne le serait pas. Nous partirions vivre dans un village, aux abords de la campagne. Nous achèterions du bétail pour subvenir à nos besoins et n'aurions à rendre de compte à personne d'autre que le collecteur d'impôts ! Tu imagines une telle liberté ? Nous pourrons épouser qui nous voudrions ! Pratiquer le métier de notre choix ! Planifier nos journées comme nous le souhaitons ! Côtoyer les gens d'égal à égal ! Ce serait tellement….incroyable ! Tu ne trouves pas ?

J'acquiesçai.

-Tu oublies les Peurs. Nous y serions bien plus exposées qu'ici où les gardes pullulent.

-Peut-être mais c'est le lot de chacun. Je porterai une épée si nécessaire !

Cette fois-ci, c'est moi qui éclata de rire.

-Toi ? Te battre ! Tu as toujours prétendue être plus à même de te tuer avec ton arme que ton ennemi !

-Ce n'est pas parce que je ne suis pas douée au combat que je suis incapable de me défendre ! Tu m'entraîneras ! Quelle vie se serait ! Cela vaut bien de perdre quelques privilèges c'est certain !"

"Altesse ? Altesse Théa ?

Je me redressai avec peine, et découvris notre majordome face à moi. Assise au bureau de mon père, je m'étais endormie sur les rapports de l'Armée qui n'avaient cessé d'arriver depuis la mort de l'Ïlqa. Les soldats tenaient bons, mais les Peurs ne diminuaient pas malgré le massacre que causaient les hommes dans leurs rangs.

-Emile ? Qu'y a t-il ? Quelle heure est-il ?

-Presque dix heures Altesse. Vous avez passé la nuit ici ?

-Il semblerait….

Je m'étirai et laissai échapper un bâillement.

" Il y a plein de courrier en retard. Qu'est-ce que vous m'apportez ?

-La réponse du Conseil Altesse.

Je récupérai la lettre qu'il me tendait et fis sauter le sceau de cire de l'ongle. Mes yeux parcoururent la missive. Une fois finie, je la reposai sur mes rapports.

-Alors ? S'inquiéta le majordome.

-Il semblerait que les hîsöqii ne soient pas totalement dégoûtés par notre famille Emile. Ils ont fait entendre au Conseil que je sois la prochaine Ïlqana.

L'homme s'inclina, un sourire sur les lèvres.

-Félicitation Altesse. Je n'en ai jamais douté !

-Vous semblez heureux.

-En effet. Vous êtes la plus à même de diriger ce pays. Après tout, tout le monde sait que vous êtes la seule à n'avoir jamais créé la moindre Peur de toute votre vie ! Qui mieux que vous pourrait nous protéger ?

Je me mordis la lèvre inférieure.

" Altesse ? Qu'y a t-il ? S'inquiéta l'homme.

-C'est précisément pour ça que je n'aurais pas dû être désignée comme successeur.

L'homme resta un instant silencieux.

-Vous pensez que le peuple vous a désigné par défaut ?

-J'en suis certaine. Eryn est bien plus appréciée que moi. Sans le scandale des funérailles, elle aurait pris le trône.

-C'est….probable, reconnut le majordome avec une grimace. Mais il est aussi important de noter qu'il vous a choisi vous, et non un noble ou un inconnu.

-Ils me craignent. En tout cas, je m'attendais à une révolte suite à ma décision d'écourter la période de deuil, non à me faire désigner comme Ïlqana.

-Quoi de plus normal. Les Peurs elles-mêmes vous redoutent Altesse. Chacun sait que vous prenez les armes sans sourciller si une Peur arrive. Vous êtes comme votre père pour ça. Lui non plus n'avait pas peur. Il en a très peu créé durant sa vie et les a toutes éliminées. Les hîsöqii ne sont pas idiots. Peut-être que votre famille les a blessés dans leur amour-propre. Mais il n'empêche que pour combattre nos ennemis, vous êtes les mieux placés, vous plus encore que votre soeur. Preuve en est que vous préférez mettre de côté votre chagrin de fille pour veiller sur le peuple. Leur choix est donc du bon sens. »

La forêt était silencieuse. La lumière du soleil peinait à traverser les feuilles des arbres. Ces dernières brillaient d'un éclat vert chaleureux, enveloppant la clairière d'un toit de feuillages. J'adorai cet endroit. Un ruisseau sillonnait entre les troncs dressés, tel un ruban argenté dont la douce musique flottait dans l'air. Je sentais mes pieds s'enfoncer doucement dans le sol, sans y faire le moindre bruit.

"Théa ! C'est pas vrai ! Vous ne l'avez pas réveillée du tout ?

Plongée dans un sommeil profond, une voix pressée trancha net avec ma douillette obscurité.

-Pardonnez-nous Altesse, mais votre soeur nous a ordonné de quitter ses appartements sans quoi elle nous jèterait en prison…., lâcha une voix inquiète et rendue coupable.

Mon sommeil vola en éclat lorsque la lumière jaillit directement sur mes paupières closes.

Je me recroquevillai aussitôt sous les couvertures pour me réfugier dans leur obscurité.

-Théa ! Tu dois passer l'épreuve dans moins de deux heures !

-Je ne connais personne de ce nom ! Lançai-je.

J'avais beau tenter de m'accrocher à mon sommeil, et à la forêt familière qu'il renfermait, ma conscience s'éveillait toujours plus à chaque seconde, ainsi que ma triste identité. Une sourde douleur cognait à l'intérieur de mon crâne, et mon corps s'enfonçait pesément dans mon matelat. Même si je l'avais voulu, j'aurai été incapable de me redresser.

Des pas vifs se rapprochèrent de moi. Je m'aggrippai fermement à mes draps tandis que des mains tentaient de me les arracher.

-Ne fais l'imbécile Théa. La cérémonie d'intronisation est pour aujourd'hui, que tu le veuilles ou non et….

Un bruit de verre me parvint. J'entendis Eryn ramasser ce qu'elle avait percuté avec son pied.

" Ne me dis pas que tu as passé ta nuit à boire du rhum !

-Je ne veux pas y aller ! M'exclamai-je, décidée à ne pas bouger. Tu n'as qu'à le faire toi ! Je refuse d'être l'Ïlqana d'un peuple qui me déteste !

-Ma parole, tu es saoûle ! Dois-je te rappeler que la dernière tentative d'assassinat était sur ma personne et non la tienne ?

On frappa à la porte. Je fus soulagée d'entendre ma soeur s'écarter du lit. J'en profitai pour raffermir ma prise sur les draps.

Eryn parla avec sécheresse, mais je ne parvins pas à entendre ce qu'elle dit. Et en toute honnêteté, je m'en moquai complètement. La porte se referma. J'espérai sans y croire, être de nouveau seule, mais des pas se firent entendre à travers la pièce. Quelqu'un ramassait les bouteilles vides sur le sol. Le choc du verre me vrillait le crâne. Je laissai échapper un gémissement plaintif.

-Trois bouteilles Théa….Ton devoir est-il si terrible qu'il te faille ingurgiter autant d'alcool pour l'oublier ?!?

-Pourquoi es-tu encore là ? Gémis-je.

Sa simple présence me semblait une réelle menace pour ma tranquilité. Sa seule agitation, même invisible de sous mes couvertures, arrivait à me fatiguer.

-Tu devrais te lever maintenant Théa, lança posément ma soeur.

-Jamais. Je ne bougerais pas de ce lit de la journée !

-Au moins te souviens-tu pourquoi tu as bu, marmonna la jeune fille.

Je l'entendis s'approcher de moi. Mon matelat s'affaissa lorsqu'elle s'assit dessus. Sa main retenta de m'ôter la couverture, mais je ne cédai rien.

" Théa….Tu es l'héritière de notre père, que tu le veuilles ou non….Le royaume ne peut survivre sans un Ïlqa, ou sans une Ïlqana à sa tête. Si les gens n'ont personne pour croire en eux, quelle chance avons-nous de survivre contre les Peurs ?

-Les gens on peur de moi Eryn ! Comment puis-je prétendre diriger un pays qui me craint ! Je vais provoquer l'apparition de plus de Peurs dans l'heure que durera mon intronisation que durant ce dernier siècle ! Toi ils te chérissent ! Deviens leur suzeraine !

La jeune fille éclata de rire.

-La Douce et Lumineuse Eryn Vämïga !….Oui, c'est un nom plutôt rassurant….en temps de paix….Par contre, face à une armée, j'imagine que les hîsöqii m'imagineront d'avantage me faire briser au premier assaut !….Je ne suis pas une guerrière Théa. Tu le sais aussi bien que moi. Je suis plus douée pour me blesser avec ma propre épée que pour atteindre mon adversaire. Ce n'est pas pour rien que père t'a désignée comme son héritière. Notre royaume est en guerre. Et pour le protéger, il a besoin d'une guerrière. Nous en avons déjà discuté Théa et mon point de vue n'a pas changé depuis les funérailles. En plus dois-je te rappeler que j'ai échappé à une tentative d'assassinat il y a quelques jours à peine ? Ma popularité semble franchement avoir bien diminuée depuis les funérailles de Père !

-Je vais me faire tuer par leurs Peurs avant même d'avoir pu être couronnée !

-Mais non. Si tu n'es pas encore morte, alors pourquoi les hîsöqii auraient plus peur de toi durant la cérémonie ?….Pour l'amour du ciel Théa ! Ne m'oblige pas à te tirer du lit !

-Je ne t'oblige à rien ! M'exclamai-je. Je ne compte pas sortir d'ici. Voilà tout. Libre à toi de l'accepter !

J'entendis frapper à la porte. Je me raidis aussitôt. Eryn soupira.

-Très bien….Je vais faire déplacer la cérémonie puisque c'est comme ça.

-Annule-la directement !

-Nous trouverons bien quelque excuse valable. La période de deuil n'est pas terminée….Ou les étoiles ne sont pas favorables pour un couronnement aujourd'hui.

L'entendre s'éloigner du lit me rassura grandement. Eryn était butée, mais je savais qu'elle me comprendrait. Je soupirai de soulagement.

Elle s'adressa à des gens, probablement aux gardes devant ma porte.

-Dis-leur que personne ne vienne me déranger de la journée ! M'exclamai-je sans bouger. Je suis malade !

J'entendis que l'on se déplaçait dans la chambre.

-Je te laisse Théa. Je dois réorganiser la journée puisque tu ne veux pas te lever !

-Excellent ! Je viendrais te donner un coup de main….quand j'aurai un peu moins mal à la tête…..

-Naturellement….Alors à plus tard !

-Merci Er…..

Mes mots s'étranglèrent dans ma gorge tandis qu'un abat d'eau se déversa sur moi. Ma couverture et mon drap furent aussitôt saturés. Détrempée et glacée, je poussai un cri de surprise et d'horreur et tentai de fuir le froid. Empêtrée dans un lit désormais imbibé, je trébuchai et glissai sur le plancher, dégoulinante, frigorifiée,….et parfaitement réveillée.

Les deux gardes s'étaient précipitamment reculés avec leur énorme bac en bois, la mine inquiète.

-Et bien voilà qui aura été rudement rapide, s'exclama Eryn quelque part d'un ton joyeux. Allez ! Je te laisse te préparer Théa. Ne tarde pas trop. Il ne te reste qu'une heure ! Vous autres, je vous conseille de quitter la chambre de la future Ïlqana sans attendre !

Mes cheveux sur le visage, je redressai ce dernier, tellement hors de moi que mes maux n'existaient plus.

-Eryn ! Je te jure que si je t'attrappe, je te tors le cou !

J'essayai de courir, mais mes pieds ne cessaient de déraper. Je m'arrêtai au bout de quelques pas, absolument pas stable. Tremblante de froid, je cherchai du regard de quoi me réchauffer. Une baignoire fumante m'attendait. Je m'y approchai avec prudence, tout en peinant à ôter ma chemise de nuit collée à ma peau.

" Maudite soeur…..N'a t-elle donc aucune considération….Une fois Ïlqana Eryn je te promets que tu ne t'en sortiras pas si facilement ! Tu aurais dû accepter de prendre ma place pendant que je te la proposais !

Le contact de l'eau chaude fut délicieusement brûlant sur ma peau. Je me glissai dans la baignoire avec soulagement, et oubliai aussitôt ma fureur pour profiter de mon bain. Ce n'était pas le moment de ruminer contre Eryn. Ce bain était bien trop agréable pour ça.

Une fois mes ablutions terminées, j'avais les idées plus claires. Je restai un instant face à mon armoire, incapable de choisir ma tenue pour la cérémonie.

Cette tradition voulait que le futur Ïlqa, ou future Ïlqana soit testé face au peuple afin de prouver sa dévotion pour veuiller sur eux. Chaque nouvelle ascension proposait une épreuve différente. Je savais que l'Ïlqa Léandre s'était vu vivre dans la rue, simplement vêtu et pieds nus, méconnaissable, et qu'il avait ainsi dû survivre une semaine parmi ses sujets. Anonyme, traité comme un sans-abri, il avait ainsi pu constater la plus belle part d'humanité chez ses sujets, ainsi que leurs vices les plus terribles. Il avait eu à affronter ses peurs et ses doutes, à accepter qu'il se devait de protéger chaque individu, qu'il soit mendiant, honnête homme, voleur, arnaqueur, ou noble fortuné excentrique.

Personne ne m'avait demandée d'enfiler une tenue particulière, de sorte que j'optai pour un ensemble pratique, un haut chaud et un pantalon souple, tous deux blancs et sans le moindre motif. Je nouai ensuite ma chevelure en arrière, et attendis patiemment que l'on vienne me chercher.

Quellle épreuve allait-on me proposer ? Généralement des représentants du peuple étaient appelés au palais, et ils se rassemblaient avec les conseillers royaux, ainsi que la famille du prétendant si il en avait, pour réfléchir à la meilleure façon de tester ce dernier. Dans mon cas, Eryn avait donc proposé ou validé le choix de mon Epreuve, ce qui ne me rassurait guère. Notre lien était fort, et nous savions que nous pouvions compter l'une sur l'autre. Mais de la même façon, nous étions soeurs et je n'étais pas à l'abri qu'elle me fasse un mauvais coup, simplement pour s'amuser.

Mon mal de crâne était revenu et je regrettai de ne pas avoir de décoction pour y remédier. Il était inutile de demander à un serviteur de m'en apporter. Je devais rester seule jusqu'à l'heure de la cérémonie, afin qu'il n'y ait aucun risque de fuite sur la nature de l'Epreuve.

Je commençai à perdre patience quand on frappa finalement à ma porte. Un soldat apparut, vêtu de blanc, et me fit le salut militaire.

Je me levai aussitôt et m'approchai de lui d'un pas vif.

-Enfin ! Je vous suis Hector."

Le soleil avait eu le temps de disparaître depuis mon réveil, et le vent avait amoncelé dans le ciel de menaçants nuages gris.

Debout face à l'autel, le prêtre me lisait les devoirs de l'Ïlqana, tout en tenant les pages de son épais livre pour ne pas être interrompu. Je me félicitai d'avoir opté pour une tenue pratique. Une robe aurait été encombrante avec ce vent, et ne m'aurait guère tenue chaud. Des mèches s'étaient échappées de mon attache et serpentaient sur mes joues au grés du vent. Concentrée sur les paroles du prêtre, je n'en avais pas conscience. Seule l'obscurité de plus en plus prononcée du ciel m'inquiétait. L'orage était proche et je craignais qu'il n'éclate avant la fin de la cérémonie. Si tel était le cas, nous n'étions pas à l'abri que la foule amassée en bas du promontoire qui observait la scène de mon intronisation sans en entendre le moindre mot ne panique et ne forme des Peurs. Dans ce cas, cette cérémonie risquait de virer au massacre.

Je serrai les poings.

"Ne pense pas à ça Théa.....Ne laisse pas ta peur se former ou c'est toi qui seras responsable du sang versé."

J'acquiesçai en silence à ma propre remarque et me concentrai plutôt sur le discours du prêtre.

-Théa Vämigä, acceptez-vous d'être à l'écoute de chaque hîsöqi qui se présentera à vous, quelque soit son rang, et sa difficulté.

-Je le jure.

-Êtes-vous prête à prendre les décisions nécessaires pour protéger les hîsöqii sans laisser vos sentiments ou vos intérêts personnels influencer vos choix.

-Oui.

-Acceptez-vous, en toute connaissance de cause, d'offrir votre vie entière à Hîsöq, dans quelque domaine que ce soit et ce jusqu'à ce que la mort ou la maladie vous libère de votre rôle ?

-Oui.

-D'être l'émissaire d'Hîsöq auprès d'étrangers, qu'il s'agisse de nations ou de cultures différentes et et d'agir dans l'intérêt du royaume ?

-Oui.

-Théa Vämïga, en ce jour, en tant que porte-parole du peuple, je vous déclare apte à passer l'Epreuve qui prouvera la force de votre engagement envers les hîsöqii.

Nous y étions.

Les gouttes avaient commencé à tomber sur nos têtes, de plus en plus nombreuses, tandis que les nuages noirs roulaient dans un grondement de tonnerre menaçant.

En quelques secondes, le vent était devenu cinglant tandis qu'un rideau de pluie s'abattit sur la foule amassée. Rapidement trempée, je fixai avec inquiétude la masse que mon peuple formait, inquiète de voir se former leurs Peurs sous des intempéries si menaçantes.

Ce brusque déluge ne perturba guère le Patriarche qui me donna à signer le document de mes engagements prononcés. Ma parole ne pouvait être scellée que par mon sang, de sorte que je me piquai le doigt de la pointe de ma plume pour en faire sortir une goutte. Je traçai ma signature, le dos courbé en avant pour protéger l'épais parchemin de la pluie battante du mieux que je pouvais.

Le vieil homme récupéra le rouleau pour aussitôt le ranger en sécurité.

-Il est temps à présent de prouver la force de votre engagement, Théa Vämigä, fit le Patriarche dont je peinai à entendre la voix au milieu de l'orage. Pour cela, je vous demanderai, au nom d'Hîsöq, de sauter.

Je le dévisageai sans bouger, battant des cils pour en chasser les gouttes qui s'y accumulaient. Ses paroles percutèrent mon esprit sans pour autant y imprimer un sens réel.

-Que voulez-vous dire ?....Sauter.....Sauter où ?

L'homme se tourna vers le vide et la foule amassée en contrebas.

Le message était clair.

Mon souffle se stoppa un instant.

-Non.

Bien que mon voix soit restée ferme, ce simple mot traduisait toute l'étendue de ma peur.

-Vous n'avez pas le choix Théa. Si vous refusez l'Epreuve, alors vous ne pourrez devenir l'Ïlqana et quelqu'un d'autre devra prendre votre place. Est ce là votre souhait ?

Le Patriarche parlait d'une voix posée. Au milieu de la tempête, avec sa robe de cérémonie qui flottait dans le vent et son visage sillonné de rides, il semblait irréel, tout droit sorti d'un conte pour enfants comme un messager des dieux.

Je ramenai mon regard sur la foule.

Eryn était là, invisible au milieu de cet océan de visages.

Si je renonçais à prendre ma fonction, je n'avais pas le moindre doute que les hîsöqii la choisiraient pour me succéder.

Je frissonnai.

Non....Je ne pouvais pas laisser une telle chose se produire.

Ma soeur se remettait à peine de sa maladie, et je ne pouvais l'exposer à de telles charges.

De plus elle m'avait clairement exprimée le fait de ne pas vouloir prendre ma place.

Elle faisait partie de mon peuple, au même titre que les autres.

Je serrai les poings.

Je me devais de la protéger au mieux de ses propres démons.

-Très bien…..Puisqu'il faut en passer par là.

Je m'approchai du bord du promontoire. Une dizaine de mètres me séparait du sol et de la foule. La chute ne serait pas nécessairement mortelle. J'avais déjà eu vent de survivants qui s'étaient brisés tellement d'os qu'ils avaient perdus toutes leurs capacités, sans pour autant que leur coeur ne cesse de battre.

J'inspirai profondément.

Ma tenue était plaquée contre ma peau, imbibée d'eau glacée.

J'avais froid jusqu'à la moelle de mes os et j'imaginai que c'était également le cas de tous ici.

L'idée d'un bon bain chaud et de mon lit me traversa.

"Allez Théa, cesse de tergiverser. Tu ne vas pas rester ici ou c'est un peuple mort que tu dirigeras quand ils succomberont tous de la pneumonie !"

Je pivotai aussitôt pour tourner le dos au vide. Les bras écartés et sans me laisser le temps de changer d'avis, je laissai mon poids m'emporter en arrière.

L'espace d'une poignée de secondes, mon coeur plongea dans ma poitrine à une vitesse vertigineuse, Une terreur sans nom me saisit, et tétanisa chacun de mes muscles.

" Oh bon sang je vais mourir !"

Je m'imaginai un instant le corps explosé sur le sol dans un amas d'os brisés.

Et ceux qui me réceptioneraient ? N'allaient-ils pas eux-aussi se faire écraser par mon corps ?

Ma panique s'accentua lorsque je réalisai que ma peur allait se produire.

"Oh non…!"

Le choc coupa net mon souffle et mes pensées. Je sentis mon corps s'enfoncer dans un filet souple qui absorba en partie la violence de ma chute. Les muscles crispés, le temps me jouait des tours. Interminable dans le vide, il semblait à présent s'être fragmenté en atteignant le sol.

Mes doigts effleurèrent une douce texture, tiède et d'une merveilleuse souplesse.

Tremblante, j'aperçus le filet qui m'avait réceptionnée et sauvée la vie de la même façon.

"Du fil de naïs !"

Pour une telle grandeur, ça avait assurément demandé des mois de travail. Ou qu'une vingtaine de personnes travaillent nuit et jour sans s'arrêter durant une semaine.

Mon cerveau cessa de se focaliser sur les détails minuscules lorsque mon corps, qui n'avait pas attendu d'ordre pour se lever, se retrouva encerclé par une foule de visages rayonnants.

Je repris complètement conscience de ce qui se passait lorsqu'Eryn apparut à mes côtés, une fierté non dissimulée peinte sur son beau visage.

Ses bras m'attirèrent contre elle avec force.

-Je savais que tu y arriverais !

-M-Merci.

Ma soeur s'écarta et se tourna vers la foule.

-Hîsöqii ! S'exclama t-elle à pleins poumons. En ce jour, Théa Vämïga est la première Vämigä à avoir traversé l'Epreuve sans créer la moindre Peur. Elle a prouvé ainsi que votre sécurité passait au-dessus de ses propres craintes et qu'elle acceptait de vous confier sa vie sans hésitation ! Cette marque de confiance et de courage vous satisfait-elle ? Est-ce selon vous la marque d'une Ïlqana digne de vous protéger ?!

-Oui !"

D'une même voix, des centaines de personnes s'exclamèrent en choeur avant que la joie n'éclate de tous les côtés.

Ballotée, remuée de toute part, je sentais des bras me serrer, des lèvres m'embrasser, des coeurs battre contre le mien et des larmes se mêler aux miennes.

Et dans cette liesse générale, je n'aurais su dire qui était qui. Il n'y avait plus d'individus, mais un grand tout, dont, pour la première de ma vie, je faisais partie. Un cocon plus chaleureux et douillet qu'un filet de fil de naïs, que ni l'orage, ni la pluie ne parviendraient à vaincre.

Chapitre 2

Je marquai un temps d'hésitation, la main en suspend au dessus de la poignée de la porte.

Ma nuit avait été étonnemment bonne et je m'étais réveillée pleine d'énergie pour ce premier jour en tant qu'Ïlqana.

Ma première envie fut de me rendre au bureau de mon père pour y mettre un peu d'ordre.

L'espace d'un instant, j'imaginai ce dernier en pleine lecture des rapports, ou rédigeant des courriers.

Il détestait ce travail et restait rarement plus de deux heures d'affilé à travailler avant de partir s'entraîner sur le terrain d'exercice. Il expédiait les affaires courantes en moins d'une semaine pour ensuite fuir sur le Front combattre directement nos ennemis. Aucune stratégie. Rien que la force brute qui lui permettait de fuir ce sentiment d'impuissance face à la présence sans cesse renouvelée des Peurs.

Cette stratégie lui avait coûté la vie, et n'avait pas détruit notre Ennemi.

En découvrant son bureau, allais-je trouver des informations qu'il aurait pu manquer, utiles à notre cause ?

La pièce était spatieuse, ses deux hautes fenêtres laissant largement les rayons du soleil innonder les lieux. Le bureau se trouvait vers un des murs, à droite de l'entrée.

Je m'approchai.

Je m'attendais à découvrir une pile de dossiers empilée là, mais le bureau était parfaitement libre. Les étagères derrière refermaient néanmoins une véritable bibliothèque.

J'avançai vers cette dernière.

Chaque côte était marquée d'une date. Je pris la plus ancienne, et m'installai au bureau. Les rapports remontaient à l'époque de mon ancêtre, le grand-père de mon père. Il avait entamé des descriptions détaillées sur les attaques des Peurs, leur façon de procéder, ou les différents comportements qu'ils avaient pu observer.

Je feuilletai ainsi tout le livre rapidement, à la recherche je suppose d'une donnée que le temps avait fini par nous faire oublier, mais je n'appris rien de nouveau que je ne savais déjà.

Je poursuivis ma lecture des tomes suivants, malgré moi absorbée par la rédaction de mes ancêtres.

Mon arrière grand-père était un général à la pensée concise et claire. Ses rapports ne donnaient pas plus de détails que nécessaire et il allait rapidement à l'essentiel. Son successeur révéla un esprit plus philosophe où les théories fleurissaient selon les comportements des Peurs dans les situations qu'on lui rapportait ou qu'il avait observé lui-même.

Mon père avait peu rédigé quand à lui. Cela ne m'étonna guère. Sur le front en permanence, il n'avait probablement jamais vraiment trouvé le temps d'écrire ses impressions sur nos ennemis. Et une fois de retour de ses campagnes, il préférait certainement faire la fête et profiter de sa famille plutôt que s'enfermer dans son bureau pour y rédiger ses rapports de guerre. Je notai toutefois qu'il avait été le seul à chercher à entrer en contact avec les pays voisins. Les rares rapports qu'il avait consenti à écrire étaient des comptes-rendus des échanges qu'il avait eu avec ces étrangers dont nous savions si peu de choses.

Cuieuse d'en apprendre plus sur eux, je m'apprêtai à lire la suite lorsque l'on toqua à la porte.

-Oui ? Qui est là ?

-Ïlqana ? C'est Emile. Je peux entrer ?

-Bien sûr !

Mon majordome pénétra dans le bureau, le dos droit, son costume tiré comme à son habitude à quatre épingles.

Son regard se posa aussitôt sur moi. Il s'approcha.

-Bonjour Ïlqana. J'espère que je ne vous dérange pas….

-Bien sûr que non Emile. Qu'est-ce que c'est ?

Il tenait entre ses mains un carnet, comme ceux qui s'entassaient dans mon dos. L'homme me le tendit.

-Ce sont les derniers rapports, en provenance de toutes les régions. J'ai pris la liberté d'attendre de tous les recevoir avant de vous les transmettre, le temps que votre prise de fonction se fasse.

Je récupérai le dossier.

-Vous avez bien fait. Au moins n'ont-ils pas été égarés. Voyons ça.

J'ouvris le carnet et découvris une liasse de lettres empilées, d'écritures différentes. J'y trouvais les derniers bilans économiques, ainsi que les listes des incidents notés sur le dernier mois, le recencement des Peurs créées, l'âge de leurs créateurs, et si elles avaient été éliminées.

-Je suppose que vous les avez lu ?

-Oui Ïlqana. Toujours.

-Pouvez-vous m'en faire un rapide résumé ?

Cette demande parut surprendre l'homme mais il s'abstint de tout commentaire.

-Le nombre de Peurs est devenu tellement important que nos garnisons sont complètement débordées. Les soldats au Front n'ont plus d'espoir quand à éradiquer l'Ennemi mais se concentrent pour au moins l'empêcher d'entrer sur le territoire. Leur mission consistant à sillonner le pays pour rabattre les Peurs à nos frontières n'est plus mise en rigueur depuis déjà six bonnes années.

J'acquiesçai. Et tirai un dossier que j'avais mis de côté. Je l'ouvris et désignai la liste des personnes notées. Il y en avait deux pages entières.

-Qui sont ces personnes ? Pourquoi ces rapports ont-ils été rédigé par des médecins et que signifient les dates annotées à côtés des noms, ainsi que le nom des villes ?

-Il s'agit d'une épidémie. Du moins c'est la conclusion qu'en avaient tiré votre père et le Conseil. Des cas isolés qui se sont répétés un peu partout dans le pays depuis plusieurs années.

-Pourquoi n'en ai-je jamais entendu parler ?

-Parce que le nombre de victimes n'a pas été suffisant pour qu'une alerte soit donnée. Et que la maladie en question ne semble pas mortelle au premier abord.

-Pourquoi s'en inquiéter dans ce cas ? M'enquis-je. Mon père avait certainement déjà largement de quoi s'occuper avec les Peurs pour se soucier d'une maladie non mortelle et peu répendue. Je ne comprends pas…..

-Vous avez raison, mais il s'est averré que les cas se sont rapidement multipliés. Et qu'aucun traitement n'a encore été trouvé. Aujourd'hui, ceux infectés s'en prennent aux populations mais du fait de leur nombre de plus en plus importants, les agressions sont de plus en plus courantes et le nombre de morts et de blessés augmente. Entre la présence des Peurs et celles des ces malades agressifs, les gens osent de moins en moins s'éloigner des villes ou de leurs villages. Les cultures les plus éloignées sont laissées à l'abandon et nous notons que le prix des matières premières ne cesse d'augmenter, du fait des risques plus élevés pour les obtenir.

J'acquiesçai en grimaçant.

-Mon père était-il au courant de ces difficultés ?

-Oui….Mais elles n'avaient pas encore atteint un niveau suffisant pour l'inciter à laisser le Front. Aujourd'hui, je crains qu'il ne faille sérieusement revoir la question des priorités. Le front ou les incidents internes.

Je me massais les arcades sourcillères.

-Très bien….Autre chose ?

-Les nobles ont encore envoyés des demandes de diminution des impôts. Votre père ne les ménageait pas, mais ils le craignaient. Je vous invite à ne pas ignorer votre noblesse Ïlqana. Ils ne se soucient guère du problème des Peurs, comme vous le savez, mais possèdent les richesses du pays. Si ils décidaient de se soulever contre votre famille, ils auraient juste à couper tout le commerce.

-Ce ne serait pas dans leur intérêt. Sans eux, nous ne pouvons financer la défense du pays et tout le monde a à y perdre. Toutefois, avec les problèmes déjà existants, je n'ai pas vraiment besoin d'être en lutte de pouvoir avec mes nobles.

-D'autant plus que vous allez devoir choisir parmi eux pour votre mariage, m'informa Emile, mal à l'aise. Il serait de mauvais ton d'être en désaccord avec votre promis et sa famille avant même d'être mariés.

Mon coude manqua le bureau. Je me rattrapai à la table de l'autre main.

-Je vous demande pardon ?

-Mmh…Oui…Votre mariage Ïlqana….Enfin….Ce n'est certes pas dans les affaires prioritaires, néanmoins, le Conseil finira par exiger un héritier de votre part afin d'éviter d'avoir un pays sans successeur.

-Eryn prendra ma place si jamais je venais à mourir, l'interrompis-je.

-Ou-Oui….Probablement….Mais la présence d'un enfant sera une assurance de plus.

Je frissonnai.

-Y a t-il autre chose que je dois savoir ? L'épidémie, beaucoup de morts, les Peurs nombreuses, l'inflation des prix sur la vente des matières premières et leur productivité en baisse constante sur ces dernières années…..Et la colère des nobles qui se sentent surtaxés….

Je laissai de côté l'idée du mariage et Emile eut le bon sens de ne pas revenir dessus.

-Non Ïlqana. Pour le moment nous avons fait le tour des principaux sujets à traiter.

-Et bien…Je sens que les réunions avec le Conseil ne vont pas être de tout repos, soupirai-je. Bon….Voyons le trésor royal à présent. Emile, savez vous où se trouve le carnet des comptes le plus récent de mon père ? Car c'est lui qui va définir exactement quelle type de défense nous allons pouvoir adopter.

-Je vais vous le trouver Ïlqana."

L'homme repartit au pas de course. Je me laissai aller dans mon fauteuil en soupirant.

Je n'étais pas au pouvoir depuis une heure que je me sentais déjà fatiguée !

Comment mon père avait-il fait pour tenir trente ans sur le trône ?

Premières doléances.

Des cris me parvinrent du couloir, ce qui ne présageait rien de bon. Je m'enfonçai au fond de mon fauteuil, me redressai à contrecoeur et pris une grande inspiration.

Ca allait bien se passer.

"Vous n'aviez pas le droit ! Assassins ! Monstres sans coeur ! J'espère que l'Ïlqana vous fera exécuter pour vos crimes !

La porte s'ouvrit et je découvris une femme avancer d'un pas rageur dans ma direction, le regard brûlant de haine.

Elle se stoppa brusquement à quelques pas de moi et pointa de la main les trois gardes qui la suivaient à quelque distance de là. Je frissonnai en constatant que deux d'entre eux avaient du sang sur les habits et la peau.

-Vos hommes ont assassiné mon fils ! J'exige qu'ils soient exécutés !

Sa robe était complètement de travers, comme si elle s'était démenée comme une démone pour atteindre la salle d'audience, et son visage sillonné de larmes séchées brûlait de haine.

Je pris le ton le plus calme que je pus.

-Les gardes ont pour mission de protéger la population. Si ces hommes ont commis une erreur, ils seront jugés et condamnés à la hauteur de leur crime. Néanmoins, laissez-moi entendre toute l'histoire de votre bouche, puis de la leur. Si crime il y a eu, soyez assurée qu'ils seront punis.

-Ils ont assassinés mon fils ! Là ! Devant moi ! Cet homme lui a passé son épée à travers le corps, et cet autre garde lui a ensuite tranché la gorge ! Regardez leurs habits ! Je ne mens pas ! Ils l'ont tué ! Ils doivent mourir !

Je levai le regard vers les trois accusés.

-Eh bien....Qu'avez-vous à répondre face à ces accusations messieurs ?

L'un des hommes s'avança, et je lus une profonde tristesse dans son regard. Il baissa les yeux.

-C'est vrai Ïlqana. Nous avons tué ce jeune homme. Nous n'avons pas eu d'autre choix et avons agis dans l'urgence.

-Détaillez.

Il ramena son regard sur moi.

-Il était devenu un homme-bête Majesté. Sa violence et son agressivité n'ont fait qu'augmenter au fil des semaines. Il y a eu plusieurs plaintes de la part des voisins qui n'osaient plus sortir de chez eux à cause de lui. Nous avons tout d'abord pensé qu'il traversait une période de révolte, comme peuvent l'avoir certains jeunes parfois. Il a déclenché plusieurs bagarres, dans lesquelles il a cogné tellement fort ses adversaires que deux d'entre eux ne seront peut-être plus jamais en état de travailler. C'était il y a un mois.

-Calomnies ! S'écria la femme. Bran était un brave garçon ! Qui n'a pas hésité une seule seconde à prendre les armes contre les Peurs durant toutes ces années ! Il a sauvé la vie à des dizaines de personnes, enfants comme adultes ! Mon fils n'est pas un monstre !

-Donc votre garçon s'est exposé aux Peurs durant des années c'est ça ? Avez-vous noté un changement de comportement chez lui ?

-C'était un adolescent ! Rétorqua la femme. Bien sûr que son comportement a changé ! Il se rebellait parfois, mais il n'a jamais eu un mauvais fond ! Toutes ces râgots sur son prétendu comportement sont une honte ! Je sais comment j'ai élevé mon garçon Madame ! Et jamais il n'aurait pu faire de telles choses !

-Vous parlez des bagarres ?

Un de mes hommes se râcla la gorge.

-Il n'y a pas seulement que la violence physique Ïlqana. Bran a tenté plusieurs fois de voler à l'étalage. Il s'est fait prendre et a nié ses intentions. Et puis, il était visiblement un peu trop insistant auprès des jeunes filles de son âge. Elles avaient peur de lui. Il a reçu plusieurs avertissements, mais ça n'a servi à rien.

-Ces filles ne cessaient de lui tourner autour ! Des aguicheuses qui ont joué à un jeu qu'elles ne maitrisaient à l'évidence pas ! Aucun homme sain d'esprit résisterait à une gamine de seize ans qui passe son temps à le tenter ! Alors un jeune homme dans la force de l'âge ! Ces pestes ont eu ce qu'elles méritaient !

-D'après leurs témoignages, c'était lui qui était trop insistant envers elles, insista le garde.

La femme me dévisageait, en attente d'un châtiment que j'étais la seule à donner. Je me redressai finalement sur mon siège.

-Très bien. Madame….Je suis profondément attristée de vous savoir privée de votre fils. Je n'ai jamais perdu d'enfants moi-même, mais je viens de dire adieu à mon père l'Ïlqa, et je me doute que votre souffrance doit être plus terrible encore. Les parents ne devraient jamais avoir à enterrer leurs enfants. C'est une cruauté de la vie sur laquelle je n'ai malheureusement aucun pouvoir. Je ne peux vous rendre votre fils, mais je vous propose de prendre un serviteur qui pourra au moins exécuter les tâches que Bran faisait chez vous. Quand à la cérémonie d'adieu de votre enfant, voyez avec mon trésorier. Demandez ce que vous voulez pour offrir un dernier adieu à ce brave garçon qui soit digne de lui.

Je marquai un temps pour inspirer profondément.

-Gardez en tête comment était votre fils avant de devenir violent. Déclarer qu'il s'agissait d'une simple crise dû à son âge est une insulte face à ses actes de bravoure. Il a fait montre d'un courage que peu de jeunes de son âge possèdent en s'opposant aux Peurs à plusieurs reprises, et il en a malheureusement payé le prix fort. Les Peurs se nourrissent de nos craintes les plus profondes, et une fois ces dernières enlevées de l'homme, les autres émotions s'en trouvent amoindries. Les véritables coupables de la mort de Bran ne sont pas mes hommes mais les Peurs elles-mêmes. Vote fils ne serait jamais redevenu lui-même, même sans cet incident qui lui a coûté la vie. Et il aurait certainement continué à être violent et à vous rendre malheureuse. Jusqu'à probablement vous blesser, voir vous tuer…..Allez voir le trésorier à présent. Emile, voulez-vous bien accompagner cette femme s'il vous plait ?

Mon majordome quitta sa place prés du mur pour s'avancer et s'inclina devant moi.

-Bien entendu Ïlqana. Venez Madame.

Il prit la main de la femme qui éclata en sanglots tout en le suivant, inconsolable, le coeur brisé.

Je me retrouvai de nouveau seule dans la pièce en compagnie de quelques gardes restés sur place. Je pris une grande inspiration.

-Très bien….Faites entrer la prochaine personne je vous prie….

Les gardes à l'entrée ouvrirent les doubles portes. Je vis arriver un groupe d'hommes et de femmes. Une fois dans la salle, il se scinda en deux parties bien distinctes qui se regardèrent en chiens de faïence.

La tension dans l'air augmenta radicalement.

" Bonjour à vous tous…..

-Ïlqana….

Ils s'inclinèrent, puis restèrent, là, sans que nul n'ose prendre la parole.

-Je vous en prie….Dites-moi ce qui vous amène ici.

Une des femmes du groupe le plus petit fit un pas dans ma direction. Elle écarquilla les yeux, incapable de détacher son regard du mien. Je la vis déglutir, et craignis un instant qu'une Peur ne se forme entre nous. Mais l'inconnue se ressaisit et prit la parole.

-Ïlqana, je suis Irina Mötha, cousine de Sëgga Dhymaqî. Je n'ai jamais eu le plaisir de vous rencontrer….

J'acquiesçai sans l'interrompre.

" Je suis une des responsables de la gestion des mines de saphir et de charbon de la région de Nïzöma. Depuis bientôt un an, nous avons des soucis de main d'oeuvre. Les ouvriers désertent de plus en plus les mines. A la mort de l'Ïlqa, les abandons de postes ont doublé et le nombre de Peurs a lui aussi nettement augmenté sur les sites. Le recrutement d'ouvriers est devenu impossible. Personne ne veut plus s'enfoncer sous terre. Pour garder les ouvriers restants, mon cousin a donné la moitié de sa garde aux sites afin de veiller à la sécurité des ouvriers durant leur travail. (Elle jeta un regard au groupe avec désapprobation.) Mais ils refusent toujours de travailler, et ma famille est en train de se faire ruiner, et la région s'appauvrit à cause d'eux.

-A cause de nous ! S'écria un des mineurs. On voit que ce n'est pas vous qui vous rendez sous terre pour aller extraire vos gemmes ! Vous restez en sécurité à l'air libre avec des gardes ! Vous savez tous les dangers auxquels nous sommes exposés à chaque seconde passée dans ce trou ?! Et tout ça pour quoi ? Décorer vos cous et vos doigts de nobles avec des cailloux brillants ! Je refuse de sacrifier ma vie pour de stupides cailloux !

-Vous le faisiez pourtant bien jusqu'à présent, intervins-je avec douceur. Et j'ai connaissance que vos salaires, pour les risques que vous prenez, sont plus élevés que dans la majorité des métiers…..Est-ce que c'est vrai ?

Il y eu un silence.

-Ouais, acquiesça un autre. Pour ceux d'entre nous qui savons correctement gérer les sous, nous sommes même plus riches que certains petits nobles. De ce côté là, on ne peut pas se plaindre.

-Mais c'est devenu trop dangereux ! Rétorqua le premier avec insistance. M'en fous du salaire ! Tant que je ne serais pas assuré que l'on ne risquera plus rien, je ne retournerais pas travailler !

-Je comprends, lui assurai-je.

Et de ce fait, c'était le cas. Je ne pouvais pas leur en vouloir de craindre pour leur vie. Si j'avais déjà combattue des Peurs, je n'apprécierais pas de le faire dans un endroit aussi fermé qu'une mine.

"Irina Mötha, je suis navrée mais je vous demande de fermer les mines où le plus de Peurs se forment pour le moment.

-Qu-Quoi ? Mais….Ïlqana….!

-Les soldats affectés à la protection de ces mines iront renforcer la protection des sites restés ouverts. Je ne peux malheureusement pas vous envoyer des soldats de renfort. Le front demande la nécessité de tous nos effectifs. C'est la seule solution que je vois pour assurer une sécurité suffisante aux mineurs.

-Mais…Nous allons perdre énormément de chiffres !

-Si vous n'avez plus de mineurs pour travailler, vous perdrez bien d'avantage. Je veux que chaque équipe de travailleurs soit en permanence accompagnée d'une équipe de soldats efficaces. Messieurs, dans ces conditions, accepterez-vous de retourner travailler ?

Je les vis échanger des regards.

-Si le nombre de soldats est suffisant et bien armé, alors oui….Personnellement, ça m'ira.

Les autres approuvèrent.

-Parfait.

Je vis la noble serrer les poings sans rien ajouter.

-Y a t-il autre chose ? M'enquis-je à l'adresse du groupe.

Ils secouèrent la tête.

-Ïlqana, intervint Irina Mötha. Et si mes soldats refusent de se rendre dans les mines ?

-Alors chacun y perdra. Ces braves travailleurs n'auront plus de quoi vivre. Vous ne ferez plus de commerce de saphir et perdrez une partie de vos revenus….

-N'y a t-il rien que vous puissiez faire ? Une façon de détruire les Peurs de façon radicale ?

Je me laissai aller au fond de mon fauteuil.

-Ne croyez-vous pas que si l'Ïlqana connaissait un moyen d'enrayer la menace des Peurs, elle ne l'aurait pas déjà mise en oeuvre ? Intervint un de mes gardes.

La noble serra les poings, n'appréciant à l'évidence pas qu'un garde prenne la parole à ma place de façon si familière. Elle garda son regard braqué sur moi.

-Allez savoir….Vous êtes bien entourée ici….Et puis, il paraîtrait que les Peurs vous craignent et que vous n'en avez jamais créé vous-même…..Peut-être bien que vous connaissez vous et votre famille un moyen de vous protéger contre elles. Mais que, par soucis de conserver votre rang d'Ïlqa, vous veillez à ne pas nous transmettre ces informations…..

-Vous dépassez les bornes Madame ! Se récria l'homme en tirant une partie de son épée de sa gaine.

Je levai la main pour l'arrêter et me levai.

Aussitôt je vis chacun faire un pas en arrière par réflexe. Je m'approchai de la noble.

-Je vois que vous êtes bien renseignée. Je n'ai effectivement jamais créé de Peurs….Ce qui n'est pas le cas de ma famille, même si ils en ont peu à leur actif. Si cela vous pose un problème et que vous souhaitez prendre mon titre Sëgga, je vous en prie. Mais sachez que vous devrez oublier vos soirées festives. Vous passerez une partie de votre temps assise dans ce fauteuil à écouter votre peuple vous annoncer qu'il se meurt et qu'il veut que vous trouviez une solution. Et si vos soldats du front perdent trop la foi dans la guerre, il vous faudra vous rendre vous même au front et combattre à leurs côtés….Quitte à y laisser la vie….Parce que c'est cela, le rôle de l'Ïlqa. Protéger le peuple….Si demain j'apprends qu'effectivement je me dois d'aller combattre avec mes hommes ou soutenir un de mes nobles dans sa propriété et prendre les armes, je n'hésiterais pas une seule seconde. Et si je dois combattre les Peurs de front seule, parce qu'il n'y a plus le moindre soldat pour me prêter main forte, je suis prête à me battre et à tuer le plus de Peurs possible avant d'y laisser moi-même la vie ! Est-ce le rôle que vous souhaitez endosser Madame ? Je vous en prie. Les hîsôqii devront bien évidemment accepter votre prise de pouvoir, mais je vous laisse tenter votre chance….

La femme recula, les mâchoires crispées sous l'effet de la colère. Elle baissa les yeux à contre-coeur.

-Je crains que mes paroles n'aient dépassé ma pensée….Je…vous prie de m'excuser Ïlqana….Non, je ne souhaite en aucun cas prendre votre place….

-Parfait….Pensez-vous pouvoir augmenter le nombre de soldats dans les mines ?

-Ou-Oui…..Je…je convaincrai ma cousine du bien-fondé de cette décision.

-Excellent. Je vous remercie du soin que vous prenez de vos employés…..Y a t-il autre chose dont vous souhaitiez me faire part ?

Je m'adressai au groupe complet mais nul ne reprit la parole.

" Bien….J'ai conscience du trajet que vous avez dû effectuer pour venir me parler et je vous en remercie. Je laisse mes hommes vous raccompagner….Si il y a de nouveaux soucis, n'hésitez pas à revenir ou à envoyer un émissaire.

-Merci Ïlqana.

Je fus soulagée de constater qu'en dehors de la noble, les mineurs semblaient plus apaisés qu'à leur arrivée.

Autour de moi, les couples évoluaient, tournoyaient sans fin, au son de la musique entraînante. Elle se mêlait aux éclats de rires et au brouhaha des conversations, hors du temps.

Je pouvais voir les nobles dans leurs plus beaux atours se mélanger aux bourgeois et aux villageois. Il était facile de distinguer chaque classe sociale, même avec une telle foule.

Si il n'avait tenu qu'à moi, je n'aurai invité que les bourgeois et les villageois. Ils étaient les premiers exposés au danger que représentaient les Peurs. Les premiers à mourir. Face à de telles menaces, je ne pouvais espérer que des réactions sincères. Un homme ou une femme qui pouvait se faire tuer à tout instant s'encombrait-il de plans retors pour nuire à ma famille ?

Je ne le pensais pas en tout cas. Il avait déjà largement de quoi faire pour survivre.

Les nobles, eux, pouvaient compter sur leurs gardes pour assurer leur sécurité. Et ils avaient suffisamment de temps pour comploter. Ce bal n'était rien pour eux. Excepté peut-être une insulte pour leur rang social, à les mêler à des gens de "basse extraction".

J'espérai toutefois qu'il y verraient plutôt une excentricité de ma part. Mais ne pas les inviter aurait été une plus grande insulte encore. Je n'appréciai pas la Noblesse et les excés qu'elle représentait, mais j'avais néanmoins besoin d'elle. Je ne pouvais me permettre de perdre son appuie.

"Théa Vämïga ! Ïlqana ! Ici !"

Je tournai la tête, surprise par le ton si familier. En dehors d'Eryn, je n'avais jamais entendu personne prononcer mon prénom avant mon titre.

Loin de me déplaire, je songeai un instant que c'était peut-être bon signe.

Je cherchai mon interlocuteur et découvris un jeune homme d'environ vingt-deux ans, en compagnie de deux paysans. Le jeune homme avait passé un bras par dessus les épaules de chacun de ses compagnons de cette façon si familière et osée qu'adoptaient souvent les nobles de son âge. Souvent libres d'agir comme ils l'entendaient, sans devoirs à respecter tant que leurs parents géraient les terres, les jeunes nobles étaient les plus excentriques de tous. Riches, protégés, et libres de la plupart des obligations de leurs aînés, ils étaient souvent les plus critiqués par les autres classes sociales.

Je m'approchai des trois hommes.

-Ah ! Théa ! Ça me fait tellement plaisir de vous revoir !

Déroutée par son approche inhabituelle, je dévisageai le jeune homme. Il s'adressait à moi comme si nous nous connaissions, pourtant je n'avais aucune idée de qui il était. J'avais eu l'occasion de côtoyer les fils de seigneurs à une époque, mais mes devoirs en tant qu'héritière m'avaient éloignée d'eux ces cinq dernières années.

-Bonsoir Messieurs….

Avant que je ne puisse ajouter autre chose, le noble m'interrompit en s'inclinant.

-Veuillez pardonner mon manque de civilité. Théa est une très vieille amie, et voilà longtemps que nous n'avions pas eu l'occasion de nous voir. Théa, voici les frères Grahalo .

J'hésitai une fraction de seconde. Je n'avais aucune idée de qui était le jeune noble, mais énoncer cette ignorance risquait de me faire passer pour une dirigeante qui ne connaissait pas sa propre cour….Et ainsi me rendre encore plus inacceccible aux hîsöqii.

Je tendis ma main aux deux hommes, qui rougirent dans un bel ensemble en me voyant faire, avant d'accepter d'échanger une poignée.

-Je suis enchantée de faire votre connaissance Messieur. Et très heureuse que vous soyez venus.

-Oh….Pour être franc avec vous Ïl….Ïlqana…Nous…nous nous apprêtions à partir….

-Oh….Mais….Pourquoi ? Quelque chose ne va pas ?

Mon inquiétude parut transparaître sur mes traits car l'homme leva aussitôt les mains pour me rassurer.

-Il n'y a rien de grave, je vous assure madame….Simplement….Nous ne nous sentons pas tellement à notre place ici….

Il balaya le bal d'un geste de la main pour englober la scène.

" Nous sommes des roturiers….Tout ceci….C'est beaucoup trop….Enfin…Je veux dire….Qui sommes nous pour mériter autant ?

-Vous êtes ceux qui nous permettent de manger, tous autant que nous sommes…Vous nous nourrissez, nous habillez…..nous soignez….Ce n'est qu'un bal, mais je tenais quand même à ce que vous en profitiez….En ces temps difficiles, il est important que tout le monde s'amuse de temps à autre ne pensez-vous pas ?

Je vis les yeux des frères Grahalo briller de reconnaissance.

-Votre père était lui-aussi dans cette optique, lâcha l'aîné avec un pâle sourire néanmoins sincère. Il est regrettable que la guerre l'ait maintenu loin des hîsöqii une bonne partie de son règne. Je suis heureux de constater que ses bonnes habitudes perdurent avec vous Ïlqana.

J'inclinai la tête.

-Je vous remercie monsieur. C'est un immense compliment que vous me faites là, j'en ai grandement conscience.

-C'est vrai que l'Ïlqana ressemble beaucoup à son père. A la différence qu'elle n'a jamais créé de Peurs de toute sa vie ! N'est-ce pas tout à fait incroyable ?

Je me crispai.

-Je ne crois pas….Sëgg, je n'aime guère aborder ce sujet…..

Le jeune homme rit.

-Il n'y a pas de quoi en avoir honte ! Bien au contraire ! Les Vämïga sont reconnus pour leur courage et vous semblez en posséder bien d'avantage que tous vos ancêtres réunis ! Vous êtes le mélange parfait….! Je ne crois pas qu'il existe une autre personne sur cette terre qui puisse se vanter d'un tel exploit….Demandez à n'importe qui !

-Non….Je n'ai pas envie….Je doute être la seule dans ce cas. Les autres cas ne nous sont pas connus voilà tout.

-Ah oui ? Et bien il suffit de demander….Eh ! Lucius ! Tu tombes bien ! Par ici !

Un jeune homme de mon âge qui passait non loin tourna la tête dans notre direction à l'entente de son prénom. Il s'approcha.

-Adam ? Que t'arrive t-il ? Oh ! Ïlqana !

Le nouveau venu s'inclina aussitôt face à moi.

-Bonsoir Lucius Ïgëo….Je suis heureuse que vous et votre père soyez venus.

-Nous n'aurions manqué votre bal pour rien au monde Ïlqana !

-C'est bien aimable à vous.

-Lucius….Nous étions en train de discuter, et je disais que l'Ïlqana était la seule personne d'Hîsöq à n'avoir jamais créé de Peurs….!

-La seule, je n'en sais rien, lâcha Lucius, mal à l'aise soudain. Mais en tout cas, je n'ai jamais entendu dire que d'autres personnes avaient cette même particularité ! Ne le prenez surtout pas comme un repproche Ïlqana ! Dans votre position, c'est plutôt une très bonne nouvelle pour nous vous savez ?

-Et bien….Je ne peux que vous croire sur parole !

Lucius se râcla la gorge, embarrassé.

-Mmh….. Mais dites moi Ïlqana….Il me semble à bien y réfléchir que l'Ïlqana Shana votre mère a elle aussi eu une période où elle n'a pas créé la moindre Peur.

J'acquiesçai.

-En effet. Peu de temps avant ma naissance elle a paru complètement immunisée contre leur menace.

-Moi j'ai surtout entendu dire qu'elle n'a jamais manifesté un très grand instinct maternel. Pourtant c'était une femme d'apparence plutôt douce et aimant la nature, intervint Adam.

-Selon mon père, elle n'était pas prête à enfanter lorsque je suis née. Et elle a très mal vécu cette première grossesse. Elle a fait un déni pendant de nombreux mois. Je crois qu'elle a réalisée qu'elle était enceinte à six mois de gestation. Son corps s'est modifié en à peine quelques jours et ça a été terrible pour elle. Ma soeur a eu plus de chance de son côté.

-Votre mère a eu beaucoup de chance de ne pas se faire tuer par une Peur durant l'accouchement si ce dernier s'est si mal passé que ça. C'était une femme courageuse.

J'acquiesçai.

-En effet….

-C'est tout de même étrange….Comment une femme ne peut-elle pas s'apercevoir qu'elle est enceinte ? Avec vos rituels ne savez-vous pas à coup sûr que vous êtes enceintes ou non ?

-Le résultat n'est pas totalement fiable, lâchai-je, me retenant avec peine de rire.

-Une semaine de rituels pour un résultat qui n'est même pas certain ? C'est bien une idée de femme ça ! Lâcha un des paysans. Et pendant ce temps, c'est nous qui sommes privés ! La gente féminine est bien cruelle !

Je levai ma coupe vide, un sourire sur les lèvres.

-Messieurs, veuillez m'excuser. Je dois récupérer un autre verre !"

Je quittai le groupe sans attendre.

Je n'aimais guère discuter des détails de mon passé.

Ma mère n'avait jamais été tendre avec moi, et l'affection qu'elle m'avait manifestée avait toujours été accompagnée d'un reproche sous-jacent à ma présence dans ses jupes.

J'avais très tôt appris à l'éviter, ce qui ne m'avait laissée plus que mon père.

Je lui ressemblais disait-on ?

Comment aurait-il pu en être autrement ?

C'était lui qui me consolait, prenait ma défense, m'apprenait des choses comme l'art de la tactique ou du combat. Au grand dam de ma mère qui n'appréciait guère que jc sache ce genre de choses. Il était mon camarade de jeu favori et mon maître d'équitation.

Lorsqu'il partait au front, et ça arrivait malheureusement très souvent, mère tentait de le remplacer, mais nous ne sommes jamais parvenues à tisser un lien aussi fort que celui que j'avais avec mon père. Mon apparition soudaine dans sa vie avait toujours formé un mur infranchissable que les années ne surent malheureusement détruire.

La nuit était bien plus silencieuse que je ne l'imaginais.

Assise sur le rebord en pierre d'un balcon un peu à l'écart de la fête, les pieds se balançant dans le vide, je portai mon verre aux lèvres pour les tremper dans le vin.

"Théa….?

Je sursautai, et sentis un peu d'alcool tomber sur ma main.

Je me retournai.

-Qui est là ?

Une silhouette sortit de l'ombre. Je fus surprise de reconnaitre Lucius.

-Pardon Ïlqana….Je ne voulais pas vous faire peur….

-Vous ne m'avez pas fait peur….Je pensais avoir trouvé une bonne cachette pour avoir un peu de calme mais elle ne semble pas suffisament bonne pour vous on dirait.

Je le vis rougir d'embarras.

-Je vous dérange….Je comprends…Je vais vous laisser dans ce cas….

Il s'apprêtait à tourner les talons lorsque je poussai un soupir.

-Non, ne vous en faites pas pour moi…..Restez donc…..Je ne suis pas cencée être seule.

-Oh….D'accord….Merci….

Il s'accouda à mes côtés, et baissa les yeux sur le jardin en contrebas, plongé dans une semi-obscurité piquée de centaines de lampions dispercés un peu partout sur l'immense terrain.

Le silence s'installa entre nous. Je commençai à regretter de l'avoir invité à rester si il demeurait ainsi muet.

-Je tenais à m'excuser pour tout à l'heure. Il est évident que la discussion vous a mise mal à l'aise. Je n'aurais pas dû insister.

Je haussai les épaules.

-Elle a toujours fait les gorges chaudes, d'aussi loin que je me souvienne…..Ce que vous avez dit n'est rien comparé à certains commentaires de domestiques aux intentions inavouables. Mais je suis surprise en vérité. Je n'aurais pas cru que les étranges circonstances de ma naissance alimentent encore les discussions de nos jours…..

-Elle intéresse tout le monde Ïlqana. Vous ne pouvez pas en vouloir aux gens. Vous êtes la seule personne que nous connaissons à ne jamais avoir créé de Peurs. Beaucoup de monde continue de s'interroger sur cette capacité.

-Et me craignent en conséquent, terminai-je sombrement.

-Oui….En effet….., reconnut le jeune homme….Mais ça ne signifie pas pour autant qu'ils ne veulent pas de vous pour les diriger !

-Votre père ne semble pas du même avis que vous….Je sais qu'il ne serait que trop content de prendre ma place. Si il savait comme je serais plus qu'heureuse de la lui laisser !

-Ne dites pas de telles choses Théa….Je ne veux pas que mon père vous remplace. Ce serait une catastrophe pour le royaume.

Je posai mon regard surpris sur le jeune homme.

-Au moins sommes-nous d'accord sur ce point.

-Vous êtes l'aînée, il est normal que vous soyez le successeur de l'Ïlqa.

-Peut-être…Mais si les gens sont doués pour une chose, quelque soit leur classe sociale, c'est bien dans la propagation de rumeurs totalement infondées et malheureusement ravageuses.

-Les superstitions sont une choses, et les faits une autre. Or, pour les paysans ce sont les faits qui les intéressent. Et pour le moment, ils sont que vous n'avez jamais créé de Peurs, que vous savez drôlement bien vous battre à ce qu'il paraitrait et que les Peurs vous craignent. Sans compter que votre soeur vous soutient en toutes circonstances, à coups d'ongles si il le faut. Ce sont de bonnes rumeurs au final. Vous ne pensez pas ?

-Vraiment ? Quand donc Eryn a t-elle attaqué quelqu'un à coups d'ongles ? M'enquis-je, intriguée.

Le jeune homme rit.

-Plusieurs d'entre nous y avons eu droit au fil des années, et croyez-moi, elle n'y ait jamais allée de main morte ! En vous légant le titre, votre père a prouvé qu'il était convaincu que vous étiez la meilleure personne pour protéger ce royaume. Ce n'est pas rien vous savez ? Ces marques de confiance incroyable valent bien quelques potins vous ne croyez pas ? L'étrange enfant sans Peurs désignée comme la meilleure protectrice qu'Hîsöq pourrait espérer avoir.

Je le fixai sans rien dire, jusqu'à le voir baisser les yeux avec embarras.

-Ne me regarde pas comme ça Théa….Comment puis-je sinon agir comme un noble envers son Ïlqana ?

A présent c'est moi qui me sentis mal à l'aise.

-Excuse-moi…..Tu as raison….Mais ça faisait longtemps que nous n'avions pas discuté tous les deux, et t'entendre me vouvoyer, comme si tu t'adressais à une étrangère….ça me fait bizarre….

Il grimaça.

-C'est toi qui as décidé de m'écarter de ta vie je te rappelle.

Il n'y avait aucune rancoeur dans son ton, simplement une profonde nostalgie.

J'acquiesçai.

-Oui….Je suis désolée….Mais nous étions trop jeunes….Nous ne pouvions pas continuer à nous voir. Père ne l'aurait pas accepté. Pas si jeunes….

-Quatorze ans, ce n'est pas si jeune que ça pour se marier.

-Dans les villages, les filles se marient à cet âge uniquement quand elles n'ont pas le choix, c'est à dire quand elles sont enceintes et que le bébé s'accroche. Ma vie va avant tout à Hîsöq….Aurais-tu accepté à l'époque de te lier à une fille qui aurait fait passer son peuple avant sa famille et son époux ?

Le jeune homme grimaça.

-Non….Probablement pas….Je te voulais pour moi tout seul.

-Et je pensais la même chose….Voilà pourquoi nous ne pouvions continuer à nous fréquenter….Je ne regrette toutefois absolument rien….

-Ah ah…Je….Je prendrais ça pour un compliment, lâcha t-il, mi-figue, mi-raisin….

Le silence revint entre nous, tendu.

-Dites Théa….?

Le vouvoiement remplaça naturellement la distance entre nous, et j'en fus soulagée.

Le passé appartenait au passé.

-Oui ?

-Vous comptez rester cachée ici jusqu'à la fin de la soirée ?

-Je….Je ne me cache pas ! Rétorquai-je.

Je vis son sourire à la lueur des chandeliers.

-Eh bien….se trouver sur un balcon dans la semi pénombre, à l'écart de la fête, où il n'y a pas ou peu de passage…..ça ressemble quand même à une sacrée cachette vous savez ? Si je ne vous avez pas suivi, je ne vous aurais jamais trouvée !

J'eus une moue amusée.

-Mmh…Vous avez peut-être raison….Qu'est-ce que vous faites Lucius ?

Le jeune homme s'était galemment incliné devant moi.

-Théa Vämïga, m'accorderais-tu l'immense privilège de danser avec moi dans la salle de bal ?

J'écarquillai les yeux.

-Tu veux t'afficher avec moi ? Alors que ton père est pour ainsi dire publiquement en opposition avec moi ? Ne crains-tu pas d'avoir quelques soucis avec lui ?

Il ricana.

-J'ai *déjà* quelques soucis avec lui. Il pensera peut-être que je veux me rapprocher de toi Théa uniquement par calcul politique….Ou ma mère le penserait certainement elle. Non….J'ai juste envie d'inviter l'Ïlqana à danser au bal qu'elle offre à son peuple. Qu'y a t-il de mal à cela ?

-Rien…Enfin, je crois.

-Parfait ! Dans ce cas….

Il m'attrapa la main pour m'entrainer à l'intérieur. Son enthousiasme avait quelque chose d'amusant et de touchant et je réalisai une fois encore que malgré nos âges pratiquement similaires, il voyait probablement cette attitude comme une façon de s'opposer à son père. Alors que moi….j'étais cencée choisir un époux rapidement….

Je grimaçai.

J'allais très certainement entendre les cris de protestation de la part des membres du Conseil à la prochaine réunion. Sauf peut-être en ce qui concernait le père de Lucius.

Nous pénétrâmes dans la salle de bal.

Je sentis les regards se poser aussitôt sur moi, mais je n'y prêtai aucune attention. Le large sourire de mon cavalier lorsqu'il s'inclina de façon exagérée devant moi, faisant fi des convenances, me prouva que j'allais finalement peut-être pouvoir m'amuser à cette fête.

J'avais oublié cette extravagance chez le jeune homme, qui m'avait tant plu à l'époque.

Je répondis à sa courbette sur le même ton, avant que nous nous élanciâmes sur la piste. Je notai que les autres couples avaient momentannément stoppé leurs danses pour nous regarder, mais bientôt la fête reprit ses droits et nous cessâmes d'être le point de mire des regards.

Chapitre 3

Le château était agité par mille et une activités.

Décidée à me rendre dans le jardin pour y prendre un peu l'air après cette matinée penchée à mon bureau, j'observai avec plaisir les domestiques qui s'activaient autour de moi. Occupés, ils ne me prêtaient pas d'attention particulière et cela me réjouissait. Je ne voulais pas qu'ils s'interrompent dans leurs tâches, par crainte de ma présence. Mon père amenait les gens à s'incliner systématiquement devant lui chaque fois qu'il traversait le château. Il n'appréciait pas cette manie, mais avait accepté le besoin qu'éprouvaient son personnel à lui offrir leur respect si ils le souhaitaient.

J'espérai qu'un jour moi aussi j'aurai un tel témoignage.

Cela signifierait alors que je remplirais bien mon devoir de protection.

Je passai devant un groupe d'enfants occupés à se courser dans le couloir donnant sur le jardin intérieur et poursuivis mon chemin.

Mes pas me conduisirent ainsi jusqu'au jardin intérieur, libre à cette heure. Eryn ne s'y trouvait pas, ce qui était étonnant. Je passai sous la petite arche fleurie qui marquait l'entrée dans le sanctuaire, et traversais la pelouse. Un cerisier s'étirait au centre des lieux, sous lequel un banc en pierre avait été installé, ainsi qu'une haute fontaine en pierre blanche. L'eau y coulait en permanence exepté lorsque la glace venait la sculpter en formes graciles et scintillantes.

Je m'assis sur le banc, et pris une profonde inspiration.

Un peu de calme au milieu de l'agitation de ces derniers jours ne me ferait pas de mal.

J'avais toutefois plus de chances qu'Eryn. Mon impopularité me permettait d'avoir un peu de paix. Les gens évitaient de m'approcher sans avoir au préalable une bonne raison de le faire. J'avais beau être parfaitement posée la plupart du temps, les gens n'avaient jamais cessé de se montrer prudents envers moi. Eryn restait apparemment plus facile à aborder, ainsi devait-elle subir toutes les excentricités et les complots de la Cour en permanence.

Je ne lui enviais pas ce rôle. Comme elle ne voulait pas du mien. Tout ce qui avait trait à la guerre la répugnait autant que moi les jeux de pouvoir entre les seigneurs de province.

"Nous aurions toutes les deux dû monter sur le trône. Après tout, nous nous complétons bien ensemble."

Des cris de frayeurs me firent bondirent sur mes pieds.

Ils provenaient du couloir d'où jouaient les enfants quelques minutes plus tôt !

Je n'avais qu'un poignard sur moi, que je dégainai tout en me précipitant vers l'entrée du jardin.

Je découvris alors les cinq enfants serrés les uns contre les autres, face à ce qui sembla être un lézard. Il siffla, la colerette autour de son cou se redressa tandis qu'il prenait un air des plus menaçants. Il ne cessait de grossir et avait désormais la taille d'un chat.

Si je n'intervenais pas rapidement, il deviendrait vite difficile à tuer !

Je me précipitai sans bruit, le coeur battant.

Agir avant qu'il ne s'en prenne aux enfants !

Le lézard ouvrit sa gueule pour laisser apparaître de petites dents acérées. Il se tendit face aux enfants terrorisés, et je sus qu'il allait frapper. Sa taille n'avait cessé de grossir, proportionnellement à la peur qui émanaient de ses victime et qu'il absorbait.

Je poussai un cri.

La créature se retourna avec une vivacité fulgurante pour aussitôt me faire face.

Je vis distinctement ses yeux s'agrandir face à l'arme que je dressai.

Les gardes jaillirent à cette seconde dans le jardin et la créature ne perdit pas de temps. Elle se précipita vers moi à toute allure.

-Attention ! Elle fonce droit sur l'Ïlqana !

Je resserrai mes poings autour de mon poignard, jambes fléchies.

"Allez viens ! Je n'ai pas peur de toi !"

Le lézard esquiva sans peine mon attaque.

Un frisson de peur me parcourut lorsque je réalisai l'ouverture ainsi créée au niveau de ma gorge. La Peur était extrêmement vive, et à moins de cinquante centimètres de moi. A cette distance, elle ne pouvait pas rêver mieux pour m'attaquer au niveau de la jugulaire !

Je n'allais pas avoir le temps de ramener mon bras pour frapper !

"Comment mourir stupidement....J'ai laissé la peur me guider et voilà le résultat....Je ne suis même pas effrayée par l'idée de mourir...."

J'écarquillai les yeux de surprise

Loin d'agir comme je le prévoyais, la Peur se ramassa sur elle-mêmes, la queue entre ses pattes, et recula brusquement sans me quitter des yeux.

Son regard braqué sur moi, ses pupilles étaient complètement dilatées.

"Elle a peur....Elle est terrorisée....!"

Cette idée me laissa un instant pétrifiée. Ce regard me fascinait. Comment une telle chose était-elle possible ?

La Peur venait d'être créée, par conséquent elle aurait dû avoir peur de tout le monde…..ou de personne…Sentait-elle le sang Vämïga dans mes veines ?

Non….Je me faisais des idées.

Et puis ça n'avait pas d'importance.

Ma lame s'abattit.

Pour se planter directement dans la terre, là où se tenait la créature une fraction de seconde plus tôt.

Je la cherchai du regard, mais ne vis aucune trace d'elle. Elle s'était volatilisée.

-Ïlqana ! Est-ce que vous allez bien ?

J'acceptai la main d'un garde pour m'aider à me relever.

" Vous n'êtes pas blessée ?

-Non, tout va bien, je vous remercie. Comment vont les enfants ?

Je les trouvai, dans les bras de leurs mères respectives, certainement alertées durant le combat.

L'une d'entre elles semblait d'ailleurs complètement paniquée.

-Isao ! Isao je t'en prie reprend ton souffle !

A genoux par terre, elle secouait sans ménagement le garçon, lui-même en train de suffoquer.

-Elle est en train de le faire s'étouffer avec sa panique ! Compris-je. Calmez-vous madame ! C'est vous qui lui faites ça !

Avant que je ne puisse réagir, le garde envoya son énorme main dans le visage de la femme.

Le souffle coupé, cette dernière se tut aussitôt, ses doigts sur sa joue, stupéfaite.

Instantannément, l'enfant inspira une grande bouffée d'air, et son visage reprit quelques couleurs.

Je poussai un soupir de soulagement.

Nous avions frôlé la catastrophe.

Je m'approchai du garde et posai ma main sur son bras.

-C'était bien pensé Barl.

L'homme s'inclina, un sourire espiègle sur le visage.

-Vous m'connaissez assez pour savoir que j'ai fait ça uniquement pour avoir l'occasion de taper une fille sans pouvoir me faire réprimander pas vrai ma p'tite ?!

Je ris doucement.

-Je ne serais pas surprise que ce soit en effet le cas ! J'ai reçu suffisamment de bleus de ta part à l'entraînement durant toutes ces années pour envisager cette possibilité !

Je promenai mon regard aux alentours.

" La Peur a dû directement partir dans la forêt. Dommage….Que chacun reprenne son poste je vous prie.

-Bien Ïlqana !

Tandis que la foule se disperçait, je m'approchai de la mère et de l'enfant.

-Tu sembles remis Isao....J'en suis heureuse....Mais si besoin, n'hésite pas à aller voir le médecin du château. D'accord ?

Il acquiesça.

-Merci infiniment Ïlqana de l'avoir sauvé.

-Je vous en prie, c'est tout naturel. Vous vous appelez Berth c'est ça ? Vous travaillez avec notre boulanger.

La femme me dévisagea avec surprise. Je lui offris un sourire.

" Allons, je vis ici depuis toujours. Si je ne connaissais pas les visages du personnel, ce serait impardonnable de ma part non ?

-Je...Je ne sais pas Ïlqana....Certains nobles sont dans le même cas que vous, et ils ne retiennent jamais aucun nom, ni aucun visage.

Je haussai les épaules. Les nobles avaient leur propre politique et je n'avais pas envie d'entrer sur ce terrain glissant. Contrairement à mon père, je n'avais jamais approuvé la vie de privilèges, d'insouciance et d'hypocrisie qu'ils menaient. Et si ce n'était pas encore le cas, mon avis ne tarderait pas à se faire savoir sur cette question.

-Isao, je te laisse aux bons soins de ta mère. Fais attention à toi et la prochaine fois, regarde la Peur dans les yeux et bats-toi. Il n'y a que comme ça que tu survivras.

Il acquiesça, son impassibilité quelque peu dérangeante. Sa mère toujours accrochée à lui comme une lionne à son lionceau, je les laissai pour revenir dans le palais.

Je fermai la porte de ma chambre avec soulagement.

La journée avait été terriblement longue. La Peur créée par l'enfant n'avait pas été revue, ce qui me laissait penser qu'elle était partie vers la forêt des Peurs. C'était un phénomène que nous avions toujours constaté. Où qu'elles se forment, si elles survivaient, les Peurs finissaient toujours par partir vers ces bois maudits. Je n'osai même pas imaginer quelle quantité de Peurs se trouvait là-bas. Mais personne ne s'approchait de la lisière des bois. C'était bien trop dangereux.

Pourtant, il devait y avoir une raison qui les pousse à se rendre là-bas....

Je secouai la tête pour chasser mes interrogations.

Je me sentais fatiguée et je n'avais pas du tout envie de me creuser la tête pour chercher des réponses que je ne trouverais certainement pas, plutôt que de dormir.

J'ôtai mes habits et les posai sur la chaise de mon secrétaire, puis j'enfilai ma chemise de nuit.

Je décalai la bouillotte en noyau de cerises pour m'allonger avec soulagement dans les draps réchauffés.

Qu'aurait fait Père dans une telle situation ?

Non, ce n'était pas la bonne question.

Il avait toujours préféré se battre au front plutôt que de régler le problème des Peurs dans les villes. Je ne pouvais que trop bien comprendre son choix. Au moins il savait où trouver ses ennemis, alors qu'en ville, elles se formaient sans crier gare et on ne pouvait jamais prévoir leur nombre ni leurs actions.

Moi aussi j'aurai préféré partir à la guerre.

Mais je ne pouvais laisser le pays dans cet état pour le moment. Ma place en tant qu'Ïlqana n'était à l'évidence pas approuvé par tous et même si le peuple aimait Eryn, elle était jeune et inexpérimentée dans la gestion d'un royaume. Je craignais trop que les nobles ne profitent de mon absence pour faire du chantage à ma soeur et la détourner de son rôle.

Eryn était forte sous sa délicatesse, mais je savais qu'elle serait moins prompt que moi à envisager des mesures radicales si la Noblesse venait à dépasser ses droits.

Je ne pouvais par conséquent pas encore partir.

Je me redressai brusquement les sens en alerte, ma main armée du poignard que je conservais toujours sous mon oreiller.

"Qui va là ?! Sortez immédiatement !

Immobile, je guettai le moindre mouvement dans la pénombre. Un bruit feutré attira mon attention sur ma gauche.

Un assassin ? Mes ennemis de la Cour auraient-ils été jusque là ?

Ma main attrapa à tâtons le briquet et j'allumai la mèche de ma lampe de chevet sans quitter des yeux le coin où je sentais la présence.

Appeler à l'aide risquait de provoquer la panique dans le château et ainsi de créer des Peurs. Par conséquent, je devais trouver l'intrus et éviter au mieux d'alerter tout le château.

Je quittai mes draps et posai mes pieds nus sur le tapis tiède. Ma main libre récupéra ma lampe tandis que je fixai le coin où je sentais la présence.

" Qui que vous soyez, ne faites pas l'idiot et sortez lentement de votre cachette, les mains bien en évidence.

Je raffermis ma prise sur le manche de mon poignard, les muscles noués par la tension.

Mon regard capta soudain un mouvement dans les ombres de la pièce, juste devant moi.

A l'évidence, ce ne pouvait-être un homme, je l'aurai vu sans cela.

Un enfant peut-être ?

" Allez, je te vois…Sors de là….Si tu ne m'attaques pas, je te promets de ne rien te faire….

La silhouette bougea, très proche du sol.

La seconde d'après, elle apparut dans le faisceau de ma lumière.

J'écarquillai les yeux.

Le lézard s'avança, la tête rentrée, et sa longue queue ramenée sous lui. Son cou était bien plus long que la normale et je songeai soudain à l'image d'un dragon, aperçue une fois dans un livre de la bibliothèque. Ses écailles bleu turquoise chatoyaient sous l'effet de ma bougie, traversées par des éclats dorés mouvants.

Un petit bruit de gorge sortit de sa gueule tandis qu'il rampait vers moi, à l'évidence soumis.

J'aurai dû le transpercer de ma lame sans la moindre hésitation.

Pourtant, un je-ne-sais-quoi dans son attitude me convainquit qu'il ne jouait pas la comédie. Il me craignait et il se soumettait.

Malgré moi intriguée, je rengainai lentement sans quitter la créature des yeux.

Mon éducation me poussait à le tuer sans pitié, pourtant mon instinct me soufflait qu'il ne représentait aucun danger.

A l'évidence, cette Peur n'était guère puissante, et en cas de soucis, je n'aurais probablement aucun mal à la maitriser si elle décidait de m'attaquer.

Je m'accroupis avec prudence et tendis ma main vers elle.

-Je t'ai dit que je ne t'attaquerais pas si c'était réciproque. Si tu es sorti de ta cachette pour t'approcher, je suppose que tu avais une raison….Alors ne recule pas maintenant…..

La créature tendit son long cou pour venir renifler le bout de mes doigts. Comme si ce qu'il sentait le convainquait, il ne marqua plus la moindre hésitation et frotta sa tête écaillée contre ma paume. Son corps s'arqua et s'étira. Je sentais des vibrations émaner de sa gorge.

Je compris avec perplexité qu'il ronronnait.

C'est avec un peu de retard que je lui rendis ses caresses.

Ses écailles étaient parfaitement lisses, et douces d'une certaine façon, comme pouvait l'être le verre. Mais à la différence de ce dernier, la châleur s'en dégageait, diffuse et agréable.

" Eh bien….Je n'aurais jamais imaginé faire une telle chose un jour…..Sache que ça ne change rien de mes intentions à ton égard. Si tu m'attaques, ou si tu t'en prends à quelqu'un d'autre, je n'hésiterai pas une seule seconde à t'éliminer….

Loin de se laisser impressionner, le lézard étrange grimpa sur mes genoux en tailleur et se lova là, avant de fermer les yeux. Ses ronronnements créaient des vibrations agréables sur ma peau. Je sentis mes muscles se détendre rapidement.

Au delà de ma perplexité face à un tel comportement, je me surpris à sourire, les yeux braqués sur la créature. Eryn n'était plus la seule à s'approcher de moi sans crainte. Ce drôle de petit dragon avait certes manifesté de la retenue face à moi, mais j'étais convaincue au plus profond de mon être qu'il était heureux d'être juste lové là, contre moi, et que ses pensées n'allaient pas plus loin.

Je pensais que les Peurs ne songeaient qu'à se nourrir, mais j'avais la preuve sous les yeux qu'elles pouvaient vouloir aussi de la compagnie, sans chercher à effrayer qui que ce soit.

Je pris l'animal délicatement dans mes bras et revins vers mon lit.

Allongée sous mes couvertures, je sentis l'animal se blottir d'avantage contre moi. Ses ronronnements s'accentuèrent.

-Si tu ne baisses pas d'un ton mon petit, je te fiche dehors, me moquai-je, un demi sourire sur mes lèvres.

J'hésitai de nouveau.

Il était encore temps de changer d'avis.

Mais la créature ne bougeait guère et me convainquit qu'elle ne feignait pas.

Si elle avait voulu manger, elle aurait été incapable de rester aussi calme. Pas alors qu'elle venait juste d'être créée.

Par conséquent, elle se sentait réellement en sécurité avec moi.

Je fermai les yeux et me laissai bercer par les agréables vibrations de mon étrange petit compagnon jusqu'à ce que le sommeil m'emporte à mon tour.

Les lieux étaient remplis. La vie grouillait où que mon regard se pose. Voilà tellement longtemps que je n'avais pas pris de temps pour simplement le plaisir de flâner dans les rues, parfaite inconnue au milieu des autres.

Je détaillai les étals sur mon passage, amusée à l'idée que les gens puissent s'adresser à moi comme à une égale. Je m'arrêtai devant un assortiment de tissus à l'apparence soyeuse. Irrésistible, ma main se tendit pour effleurer les échantillons et en tester leur douceur.

C'était de la soie finement brodée et d'une qualité évidente. Un rouleau pourpre attira particulièrement mon attention. Je levai le regard pour chercher le marchand. Ce dernier se tenait debout, immobile à l'opposé de moi.

-Excusez-moi….Combien pour un rouleau ?

-Je…..Pardon ?

Je remarquai la pâleur de l'homme et m'en inquiétais.

-Vous vous sentez mal ?

-Non…non….Tout…tout va bien….Vous avez demandé pour….

-La soie pourpre…..

-Cinq….cinq pièces d'or pour le rouleau complet Ma-Madame….

Le marchand recula précipitemment alors que je levai la main pour le payer. Dans son mouvement, il percuta son étal qui se renversa, amenant tous les rouleaux de tissus par terre.

-Oh non, lâchai-je.

Je me baissai aussitôt pour aider l'homme à récupérer ses marchandises avant qu'elles ne se salissent, mais ce dernier ramassa le rouleau de soie qui m'intéressait et me le tendit.

-Tenez…Prenez le et allez-vous en….

-Mais je….

Il fit un mouvement d'insistance de la main qui me tendait le tissu. Je récupérai ce dernier.

-Je n'en avais pas besoin d'autant….Combien….

-Prenez-le et partez !

Son cri, rempli de terreur, me pétrifia sur place.

" N-Ne me faites pas de mal….Je v-vous en conjure….

-Mais je n'ai aucune intention de….

-Qu'est-ce qui se passe ici ?

Je me tournai et découvris un des gardes chargés de la sécurité de la ville.

-Tout va bien monsieur….Cet homme est tombé et je venais juste pour l'aider à se relever.

-Ah ouais ? Et ce rouleau dans votre main ? S'enquit le garde avec méfiance. Monsieur, cette femme vous a t-elle menacé ?

-Prenez le tissu et allez-vous en….Ne me faites pas de mal, je vous en prie….

J'entendis le garde tirer son épée.

-Les gens effrayés par d'autres transforment généralement ces derniers en monstres. Montrez votre visage, c'est un ordre !

Je serrai les dents. Si je dévoilais mon identité, le garde serait confus et s'excuserait. Mais les hîsöqii entendraient forcément parler de l'incident. Que penseraient-ils de l'Ïlqana qui effraie ses propres sujets et ne devient pas un monstre hideux, victime de leurs Peurs ?

Pourquoi échapperai-je à l'effet de cette maudite magie ?

Je tirai mon poignard.

C'était une bonne lame, mais sans la moindre frioriture, parfaitement neutre et banale, comme n'importe qui pouvait s'en procurer.

Personne ne pourrait le relier à Théa Vämïga.

-Je ne peux accéder à votre requête monsieur. Gardez votre soie…Je suis désolée de ce malheureux incident.

-Un assassin hein ? Lâcha le soldat avec un sombre sourire. Et une voleuse très certainement.

-Ni l'un ni l'autre….Je vous demande de me laisser partir. Je n'ai aucune envie de vous attaquer Monsieur.

-Mais un serviteur de ces maudites Peurs, ça c'est plus que probable ! Aaaah !

Il chargea.

Son armure devait peser son poids car l'homme se mouvait plutôt lentement. Ses attaques en devenaient confuses, emporté par son poids.

Je parais donc ses coups sans les lui rendre et attendis qu'il s'épuise lui-même, ce qui ne fut pas long à venir.

Essoufflé, il finit par cesser de se démener pour reprendre son souffle.

Son regard furieux rencontra le mien.

-Vas-y….Fais-toi plaisir monstre. D'autres viendront te faire la peau en suivant !

Je lui arrachai sa lame que je jetai hors de portée.

Puis je rengainai et tournai les talons pour m'enfuir en courant.

Je traversai le marché sans plus rien regarder, sans même voir que les gens s'écartaient précipitemment de moi sur mon passage.

Un serviteur des Peurs !

C'était la pire insulte que l'on pouvait me faire !

"Ah !

Je percutai un passant qui se trouvait au milieu de l'allée. Plongée dans mes pensées, j'avais avancé à travers les rues de la ville sans y prêter attention. L'homme devant moi retrouva son équilibre.

"Excusez-moi, je suis désolée.

Prête à passer mon chemin, l'homme attrapa mon poignet. Je notai alors sa maigreur. Les os de ses doigts s'enfonçaient douloureusement dans mon articulation. Je me retins de me libérer.

-A-Attendez….Vous sentez comme un noble….N'auriez-vous pas quelques produits pour me soulager ?

-Pardon ?

Je le regardai avec plus d'attention.

Vêtu d'habits élimés, décharné, l'homme semblait avoir cinquante ans. Ce n'est qu'en voyant son regard et le contours de ses yeux que je compris qu'il était en fait bien plus jeune. L'absence de rides en attestait. Son corps n'était pourtant qu'un amas d'os et il n'avait que la peau sur les os, le corps vouté par quelque poids invisible.

-D-De la Fleur de Rêve ? De la graine des Rois ?

-De la drogue ?

Ses doigts me retinrent avec plus de fermeté lorsque je tentai de me dégager.

" Je suis désolée monsieur, mais je n'ai aucun de ces produits sur moi. Je vous demande de me laisser repartir s'il vous plait.

-N-Non…..Je sais qu-que vous mentez….Personne n'échappe aux Peurs….Personne ne peut marcher la tête haute, sans que rien ne l'aide à oublier qu'elles peuvent venir n'importe quand, n'importe où et de n'importe quelle façon ! Donnez-moi votre produit ! J'en ai besoin vous entendez ?!

Je vis des serpents de brûme se former autour de nous, sinuant au dessus du sol. Il en arrivait de toutes les directions.

-Arrêtez de paniquer monsieur ou vous allez finir par nous faire tuer tous les deux !

-Alors donnez-m'en ! Donnez moi de la Fleur de Rêve pour faire cesser ce cauchemar !

-Mais je vous dis que je n'ai aucune drogue sur moi !

Les sifflements me firent baisser les yeux. Il y avait une vingtaine de serpents brumeux qui formaient un cercle de plus en plus serré autour de nous. Je vis les bêtes se redresser en sifflant, leurs collerettes formées autour de leur têtes pointues.

L'homme s'aggrippait à moi, se laissant complètement porté. Mes bras se retrouvèrent complètement bloqués.

” Lâchez-moi ou nous allons y passer tous les deux imbécile !

-I-Ils vont nous tuer, lâcha l'homme, les yeux écarquillés de terreur. Je les entends tout le temps….Ils me veulent….J'ai besoin de la Fleur de Rêve pour les combattre vous entendez ? Donnez-m'en !

Ses mains se mirent à fouiller ma tunique avec maladresse et frénésie.

Derrière lui, je vis une des bestioles se tendre brusquement.

-Attention !

J'aggrippai l'homme comme je pus pour bondir ensuite sur le côté. La gueule passa à peu de chose de son bras. Entravée par le drogué qui se laissait complètement porté, je trébuchai. Nous chutâmes tous deux sur le sol.

Le drogué s'assit à demi sur moi et ses mains se mirent à tirer sur ma tenue.

-Je sais que vous en avez ! Je le sais ! Donnez-m'en !

-Mais arrêtez ! Vous allez nous faire tuer !

Mon genou percuta son bas ventre avec force. L'homme se plia en deux.

Je le repoussai aussitôt sans douceur et m'emparai de mon poignard.

Ce dernier mordit aussitôt dans la chair d'un des reptiles qui s'apprêtait à nous attaquer à la gorge.

Mes gestes encombrés, je parvins avec peine à me dégager.

Mon arme trancha encore quelques têtes reptiliennes avant que les Peurs ne s'enfuient finalement pour disparaître dans les ombres.

Essoufflée, les mains appuyées sur mes genoux, je laissai échapper un grognement.

-Vous rendez-vous compte que vous avez manqué de nous faire tuer tous les deux ?!

Je me retournai et sentis mon sang déserter mon visage.

Le corps décharné du drogué gisait sur le sol, tandis que le sang commençait à imbiber ses haillons aux endroits où il s'était fait mordre.

” Oh non….

Je me précipitai.

Agenouillée aux côtés de l'homme, mes doigts cherchèrent quelques pulsations de vie au niveau de sa gorge, mais il n'y avait plus rien.

Je restai là, incapable de bouger, le regard braqué sur le malheureux.

Combien de personnes étaient dans le même cas. Combien choisissaient de s'abrutir avec des drogues pour étouffer leurs pensées au point de ne plus pouvoir être effrayées ?

Je savais que certains nobles s'adonnaient à ce genre de pratique, même si ils cherchaient autant des sensations de plaisir que la fuite de leurs peurs. Jamais je n'avais imaginé que des gens soient prêts à tout perdre, rien que pour obtenir de la drogue.

Je ne voulais pas être découverte avec le cadavre. Pas après ce qui venait de se passer au marché.

Quelque peu honteuse d'abandonner le mort, je repris ma route vers le palais, le visage couvert.

Le temps d'arriver au palais, ma douleur s'était transformée en rage.

Je passai par l'entrée principale, l'humeur massacrante.

"Ïlqana…

-Ïl-qana….

-Mmh…

Je n'avais envie de parler ni de voir personne.

Je traversai l'entrée d'un pas vif. Ma posture agressive parut dissuader toute tentative d'approche car personne ne s'aventura à m'interrompre.

J'atteignis ainsi mes appartements.

Ouvrant la porte, mon regard tomba sur deux serviteurs en train de nettoyer le petit salon.

-Dehors ! Sortez immédiatement !

-B-Bien Ïlqana !

Ils se hâtèrent de passer devant moi pour quitter les lieux. Je claquai la porte dans leur dos et la verrouillai.

Mon poing vint violemment frapper contre le panneau en bois.

-Mais qu'est-ce qui ne tourne pas rond chez moi ! Aaaah !

Je m'emparai d'un des vases encadrant la porte sur son support pour l'envoyer s'exploser contre le mur. Attrappant une épée sur son support, j'entrepris alors d'entailler le bois de la colonne sur laquelle reposait le vase tantôt. Je frappai dessus, créant entaille sur entaille, jusqu'à ce que mes bras et mes épaules soient tendues par la douleur. Alors je me mis à frapper plus fort encore.

-Théa…Théa ça suffit ! Arrête de massacrer ce pauvre pilier et pour l'amour des dieux, pose-moi cette épée avant de blesser quelqu'un avec !

La voix ferme d'Eryn traversa enfin le mur de fureur qui m'animait. Je me pétrifiai, surprise de la voir là, juste devant moi, alors que je ne l'avais pas vue arriver.

-Si je taillade ce pilier, c'est justement pour ne blesser personne ! Crachai-je.

Je levai mon arme, prête à reprendre ma tâche.

Ma sœur ne m'en laissa pas le temps. Sa main s'empara de la colonne bien amochée et la souleva pour aller la frapper contre le mur. Le bois céda, et le pilier se rompit en deux au milieu avant de tomber sur le parquet.

Je dévisageai Eryn avec perplexité, tandis qu'elle se dépoussiérait les mains avec satisfaction.

-Mais….Pourquoi tu as fait ça ?

-Pour que tu me parles.

Je baissai les yeux sur mon défouloir prématurément brisé.

-Mais…C'était à moi de le faire !

-Oui, et bien, je t'ai aidée….N'est-ce pas notre rôle entre soeurs ? L'entraide ?…Bien…Maintenant, est-ce que tu peux me dire pourquoi il y a dix Peurs qui se sont créée cette dernière demi-heure dans les couloirs du palais, pourquoi les gens sont paniqués et pourquoi tu t'en prenais à ce pauvre pilier. Pas que ce soit un reproche. Il était vraiment affreux. Ça fait des années que j'attends qu'il soit mis à la poubelle…Merci de l'avoir cassé.

-C'est toi qui l'a cassé Eryn !

-C'est vrai ! Une excellente initiative de ma part !

Je baissai les yeux sur les débris et grimaçai.

-Je veux bien reconnaitre qu'il était très moche en effet….

Elle me donna un coup de coude dans les côtes.

-Ne change pas de sujet ! Tu me racontes ou bien ?!"

Je soupirai avant de lui obéir, l'épée pointée vers le sol.

"Je me suis finalement enfuie sans révéler mon identité, terminai-je, un peu calmée.

Eryn grimaça.

-Je comprends….Je comprends que tu te sentes aussi déroutée par ce comportement.

Je me laissai tomber dans un fauteuil, l'épée pendant toujours dans ma main.

-Qu'est-ce qui ne tourne pas rond chez moi Eryn ? J'inspire la peur que les gens sachent ou non que je suis moi !

La jeune fille vint s'asseoir doucement à mes côtés sur le sofa.

-Théa….Les hîsöqii sont des trouillards….C'est ainsi. Ils te craignent en tant que Théa Vämïga…parce que tu es Théa Vämïga ! La fille de Léandre Vämïga, lui-même craint de ses sujets ! Sans parler que tu as survécue à la forêt des Peurs, que tu n'en as jamais créé et que tu manies bien mieux les armes et la stratégie militaire que le point de croix ! Et tu auras beau te montrer douce et juste, et présenter à Hîsöq une image impeccable, tu inspireras toujours la crainte….Parce que tu représentes le pouvoir. Et que tu défoules ta colère en attaquant les piliers à coups d'épée !

Elle éclata de rire devant mon regard noir.

-Mais ça n'explique pas pourquoi ils avaient peur de moi à ce marché ! Alors qu'ils ignoraient qui j'étais ! Ce garde m'a appelée "monstre" !

-Tu avais le visage caché ! Avoue que c'est un peu suspect quand même comme attitude ! A ton avis, qui dissimule son visage en général ?

-Quelqu'un qui ne veut pas qu'on le voit…. Soit un assassin, soit un de ces pauvres hîsöqii victimes de la peur des autres, qui se retrouvent tellement déformés qu'ils en deviennent effrayants. (J'écarquillai les yeux.) Ce garde m'a prise pour l'un d'entre eux !

-Tu vois ! Lâcha Eryn. Il n'y avait rien contre toi. Donc inutile de t'en prendre à autre chose avec ton épée. Et la prochaine fois, si tu veux sortir sans te faire reconnaitre, déguises-toi, ce sera beaucoup moins risqué !

Je dévisageai ma soeur, songeuse.

-J'ai le sentiment que tu as beaucoup pratiqué cet art toi-même Eryn… N'est-ce pas ?

Elle haussa les épaules.

-Oui. Les hîsöqii ne me craignent pas comme toi, mais leur adoration est tout de même bien encombrante. Tu inspires la peur, là où je produis l'effet inverse. C'est vraiment très étrange quand même.

Je baissai les yeux, le visage du drogué en tête.

" Qu'est-ce que tu ne me dis pas Théa….Des gens ont vu ton visage c'est ça ? Tu crains une révolte ?

Je secouai la tête, les yeux baissés.

-Eryn….Ne te vexes pas mais….J'ai besoin de savoir….Je sais que certains nobles utilisent des produits pour étouffer leurs sensations et fuir ainsi la peur….Tu restes beaucoup avec la Noblesse et….tu es reconnue pour ne produire que rarement des Peurs….Alors….Je voulais savoir….Enfin….

Je lui jetai un coup d'oeil, désolée de lui poser cette question, mais incapable d'oublier le visage du mendiant.

-Théa….Ne me dis pas que tu es en train de me demander si je me drogue….

Je rentrai la tête dans les épaules, prête à essuyer sa colère.

-Désolée….Mais j'ai croisé cet homme dans la rue et à présent….Je ne dis pas que tu es une droguée mais…Est-ce que tu as déjà eu recours à ce genre de produit ? Même à toute petite dose, pour tester ?

Ma soeur serra les poings, et je craignis un instant qu'elle m'en fiche un dans la figure.

Puis elle inspira profondément pour se calmer.

-Je vais partir du principe que tu t'inquiètes pour moi, en tant que soeur, et je ne relèverais pas…Mais si tu me reparles de ça, ce poing ira dans ta figure et peu m'importe que tu sois l'Ïlqana, c'est clair ?

-Très clair, lâchai-je précipitamment.

Elle tourna les talons sans attendre et s'éloigna de moi avec vivacité, le dos raidi par la fureur.

"Je ne suis qu'une parfaite idiote." Songeai-je.

Je venais de me mettre à dos la seule personne en qui j'avais confiance et qui ne me craignait pas.

Chapitre 4

"Ïlqana…Vous êtes la seule personne que nous connaissons à ne jamais avoir formé de Peurs….Comment vous y prenez-vous ?

Bien que l'on m'ait déjà posé cette question à plusieurs reprises, cela s'était toujours fait dans la discrétion. L'entendre énoncée à voix haute par un des membres du Conseil créa un frisson d'angoisse le long de ma colonne vertébrale.

-Je ne sais pas Sëgg Dhymaqî. Si je connaissais la réponse à cette question, j'espère que vous me croirez quand je vous assure que je l'aurais déjà partagée !

-Les Peurs se forment de plus en plus, ce n'est un secret pour personne. La présence plus nombreuse de soldats dans les villes n'y change rien. L'armée aux frontières se fait décimer, et toute l'activité économique du pays est en train de s'arrêter. Les Peurs deviennent trop nombreuses ! Nous ne pouvons pas continuer ainsi ! Théa Vämïga, vous êtes la seule personne que nous connaissons à ne jamais avoir souffert vous-même de cette malédiction. Et je doute fortement que vous n'avez jamais eu peur dans votre vie !

-C'est certainement votre vie dans la forêt, pour brève qu'elle fut, lorsque vous étiez enfant, qui vous a permise d'acquérir cette protection, assura Sëgga Mîrëlqa, les lèvres pincées. Mais vous comprenez bien que nous ne pouvons pas demander au royaume tout entier d'entrer dans la forêt des Peurs sans savoir si ça aura un impact quelconque sur cette malédiction ! Il est plus probable que les hîsöqii se fassent tuer par les Peurs, plutôt qu'ils deviennent immunisés contre leur magie !

-C'est pour ça que nous devons réfléchir à un moyen de détruire définitivement les Peurs ! Lâchai-je.

-Pardonnez-moi Ïlqana, mais votre père a passé sa vie à nous assurer que détruire les Peurs était la solution à notre problème. Résultat, il a passé sa vie à les combattre au front. Cela n'a pas empêché le reste du royaume de continuer à se faire massacrer par de nouvelles Peurs ! Détruire les Peurs s'est révélé chose impossible….Non….Ce qu'il faut, c'est trouver un moyen de ne plus avoir peur ! Réfléchissons….Qui connaissons-nous, en dehors de l'Ïlqana qui ne craignent pas les Peurs ?

Il y eu un silence.

-Les hommes-bêtes, lâcha Sëgg Qàhla, plus pâle qu'à l'accoutumé.

-Exact ! Approuva Sëgg Hâz en pointant le noble du doigt. Ils ont perdu tellement d'émotions qu'ils sont devenus immunisés contre les Peurs !

-Il est hors de question que je devienne une de ces créatures immondes ! Rétorqua Sëgga Mîrëlqa, outrée. Ils se nourrissent de *chair humaine* ! Que peut-il y avoir de plus répugnant ?

-Je ne laisserais pas les hîsöqii se transformer volontairement en bêtes pour échapper à ces Peurs, ajoutai-je, les dents et les poings serrés. Il faut détruire les Peurs, il n'y a pas d'autre choix !

-Non….Les Peurs seront toujours là ! Persista Sëgg Hâz. Il faut quelque chose qui agira tout de suite, une action à effet immédiat !

Il y eut un silence de réflexion.

-Nous-même formons peu de Peurs….C'est généralement la petite bourgeoisie et les villageois et artisans qui sont victimes de leur création, fit remarquer Sëgg Dhymaqî. Donc nous pouvons penser que nous autres nobles possédons quelque chose auquels les petites classes n'ont pas accés, qui nous permet de ne pas trop former de Peurs !

-L'argent n'a jamais protégé quiconque de ces créatures, grommela Sëgg Ïgeö.

-Non….Mais il paie des soldats pour assurer notre sécurité….

Mes lèvres se pincèrent.

-La drogue.

Les regards se posèrent sur moi.

-Mais oui ! Vous avez raison Ïlqana ! S'exclama Sëgg Dhymaqî avec un large sourire. Elle nous permet de nous détendre, donc d'éloigner les Peurs !

-Ce n'est pas une solution, intervins-je avec sécheresse. Se droguer ne fait que vous rendre malades. Cette méthode n'est pas la bonne. La peur est une émotion naturelle. Sans elle, les hommes deviennent des hommes-bêtes, sans la moindre morale, ni la moindre limite ! L'important n'est pas d'empêcher les hîsöqii d'avoir peur, mais bien d'empêcher les Peurs de se former !

-N'est-ce pas la même chose ? Releva Sëgga Vïlwa de sa voix douce.Aujourd'hui, nous n'avons pas beaucoup de possibilités pour ne pas mourir par les Peurs. Soit nous avons de l'argent et de quoi payer des soldats pour nous protéger. Soit la prise de produits nous empêchent d'être effrayés. Puisque les villageois et les commerçants ne peuvent se payer les services de gardes, alors ils doivent s'empêcher d'avoir peur. Cela aura un coût, certes, de fournir les produits nécessaires pour insensibiliser les gens, mais au moins, ils pourront tous y avoir accès.

-Non ! M'agaçais-je. Les Peurs se retrouvent systématiquement dans la forêt ! Je suis convaincue que si nous parvenions à pénétrer dans cette dernière, nous pourrions en apprendre plus sur nos ennemis et ainsi peut-être trouver une façon définitive de les détruire et de ne plus en former !

-Votre père pensait exactement la même chose, et après une vie à faire la guerre, il est mort et les Peurs sont toujours bien présentes et nuisibles ! Me rappela Sëgga Dhymaqî. J'aurai cru qu'en tant que femme, vous songiez à une autre solution que les combats Ïlqana. L'usage de Fleur de Rêve serait l'idéal !

-La Fleur de Rêve ! Mais ma pauvre Ijia ! Cette fleur a un coût ! Et vous voulez la distribuer à tout le pays ?!

-Parce que vous avez une proposition plus intéressante à faire Regan ? S'offusqua Sëgga Dhymaqî, vexée du ton moqueur de son interlocuteur.

L'homme se laissa aller avec nonchalance au fond de son fauteuil.

-Il n'y a pas à réfléchir pendant des heures. Il y en a une qui est parfaite pour ce cas de figure. L'Epineuse !

-Ridicule ! L'Epineuse est très délicate à préparer, et cause des dégâts irreversibles en très peu de temps si elle est mal coupée ! Sans compter qu'elle rend malade !

-Mais elle a l'avantage de pouvoir se ramasser n'importe où et de ne coûter que deux pièce de cuir la dose !

-Si c'est le prix que vous payez pour vous en procurer, alors vous devez être souvent malade Regan ! Parce que correctement préparée, elle coûte au moins dix fois le prix de la Fleur de Rêve !

L'homme se redressa et fit une moue dégoûtée.

-Comment osez-vous….?! Je n'ai jamais pris d'Epineuse ! Ce n'est pas pour rien qu'on la surnomme la drogue du pauvre !

-Pfff, du flan ! *Tout le monde* a pris au moins une fois de l'Epineuse dan sa vie. Si vous ne vous êtes jamais retrouvé adolescent la tête sous le cul à vomir tripes et boyaux parce que vous aviez ingurgité cette saloperie, alors c'est que vous avez manqué un pan de votre éducation Regan ! Ironisa Sëgga Gyam. Mais j'ai du mal à le croire, ajouta t-elle avec un sourire ironique.

Il y eut des cris choqués à travers la pièce. Je levai les yeux au ciel.

-Sëgga Gyam, je vous en prie, votre langage, soupirai-je en me massant les tempes, un mal de crâne imminent.

-Pardonnez-moi Ïlqana, lâcha la femme en inclinant la tête.

Je me redressai dans mon siège.

-S'il vous plait, peut-on revenir au vif du sujet ? J'ai bien compris que vous n'appréciez pas les combats, mais pour vaincre les Peurs, je suis aussi convaincue que mon père qu'il faut initier l'attaque et non seulement se défendre ! Se battre au front ne nous apportera pas la victoire, c'est pourquoi je suis sûre qu'il faut se rendre directement à la source. Soit la forêt des Peurs. Le plus important à décider maintenant est de déterminer comment y pénétrer sans se faire remarquer. Vous avez tous, entre autres, comme missions de prêter attention aux moindres comportements bizarres de la part de nos ennemis. N'avez-vous donc pas repéré un nouveau détail pouvant nous donner un nouvel angle d'attaque ? Comment réagissent les Peurs face aux hommes-bêtes ?

-Elles les évitent. Probablement parce qu'ils ne présentent plus le moindre intérêt, lâcha Sëgg Wîthà en ricanant. Ce sont bien les seuls qui les fassent fuir ! Si ils pouvaient comprendre qu'il faut se battre contre elles uniquement et non pas s'attaquer au reste des villageois, ils feraient des soldats hors pairs ! Mais ce ne sont que des imbéciles égoïstes qui ne pensent qu'à leurs propres désirs ! J'ai plus fait tuer d'hommes-bêtes ces deux dernières semaines que de Peurs !

Mon visage s'assombrit.

-Il n'y a vraiment pas de quoi rire Sëgg Withà. Que nous soyons obligés de tuer d'autres hîsöqii est une catastrophe. Il y a bien suffisamment de morts au front pour en rajouter ailleurs !

-Vous ne diriez pas cela si vous voyiez les dégâts qu'ils causent Ïlqana ! Rétorqua l'homme. Ils ravagent les champs et effraient les villageois, qui forment des Peurs qui les rendent hommes-bêtes à leurs tours ! Je suis obligé de faire tuer ces monstres. Bien sûr, si nous pouvons donner une drogue à chacun pour ne plus avoir peur, ce serait l'idéal.

-Nous pourrions couper les deux produits. Prendre de l'Epineuse et de la Fleur de Rêve. Cela permettra d'atténuer l'effet douloureux de la première et de moins dépenser pour obtenir la seconde ! Proposa Sëgga Dhymaqî

-Non, les mélanges sont dangereux. Au mieux, ils peuvent causer de terribles maux de ventre, intervint-je.

-Alors ajoutons-y de la mélisse. C'est très efficace pour contrer les spasmes !

Le sourire de Sëgga Dhymaqi fendait largement son visage. Je serrai les poings.

-Au risque de me répéter, la drogue n'est pas la solution. Pour qu'elle soit efficace, il faut la prendre régulièrement, et, outre qu'il n'y en aura jamais assez pour tout le pays, c'est impossible de contrôler que chacun en prenne ! Sans compter que couper plusieurs plantes ensemble peut être vraiment très dangereux !

-Pas d'avantage que de s'effrayer en entendant une souris au beau milieu de la nuit et de se faire tuer par une Peur ! Contra Sëgg Qàhla d'une voix tendue. Notre monde est dangereux Ïlqana. Il faut partir de ce postulat.

-Et puis, c'est assez simple de vérifier que tout le monde en prenne, ajouta Sëgg Withà. Rédigez un décret qui ordonne à chacun de prendre de la drogue tous les jours, plusieurs fois, sous peine d'être sinon considéré comme un danger publique et d'être executé. Si les gens veulent vivre, ils se pliront à votre loi !

Je le dévisageai, les yeux arrondis d'horreur.

-C'est une plaisanterie j'espère Sëgg Withà. Vous voulez que je fasse exécuter ceux qui refuseraient de se droguer ??? Je suis l'Ïlqana. Ma mission est de les protéger, non de les condamner à mort en prenant un mélange des plus dangereux !

-Mais si ce mélange permet de stopper définitivement la formation de Peurs, ne pensez-vous pas qu'il faille prendre ce risque ? Insista l'homme. Ma proposition vous parait peut-être radicale, mais elle a au moins l'assurance de nous mettre en sécurité !

-En ce qui concerne l'approvisionnement, fit remarquer Sëgga Hâz, vous savez que je possède une des serres les plus importantes du pays. Je peux tout à fait l'utiliser pour y faire pousser les deux plantes !

-Mais….Lin…., intervint Lorenz Hâz en se tournant vers son épouse, choqué. Tu menaces d'emprisonner quiconque s'approche de tes serres et voilà que tu veux arracher tes plantes pour faire pousser de la drogue ?

-Oui….C'est pour le bien du pays Lorenz ! Acquiesça Sëgga Hâz avec un large sourire. Imagine que les Peurs cessent de se former ! Nous pourrons investir l'argent dans autre chose que le recrutement de soldats ou leur formation ! A terme, qui sait si nous n'aurons pas accés aux autres pays pour y passer des accords commerciaux ?!

-Aaaah…Vu comme ça…., lâcha Sëgg Hâz, pensif.

-Je peux aussi utiliser des parcelles de vignes pour y faire planter de la Fleur de Rêve, intervint Sëgg Withà, songeur. Mais que je vous prévienne. Cela va me coûter une sacrée somme pour arracher les pieds et je ne ferais aucun cadeau sur les prix de la Fleur de Rêve !

-Et à combien comptez-vous la proposer sur le marché ? S'enquit Sëgg Dhymaqî avec intérêt.

-Pas moins d'une pièce d'or pour une dose d'une personne.

-Oooh ! C'est une honte ! A ce prix là, nous allons nous ruiner ! D'autant plus que les villageois ne pourront jamais se la procurer ! S'offusqua Sëgga Gyam.

-Je vais perdre en vente de vin si je la cultive. Je compte donc rattraper ce déficit par les bénéfices de la vente de la Fleur de Rêve, justifia l'homme sans se départir de son calme. Quand aux villageois, vous pourrez toujours m'acheter de grandes quantités que vous écoulerez dans vos régions au prix que vous souhaitez ! Comme ne cesse de le répéter notre Ïlqana, l'heure est grave et les décisions radicales s'imposent. Je ne changerais pas mon offre !

Sëgg Ïgëo se redressa sur ses pieds en cognant la table de son poing.

-Et bien si c'est comme ça, je préfère encore cultiver la Fleur de Rêve moi-même ! A ce prix, ça me coûtera certainement moins cher ! Et si vous espérez que je vous en donne, vous vous mettez le doigt dans l'oeil !

-De toute façon, nous ne nous attendions pas à ce que tu fasses preuve d'altruisme Ïgëo ! Lâcha Sëgg Mîrelqa, dédaigneux. Il n'y en a toujours eu que pour toi-même !

-J'ai perdu ma femme et mon fils cadet à cause des Peurs, et personne n'est venu m'aider ! Je ne vois pas pourquoi je devrais lever le petit doigt pour vous !

-Très bien ! S'agaça Ijia Dhymaqî. Puisque c'est comme ça que vous le prenez, je propose que chacun cultive ses propres réserves comme bon lui semble ! Nous ne dépendrons ni des uns, ni des autres ! Et nous serons libres de décider de combien de parcelles de terres nous sacrifierons pour cette nouvelle culture !

-Parfait ! Cracha Ïgëo, satisfait. J'approuve cette décision ! Vous ne pourrez donc pas me repprocher d'augmenter les prix du vin !

-Faites comme bon vous semble ! Ce sont vos terres après tout !

-Exactement ! Et l'Ïlqana devra nous fournir la quantité de soldats nécéssaire pour s'assurer que les gens achètent et consomment la Fleur de Rêve !

-Je vous demande pardon ?

La conversation avait pris un tournant que je n'avais pas prévu.

-Avec toutes ces parcelles de terre qu'il va falloir reconvertir, mieux vaut être certains que les gens consomment la drogue ! Insista Ijia Dhymaqî. Il est hors de question de dépenser autant de sous pour rien ! Vous commandez l'armée. Donc il est normal que vous vous chargiez de veiller à la sécurité de l'ensemble du pays en assurant que chaque hîsöqi prenne sa dose journalière de Fleur de Rêve ! D'ailleurs, je pense à ouvrir quelques établissements exclusivement destinés à la consommation. Puisque c'est pour la sécurité du pays, vous serez d'accord pour que ces chantiers soient déduis de nos impôts n'est-ce pas Ïlqana ?

-Tout comme la culture des fleurs ! Elles vont qui plus est donner de l'emploi ! Ajouta son époux avec un large sourire.

Je secouai la tête.

-Des établissements de consommation ?...Attendez là....Ne pensez-vous pas que nous nous éloignons du problème principal qui est, dois-je vraiment vous le rappeler, les Peurs ? Et vous êtes en train de négocier pour distribuer de façon intensive de la drogue ? Outre que ce n'est absolument pas une solution envisageable, la prise de ces produits risque de rendre malades, voir de tuer les personnes qui en consomment ! Je refuse de prendre part à une telle décision !

-Les Peurs tuent tous les jours et la guerre que vous menez depuis des années n'a fait qu'allonger la liste des morts ! Se récria Sëgg Ïgëo, furieux. En imposant cette drogue, nous nous débarrassons du problème des Peurs !

-Mais le pays sera complètement drogué !

J'avais frappé du poing sur la table, furieuse de me voir ainsi traitée.

L'homme eut un sourire mauvais.

-Ne faites pas l'hypocrite avec nous. Personne n'échappe à la formation de Peurs, à part grâce à la drogue. Et puisque vous n'avez jamais créé le moindre monstre, j'en déduis que vous consommez ces produits si "dangereux" à vos yeux depuis votre plus jeune âge même si vous savez parfaitement le cacher ! La famille Vämïga est certainement la première consommatrice d'Hîsöq !

-Comment osez-vous....

Les poings serrés, je me retenais avec peine de quitter ma place pour aller frapper l'homme.

Tremblante de fureur, j'inspirai profondément.

-Très bien, procédons à un vote. Que ceux qui approuvent la décision de distribuer la Fleur de Rêve aux Hîsöqii et ce jusqu'à la disparition complète de toutes les Peurs lèvent la main.

Je vis ces dernières apparaitres au-dessus des têtes, tantôt rapidement, ou pour d'autres avec plus d'hésitation.

Le vote était unanime.

Je serrai les dents.

-Je refuse d'approuver une telle mesure et de condamner à mort tout Hîsöq. Puisque la décision est majoritaire, faites comme bon vous semble, mais je ne prendrais pas part à tout ceci !

Je tournai les talons pour me diriger vivement vers la porte.

-Théa Vämïga, vous êtes l'Ïlqana du pays. Que vous le vouliez ou non, vous devrez prendre part à la distribution de la Fleur de Rêve. Car sinon, les hîsöqii risquent de comprendre que vous n'approuvez pas cette décision, et certains refuseront peut-être d'en consommer. Par conséquent, leurs Peurs pourront continuer à tuer la population. Puisque le Conseil est unanime, en tant qu'Ïlqana, vous participerez aux distributions afin d'apaiser les esprits. Nous devons nous montrer souder si nous voulons vaincre notre ennemi, même si nous ne sommes pas sur un champ de bataille !

Mon poing serra la poignée de porte.

-Très bien, grognai-je entre mes dents. Je jouerais mon rôle d'Ïlqana. Mais entendez bien mes paroles. Votre folie va tous nous conduire à la mort. Le vrai problème ne vient pas des hîsöqii. Le vrai mal provient de la forêt. Et tant que vous ignorerez ce fait et que vous refuserez de m'aider à la détruire coûte que coûte, nous courrons à notre perte.

Je tirai la poignée, les jointures blanchies à force d'être serrées.

Le métal se détacha du bois pour rester dans ma main.

" Tu vas t'ouvrir oui ?!

Levant mon pied, j'enfonçai le panneau de bois avec dans un cri de fureur.

La porte sortit de ses gongs avec fracas, des éclats de bois s'arrachant au passage.

Je quittai ainsi la pièce, un silence écrasant dans mon dos.

Nous venions de terminer le dîner où j'avais pus raconter l'incident avec le Conseil à Eryn, enfin apaisée de sa colère.

Les portes de la salle s'ouvrirent brusquement dans un claquement sonore.

"Ïlqana ! Ïlqana c'est une catastrophe !

Nous levâmes les yeux en même temps.

-Quoi encore ? Emile ! Que vous arrive t-il ?

-Ce sont les hîsöqii ils….ils arrivent !

-Comment ça "ils arrivent" ? Lâcha Eryn.

Je m'étais déjà levée pour m'approcher de la fenêtre. Des lueurs attirèrent mon attention.

Je plissai les yeux.

Avec cette nuit noire, je reconnus la présence des torches à la lueur dansante dans le jardin. Et vue leur nombre, c'était toute une foule qui s'approchait.

-Il faut que vous quittiez sans attendre le palais Ïlqana. Les gardes tenteront de les retenir assez longtemps pour vous permettre de fuir.

-Il en est hors de question.

Eryn se tourna vers moi, les yeux écarquillés.

-Théa ! Ils vont certainement même nous bloquer à l'intérieur et nous faire brûler !

-Etant donné que c'est la crainte de tout le monde ici, c'est probablement ce qu'ils vont tenter de faire en effet, acquiesçai-je.Ils s'attendront à se retrouver face à la garde, et à devoir forcer le passage, quitte à jeter leurs torches sur les bâtiments. Vu que certains ici craignent de se retrouver prisonniers dans le palais, on peut en déduire que c'est ce qui va arriver....Très bien. Que la garde se tienne éloignée de la foule. Interdiction de les attaquer. Mieux.....Je veux que les gardes protègent le reste du personnel. Eryn, tu restes avec eux.

-Quoi ? Et toi alors ?

-Ne t'en fais pas pour moi. Ça va aller. Dépêchez-vous, ils arrivent.

Je quittai sans attendre la pièce pour descendre en vitesse les escaliers.

-Gardes ! Protégez le personnel, veillez à ce qu'aucune Peur formée ne fasse de victimes ! Et éteignez les torches si elles viennent à briser les vitres. C'est un ordre. Et interdiction formelle de sortir !

-Mais....Ïlqana....

-Allez !

Je n'attendis pas d'avoir de réponse et courus en direction du hall, répétant mes instructions à tous ceux que je croisais.

Finalement, je me tins derrière la double porte de l'entrée.

Les cris de colère de la foule me parvenaient parfaitement de l'autre côté. Ils étaient tellement nombreux que le bois de la porte en vibrait.

Une voix retentit soudain alors que les cris diminuaient.

-ÏLQANA !

La main sur la poignée, j'arrêtais mon geste, surprise par cette interpellation.

" Notre pays est en train de disparaître ! Les Peurs sont partout ! Elles chassent les paysans de leurs champs, tuent nos jeunes à la guerre, provoquent la famine, créaient les hommes-bêtes et notre ruine ! Votre peuple est à l'agonie Ïlqana ! C'est votre rôle de nous protéger ! Vous en avez fait le serment !

J'inspirai profondément.

" Si vous n.....

Je poussai la porte d'entrée et sortis sur le perron.

Un silence de mort suivit mon apparition.

Mes yeux balayèrent la foule impressionnante amassée là. Je n'avais plus vue autant de monde depuis mon couronnement.

Sur le qui-vive, je guettai le moindre mouvement suspect, prête à me faire attaquer de tous les côtés.

-La voilà !

Les cris de mécontentement retentirent de plus belle autour de moi. Les poings se levèrent, certains armés de couteaux ou de fourches.

Je ne comprenais plus rien à leurs cris, ainsi attendis-je sans bouger.

Jusqu'à ce qu'ils se fatiguent et qu'ils se taisent d'eux-mêmes.

-Eh bien…..Je n'ai jamais vu un tel rassemblement de personnes depuis ma nomination en dehors du Front….Je suis certaine qu'il y a ici autant de paysans, que d'artisans ou de parents….Bien que j'ai pu vous croiser pour certains lors de mes descentes à la ville, la plupart d'entre vous me sont inconnus. Je suis heureuse de vous rencontrer enfin.

-On s'en fout que tu sois heureuse ! On a faim tu entends ça ! Ton peuple est en train de crever et tu nous sers tes formules de politesse ! On voit que tu n'as pas à te préoccuper de te remplir ton assiette !

Je tournai la tête vers la voix mais ne parvins pas à savoir qui avait parlé, même si j'étais persuadée qu'il se trouvait certainement au deuxième rang.

-Nous nous faisons massacrer par les Peurs et les hommes-bêtes ! Et toi tu ne trouves rien d'autre à dire que tu es heureuse de nous rencontrer ! Eh bien nous on veut que tu nous sortes surtout de tout ça !

-Ouais ! Un Ïlqa, c'est fait pour nous protéger ! Pas rester inactif dans un palais ! Au moins l'Ïlqa Léandre lui il faisait son travail ! Toi tu te contentes de vivre à nos dépends comme un parasite ! Ras le bol des parasites !

Des cailloux filèrent. Leur nombre m'empêcha de tous les éviter, mais je ne récoltai que des bleus sur les membres.

-On veut que vous nous protégiez !

-Et à manger !

-Et que les Peurs crèvent !

-Et retrouver nos parents devenus des hommes-bêtes !

-Offrir un a…..

-ET MOI JE DEVRAIS TOUS VOUS TUER !

J'avais hurlé ces paroles de toutes mes forces.

Les cris cessèrent aussitôt pour laisser la place à un silence de mort.

Je leur faisais face, les poings serrés le long du corps, tremblante de rage.

Je fis un pas en avant avant de m'arrêter, mes yeux braqués sur la foule.

-Des Peurs, il en meurt des centaines par jour ! Et vous savez pourquoi notre pays en est pourtant autant infesté ???

Je fis un large mouvement de la main pour tous les englober.

-Parce que vous tous ici, oui, c'est de vous tous dont je parle, en créez en permanence ! Vous en produisez bien d'avantage que les soldats n'en tuent ! Et ce faisant, vous devenez chaque fois un peu plus des hommes-bêtes ! Si je ne veux plus de Peurs, alors je dois tous vous tuer ! C'est ça que vous demandez ? Mais allez-y ! Criez autant que vous voulez ! Ou jetez-moi des pierres ! Accusez-moi de tous les maux que vous voudrez ! Il n'empêche que sur cette place, la seule personne à ne vous avoir *jamais* mis en danger, c'est moi ! Alors, je sais que certains d'entre vous me repprochent d'avoir une méthode pour ne pas créer de Peurs…..Ils se trompent….Vous voulez savoir pourquoi je ne créé rien ? Pour la simple raison que je ne rejète pas en permanence la faute sur autrui et que j'ai le cran de regarder mes erreurs dans les yeux. Le courage, ça vous parle !? C'est précisément l'ennemi suprême de la Peur !….C'est précisément pourquoi ma peur ne vous a pas déjà tous tuer ici-même ! Mais allez-y ! Jetez-moi vos cailloux jusqu'à ce que je sois en sang sur le pavé de ce palais ! Je ne me défendrais pas ! ….Je suis curieuse de savoir si votre situation s'améliorera ensuite ! Alors ! Qu'est-ce que vous attendez !?

Les bras écartés, le souffle court, je les foudroyais du regard, furieuse.

Mais cette fois-ci, nul ne broncha.

Je renifflai avec dédain.

-A partir de demain, de la Fleur de Rêve sera distribuée dans tout le pays. J'espère qu'elle vous aidera à trouver le courage nécessaire. Je suis toute seule et malheureusement, je ne peux me battre contre toutes les Peurs pour vous protéger. J'espérais que la guerre les vaincrait, ou le feu, mais rien n'y fait alors j'ai décidé de passer par vous….Si vous n'avez plus peur, alors vous vous défendrez peut-être et les Peurs cesseront d'apparaîte !….Est-ce que quelqu'un à quelque chose à dire à ce sujet ?

-De la Fleur de Rêve ?

-Ce n'est pas cette drogue très coûteuse que les nobles absorbent en permanence ?

-Si….D'ailleurs, c'est pour ça qu'ils n'ont pratiquement jamais d'incidents avec les Peurs…..

J'entendai les questions monter des rangs et ne bougeai pas.

-Alors, est-ce que cette solution vous convient ? Leur lançai-je d'une voix dure.

-Et pour les enfants, quelle solution proposez-vous ? S'enquit une femme.

-La même que pour les adultes.

Il y eu des cris choqués.

-Mais….Ce ne sont que des enfants ! La drogue pourrait leur causer des dégâts !

-Et leurs Peurs vont tous nous tuer ! Ecoutez-moi bien….L'armée combat les Peurs depuis des décennies, et elles ne cessent d'augmenter ! Si rien n'est fait, les Peurs seront devenues tellement nombreuses que nous n'auront plus de soldats et nous nous ferons tous tuer ! C'est ça l'avenir actuel de ce pays. Je ne peux pas combattre toutes les Peurs à la fois. Par contre, je peux veiller à ce que leur nombre n'augmente pas. Pour ça, tout le monde, et je dis bien tout le monde, enfants et vieillards compris, devra prendre de la Fleur de Rêve. J'espère ainsi que les soldats pourront tuer au maximum les Peurs déjà formées. Vous m'avez demandée une solution, c'est la seule que j'ai pu trouver. Mais si l'un d'entre vous a une autre proposition plus valable à me faire, je l'écouterais avec plaisir !"

Je me laissai aller sur mon lit, fatiguée. Un bras sur les yeux, je fermai les paupières.

Jamais je n'aurais imaginé que régner puisse être aussi éreintant.

Un poids sur mon lit me fit tourner la tête.

Je souris malgré moi lorsque Dragon vint se blottir sous mon aisselle, sa tête entre ses pattes. Ses ronronnements vibraient agréablement sous ma peau.

Il n'avait jamais tenté de sortir, ni de désobéir à mes ordres.

Voilà deux semaines qu'il s'était formé. Je n'avais pas noté de changements particuliers en dehors de sa taille qui n'avait fait que rétrécir au fil des jours.

Il allait falloir que je le tue. Je ne pouvais faire autrement.

Pourtant, je n'en trouvais pas la force.

Je me redressai brusquement lorsque l'on frappa à la porte. Je poussai Dragon derrière mon lit alors que la porte de la chambre s'ouvrait.

"Théa ? Est-ce que tout va bien ?

Je me redressai sur mon matelas, pour découvrir Eryn, la mine inquiète.

Son regard balaya la chambre.

-J'ai appris que tu ne laissais plus les serviteurs venir. On dirait qu'une guerre a éclatée ici !

Sa moue inquiète ne m'échappa guère.

Je la vis avec horreur commencer à ramasser quelques habits que j'avais posés çà et là, ou simplement abandonnés à l'endroit de leur chute.

-Qu'est-ce que tu fabriques Eryn ? Arrête !

-Je range. Je refuse que tu vives au milieu d'un tel bazar….Regarde-moi cette veste. La soie doit être traitée avec plus de douceur si tu veux conserver longtemps un tel habit !

Elle entreprit de faire un tri dans mes vêtements, pliant ceux qu'elle jugeait propres et formant un tas avec ceux à laver.

-Eryn, arrête ça immédiatement ! Je t'interdis de venir ici !

Mon regard cherchait discrètement Dragon, mais je ne le vis nullepart. Impossile de savoir si il était parti, si il se cachait. Ou bien si il se préparait à attaquer ma soeur. Cette idée me remplit d'effroi.

L'inconsciente continuait de discuter tandis que ses mains poursuivaient leur mission de rangement.

-Tu peux bien refuser que les serviteurs n'entrent ici, mais j'espère quand même que tu ne vas pas me mettre à la porte moi aussi. Regarde cette poussière. Tout de même Théa….Je ne savais pas que tu tenais à ce point à rester seule ici !

Commençant à remettre de l'ordre dans mes pots de cosmétiques sur ma coiffeuse, je la rejoignis à pas de loup.

-Eryn….Arrête de vouloir faire du rangement dans mes affaires et sors d'ici.

Je récupérai le pot dans ses mains et le remis sur la coiffeuse.

Je me campai face à elle, décidée à ne pas la laisser aller plus loin, le coeur battant.

La jeune fille frissonna, et poussa un soupir.

-Je vois bien que ça ne va pas…..Théa je…..Je sais que je suis ta petite soeur et que tu veux me protéger mais…..je ne suis plus une enfant tu sais, et je ne veux que ton bien. Tu es la meilleure de nous tous pour cacher tes véritables sentiments, même à moi. J'espérai que t'offrir une oreille attentive t'aiderait à décharger ce poids que je vois s'accumuler au fil des jours sur tes épaules…..S'il te plait Théa, laisse-moi te soutenir.

Je secouai la tête.

-Non….Je suis l'Ïlqana. Mon rôle est de te protéger, pas de t'ensevelir sous les problèmes. Profite de ta liberté Eryn. Et sors de ma chambre.

Elle secoua la tête.

-Hors de question. Tu vas mal Théa, inutile d'être devin pour s'en rendre compte. Tu as encore eu des crises ? Combien ?

-Je n'ai pas eu de crises ! Eryn ! Sors d'ici !

J'avais haussé le ton, ce qui n'impressionna guère ma soeur. Cette dernière se laissa tomber sur mon divan et croisa bras et jambes.

-Je ne partirais pas tant que tu ne m'auras pas répondue. Combien de crises as-tu eu ?

-Zéro ! Heureuse ? A présent sors !

-Tu mens. Je sais que tu mens Théa.

-Eryn sors d'ici ou j'appelle la garde !

-Tu mens.

"A manger ?"

Je sursautai lorsque la voix siffla doucement dans mon dos.

Je me retournai d'un bond mais ne vis rien.

"C'est pour moi ?"

Mon regard reconnut l'ombre de la Peur dragon, glissée sous ma cheminée au milieu des bûches entreposées là. Ses yeux étincelaient dans l'ombre et restaient figés sur ma soeur.

-Non ! M'éclamai-je tout haut à l'adresse de la Peur.

-Bien sûr que si Théa ! Il suffit de voir comment tu t'enflammes pour le comprendre !

"Mais j'ai faim!"

Je me tournai vers Eryn.

-La situation est dure, c'est évident. Mais je ne compte pas lâcher l'affaire si facilement, crois-moi ! Si les Peurs disparaîssent, alors les autres problèmes feront de même. Les gens pourront retourner aux champs et dans les mines, et cesseront de se suspecter mutuellement. Nous n'aurons plus à recourir à la drogue pour conserver un semblant de calme dans la population.

"Si je saute sur elle, elle aura peur."

-Tu sais très bien que ce n'est pas de ça dont je parle Théa. Mais de tes crises. Je n'accepterais pas d'attendre que le pays retrouve la paix pour m'inquiéter de ta santé. Tu es sur le qui-vive et sur la défensive. Qui sait quelles séquelles ta maladie peut te laisser ?! Crois-moi, plus nous la laisserons agir sans rien faire et plus les dégâts seront irreversibles. Hors de question que tu finisses comme un légume, le cerveau complètement éteint ! Je vais m'occuper de cette maladie, fais moi confiance.

-Je t'interdis de faire ça ! Tu restes à ta place et tu te calmes ! M'exclamai-je à l'adresse de la Peur. Et ne dis pas n'importe quoi Eryn. Personne ne devient ainsi.

-Tu crois ? Viens avec moi un jour dans un hospice et tu verras comme le phénomène n'est pas si rare que ça ! Et je suis parfaitement calme Théa. C'est plutôt moi qui devrais te dire ça !

Je me pris la tête dans les mains et m'obligeai à me détendre.

-Eryn....Je n'ai pas envie de me disputer avec toi encore une fois sur ce sujet. Hîsöq passe avant ma maladie. Tu connais mon point de vue sur ce sujet et il n'a pas bougé.

-Mais ta maladie passe avant tout le reste à *mes* yeux Théa, rappela ma soeur d'une voix dure. Tu ne veux pas te confier ? Très bien. Libre à toi. Mais ça ne m'empêchera pas de te demander.

-Et bien voilà, c'est fait ! Maintenant j'aimerais me coucher donc je te prie de quitter ma chambre et mes appartements !

Je vis son regard s'attrister face à mon ton dur.

Elle se leva et lissa par réflexe un pan de sa robe vert émeraude.

-Très bien....Puisque c'est ce que tu veux....Mais je n'ai pas dit mon dernier mot Théa. Je ne te laisserais pas te sacrifier comme le reste de notre famille. Que tu le veuilles, ou non.

Elle quitta ma chambre d'un pas vif, pour mon plus grand soulagement.

Je vis à cet instant Dragon jaillir de sa cachette et courir à son tour vers la porte. Je le pris de vitesse et claquai le panneau de bois juste sous son nez.

-Pas elle ! Tu entends ? Si tu la touches, je jure de te réduire en charpie ! Si tu es encore en vie, c'est uniquement parce que je l'ai décidé. Ne l'oublie jamais !

La queue entre les jambe et le cou à ras le sol, la bestiole m'observait d'une mine penaude. Je quittai ma place et le vis rouler instantannément sur le dos à la manière d'un loup qui se soumet à son chef de meute.

Je soupirai, ma colère en partie envolée.

" Que vais-je bien pouvoir faire de toi....Allons, il est plus que temps de dormir."

Chapitre 5

La place du marché était bondée. Partout, les hîsöqii patientaient en attendant leur tour, tandis que les soldats distribuaient de la Fleur dc Rêve à chacun. Assise sur mon siège, je bouillais intérieuement.

Je ne quittai pas des yeux le visage de ceux qui recevaient leur sachet de fleur à brûler. Les émotions défilaient. J'y trouvais tantôt la curiosité, ou la crainte. Mais pour tous, l'impatience se manifestait.

Je m'imaginai là, parmi eux, attendant de me déconnecter de la réalité, et cette simple idée me donnait envie de bondir de ma place pour tout arrêter.

Mon regard se posa sur ceux qui recevaient le produit.

Une fois entre leurs mains, les doutes semblaient laisser la place au soulagement.

Les hîsöqii se rassemblaient alors par groupe, puis suivaient un soldat vers une tente pour absorber le produit.

De ma place, je ne pouvais voir ceux qui ressortaient, et je m'obligeai à garder un visage impassible.

Comment en étions-nous arrivé là ?

J'avais toujours désapprouvé le comportement de la Noblesse face à l'utilisation de drogues et voilà que j'obligeai toute la population d'Hîsöq à en consommer !

"Ïlqana, il manque des soldats pour la distribution.

Tirée de mes pensées par le général, je ramenai mon regard sur la place.

La foule ne semblait pas désenfler et de nombreux sacs contenant la drogue restaient en attente d'être distribués.

Je me levai à contre-coeur pour m'approcher des sacs et en pris un que j'ouvris. Les villageois formèrent aussitôt une file devant moi. Mes doigts attrapèrent le premier sachet de fleur séchée et je tendis mon bras dans l'intention de le déposer dans la paume ouverte de la femme.

Comme en protestation, mes doigts refusèrent de s'ouvrir.

-Ïlqana ?

Je levai les yeux pour découvrir que la femme sortait à peine de l'adolescence.

Si elle prenait ce produit, il allait finir par la tuer.

Mais si je refusais de le lui donner, les Peurs s'en chargeraient peut-être bien plus tôt.

Mes doigts s'ouvrirent à contre-coeur et le sachet tomba dans la paume ouverte de la jeune femme.

-Merci, souffla cette dernière.

Elle s'éloigna, les yeux baissés, le poing serré autour du petit sachet comme si elle tenait un sac rempli d'or.

Un râclement de gorge ramena mon regard sur la file.

Le visage buriné du vieux paysan ne dissimulait iend e son impatience.

Il récupéra vivement le sachet et l'ouvrit aussitôt.

-Pas ici ! Intervint un soldat. Monsieur ! Vous avez une tente pour absorber le produit !

-Pourquoi attendre deux minutes de plus ? Rétorqua ce dernier en tirant sa pipe de sa poche pour la bourrer de fleur séchée. Deux minutes, c'est largement suffisant pour qu'une Peur se forme et ne me tue !

Et sans autre forme de procés, il enflamma les pétales séchés pour tirer une longue bouffée. Un sourire apparut aussitôt sur ses traits. Je le vis inspirer de nouveau. Ses rides parurent quelque peu se lisser. Planté au milieu de la file, le vieil homme ne prêtait plus la moindre attention à ce qui l'entourait. Il se laissa entrainer à l'écart sans protester, sa main seulement aggrippée à sa pipe pour la maintenir entre ses lèvres.

-Ïlqana ?

Je revins à contre coeur sur la file d'attente….et eus un mouvement de recul en voyant la famille face à moi.

La fillette qui me tendait la main n'avait pas plus de quatre ans. Quand au garçon, il suçait son pouce, porté contre la poitrine de son père.

-Non.

La fillette leva un regard perplexe à son père, ignorant comment réagir face à mon refus.

Je vis le visage de ce dernier se fermer.

-Nous allons avoir besoin de deux sachets.

Je secouai la tête.

-Je suis désolée mais….Je ne peux pas….

-Vous refusez de nous donner ce qui nous sauvera des Peurs ?

Je frissonnai face à son accusation.

-Je refuse d'empoisonner vos enfants !

La fillette se tourna vers son père.

-Papa ?

-Prend deux sachets Tïn.

L'enfant tendit sa petite main vers mes provisions. J'attrapai par réflexe son poignet avant qu'elle ne se serve. Elle poussa un cri effrayé.

Aussitôt son bras se couvrit de cloques et vira au noir.

-Par la déesse !

J'ouvris aussitôt mes doigts tandis que la fillette tenait son membre blessé contre sa poitrine, en larmes. Son père se rua entre nous pour faire barage.

-Voyez ce que vous venez de faire à ma fille !

Je reculai d'un pas, horrifiée.

-J-Je ne voulais pas….

-Les Peurs ne vous blessent peut-être pas Ïlqana, mais nous, elles nous tuent ! S'exclama l'homme avec fureur en veillant à garder sa fille derrière lui. Et ça, ça va me permettre de savoir que mes gamins pourront atteindre l'âge adulte ! Allez viens Tïn !

Il s'empara de deux sachets de Fleur de Rêve et entraina sa petite dans son sillage, le bébé toujours maintenu contre sa poitrine.

Je baissai les yeux sur les trois énormes sacs contenant la drogue, puis sur la file interminable.

Jamais je n'aurai fini avant la fin de la journée.

Ça ne pouvait pas être la solution.

Le raclement de gorge d'un soldat me rappela à l'ordre.

-Ïlqana…Je suis désolé mais les habitants attendent.

-Oui…Pardon Amaury….Je suis désolée….

Prête à reprendre la distribution, je sentais mes mouvements lourds et mon corps d'une rigidité effrayante.

-Si vous voulez faire une pause Ïlqana….

-Non…J-Je dois continuer….C'est une décision du Conseil et si je commence à montrer mon opposition face à ce choix, la situation risque de dégénérer. Tenez.

-Merci Ïlqana.

Nouveau visage.

Je repris la distribution, et me concentrai sur chaque mouvement que j'effectuai, espérant ainsi fuir mes réflexions.

-Eh ! Ce sachet est pour moi ! Au voleur ! Arrêtez cette femme !

-Arrête de protester ! Il y en a plein d'autres ! Un sachet ce n'est pas suffisant !

Les cris provenaient de derrière les tentes. Plusieurs soldats accoururent aussitôt pour stopper la dispute et séparer les deux femmes.

Je me gardai d'intervenir. Je risquai de leurs confisquer leurs deux sachets plus que d'apaiser les tensions.

Je poursuivis mon travail, essayant au mieux d'offrir un visage rassurant à ceux qui s'approchaient de moi.

"C'est pour leur bien Théa….ça va bien se passer….A petites doses, ils ne courent aucun danger."

"Les rues sont bien calmes.

Accompagnée de Barl et d'Eryn, habillés tous trois en civils, j'observai le visage des habitants de la ville avec attention.

-La drogue est distribuée depuis une semaine, et tu m'as dit que la création de Peurs a pratiquement disparu. Quoi que nous pensions de ce choix Théa, il semblerait que le Conseil ait eu raison de l'imposer à la population.

Je foudroyai ma soeur du regard.

-Tu penses vraiment ce que tu dis Eryn ? Ou suis-je simplement en train de discuter avec l'ancienne droguée qui est en toi ? Pourquoi avoir toi-même tenté d'arrêter sa prise dans ce cas ? Tu aurais pu continuer à en consommer !

Ma soeur me foudroya du regard.

-Je n'arrivais plus à réfléchir et je savais que tu aurais besoin de mon soutien !

-Donc tu crois que les hîsöqii n'ont pas besoin de réfléchir, et donc qu'ils ne perdent rien à se droguer quotidiennement ?

-Je n'ai pas dit ça !…Mais ils n'ont pas nos responsabilités. Et ils créent bien plus de Peurs que moi !

-Tu m'as dit que ta dose était semblable à une pincée de Fleur de Rêve réduite en poudre par jour et tu as quand même eu une violente crise de manque en arrêtant d'en consommer. Mais tu gardais le sourire et la joie de vivre grâce à elle. Ces gens prennent un sachet entier quotidiennement ! A ton avis, quel genre d'effet cela va t-il avoir sur eux ? Le Conseil n'aurait jamais dû imposer une dose quotidienne aussi importante.

-Si tu avais réussi à ne faire distribuer qu'une simple pincée à chaque habitant, personne ne t'aurait prise au sérieux Théa. Le Conseil a choisi une dose symbolique qui laisse penser aux gens qu'elle sera efficace.

-Et il n'a aucune idée des conséquences que ça aura. Et nous non plus ! Je persiste à croire que la solution n'est pas dans la drogue mais bien dans la forêt ! Mais tant que je n'aurais pas le soutien du Conseil ou du peuple, je ne pourrais rien faire ! Et puis, comment les gens pourront-ils reconnaitre qu'une Peur est parmi eux si ils sont en permanence en train de conter fleurette avec les nuages, un sourire idiot accroché sur leurs lèvres !

Eryn me fixa un instant sans rien dire.

" Quoi ?

-Théa…..Tu deviens paranoïaque….

-Qu-Quoi !

-Je sais que la situation est alarmante mais la drogue ne va pas nécessairement signifier que les gens seront incapable de voir le danger.

-Tu crois ? Je n'en donnerais pas ma main à couper personnellement. Si ils se croient en plein rêve, je doute qu'ils songent à s'enfuir. Sans parler qu'avec leur corps complètement engourdi et leur tête embrumée, ils n'iront pas loin !

-Théa…C'est ta paranoïa qui s'exprime, me prévint avec douceur Eryn.

-Alors quoi ? Tu veux que je prenne de la Fleur de Rêve moi-aussi ?

-Honnêtement, ça te ferait certainement du bien….Regardes-toi….Tu n'essaie même plus de cacher tes cernes. Tu dors à peine, tu ne manges pratiquement plus rien, et je sais que tu as de plus en plus de crises. Des bruits ont couru que tu serais peut-être enceinte, mais je me suis débrouillée pour que cette rumeur meurt avant de se répandre. Tu es en train de te tuer d'angoisse pour Hîsöq. Tu t'inquiétais pour ma santé à propos de la drogue….Tu devrais surtout te soucier de la tienne parce que tu ne vas pas pouvoir continuer éternellement à ce rythme !

-Ïlqana….

-Ma santé….? Eryn….Hîsöq est en train de se précipiter vers sa chute et tu te soucies pour ma santé ?

-Ïlqana je crois….

-Puisque le royaume est plus important que tout à tes yeux, et que je suis apparemment la seule à me soucier de ton bien-être Théa, quel bien crois-tu que ta mort apportera au pays ? Tu ne dors plus, tu ne manges plus, et tes crises sont de plus en plus nombreuses ! Théa, si je dois être la seule à veiller sur ta vie, eh bien soit ! Je n'approuve pas la drogue, mais si elle peut empêcher les gens de mourir de peur et nous donner un peu de temps pour les sauver, alors soit !

-Vämïga ! Nous avons un problème !

Le cri du soldat nous arracha à la discussion. Je tournai la tête et vis Barl courir en avant comme un fou.

-Mais qu'est-ce qui lui prend ?

C'est alors que je remarquai enfin la silhouette sur le sol.

-Oh non….

Je m'élançai, Eryn à mes côtés.

Le temps d'atteindre la silhouette, le garde la tenait déjà dans les bras et lui tenait le visage.

-Qu'est-ce que je peux faire ? S'exclama t-il, furieux. Un médecin ! Que quelqu'un aille chercher un médecin !

Il s'agissait d'une fillette d'une dizaine d'années à peine. Secouée de convulsions, une écume blanche apparaissait à la bordure de ses lèvres et ses yeux s'étaient révulsés.

Mon regard chercha une enseigne de soignants aux alentours, ou même une herbologiste, mais il n'y en avait pas. Je remarquai alors le sachet renversé sur le sol. La poudre était en partie répendue sur le pavé.

-Elle est en surdose, lâcha Eryn, pâle comme la mort.

La petite se mit à hoqueter, de plus en plus secouée de spames. Lorsque je vis le sang se mettre à goutter de ses yeux, je compris qu'elle ne s'en remettrait jamais.

-Allez gamine ! Accroches-toi ! S'exclama Barl en la tenant contre lui.

Je posai ma main sur le poignard dissimulé à ma taille.

Il fallait le faire….Elle était condamnée. Je devais abréger au moins ses souffrances, puisque la sauver était impossible.

Pourtant ma main restait immobile, crispée sur le manche de mon arme. J'étais incapable de bouger.

Ce n'était qu'une enfant….L'avenir de cette nation….Il devait forcément y avoir une autre solution….!

Eryn se laissa soudain tomber prés de l'enfant et tira une fiole de sa poche.

-Essayez de lui écarter les lèvres ! Ordonna t-elle avec sécheresse.

Barl obéit. Il dut insérer la lame de son poignard entre les mâchoires crispées de la fille afin de créer un interstice. Je vis que ma soeur avait sorti une fiole de sa bourse. Elle glissa quelques goutttes du liquide ambré dans la bouche de la malheureuse.

Nous ne quittâmes plus des yeux cette dernière, le souffle retenu.

Soudain, le dos de l'enfant se cambra violemment. Elle resta quelques secondes ainsi, plus tendue que la corde d'un arc.

Puis ses muscles se relâchèrent d'un coup et elle retomba sur le sol, inerte.

Le coeur affolé, les ongles enfoncés dans mes paumes, j'osai à peine respirer.

-Est-ce qu'elle est….

Impossible de terminer ma phrase.

En vie ?

Morte ?

Les doigts d'Eryn tremblaient lorsque sa main vint tâter le pouls à la gorge de la malheureuse.

Je vis ses épaules s'affaisser. Elle secoua la tête.

-Je suis désolée….

-Excusez-moi….Cette dose est à cette enfant ?

Je relevai la tête pour découvrir une femme au visage ridé, un jeune garçon dans ses bras.

-P-Pardon ?

-Ce sachet ? Est-ce qu'il appartient à l'un d'entre vous ? Insista t-elle en désignant la dose de Fleur de Rêve sur le sol.

-I-Il appartenait à cette enfant….Vous…Elle vient de faire une crise…..Est-ce que vous connaitriez sa famille ?

-Non….je ne sais pas qui elle est….Mais….attendez….elle est morte ?

J'acquiesçai, incapable d'en rajouter.

Le sourire lumineux qui apparut sur le visage de la femme manqua de me faire vomir.

-Dans ce cas, elle n'en aura plus l'utilité ! Tu entends ça mon chou ! C'est fantastique !"

Sa main s'empara prestement du sachet sur le sol, et elle s'éloigna de nous d'un pas guilleret, sous nos regards choqués.

Je balayai les lieux du regard, démunie. Cette petite avait forcément une famille non ?

-Théa…Viens, ne restons pas là….

Je levai les yeux vers ma soeur.

-Mais la petite….Nous n'allons tout de même pas la laisser là !

-Si nous la prenons, ses parents risquent de la chercher partout et ne pourront pas l'enterrer convenablement. C'est triste à dire mais c'est mieux ainsi Théa. Allez, laisse-la….

Elle voulut me prendre la main mais je reculai.

-Non ! Rentre si tu veux…Rentrez tous les deux ! Je vais m'occuper d''elle.

Ma soeur me fixa avec incompréhension.

-Mais Théa….

Je serrais les poings.

-C'est un ordre de votre Ïlqana ! Rentrez et laissez-moi avec elle !

Ma soeur recula. Je lus l'hésitation et l'inquiétude sur ses traits, mais elle finit par acquiescer et fit signe au garde de la suivre.

Je restai un moment seule avec le corps.

-Excusez-moi ?

Je tournai la tête.

Une jeune fille de l'âge de ma soeur se tenait là, la mine grave.

-Oui ?

-Je peux lui jouer un air d'adieu si vous voulez…..Pour son âme….Je suis musicienne.

Elle désigna la flûte en bois glissée à sa ceinture.

Je balayai la place du regard, mais personne ne nous prêtait la moindre attention chacun occupé à récupérer son sachet de Fleur de Rêve.

Je sentis mes larmes poindre.

Comment ce pays était-il tombé aussi bas ?!

" Nous devrions l'emmener ailleurs, suggéra l'inconnue d'une voix douce.

-Pardon….Oui…Vous avez raison.

Je récupérai la fillette dans mes bras et nous nous éloignâmes de la foule. Je nous menai jusqu'à un pont où passait une rivière.

La musicienne me dévisagea alors que je jugeai du regard le fond du lit. J'acquiesçai en silence.

-Oui. Ici ça devrait suffire. Elle sera emportée loin de la ville et nourrira les poissons. Mieux vaut çça que la laisser se décomposer et risquer de déclencher une épidémie.

Nous ramassâmes plusieurs pierres et en remplîmes les habits de l'enfant.

Je poussai finalement un soupir et passai une main sur les traits juvéniles.

-Repose en paix chère petite. J'espère que tu trouveras la lumière et le bonheur dans ton nouveau foyer. Sache que je suis navrée pour ce qui t'es arrivée. Je…..

Ma gorge se serra et les mots s'étranglèrent, incapables de sortir.

Mes mains se mirent à trembler, posées sur le petit corps inerte.

-Mademoiselle ? S'inquiéta la musicienne.

-C'est de ma faute, soufflai-je, les sillons de mes larmes collés le long de mes joues.

-Pourquoi dites-vous ça. Ce n'est pas vous qui l'avez tué, mais la drogue.

-Oui….C'est bien ce que je dis….C'est moi qui l'ai tuée…..Je n'aurais jamais dû céder au Conseil. Tout ceci n'est que pure folie !

Je sentis une main se poser en douceur sur mon avant bras. Mon regard se tourna vers la jeune fille à mes côtés.

-Le passé ne peut être changé, ni le futur écrit. Tout ce qui convient de faire, c'est l'instant présent. Inutile de vous accuser de la mort de cette petite. Par contre, vous pouvez choisir ce que vous allez pouvoir lui offrir à présent. Car même morte, elle n'en reste pas moins capable de recevoir encore quelques cadeaux vous ne croyez pas ?

Je méditai un instant sur ces paroles. La voix de l'inconnue était d'une douceur apaisante et je finis par aquiescer ses mots.

-Vous avez raison.

Je baissai les yeux vers la petite silhouette inerte et inspirai.

-Ta mère t'aimait plus que tout, sinon elle n'aurait pas cherché à te rendre insouciente du danger avec autant de ferveur. Ce qui s'est produit est une erreur. Pars tranquille petite fille, car ici bas, tout ceux qui t'ont connu t'ont aimée, j'en suis certaine.

La musique s'éleva, triste complainte pourtant rempli d'une douceur qui atténua ma peine. C'était une mélodie simple, à l'image de celle pour qui elle était destinée.

Lorsque la flûte cessa son chant clair, je me sentais apaisée.

Nous laissâmes le petit corps plonger dans l'eau et disparaître.

-Adieu petite fille, chuchottai-je.

Le regard braqué sur l'eau, je finis par me redresser et tournai la tête vers la musicienne.

Cette dernière avait la mine grave.

Je lui tendis la main.

-Merci infiniment pour votre compagnie. Je doute que j'y serais arrivée sans vous.

Son visage s'adoucit.

-Vous vous en êtes très bien sortie. Au fait, je m'appelle Ninon et je suis musicienne.

-Théa.

-Je suis enchantée de faire votre connaissane, lâcha Ninon d'un sourire. Vous semblez chamboulée….Laissez-moi vous offrir un verre."

"….Tu vois Ninon ? Et maintenant ils vont tous mourir de la drogue et qu'est-ce que je leur aurais apporté au final ? La mort !

Je fis un large geste avec ma choppe avant d'en reprendre une lampée.

La taverne résonnait de musique et de rires et ma nouvelle amie me fixait, les yeux brillants, son verre entre ses mains.

-C'est pas facile ton boulot, j'voudrais pas être à ta place Ïlqana !(Elle releva son verre pour me désigner avec.) Mais tu vois, jusqu'à aujourd'hui, j'aurais juré que t'étais le genre de fille trop sérieuse et incapable de la moindre émotion. Je suis heureuse de m'être trompée !

Elle se pencha vers moi, son regard plongé dans le mien.

" Cette gamine, elle aurait pas pu rêver mieux comme enterrement. Lïilqana en personne nom de nom ! La célèbre Théa Vämïga ! Sûr qu'aucun esprit malfaisant ne s'approchera d'elle à présent !

La pièce tanguait autour de moi et je peinai à entendre la conversation entre les cris et la musique ambiante.

-Naaaan….J'ai rien…J'ai rien d'excep….d'espectionnel tu sais…..La preuve qu'à mon propre couronnement….ah ah ah….j'étais encore plus cuite que ce soir….Si si j't'assure….J'aurais jamais sauté sinon ! T'es folle ! J'ai jamais eu aussi peur de ma vie !

Ma nouvelle amie riait aux larmes et leva de nouveau sa choppe.

-Aux nouvelles amies !

-Santé !

J'allais porter ma boisson à mes lèvres lorsqu'une main me l'arracha pour la jeter à terre. Je regardai le liquide répandu sur les dalles en terre cuite.

-Oh non….Pourquoi t'as fait ça toi….

Je voulus tourner la tête vers le responsable, mais mes muscles peinaient à répondre à mes désirs, même les plus élémentaires. Des mains me saisirent par les épaules et me firent pivoter sur mon siège.

-Théa ! Enfin tu es là ! Voilà des heures que toute la garde te cherchent ! Non mais t'as vu l'heure !

Mon sourire s'épanouit sur mes lèvres et une joie sans nom m'innonda.

-Soeurette ! T'imagine pas comment ça me fait tellement du plaisir de te voir avec nous….Tu veux une chope ?

Ma soeur écarquilla les yeux face à mon sourire.

-Ma parole mais tu es ivre !

Un rire irrésistible s'échappa de mes lèvres.

Les larmes envahirent mes yeux.

-Je suis si heureuse que tu sois en vie Eryn…..

J'écartai les bras pour lui entourer la taille et enfouis mon visage dans sa tunique.

" Promets-moi que jamais rien ne nous séparera jamais ! Tu entends ?

-Théa arrête ça c'est ridicule…., grommela Eryn avec embaras. Je crois qu'il est plus que temps de te ramener….

Je sentis un bras glisser sous mon aisselle.

-Oh oh…Attendez Altesse. Votre soeur elle a aussi besoin de se détendre vous voyez….Faut la laisser vivre c'est important !

-Et vous êtes ?

Ma nouvelle amie se redressa.

-Ninon ! Musicienne de talent et goûteuse professionnelle de toute bière qui me passe sous le nez ! Pour vous servir Altesse !

Je relevai la tête pour croiser le regard hésitant de ma soeur.

-Eryn…Eryn reste avec nous….Juste quelques verres tu vois….ça fait de mal à personne. C'est pour la petite fille….Elle serait contente de savoir que je bois pour elle…..!

Je vis les émotions défiler sur le visage de ma soeur mais je fus incapable de les déchiffrer. Elle soupira, ce qui ramena mon sourire.

-Entendu. Mais juste quelques verres !"

"Ïlqana ? Ïlqana vous êtes avec nous ?

Les paumes plaquées sur les yeux, les coudes sur la table du Conseil, j'étais plongée dans l'obscurité.

-Pitié parlez moins fort…J'ai un de ces mals de crâne…..

-Tsss….Vous passez votre temps à nous rabâcher qu'Hîsöq tombe en ruine et vous passez vos nuits à boire dans les tavernes, lâcha avec colère une voix masculine.

-Dites-moi plutôt ce dont vous vouliez m'entretenir, que ce Conseil se termine vite….Ma tête va exploser d'une minute à l'autre….

Un silence de mort suivit mes paroles. Je relevai ma tête douloureuse avec lenteur, les yeux plissés, aveuglés par la lumièère trop forte à mon goût.

" Pourquoi est-ce que vous me dévisagez tous comme si j'étais devenue un monstre….?

-Ïlqana….Avez-vous conscience que ce genre de propos….Enfin….Quiconque aurait proféré ces paroles aurait certainement déjà sa tête éparpillée dans la pièce.

-Faut bien un avantage à ne pas être sensible aux Peurs…., marmonnai-je. Cessez de tergiverser ! Pourquoi suis-je ici ?

-Vous nous avez demandé un rapport sur les villages les plus reculés dans nos terres. Vous vous souvenez ?

Un soupir m'échappa, ma tête appuyée dans ma main.

-Ah oui….Alors….Dites moi Sëgg Hâz.

-La bonne nouvelle, c'est que la formation de Peurs a pratiquement disparu en un jour.

-Aaaaah !

Un soupir de satisfaction jaillit à l'unisson de toutes les gorges. Des applaudissements retentirent dans la salle de réunion.

Chaque coup me transperçait le crâne.

-A-Arrêtez…Arrêtez ça tout de suite….

Les applaudissements moururent à contrecoeur. La joie retomba.

Je fus soulagée de retrouver le silence.

" Et la mauvaise nouvelle ?

-Pardon ?

Je ne bougeai pas.

-Il y a toujours au moins une mauvaise nouvelle alors dites-moi Sëgg Hâz.

L'homme parut embarrassé.

-Heu….Bon….Cest trois fois rien vous allez voir….Mais il semblerait que les agressions entre civils aient augmenté et personne pour le moment n'a d'explication.

Je relevai la tête d'un mouvement brusque.

-Pard…Holà…Non, ce n'était pas une bonne idée. (Je ramenai mon visage dans l'obscurité de mes mains. Ma migraine diminua légèrement.) Pardon ?! Comment ça les gens s'agressent ? Quels genres d'agressions ?

-Heu….Quels genres ? Eh bien….Je ne sais pas….Voyons….je suppose des attaques physiques….

-Entre gens…normaux ?

-Oui oui, c'est ça.

-Mais il y a des blessés ?

Même dans l'obscurité j'avais mal.

Pourquoi avais-je autant bu hier !?

-Heu…je ne sais pas….

L'agacement m'envahit face à ces réponses évasives. Je relevai les yeux, et les fermai aussitôt.

-Sëgg Hâz ! Lisez donc votre feuille bon sang ! Que dit le rapport !?

Ma voix sèche ne parut pas l'inquiéter outre mesure. Sa voix resta égale, un brin contente en vérité. Mes épaules s'affaissèrent.

Pourquoi me faisais-je donc autant de soucis au fond. Il fallait me détendre, vraiment.

-Heu…Voyons….Ah ! C'est ici….Voyons…..Non ! Aucun blessé déclaré !

Des murmures d'approbation et de congratulations s'élevèrent autour de la table. Je fronçai les sourcils.

-Quelque chose m'échappe Sëgg Hâz. Pourquoi évoquer des agressions si personne n'est blessé ? C'est totalement inutile de le mentionner dans un rapport ! Êtes-vous certain d'avoir lu ce dernier en entier ?

Le silence retomba d'un coup.

-Bien évidemment !

-Pourquoi se sont-ils fait agresser dans ce cas ?

-Rien n'est précisé.

-Les concernés n'ont pas été interrogés ?

-Eh bien non.

-Pourquoi ? C'est normalement la procédure.

-Parce qu'ils sont morts.

Je sursautai, mon mal de tête envolé.

-Qui sont morts ?

-Eh bien, les agressés Ïlqana.

Je secouai la tête, perdue.

-Mais vous venez de m'assurer qu'il n'y avait aucun blessé déclaré !

-Non…Puisqu'ils sont tous morts. Par conséquent, il n'y a pas de blessés ! C'est une excellente nouvelle non ? Aucune Peur n'a été formée !

La colère se distilla doucement dans mon état de choc.

-Et personne n'a été capable de savoir pourquoi ?!

-Non…Mais quelle importance ? Les Peurs ont cessé de se former ! C'est ce que nous voulions ! Le problème est résolu !

Je dévisageai les nobles qui m'entouraient. Tous souriaient.

Je fronçai les sourcils et m'obligeai à garder mon calme.

-Attendez…Je crois que je n'ai pas bien saisi…Des gens sont agressés dans les villages et se font tous tuer….Vous n'avez pas la moindre idée de qui les agresse, ni pourquoi….Et ça ne vous fait rien.

-Nous savons que ce ne sont pas des Peurs….

-Mais vous n'avez pas cherché à en savoir plus sur la question ?

-Quelle question ?

J'écarquillai les yeux, à bout de patience.

-Pourquoi ces gens meurent ! Vous moquez-vous de moi Sëgg Hâz ?!

Le sourire de l'homme s'affaissa.

-Je ne me permettrais pas Ïlqana. Jamais.

Je balayai les autres visages.

-Et vous autres, vous avez aussi de *bonnes* nouvelles à m'annoncer ?

-Mmh mmh…Comme l'a dit Sëgg Hâz, lâcha Sëgga Dhymaqî, aucun blessé déclaré.

-Donc ils sont tous morts. Tous les agressés ! Vous parlez bien d'agression vous aussi nous sommes d'accord ?

-Oui Ïlqana ! Bien sûr.

-Tous ici avez eu des agressions dans vos fiefs….?

Signes d'approbation. La colère devenait de plus en plus difficile à contenir.

-Et aucun d'entre vous n'est capable de me dire qui tue les personnes et pourquoi ?!

-Non Ïlqana.

-Et ça n'est venu à l'idée d'aucun d'entre vous de mener une enquête ?

Leurs regards hagards me firent sortir de mes gongs. Je me levai d'un mouvement brusque et ma chaise bascula en arrière. Je vis le Conseil se tendre.

Je quittai la salle sans ajouter un mot, certaine qu'attendre plus allait me faire commettre quelques meurtres supplémentaires.

Affalée à la table de mon salon, je plongeai ma cuillère dans la soupe de bourrache que j'avais commandé aux cuisines.

Même tenir ma cuillère devenait compliqué.

Une vibration de mon canapé me fit tourner la tête. Dragon avait sauté à mes côtés, ses ailes repliées le long de son corps. Ses yeux fixaient la soupe avec curiosité et suivirent la cuillère alors que je la portai à ma bouche. Je croisai son regard écarquillé et me sentis soudain très stupide sans savoir pourquoi.

-Qu'y a t-il ? Je mange….

Je repris une cuillèrée. Même regard. Je posai mon assiette et repoussai doucement la tête de la Peur-Dragon.

" Cesse donc de me dévisager comme ça ! Je ne fais rien d'extraordinaire ! Les humains aussi mangent qu'est-ce que tu crois !

Je repris une gorgée. La créature prit appuie sur la table et son museau vint renifler la soupe.

Je sursautai lorsqu'il se mit à la laper de sa langue.

-Eh ! C'est pour moi ça ! Arrête !

La créature sauta sur la table pour bondir aussitôt par terre. Sa queue balaya mon assiette au passage. Cette dernière se retourna sur le tapis.

Je regardai mon repas étalé, prête à pleurer pour de bon.

-Mais qu'est-ce que vous avez tous aujourd'hui ! C'était mon anti-migraineux ! Dragon ! Et le tapis !

Je me penchai pour récupérer la vaisselle heureusement intacte.

On toqua à la porte.

-Théa ?

Je me redressai d'un mouvement brusque et tournai la tête vers Dragon.

-Caches-t….

Mais il n'était déjà plus visible.

La porte s'ouvrit.

-Théa tu es l ….Ah ! Génial…Nous nous demandions dans quel état tu te trouvais….

J'offris un sourire crispé à ma soeur et notre amie.

-Eryn….Eh Ninon qu'est-ce que tu fais ici ? Vous avez de sales têtes.

-Elle me tient compagnie, m'informa ma soeur. Et tu ne respires pas non plus la pleine santé…Qu'est-ce qui s'est passé ?

Son regard venait de se poser sur le tapis taché et l'assiette dans ma main.

-Tu m'as fait sursauter et je l'ai renversée….J'ai mal au crâne. Tu viens de ruiner mon remède.

-Oh….Je vais t'en faire un autre si il n'y a que ça….Nous allions prendre l'air. Tu veux te joindre à nous ?

Je secouai la tête.

-Non…Désolée mais je vais prendre un remède et dormir. Ensuite je dois préparer mes affaires parce que je pars.

Eryn fronça les sourcils.

-Tu pars ?

Je me tournai vers Ninon.

-Désolée mais…C'est un sujet privé.

-Oh….Veuillez m'excuser….Altesses.

Elle s'inclina et quitta mes appartements avec empressement.

Eryn s'installa dans un siège face à moi.

-Alors ? Où comptes-tu te rendre ?

-Dans les villages….Le Conseil…Eryn c'est une catastrophe…Ils sont complètement…Je ne saurais même pas comment décrire leur état ! Ils sont tous à mille lieux de la réalité !

La jeune fille grimaça.

-Je suppose qu'ils ne doivent pas tout à fait suivre les doses de Fleur de Rêve prescrites.

-Eryn, jure moi que tu n'en prends pas.

Son regard me transperça.

-Tu me trouves joyeuse ?

Je frissonnai.

-Heu…Non, pas vraiment.

-Donc ça répond à ta question. Combien de temps comptes-tu t'absenter.

-A peine quelques jours. Je te laisserais la régence en mon absence.

Elle acquiesça.

-Du moment que tu reviens. Tu m'accompagnes aux termes ?

-Quoi ?

Sa questions me prit au dépourvu.

" Tu veux y retourner. Après ce qui s'est passé la dernière fois ?

-Des gardes n'auront qu'à venir avec nous dans la salle des bassins. Ça calmera ta migraine. Tu vas voir.

J'hésitai. Mais finis par acquiescer à contrecoeur.

-C'est toi la guérisseuse."

J'atteignis ma chambre d'un pas lourd, mon corps écrasé de fatigue.

Cette journée avait été un cauchemar jusqu'au bout.

Partout, je voyais les gens déambuler, un sourire idiot sur les lèvres.

Même les termes, d'habitudes agréables, n'avaient suffit à effacer ma culpabilité grandissante face à l'état de mon peuple.

Où que je regarde, le monde autour de moi semblait un peu plus s'effondrer chaque jour, et j'avais beau me démener comme une folle, rien ne semblait pouvoir arrêter le processus.

Mon bras me parut un poids mort lorsque je le levai pour actionner la poignée de ma porte.

Je me sentais aussi lasse qu'un vieillard.

A quel moment avais-je donc récupéré le poids de temps d'années ?

Et je n'en été qu'au tout début de mon règne !

Ce simple constat me découragea.

Comment Père avait-il pu tenir tant de temps ?

Se pouvait-il qu'être obligé de se battre au front l'avait épargné d'éprouver cette lassitude mortelle ?

Etait-ce donc cela le secret ?

Je pénétrai dans la chambre et fermai la porte dans mon dos.

Un léger bruit de piétinement me parvint. Jamais je n'aurais cru qu'un jour l'idée de voir une Peur me ramène le sourire, pourtant c'est exactement ce qui se passa.

"Dragon ? C'est toi ? Où te caches-tu ?

Un petit gargouillis me parvint.

Je traversai l'appartement, et allumai quelques bougies suplémentaires afin d'y voir correctement.

Mon regard fut alors attiré par une silhouette allongée sur le sol, prés de la cheminée.

" Oh non…..

Je m'approchai de la créature et m'accroupis. Le petit dragon poussa une faible plainte, un appel au secours qui manquait cruellement de force.

Je tendis mes doigts vers lui ct il étira son long cou pour effleurer ma peau du bout de son museau. Il se mit à ronronner. Puis laissa sa tête peser dans ma paume, les yeux clos.

Je sentis mes larmes poindre.

" Tu es en train de mourir de faim…..Pourquoi m'as-tu obéi ? Pourquoi ne t'es-tu pas nourri Dragon ? Jamais je ne l'aurais su….

Je le ramassai pour le tenir contre moi. Il avait rétréci et son corps reposait désormais dans mes deux mains rassemblées.

Il était resté avec moi, et m'avait obéis. Il ne pouvait pas ignorer que ça finirait par le tuer.

Je ne comprenais pas. Je sentis mon impuissance se muer en colère.

-Les Peurs ne sont-elles pas cencées être des monstres ? Juste bonnes qu'à se nourrir ? Pourquoi ne t'es tu donc pas comporté de la même façon que les autres ! Hein ! Effrayer, puis te nourrir, pour effrayer encore plus et te goinffrer d'avantage ! Ce n'était pas compliqué pourtant !

La créature frémit, et il se ramassa d'avantage sur lui-même. Je vis ses écailles ternir d'avantage.

Il ne lui rester quue très peu de temps.

Je bondis sur mes pieds sans le lâcher, ma décision prise.

-Il est hors de question que j'assiste à ta disparition tu m'entends ? Et tant pis pour l'éthique ! Te nourrir….Tu dois te nourrir !

Immobile, je réfléchis.

Ce que je voulais était complètement fou. Car pour sauver mon ami, j'allais devoir trouver un humain, l'effrayer et laisser la Peur se nourrir, rapprochant mon sujet d'un état d'homme-bête.

"Je ne laisserais pas la Peur se nourrir jusqu'à détruire l'humain…., me promis-je. *Mais il est hors de question qu'il meurt !"*

Peut-être utiliser un futur condamné à mort. Un assassin notoire ? Il devait bien y avoir des criminels en prison, en attente d'être exécutés pour leurs crimes….

Oui ! C'était une bonne idée ! Le dragon se nourrirait de ses peurs, et le condamné n'en souffrirait pas puisque de toute façon, sa vie allait s'arrêter dans les prochains jours !

J'enfilai ma pélerine la plus neutre possible et quittai ma chambre à vive allure pour atteindre le petit salon de mes appartements. Je sursautai de frayeur lorsque la porte en face de moi s'ouvrit doucement. La Peur-Dragon s'échappa de mes mains pour atterrir sur le sol.

-Théa ?

Je sentis un frisson d'horreur lorsque je reconnus le visage de Lucius. Ce dernier parut surpris de me voir, avant que son regard ne découvre Dragon.

Il bondit dans la pièce.

-Attention Théa !

Je vis Dragon se redresser sur ses pattes et étendre avec peine ses ailes. Son petit feulement, d'une faiblesse extrême, était pourtant bien une menace envers l'humain qui se précipitait vers nous.

-Non !

Mais les réflexes de Lucius avaient déjà agi.

Je ne vis le carreau que lorsqu'il se ficha dans la poitrine de la Peur. La créature laissa échapper un dernier râle, tourna avec difficulté sa tête dans ma direction, avant de s'effondrer sur le sol.

-Théa ! Théa est-ce que tu vas bien ?

Le jeune homme se précipita vers moi, le visage mort d'inquiétude.

A mes pieds gisait le petit corps sans vie de Dragon. D'ici quelques heures, il se dissoudrait et ce serait comme si il n'avait jamais existé.

" Je suis désolé ! Je ne voulais pas te faire peur Théa ! Bon sang je ne suis qu'un imbécile….Venir dans tes appartements en pleine nuit….N'importe qui aurait été effrayé ! Pardonne-moi Théa….! Il ne t'a pas blessé au moins ?! Viens t'asseoir….

Il m'entraîna vers un sofa et je me laissai faire, encore sous le choc.

Tout avait été si vite !

" Je voulais te voir….J'avais tellement envie de te voir Théa…..Je suis arrivé cette après-midi au palais, mais on m'a dit que tu étais occupée. Alors j'ai patienté. Je ne m'attendais pas à ce que tu termines aussi tard….Mais je….J'avais besoin de te revoir….!

Je sentis ses mains encore tremblantes de tension encadrer mon visage.

Il avait tué Dragon.

Ses lèvres prirent les miennes.

" Que serait-il arrivé si il t'avait tué….? Je t'en prie Théa, dis quelque chose !

La plainte de la Peur résonnait encore à mes oreilles.

"Assassin."

Je frissonnai, réalisant la haine que j'éprouvai soudain pour Lucius.

J'avais envie de le frapper.

Lui faire payer le crime qu'il venait de commettre.

Et ça n'avait aucun sens !

-Qu-Qu'est-ce qui ne va pas chez moi ?

-Non non Théa ! N'importe qui aurait eu peur ! Tu n'as pas à te faire de repproches ! Jamais bon sang !

Il m'embrassa de nouveau et cette fois-ci, je répondis à son élan avec fureur.

J'avais envie de le frapper de toutes mes forces, de lui enfoncer une lame dans la gorge et de le couvrir d'injures, et ce simple constat me faisait perdre pieds.

Il fallait que je retrouve le sens des réalités.

Je devais combattre les Peurs !

Et ce jeune homme n'était pas un assassin. Il venait de sauver ma réputation, et probablcment aussi ma vie et celle d'Eryn.

"Mais…Théa….je croyais que tu ne créais pas de Peurs ! Tout le monde ne cesse de l'affirmer !

-Lucius, s'il te plait, ne dis rien à personne….

-Bien sûr que si ! Théa ! Les gens sont persuadés que les Vämïga possèdent un moyen de se protéger contre les Peurs qu'ils gardent pour eux-mêmes. Si ils savent que tu créés des Peurs, ils verront que vous ne favorisez pas la protection de votre famille avant celle du peuple ! Les gens te croient un peu sorcière. Ils arrêteront probablement d'avoir peurs de toi si ils savent que tu es comme eux !

-Lucius, ce n'est pas une bonne idée. Si les gens savent ça, alors en quoi vont-ils croire pour espérer s'en sortir un jour ! L'Ïlqana, qui a survécu aux Peurs enfant et qui n'a jamais créé de Peurs, finalement en créé elle-aussi ! Il ne faut pas qu'ils perdent espoir ! Je fais peur aux Peurs ! Je représente la meilleure défense du peuple !

-Mais à leur cacher que tu créés toi aussi des Peurs, tu les laisses continuer à croire que tu es une espèce de sorcière et ils continueront de te craindre ! Veux-tu vraiment les laisser penser une telle chose ?

Laisser le peuple me craindre pour ma différence, ou les laisser croire que j'étais semblable à eux et ainsi avoir enfin une chance de me faire accepter.

Si l'idée d'être enfin acceptée par les hîsöqii était mon plus grand rêve, je ne pouvais pas pour autant détruire l'espoir que je représentais. Je ne pouvais pas montrer de faiblesses alors que mon peuple était lui-même à l'agonie et attendait que je le sauve.

Je secouai la tête.

-Non Lucius. Je ne peux pas te laisser dire au Conseil que j'ai créé cette Peur.

-Mais….pourquoi ?

-Parce que c'est un mensonge.

Le jeune homme me fixa sans comprendre. Je me mordis la lèvre.

" Ce n'est pas moi qui ai créé cette Peur, insistai-je.

-Mais…Attend une minute….Elle est tombée de tes mains n'est ce pas ? Si ce n'est pas toi qui l'as créée, pourquoi la tenais-tu ? Pourquoi ne pas l'avoir simplement tuée !?

-Je…Je….

Que dire ? Que faire ?

Lucius me fixait, et son regard exprimait clairement qu'il avait besoin d'une explication.

Mentir ?

Impossible.

Si j'affirmais finalement avoir créé cette Peur, Lucius ne pourrait pas garder cette information pour lui. Je ne pouvais pas détruire le dernière espoir des hîsöqii.

Mais avouer la vérité ?

C'était encore pire.

-Lucius….Cette Peur elle…s'est réfugiée ici….Je l'ai trouvée il y a quelques jours et je voulais vraiment la tuer !

-Il y a quelques *jours* ! Tu veux dire que tu as dissimulé une Peur dans tes appartements durant tout ce temps !? Mais pourquoi faire une chose pareille ! Théa !

-Je ne sais pas ! D'accord ?! Ne me regarde pas comme si j'étais un monstre. Dragon ne m'a pas attaqué, bien au contraire, et….

- "Dragon" ? Parce que tu as nommé cette chose en plus ?

-Je pensais qu'en la gardant ici, personne ne courait de danger. Et que ça me permettrait de mieux connaitre notre ennemi en l'observant….Je comptais la tuer ! Je t'assure ! Mais c'était une occasion idéale pour connaitre mieux le fonctionnement d'une Peur ! Or c'est précisément ce qui nous manque pour les vaincre !

Le jeune homme croisa les bras, les sourcils froncés.

-D'accord….Tu as mis tout le château en danger en gardant cette Peur chez toi, mais si ça t'a permis de comprendre comment détruire ces monstres, je suppose qu'il fallait en passer par là….Alors, qu'as-tu appris ?

Il me dévisageait, en attente d'une réponse satisfaisante.

-Je…..

Je me tus, incapable de répondre à la question.

Qu'est-ce que ça m'avait apporté de garder cette Peur ?

A part mettre la vie d'Eryn en danger ?

-Mon dieu….Lucius….Je crois que je me suis complètement laissée manipuler….

-Comment ça ?

-Cette Peur….Elle a senti que j'allais la tuer et elle a réussi à m'attendrir….Elle a dû voir que je me sentais seule….Après tout, si elle sent la peur des gens, alors elle sait….Elle sait que je crains d'échouer à sauver les hîsöqii et que ce fardeau, je suis seule pour le porter….La voir toute faible….Si vulnérable…C'était comme voir un enfant face à ses Peurs….Je n'ai pu me résoudre à la tuer…Quand tu l'as attaquée….Bon sang je voulais la protéger….Je t'en ai voulu Lucius ! L'espace d'une seconde, je t'en ai voulu de l'avoir tuée ! Mais qu'est-ce qui m'a pris ?! C'est de la folie ! Si je me fais aussi facilement manipuler, et que je n'arrive plus à distinguer mes alliés de mes ennemis….Comment je peux espérer protéger qui que ce soit ?!

Je me mis à marcher de long en large, agitée par mon angoisse.

-C'est encore pire que si tu m'avais découverte en train de former une Peur ! Je n'en forme pas mais elles parviennent à m'attendrir ! Elles ont assassiné mes parents, et pourtant je prends leur défense ! Et j'en garde une dans mes appartements !

Les mains du jeune homme se refermèrent doucement sur mes poignets. Je levai les yeux, arrachée à mon angoisse.

-Théa….Calmes-toi….Comment peux-tu penser que tu es un tel danger pour nous ? Tu as eu un moment d'égarement, oui. C'est la vérité. Mais tu n'es pas la seule dans ce cas. Ces familles qui enferment leur enfant ou leur parent devenu un homme-bête au lieu de le tuer, eux aussi agissent de façon inconsidérée. Ils préfèrent s'accrocher coûte que coûte à un souvenir plutôt que d'assurer la protection de leur entourage. Peut-on les condamner pour autant de leur attitude ? Les Peurs te craignent, ce n'est un secret pour personne. Qu'elles tentent de t'atteindre par d'autres moyens ne m'étonne guère. Elles ont trouvé ton point faible. Ce n'est pas mal. Au contraire. Maintenant je sais comment te protéger.

Je le dévisageai.

-Tu…Tu veux me protéger ?

Il éclata de rire.

-Evidemment ! Il faut bien que quelqu'un s'en charge ! Je comprends que tu ne veuilles pas que ton expérience s'ébruite. Mais à l'avenir, tu peux compter sur moi pour te ramener sur le droit chemin si tu sens ton attachement pour ces créatures revenir !

J'acquiesçai sans rien dire.

Pourtant, je n'étais pas totalement rassurée.

Lucius avait beau croire qu'il lui suffirait d'être là pour me ramener dans le droit chemin, je savais que si je décidai de protéger les Peurs j'en aurais les moyens.

Après tout, je possédais une armée, et les gens me craignaient. Si en plus les Peurs me manipulaient et intervenaient pour me faciliter la tâche, Lucius ne pourrait rien faire.

Non….Tant que je resterais Ïlqana, je possèderais trop de pouvoir pour que quiconque puisse s'opposer à moi.

Il fallait que je m'éloigne d'Hîsöq. Ainsi, si les Peurs parvenaient de nouveau à me manipuler à l'avenir, mon champ d'actions pour nuire aux hîsöqii serait plus restreint.

Il fallait que je parte et que je détruise les Peurs.

Ainsi le problème serait définitivement résolu.

Chapitre 6

"Ïlqana, je ne suis pas certain que ce soit la meilleure idée que vous partiez vous-même à la rencontre des villageaois.

-Tous les hîsöqii ne peuvent se déplacer ici pour faire leurs requêtes. En vérité, il doit y en avoir très peu. Les rapports ne sont que des mots sur une feuille. J'ai besoin de savoir exactement ce qu'il en est de la situation pour la majorité de mes sujets. Quelle meilleure solution pour obtenir des informations exacte, que de m'y rendre moi-même ?

-Oui, m-mais vous risquez d'être blessée....

Je me retournai vers mon majordome.

-Emile, j'apprécie grandement votre attention à mon égard, mais je ne peux pas me soucier de ma sécurité alors que la vie de milliers de personnes repose entre mes mains. Le Conseil se chargera des affaires courantes, et Eryn a accepté de me remplacer pour les séances de doléances, le temps que je rentre. Et puis, je suis accompagnée de mes meilleurs soldats....Que pourrait-il donc m'arriver ? Ce n'est qu'une absence de quelques jours. Tout ira bien....

-Si vous le dites Ïlqana.

Je pressais l'épaule de l'homme.

-Prenez soin de ma soeur voulez-vous Emile ?

Il se redressa, et carra ses fines épaules toutes minces.

-Vous pouvez compter sur moi Ïlqana !

-Excellent. Alors à dans quelques jours.

Je grimpai sur ma monture, qui piaffait d'impatience, maintenue immobile par un jeune lad d'à peine quinze ans.

Je remerciai ce dernier d'un signe de tête et le vis rougir tout en lâchant le harnais et reculer de quelques pas.

-Est-ce que vous êtes tous prêts ?

-Oui Ïlqana ! Lâchèrent ma troupe de soldats déjà en selle depuis un moment.

-En avant ! A très vite Emile !

Je quittai le palais au petit galop avec ma garde de huit hommes.

Nous quittâmes rapidement Selha pour nous retrouver dans la campagne qui l'entourait.

La route principale filait droit en direction du village le plus important. Des chemins la traversaient, plus sinueux, pour mener vers les villages de moindre envergure. D'après leur état, il était évident que les charettes étaient les principaux véhicules à sillonner ces tracés, visibles à force d'être piétinés par les bêtes de bâts.

Pour atteindre les villages les plus reculés de la région, nous devions en traverser une dizaine d'autres.

Sur le qui-vive malgré l'aspect paisible de la campagne, nous atteignîmes la première commune une heure à peine après notre départ.

Nos montures se mit à renâcler alors que qu'aucune habitation n'était encore visible.

Je guettai un mouvement au milieu de l'herbe, la présence d'un loup ou d'un félin, mais rien ne pointa le bout de son nez.

-Allez Gourmand, arrête de ralentir….Je la vois venir ta stratégie pour aller plonger le nez dans l'herbe ! Plaisanta l'homme derrière moi.

La route se poursuivit. Nous passâmes le ponton d'une colline avant d'apercevoir le toit des maison se dresser devant nous, entourées d'une palissade en bois.

J'estimai la taille de ce village à trois cent habitant environ.

Je talonnai ma monture pour l'inviter à repprendre un pas plus régulier et rythmé. Cette dernière obéit, trop bien dressée pour tenter de se rebeller.

-Il y a des gardes à l'entrée de la cité, lâcha un de mes hommes.

-Oui….C'est plutôt rassurant, acquiesçai-je, la main devant mon nez. Par contre, cette odeur….C'est une infection….

Je fronçai les narines de dégoût, incapable de mettre un nom ou une image sur une telle pestilance.

-C'est la campagne Ïlqana, rit un des soldats. Le palais sent bien meilleur, je vous l'accorde.

-Je connais l'odeur de la campagne Barl. Mais toi à l'évidence tu es resté trop longtemps emmuré à Sehla pour différencier une bonne senteur fraîche à celle de la pourriture ! J'aimerai bien savoir d'où elle provient pour saturer l'air à ce point. C'est probablement à cause d'elle que les cheveux sont agités.

-Vous avez un sacré odorat Ïlqana, parce que je ne sens rien d'anormal. Je veux dire…..ça pue, mais comme je l'ai dit mais…..c'est la campagne, il n'y a rien d'anormal à ça !

Nous nous approchâmes tranquillement. Je ne quittai pas les deux silhouettes, assises chacune d'un côté de l'entrée en pierre, visiblement en pleine conversation.

"Tout de même....Ils pourraient au moins réagir à notre approche, être simplement interpellés......"

Mais en pleine discussion, les deux gardes postés là ne daignèrent à tourner la tête vers nous alors que nous atteignions les portes.

Leurs visages se tournèrent vers nous alors que j'arrêtai ma monture devant les portes.

-Vous aviez raison Ïlqana.....Ce n'est définitivement pas la campagne qui sent un truc pareil. Il doit y avoir une......

-Bien le bonjour voyageurs ! Bienvenus dans notre charmant village !

Le sourire jusqu'aux oreilles, les deux sentinelles interrompirent mon compagnon de route et effectuèrent une profonde révérence. Elle aurait parut sérieuse si ils n'y avaient pas ajouté autant de frioritures avec leurs mains.

-Bonjour à vous. Je suis l'Ïlqana Théa Vämïga et je souhaite m'entretenir avec votre chef.

Ni la sévérité de ma voix, ni mon ordre ne parurent les déranger.

-Mais je vous en prie. Vous trouverez le chef dans sur sa pelouse....Je crois qu'il est en train de jardiner.

J'écarquillai les yeux de surprise.

-De "jardiner" ?

Voilà une occupation à laquelle je n'aurais pas pensé par ces temps si troublés.

-Si vous voulez bien nous suivre.

Ils pénétrèrent dans le village.

-Attendez ! Vous ne pouvez pas laisser l'entrée sans surveillance !

-Ah ?

La perplexité de l'homme et son manque d'énergie accrurent mon malaise.

Je désignai l'homme de gauche.

-Toi, reste à ton poste. Ton camarade nous guidera jusqu'au chef.

-D'accord.

L'homme reprit sa place sur son tabouret.

-Nous vous suivons monsieur, ajoutai-je à l'adresse de l'autre garde.

Il nous fit pénétrer dans l'enceinte de la cité marchant devant nos montures tendues.

-Bienvenus à Ilironn ! Lança t-il avec un immense sourire à notre attention. Vous ne trouverez pas lieu plus chaleureux et sympathique que celui-ci !

L'allée menait directement au coeur du village, pour ensuite se diviser en une multitude de ruelles qui disparaissaient entre les habitations. Les gens circulaient à pieds dans les rues et les lieux bruissaient d'une humeur joyeuse.

-En ce qui concerne ma venue, j'aimerai savoir si vous avez eu des difficultés particulières ces derniers mois, ou si elles ont augmenté.

-Non ! Tout est parfait ! Merci Ïlqana ! Lança l'homme dans un éclat de rire.

Mon regard observait les visages que nous croisions.

Tous arboraient ce même sourire immense, comme si c'était le plus beau jour de leur vie. Je les voyais rire, siffler ou même danser tout en marchant.

-Ils sont terrifiants tous avec leurs mines d'imbéciles finis, comme si ils avaient rien dans le caillou ! Marmonna le soldat à ma gauche. On dirait qu'ils sont saoûls !

Je grinçai des dents.

-Non….Pas saoûls….mais complètement sous l'emprise de la drogue.

-Par tous les dieux ! Ïlqana !

Je tournai la tête à l'appel de mon homme.

Mon sang se glaça dans mes veines en apercevant le corps sur le sol.

Pas besoin d'être médecin pour reconnaitre un cadavre. L'aspect de sa peau et les milliers de mouches qui l'entouraient suffisaient à parler d'eux-mêmes.

-Eh l'ami ! Depuis combien de temps il est là le macabé !? Lâcha mon soldat à l'intention de notre guide.

Ce dernier tourna la tête, et haussa les épaules avec une indifférence patante.

Nous nous approchâmes du mort. Je plaquai ma manche plus fort contre mes narines pour tenter de filtrer l'odeur nauséabonde.

Ce fut un échec.

Un pied vint titiller le corps avant de s'écarter.

-Je ne suis pas un expert, mais vu son état, il se décompose depuis au moins trois jours !

-Pourquoi ce corps n'a t-il pas été brûlé ? M'enquis-je, les poings serrés. Si il s'agissait d'un criminel, la loi vous oblige à leur offrir une mort décente ! Je pourrais vous envoyer en prison pou ç….Où est-il passé ?

Les yeux braqués sur le corps tout en parlant, j'avais finalement tourné la tête vers la sentinelle, pour découvrir qu'elle n'était pas à mes côtés et n'écoutait par conséquent rien à ce que je racontai.

Mon regard chercha l'homme et le repéra alors qu'il s'écartai d'une maison en notre direction, au pas de course, tout sourire.

-Si il continue à nous montrer ses dents, je vais finir par les lui casser moi, grommela un de mes soldats.

-Du calme…..Il n'est pas dans son état naturel.

-Aucune personne autour de nous ne l'est ! Non mais comment peuvent-ils se comporter avec autant de légèreté avec un corps au milieu de la route ?!

-Ïlqana ! J'ai un cadeau pour vous et vos hommes, de la part du village, pour vous souhaiter la bienvenue. Ce n'est pas grand chose, mais j'ai fait passer le mot et une collecte est en marche pour vous en apporter d'avantage.

Il ouvrit ses mains et un frisson glacé me parcourut lorsque je découvris les deux sachets de Fleur de Rêve en poudre dans le creux de ses paumes.

Je reculai d'un pas, soudain effrayée par les conséquences de mes actes.

-Par tous les dieux….Qu'ai-je fait….?

Des cris s'élevèrent à quelques rues de nous.

-Qu'est-ce que c'est que ça encore ? Lâcha Barl."

Je m'élançai sans prêter attention au présent du villageois et à son sourire benêt. Remontant la rue au pas de course, le métal chanta lorsque je tirai mon épée en même temps que mes hommes.

Autour de nous nul ne sembla nous prêter la moindre attention. A peine un regard surpris.

Nous débouchâmes sur une petite place.

J'écarquillai les yeux face à la dizaine de corps étendus sur le sol.

Deux hommes étaient en train de se battre. L'un avait à l'évidence l'avantage sur l'autre.

-Arrêtez ! C'est un ordre !

Je sautai de selle et m'élançai, épaulée de mes gardes.

Je vis le tesson de la bouteille apparaître soudain dans la main de l'homme le plus agressive. Je tendis la main vers lui, désespérément trop loin encore pour espérer le retenir.

-Non arrêtez !

L'arme improvisée de l'homme se planta dans la joue de son adversaire. Avant de revenir lui déchirer le front, puis la gorge....

Le temps de l'atteindre, le visage de l'autre n'était déjà plus qu'un amas de chaire lacérée.

Le poing de Barl eut tôt fait de faire reculer l'agresseur. Je me jetai à genoux devant le blessé.

Le sang coulait à flot de ses plaies. Son visage ne ressemblait plus à grand chose.

-Il nous faut un médecin !

Mon cri retentit tandis que je tentai de presser les plaies de mes mains afin de calmer l'hémorragie.

" Eh monsieur ! Restez avec moi ! Vous m'entendez ?

-Eh ! Espèces de fous vous avez entendu les ordres de l'Ïlqana ! Allez prévenir votre médecin ou votre guérisseur qu'il y a un blessé grave ! Qu'est-ce que t'as à rire bêtement toi ! Tu veux mon poing dans la figure p't-être ?

Je vis la poitrine du blessé s'affaisser.

Ma main tremblante chercha à tâtons le pouls du malheureux.

-C'est inutile...Il est trop tard.....

Je me laissai aller sur les fesses, les mains couvertes de sang, en état de choc.

Le cadavre gisait là à mes pieds, et le sang continuait de couler lentement de sa plaie.

-C'est pour ça que tu as tué ce type ??? Pour ta saleté de drogue ?

Je tournai la tête.

Barl secouait l'agresseur comme un prunier, son poing serré sur le col de ce dernier, tandis qu'il lui agitait le sachet de Fleur de Rêve sous le nez. L'autre tendit les mains vers ce dernier.

-C'est à moi ! Tu n'as qu'à t'en trouver d'autre ailleurs ! Celui-ci est à moi ! S'exclama t-il.

Ses poings cherchèrent à atteindre le visage de Barl, mais ce dernier se tenait hors de portée.

" J'vais t'creuver tu entends ! Donne-le moi !

-Tu commences à sérieusement m' chauffer l'ami.

Le coup de poing envoya le villageois par terre, inconscient.

Barl se tourna vers moi et me tendit sa main. Je récupérai le sachet de drogue.

" Vous pensez que c'est vraiment à cause de cette drogue qu'il a tué ce gars ?

J'acquiesçai.

-Apparemment.

-Et tous là qui ne bougent pas d'un poil ! Non mais ils sont vraiment tous en train de planer ?

J'acquiesçai.

-Oui, de t....Eh ! Qu'est-ce que vous faites vous là-bas !

Mon oeil, attiré par un mouvement, se posa sur une femme qui semblait marcher de corps à corps.

J'aperçus le collier entre ses doigts alors qu'elle se redressait. Le bijou disparut promptement dans sa bourse.

-Non mais je rêve ou elle est en train de les voler aux yeux et au su de tout le monde ?!

La femme se tint un instant face à une jeune fille souriante, assise et les yeux dans le vague. La femme sembla avec attention observer son visage. Son pied percuta violemment la tête de la pauvrette, à plusieurs reprises.

-Tu étais fière de ton visage hein ? Sale garce ! Voilà ce que j'en fais moi de ta jeunesse !

Sa violence me laissait sans voix. Je ne m'étais même pas aperçue que je courais vers elle.

Elle se détourna brusquement sans prévenir du cadavre pour se pencher vers un autre mort. Sa main ôta un châle du cou de sa nouvelle victime, pour l'enrouler autour de son propore cou. Elle poursuivit son pillage sans le moindre signe de remord ou d'hésitation.

-Ïlqana ! Arrêtez ! C'est inutile ! Elle n'a plus d'âme ! D'autres arrivent !

Je me figeai et levai les yeux. Force fut de constater que nous étions en effet le point de mire de plusieurs individus.

Je ne pouvais pas songer à agresser toutes ces personnes.

Je serrai les poings et sentis mes hommes de nouveau à mes côtés. Je récupérai les rênes de ma montures que Barl me présentait.

-Très bien...Je crois qu'il est temps de partir d'ici. A l'évidence, les hommes bêtes sont trop nombreux pour nous. Allez !"

« Messieurs dames....Vous avez demandé à me parler....De quoi s'agit-il ?

Sëgg et Sëgga Hâz eurent un gloussement à l'unisson. Je fronçai les sourcils et les dévisageai.

» Eh bien ?

-C'est que....nous avons une excellente nouvelle pour vous Ïlqana, lâcha Lin Hâz. Une nouvelle merveilleuse !

Bien que son sourire béat ne m'aspirait guère confiance, je repris espoir.

-Qu'avez-vous découvert ? Y a-t-il du nouveau concernant les Peurs ?

-Rhoooo....Les Peurs ! Les Peurs ! Vous n'avez vraiment que ce mot à la bouche vous autres Vämïga !!! S'agaça Sëgg Wîthà en agitant une main sous son nez. N'avez-vous donc rien d'autres à faire ? Pas étonnant que l'économie du pays s'effondre ! Je suis certain que vous ne prenez même plus la peine de regarder vos comptes et de taxer les gens !

-Ooooh Roland ! Pas de colère ! Par pitié ! C''est une heureuse nouvelle que nous allons annoncer à l'Ïlqana ! Alors de grâce, épargnez-nous votre mauvaise humeur perpétuelle !

-Une heureuse nouvelle Sëgga Vïlwa ? Relevai-je avec méfiance. Je suis bien curieuse de l'apprendre.

-Et vous avez raison ! Approuva la noble avec un immense sourire. Nous vous annonçons que vous êtes fiancée !

Mon estomac parut faire un plongeon.

-Je vous demande pardon ?!

-N'est-ce pas merveilleux !? Nous étions justement en train de nous occuper des préparatifs du mariage ! La cérémonie se déroulera à Sehla bien sûr. Le Patriarche est déjà au courant et a donné son accord. Nous venons de clore la liste complète des personnes à inviter absolument. Libre à vous ensuite de rajouter quelques amis si nous en avons oubliés ! Mais prévenez tout de même Sëgga Hâz. C'est elle qui sera en charge de la supervision du repas.

-A-Attendez Sëgga Vïlwa, l'interrompis-je avec fermeté. Cette question de mariage a déjà été soulevée lors des derniers Conseils, et il me semble avoir été claire. Je n'ai pas l'intention de me marier avant de m'assurer que le pays soit sain et sauf !

-Si c'est ce que vous voulez Ïlqana, alors il est certain que votre lignée est vouée à disparaître ! M'interrompit Sëgg Hâz avec bonté. Pardonnez-moi, mais les Peurs ne vont pas disparaître. Ce n'est pas pour autant qu'il faut arrêter de vivre !

-Comment ça « elles ne vont pas disparaître ? »....Sëgg Hâz, ce Conseil existe entre autre pour trouver des solutions définitives vis à vis des Peurs. J'entends qu'il me faut donner un héritier au trône, néanmoins, ce n'est pas une priorité. Si je meurs avant d'avoir eu un enfant, Eryn reste mon héritière !

-Oui oui....Vous nous l'avez déjà dit tout ça Ïlqana....Nous ne sommes pas idiots ! Lâcha Sëgg Vïlwa avec indulgence. Mais ce n'est pas une solution à favoriser. Le mieux est que vous vous mariez rapidement pour donner naissance rapidement ! Qu'à la fin de l'été prochain, l'héritier soit présenté au peuple !

-L'été prochain ! Mais c'est dans moins d'un an ! M'exlamai-je.

-Raison de plus pour vous marier le plus tôt possible ! Insista Sëgga Vïlwa, comme si elle tentait de me faire retrouver la raison. Il nous reste à peine trois semaines pour vous trouver le meilleur parti possible et vous unir. Dans dix mois, votre enfant naîtra en même temps que le soltice d'été !

-Et si vous aviez des Fleurs de Rêve dans votre bouquet ? Nous pourrions aussi vous en piquer dans les cheveux !

-Oh oui ! Et nous pourrions aussi mettre des brûloirs pour diffuser la fleur dans les pièces du château. Plutôt que de distribuer des sachets à chaque invité. Nous économiserions beaucoup en temps de préparatifs et en fournitures.

-Et tout le monde pourrait en profiter !

Je serrais les poings.

-Il suffit !

Coupés dans leur élan, je vis tous les nobles tourner la tête vers moi, comme tirés de leur rêve.

» Cessez de vouloir planifier ce mariage parce que je refuse de m'unir à qui que ce soit avant d'avoir réglé le problème des Peurs, vous comprenez ça ?! Il est hors de question que je sois enceinte alors que l'armée est en déroute, et que les hîsöqii se font massacrés de partout ! Je suis l'Ïlqana avant d'être une épouse, ou une mère ! Et mon devoir est d'assurer la survie de mon peuple avant de mettre moi-même une nouvelle vie dans ce monde alors qu'il est au bord de la destruction !

-Si tout le monde pensait comme vous Ïlqana, il n'y aurait plus d'enfants et nottre peuple serait voué à la disparition.

-Je ne demande pas à ce que les gens arrêtent d'enfanter Sëgg Lorenz. Je dis simplement que pour qu'ils puissent fonder des familles et assurer l'avenir de ce pays, il faut que j'élimine la menace qui pèse sur nous.

-Donc, vous voulez que tout le monde ait des enfants, sauf vous-même ! Que c'est triste Ïlqana ! Se lamenta Sëgga Vïlwa.

-Inconcevable surtout ! Grogna Sëgg Mîrelqa. Nous avons besoin d'un héritier ! Il ne s'agit pas d'avoir envie ou non de nous faire un bambin Ïlqana. Vous dirigez notre pays, vous avez des devoirs à respecter envers nous. Dont l'assurance d'avoir un héritier !

-Ma sœur sera mon héritière jusqu'au moment où je trouverais un mari et ou notre enfant sera en âge de me succéder. Mais cela n'arrivera pas tant que les Peurs nous menaceront

Il y eu un temps de silence.

-Ïlqana, nous savons que vous appréciez Lucius Ïgëo. Vous savez que pour rassurer le peuple, il est crucial que vous ayez un enfant rapidement. Afin d'assurer votre succession. Le Conseil souhaite que vous vous unissiez à cet homme dans les plus brefs délais.

La colère se dressa en moi. Je serrai les poings et m'obligeai à rester calme.

-Croyez- vous que ce soit le meilleur moment pour parler de mariage ? Le pays se meurt, et est complètement drogué.

-Mais les Peurs ont pratiquement cessé d'être créées, ce qui est une réussite !

-Mais à quel prix ! J'ai écouté vos exigences pour la Fleur de Rêve, je ne ferais pas de concession concernant un mariage ! Il est hors de question que je reste cloîtrée dans le palais avec un ventre rond tandis que l'armée et les hîsöqii se font massacrer à l'extérieur !

-Ce sera à votre époux de se charger de la défense du royaume. Vous n'abandonnerez pas le peuple Ïlqana. Bien au contraire ! Le fait d'être enceinte dira aux gens qu'ils peuvent aussi enfanter ! Qu'il y a de l'espoir dans l'avenir ! Ils ont besoin d'espoir Ïlqana !

-Si vous voulez vraiment donner de l'espoir aux hîsöqii Sëgg Hâz, alors allons détruire les Peurs une bonne fois pour toutes en allant directement dans la forêt. Je suis prête à m'y rendre seule si il le faut ! Mais tant que cette menace pèse sur le royaume, je refuse de prendre un époux et encore moins d'avoir un enfant.

-Mais….

Je me levai.

-Fin de la discussion. Ma position ne bougera pas. Il faut s'occuper des Peurs. Vous voulez rendre les gens heureux via la drogue, me faire faire un enfant pour donner de l'espoir au peuple….et ainsi nous discutaillons de sujets qui sont de moindre importance comparé au véritable problème. Les Peurs. Comment-détruire-les Peurs….Tant que vous éluderez cette conversation, je ne tiendrais pas compte de vos propositions. A présent Messieurs Dames, je vous souhaite une bonne fin de journée.

-Mais….Ïlqana….Vous ne pouvez pas partir alors que nous n'avons rien déci…..

La porte se referma dans mon dos, coupant net la phrase de Sëgga Mîrëlqa.

J'inspirai profondément avant de me relâcher.

J'avais besoin d'un peu d'air.

"Est-ce que vous allez bien Ïlqana ? Votre entrevue avec le Conseil s'est mal passé ?

J'ouvris les yeux, et découvris Emile.

-Oui….Nous dirons cela….Dites-moi….Sauriez-vous par hasard où se trouverait ma soeur ?

-Oui. Elle est dans le jardin avec votre amie….

-Ninon ? J'ignorai qu'elle était encore ici !

Cette idée me réjouit. Je remerciai le majordome et repartis, le sourire sur les lèvres.

Enfin quelqu'un qui n'exigeait rien de moi !

-Théa ! Théa attend !

L'appel me fit me retourner. J'aperçus le fils Ïgêo qui courait vers moi pour me rattraper.

Je le regardai avec surprise.

-Lucius ? Mais qu'est-ce que tu fais ici ?

Il s'arrêta face à moi, essoufflé.

-Je suis venu avec mon père. J'espérai te voir.

Je me crispai.

-Es-tu au courant de la demande du Conseil nous concernant ?

-Oui…..Je suis désolé Théa, sache que je n'ai pas pris part à une telle exigence. Je n'ai jamais été pour les mariages arrangés.

Sa moue désapprobatrice ne fit qu'appuyer ses paroles. J'acquiesçai.

-Je m'en doutais un peu…..Ne t'en fais pas. J'ai refusé de me marier avec toi. Et ils ne sont pas prêts de me faire céder sur ce point.

-Ah….D'accord….Je….Je ne sais pas trop comment prendre cette nouvelle mais….si ça te rend heureuse….Je ne peux que l'être aussi je suppose….

Je réalisai ma maladresse.

-Pardon….Pas que je ne t'apprécie pas Lucius, bien au contraire ! Mais nous nous connaissons peu, et je me vois mal me marier avec toi, ou avec quiconque d'autre, alors qu'Hîsöq est au bord de la destruction ! Comme je l'ai dit au Conseil, mon époux ne sera pas uniquement là pour aller à la guerre ou me faire des enfants. J'ai besoin de quelqu'un sur qui je peux totalement compter, surtout dans les moments difficiles…..Peut-être que tu réponds à ces critères….Je l'ignore puisque nous ne savons que très peu de choses l'un sur l'autre.

Son sourire revint sur ses lèvres.

-Dans ce cas, il me suffit de te prouver que je suis digne d'avoir ta confiance et que tu peux compter sur moi ! Compris ! Puis-je t'accompagner dans ce cas, où que tu ailles ?

J'acquiesçai.

-Je cherche ma soeur et une amie. J'ai besoin de me changer les idées.

-D'accord….Dans ce cas, en route !

Nous nous mîmes à traverser le jardin, d'un pas plus détendu que tantôt.

-Cette amie ? Qui est-ce ?

-Ninon.

-Je n'en ai jamais entendu parler, lâcha le jeune homme, songeur.

-C'est normal. Elle n'est pas noble. Je l'ai rencontrée en ville et nous avons sympathisées. C'est une musicienne très talentueuse et je l'ai invitée à passer nous voir quand elle voulait. Je suis heureuse qu'elle soit ici.

-Je suis certain que c'est quelqu'un de formidable.

-Oui, en effet.

Le son joyeux d'une flûte nous parvint.

-Ah….Je crois que l'on se rapproche, sourit Lucius.

Je m'élançai sans plus attendre et dépassai les nombreux massifs qui ornaient le jardin royal. La pelouse apparut bientôt, seule étendue d'herbe aussi grande dans toute la ville. Le parc du palais n'était pas démesurément grand, afin d'en assurer une surveillance facile, néanmoins il avait suffisamment d'espace pour dépayser. Je découvris alors les deux silhouettes qui couraient vers le fond du parc, l'une à la flûte et l'autre à danser en riant.

-N'y a t-il aucun danger ? S'inquiéta Lucius.

Je lui attrapai la main pour le faire courir.

-Pas de pensées négatives ou les Peurs vont venir ! Allons plutôt les retrouver !

Enfin un peu de légèreté et d'insouciance ! Ça faisait tellement de bien ! Je levai les bras.

-Eryn ! Ninon !

Je vis ma soeur se retourner et me rendre mon salut, un immense sourire sur les lèvres.

-Tu es venue ! Magnifique ! Nous t'attendions ! Bonjour Lucius !

Alors que nous étions encore à plusieurs mètres de distance, je me figeai brusquement, les yeux écarquillés.

Derrière Eryn, je vis soudain mon amie s'étirer et perdre en substance et en couleur.

-Oh mon dieu…Eryn ! Attention derrière toi !

Ma soeur se retourna d'un bond, à l'instant où la Peur fondait sur elle.

Adoptant la forme d'un immense rapace, les serres de ce dernier se refermèrent sur les bras de ma soeur.

-Lâche-moi ! Théa ! A l'aide !

Je voyais ma soeur se démener alors que l'oiseau s'éloignait du sol.

-Ninon ! Ou quelque soit votre nom ! Laissez-la partir !

L'oiseau poussa brusquement un cri de douleur. Ses serres s'ouvrirent par réflexe.

-Aaaaah !

La jeune fille s'effondra sur moi. Roulant toutes les deux sur le sol, je levai aussitôt les yeux à la recherche de la Peur.

Ninon était de nouveau là, un carreau d'arbalète à la jonction entre l'épaule et la gorge. Elle empoigna ce dernier d'une main pour l'arracher d'un mouvement sec.

Le sang se mit à couler de sa plaie.

Je croisai son regard et y trouvai un masque de haine.

-Altesses ! Vous n'êtes pas blessées ?

Lucius venait d'arriver, son arbalète encore à la main.

-N-Non….Tout va bien….

Eryn appuyait sa paume sur sa plaie, le regard inquiet braqué sur son agresseuse.

-Altesses, fuyez, je vais la retenir….

-Non Lucius.

La haine m'habitait, comme jamais je ne l'avais éprouvée. Elle pulsait dans la moindre fibre de mon être et je n'avais qu'une envie, la laisser jaillir sur mon ennemie.

"Prend ma soeur, je te la confie, et ramène la au palais.

-Mais….

-C'est un ordre de ton Ïlqana.

Mon ton ne souffrait aucune contestation et le jeune noble le comprit aussitôt.

La Peur choisit ce moment pour attaquer.

-Théa !

-Fuyez !

J'ignorai le cri de ma soeur, campée fermement sur mes pieds.

Lorsque la Peur fondit sur nous, seule sa tête restait visible, une gueule de loup aux crocs écumants de rage.

Jamais je n'avais vu une bête aussi monstrueuse. Elle devait bien faire trois fois la taille d'un loup ordinaire.

Lorsqu'il bondit, j'étais prête.

Mes mains s'emparèrent à pleines poignes de l'épaisse fourrure au niveau du cou de l'animal.

Je puisai dans ma fureur et pivotai sur moi-même.

La créature décolla pour percuter le sol avec violence, à plusieurs mètres de nous.

Mon corps brûlait d'une énergie incroyable. Le sang battait à mes tempes tandis que je me précipitai vers mon adversaire, décidée à lui fracasser le crâne par tous les moyens.

Alors que j'allais l'atteindre, la bête courba l'échine au dernier moment. Je sentis alors ses crocs se planter dans ma cuisse. La peur me saisit un instant lorsque je songeai à mon membre arraché d'un simple mouvement de tête.

Mon poing fusa en direction de son oeil.

-Lâche-moi !

La douleur remontait jusque dans mon bassin. Je m'emparai de mon mal pour attiser encore d'avantage ma colère.

Le couinement qui suivit fut de mon adversaire. Jc cognai de nouveau prés de son oeil.

Ma force le jeta à terre. Sa gueule s'ouvrit enfin.

Loin de m'écarter, je choisis un meilleur angle et frappai de nouveau de toutes mes forces entre les deux yeux de l'animal.

Les couinements remplissaient mes oreilles et mon poing me brûlait. Mais j'ignorai si cela était dû à des blessures ou bien à l'expression de ma haine.

Je cognai toujours plus fort, décidée à garder l'avantage sur mon adversaire.

Ce n'est qu'une fois la tête de la bête immobile sur l'herbe, que je cessai.

Je me redressai alors et inspirai en profondeur.

Lorsque mon regard se posa de nouveau sur la bête, j'eus la surprise de découvrir son museau dans un angle anormal attestant au moins une fracture sérieuse.

Pas étonnant que j'ai à ce point mal à ma main.

Je tirai un poignard de ma main valide et plaquai sa pointe sur la gorge de l'animal. Ce dernier peina à ouvrir les yeux et laissa échapper un glapissement de douleur ou de frayeur au contact de la lame.

Accroupie face à lui, je plantai mes yeux dans les siens.

-Tu vas reprendre forme humaine et tu n'as pas intérêt à résister. Ou je termine ce que j'ai commencé. Est-ce que c'est clair ?

Pour toute réponse, la forme de loup se brouilla sans pour autant disparaître en brume.

Sa forme parut fondre puis changer en une silhouette plus humaine.

Ninon réapparut.

Toujours sur elle, je ne déplaçai pas mon arme d'un iota de sa gorge tandis que ses deux yeux commençaient déjà à virer au noir, ses globes injectés de sang.

-Ou-Oui….

Je fus satisfaite d'entendre une terreur non feinte dans le timbre de sa voix tremblante.

Les gardes s'approchèrent à pas prudents et je les laissai prendre en charge la prisonnière. Mon regard braqué sur eux tandis qu'ils portaient Ninon vers le palais, un râclement de gorge timide me fit tourner la tête.

Fallon, mon garde à la carrure la plus imposante de la garnison baissa aussitôt les yeux, nerveux.

-Ïlqana….Vous êtes blessée…Voulez-vous que je vous aide à retourner au palais ?

Je ramenai mon regard sur mon corps. Ma cuisse découverte saignait abondamment. Et ma main présentait une couleur de plus en plus sombre. Je rengainai le poignard toujours présent entre mes doigts intacts.

Malgré mes plaies, je sentai l'énergie courir en moi.

-Je devrais pouvoir marcher seule. Mais restez à mes côtés au cas où.

Mon ton plus sec que prévu, je décidai de ne pas m'attarder et me mis en route vers le palais. Le garde resta légèrement en retrait, la mine respectueuse.

Accompagnée de Fallon, je revins au palais clopin-clopant, pas totalement calmée, l'esprit en ébullition.

Si les Peurs commençaient à se mêler aux humains et à se faire passer comme tels, la situation allait virer au désastre en très peu de temps !

Il allait me falloir d'urgence trouver un moyen de les reconnaitre et de les arrêter avant que tout Hîsöq ne perde son humanité.

J'atteignis le premier étage avec l'aide du garde.

-Merci Fallon. Vous pouvez retourner à votre poste.

-Je préfère vous savoir posée dans un siège Ïlqana, intervint le soldat d'une voix bourrue, la mine inquiète. Cette saleté vous a pas loupée !

-C'est bon, je vous assure. Merci.

Il m'offrit le salut militaire.

-Dans ce cas, n'hésitez pas à m'appeler en cas de problème Ïlqana.

J'acquiesçai et le regardai repartir.

Ninon était une Peur déguisée en humaine !

Depuis combien de temps jouait-elle la comédie ? Et surtout, y avait-il d'autres de ses congénères capables d'un tel exploit ? Et si oui, combien se mêlaient ainsi à la population, et quel but poursuivaient-elles ?

Je m'arrêtai face aux appartements d'Emile et toquai à la porte.

Après quelques instants, le panneau de bois s'ouvrit. Mon majordome apparut, le teint pâle.

-Emile ? Que vous arrive t-il ?

-Oh Ïlqana ! Dans quel état vous êtes !

Son regard venait de découvrir ma cuisse en sang.

-Je me suis battue avec une Peur. Pouvez vous appeler un médecin je vous prie ?

-Ou-Oui bien entendu ! Oh mais entrez vous poser sur une chaise ! Vos appartements sont bien trop loin ! Alicia ! Viens donc m'aider à soutenir l'Ïlqana !

Je ne notai qu'à cet instant la présence d'une adolescente aux cheveux blonds et au teint bronzé qui faisait ressortir ses yeux de façon frappante. Elle devait avoir quatorze ans tout au plus. A l'appel de mon majordome, sa mine se renfrogna et elle s'approcha à contrecoeur.

Elle regarda ma jambe avec dégoût.

" Alicia ! Cesse donc de rêvasser et aide-nous !

La jeune fille me proposa à contrecoeur son épaule. Je pris appuie sur elle et Emile jusqu'à une chaise dans laquelle je m'assis avec soulagement.

La chambre n'était guère très grande, mais d'une propreté méticuleuse.

-Je suis vraiment désolée de venir ainsi ici, mais vous étiez le plus prés ! M'excusai-je.

-Vous avez bien fait Ïlqana, assura Emile, la mine stressée. Par tous les dieux, votre plaie a l'air…

Il leva les mains, comme pour les empêcher de toucher, le teint de plus en plus pâle.

-Je peux vous demander de trouver un guérisseur ? M'enquis-je. Ou ma soeur, ajoutai-je. Elle doit me chercher.

-Bien Ïlqana. Heu….Alicia, ne reste pas plantée là ! Va chercher de l'eau chaude et de quoi nettoyer !

L'homme quitta la pièce sans attendre de réponse, le corps parcouru de tics nerveux.

J'eus un petit sourire attendri.

-C'est vrai que c'est une Peur qui vous a fait ça ?

Je tournai mon regard vers la jeune fille qui me dévisageait.

-Oui en effet. C'est bien une Peur

Je baissai les yeux sur ma jambe. A l'aide de mes mains, je déchirai plus largement mon pantalon au niveau de ma plaie afin de rendre cette dernière plus accessible. Je grimaçai face à l'état de cette dernière.

J'avais perdue beaucoup plus de sang que je ne l'avais cru.

-J'ai vu des hommes perdre leur jambe pour moins que ça, lâcha Alicia, la mine écoeurée. Ma mère disait qu'une simple infection pouvait tuer le plus robuste des hommes et qu'il valait mieux amputer dans ce cas.

-Votre mère était guérisseuse ? M'enquis-je, pas certaine d'apprécier la compagnie de la demoiselle.

-Non. Bouchère.

-Oh….Je comprends mieux sa logique.

-Vraiment ? Vous avez de la chance. Si je l'avais écoutée, aujourd'hui je n'aurais plus qu'un bras. Pour une femme c'est vraiment moche d'être mutilée et nous n'avons plus la moindre chance de trouver un bon mari !

-La beauté physique n'est pas la seule chose qui compte, assurai-je.

-Vraiment ? C'est facile de dire ça pour vous. Vous êtes magnifique, riche et possédez le pouvoir suprême. Vous n'avez qu'à choisir parmis une armée de prétendants ! Je suis certaine que même avec une jambe en moins vous trouveriez en un claquement de doigts !

La douleur pulsait de mon membre tout entier, de la pointe des orteils jusqu'à ma hanche. J'avais effectuée un garot au dessus de ma plaie pour diminuer l'afflu de sang, mais la fatigue s'accumulait sur mes épaules au fil des secondes. L'écho d'une dispute me parvint peu à peu, de plus en plus proche. La porte se réouvrit à cet instant.

-Je vous en prie mon cher Emile ! Cessez de caqueter ainsi dans mes oreilles ! De ce que vous me décrivez, l'Ïlqana n'est pas mourante ! Allons, cessez de faire l'enfant et laissez-moi passer !

Je tournai la tête pour voir mon majordome faire barrage entre une guérisseuse et moi.

-Il est hors de question que vous vous approchiez de l'Ïlqana ! C'est Son Altesse Eryn que je partais chercher !

-Ah ah ah ! Son Altesse n'est pas guérisseuse ! Mais moi si ! Je suis donc la mieux placée pour soigner la plaie de l'Ïlqana !

La femme tenta une fois de plus de s'approcher de moi mais mon majordome lui bloqua le passage. Son corps fluet paraissait ridicule comparé à la large silhouette de son interlocutrice souriante, mais il ne laissa pas un pouce de terrain à la guérisseuse.

Alicia se leva, mécontente.

-Mon oncle mais qu'est-ce que tu fais ? Si elle te dit qu'elle est guérisseuse, laisse-la voir l'Ïlqana !

-Hors-de-question ! Ïlqana ! Elle est sous l'emprise de la Fleur de Rêve ! Elle ne peut pas vous soigner ! Mais reculez Madame !

Je grimaçai lorsque la guérisseuse se mit à donner des coups sur la tête et les épaules de mon pauvre homme de main qui refusait de céder.

-Je suis guérisseuse ! Pourquoi donc vouloir à tout prix la princesse ?!

Alicia se précipita pour tenter d'écarter l'homme du chemin de la guérisseuse.

J'ignorai si je devais rire ou pleurer face au spectacle qu'ils poduisaient.

Je me ressaisis.

-Mesdames ! Je vous demande de cesser tout de suite vos cris et vos coups sur mon majordome. De plus c'est moi qui aie fait appel à ma soeur. Si il y a quelqu'un à blâmer ici ce n'est donc pas lui !

La guérisseuse écarta avec force Emile qui vacilla sur ses pieds.Elle se précipita ensuite vers moi d'un pas vif.

-Bien. Puisque je suis ici, autant que je serve à quelque chose. Où avez vous maaaaaal !

Dans un élan de désespoir, je vis avec stupeur Emile se dégager de sa nièce et se jeter sur la guérisseuse souriante. Les bras autour des épaules de cette dernière, elle bascula en avant avant de pouvoir m'atteindre. Sa chute fit vibrer le parquet de la chambrette.

-Je ne vous laisserais pas approcher de l'Ïlqana !

-Mais vous êtes fou ma parole ! Lâchez-moi ! Lâchez-moi c'est un ordre !

Je serrai les dents et me remis sur pieds.

J'approchai de la femme et la saisis par l'arrière de sa tunique. Les muscles tendus, je l'arrachai à mon majordome et la remis sur pieds. Ma main la retint lorsqu'elle voulut s'élancer de nouveau sur son opposant.

-Calmez-vous ! Ou je jure de vous assommer !

-Vous êtes pâle comme la mort Ïlqana et vous prétendez vouloir m'empêcher de faire mon travail ?

-Vos pupilles sont complètement dilatées et vous tremblez d'excitation. A quand remonte votre dernière prise de Fleur de Rêve ?

-A l'instant où j'ai demandé aux gardes où se trouvait votre soeur Ïlqana ! Lâcha Emile le souffle précipité. Je l'ai vue en prendre.

De nouveau à mes côtés, les poings levés face à la guérisseuse, la mine de l'homme était plus déterminée que jamais, malgré le sang au coin de ses lèvres.

-Je vais parfaitement bien ! Affirma l'autre d'un cri strident. Comment pouvez-vous prendre la défense d'un tel incapable Ïlqana ? Il vous empêche d'accéder à des soins approppriés !

J'inspirai profondément pour laisser le calme m'envahir.

-Pardon si vous vous êtes sentie offencée Madame, mais je demande toujours que ce soit ma soeur qui m'examine la première, et qui me soigne dans les cas où elle en est capable. Voyez-y là une excentricité de noble si vous le souhaitez, mais cessez de vous en prendre à Emile !

-Si vous êtes blessée, alors il est de mon devoir de vous soigner ! Et ce n'est ni un serviteur fou, ni une princesse, ni même vous Ïlqana qui m'en empêcher…..

Je sursautai lorsqu'une aiguille se planta sans prévenir dans le cou de la guérisseuse.

Cette dernière écarquilla les yeux et ses traits se détendirent d'un coup. Ses lèvres s'étirèrent.

Je voulus la retenir lorsque ses jambes lâchèrent, mais ma blessure me ralentit et la femme s'effondra sur le sol comme une poupée de chiffon.

Mon regard se releva et je découvris Alicia à l'instant où cette dernière laissai échapper la seringue de ses doigts, la mine horrifiée.

-Oh mon dieu…Je l'ai…..

Je sursautai lorsqu'un coup la fit à son tour s'effondrer sur le sol.

-Emile ? Mais…Pourquoi avez-vous assommé votre nièce ?

Le corps tremblant comme une feuille, le pauvre homme lâcha l'épais livre avec lequel il avait frappé l'arrière du crâne de la jeune fille.

-Pour ne pas que sa peur se réalise….Elle…Elle ne m'en voudra pas….N'est-ce pas Ïlqana ?

Je vacillai, ma jambe de plus en plus douloureuse.

-Bien sûr que non….

-Attention…Vous risquez de tomber….Rassayez-vous Ïlqana.

Aidée du majordome, je retournai sur ma chaise. Je lui tapotai doucement la main.

-Emile, rappelez-moi d'être toujours de votre côté.

Il eut un petit rire gêné qui détendit enfin ses traits.

-Théa ? Tu es là ? Mais que s'est-il passé ici ?

Eryn venait d'arriver aux côtés de Fallon. Ses yeux fixaient Alicia et la guérisseuse étalées au milieu du parquet, toujours inconscientes.

Je soupirai de lassitude.

-C'est une histoire qui n'a durée que quelques minutes mais qui sera longue à raconter. Peux-tu juste arrêter l'écoulement de ma plaie avant que je ne perde à mon tour connaissance ? J'aimerais rendre ses quartiers à Emile au plus vite !"

Voilà des années que je n'étais pas descendue dans la prison du château.

A vrai dire, je n'avais pas souvenir qu'elles aient servies ces vingt dernières années. Je sais que nous nous y rendions enfants avec Eryn pour jouer à cache-cache, mais cela remontait à un bout de temps.

Les lieux avaient été maintenus parfaitement secs et éclairés. Avec la malédiction qui pesait sur le royaume, je ne pouvais tolérer que les cellules soient sources de peur. C'était plus par nécessité de protéger le château que par compassion pour les criminels potentiels.

Je saluai les deux garde en faction à l'entrée du souterrain puis poursuivis jusqu'aux cellules d'un pas boitilleux.

Deux autres soldats demeuraient postés de chaque côté de l'une d'entre elles. Des torches y avaient également été accrochées afin de chasser complètement l'obscurité.

-Ïlqana.

-Ïlqana.

-Messieurs….Comment va la prisonnière ?

-Elle n'a pas ouvert la bouche depuis sa mise en détention Madame. Comme vous l'avez demandée, nous lui avons injectée une très forte dose de Fleur de Rêve. Apparemment, elle est sensible à la drogue. Elle n'a pas essayé de changer de forme.

-C'est une bonne chose à savoir…..

Je me plaçai face aux barreaux.

Mon visage se durcit lorsque j'aperçus la prisonnière, assise en tailleur sur le sol, dos au mur perpendiculaire à l'entrée, les bras croisés sur la poitrine.

-Ninon ?

Aucun mouvement. Ses yeux grands ouverts ne décollèrent pas du sol. Je constatai que ses plaies étaient toujours bien présentes.

Je serrai les poings, de plus en plus agacée, avant de relâcher mes muscles, rappelée à l'ordre par mes propres blessures.

" Peut-être n'est ce pas votre véritable nom…..Que comptiez vous faire avec ma soeur ? Et depuis quand vivez-vous parmi les humains ?

La jeune fille resta de marbre.

Je grinçai des dents.

-Êtes-vous nombreuses parmi les Peurs à suivre cet exemple ?

Aucun mouvement. Je me tournai vers le garde.

-Soldat, je veux qu'elle parle.

L'homme acquiesça avec dureté.

-Bien Ïlqana.

Il s'approcha de la porte de la cellule et tira les clefs de sa ceinture.

-Je comptai l'amener dans la forêt. La tuer ne faisait pas partie du plan.

Je levai la main pour faire stopper l'homme. Ce dernier resta immobile, prêt à déverouiller la porte.

-Pourquoi prendre cette peine plutôt que de la tuer ? Pourquoi conduire Eryn chez vous ?

La jeune fille releva la tête pour braquer ses yeux sombres dans les miens.

-Un otage a beaucoup plus de valeur qu'un cadavre. Vous auriez été plus attentive à nos paroles si vous saviez votre soeur vivante plutôt que morte. Et puis, tuer un humain par plaisir n'a jamais été notre politique.

-Oui….Bien entendu….Vous préférez les transformer en monstres, c'est tellement plus pratique !

Ninon garda la bouche close.

J'eus un sourire carnassier.

-Nous connaissons peu de choses sur vous, mais au moins je sais que vous êtes sensible à la drogue. Sinon nous n'aurions jamais cette conversation.

Elle serra les poings.

-Notre objectif était de vous attirer dans la forêt. Il est reconnu chez les Peurs que les soeurs Vämïga sont inséparables. Si votre lignée disparait, alors ces terres cesseront de nous résister et nous arrêterons de nous cantonner à la forêt.

-Comment avez vous fait pour ne pas vous faire remarquer ? Il a bien fallut que vous vous nourrissiez ?

-Un humain m'a aidé. Il m'a permise de me nourrir de ses Peurs pour atteindre le palais. Cela m'a évitée de chasser et donc de me faire remarquer.

Je frissonnai.

-Un humain ? Qui ?

-Peu vous importe…..Il a concenti à m'aider en échange de quoi les Peurs ne devaient pas attaquer sa famille. Bien entendu une telle garantie est impossible à donner en tant que Peur, mais il suffisait qu'il y croit pour qu'il m'aide.

-Qu'est-il devenu ?

Ninon posa un regard froid sur moi.

-Il a été un excellent repas qui m'a permise d'être en forme pour l'attaque.

Je frissonnai.

-Combien des vôtres se font passer pour des humains ?

La jeune fille eut un large sourire carnassier.

-Vous aimeriez bien le savoir hein ? Inutile d'insister. Je ne vendrais jamais mes camarades.

-Si vous ne dites rien, alors vous ne m'êtes plus d'aucune utilité.

-Là n'était pas l'objectif. Ma mission a échoué mais elle n'aura pas été inutile pour autant…..

Son regard se posa derrière moi. Je tournai la tête malgré moi et découvris deux gardes en faction. Même si ils se ressaisirent aussitôt, le doute dans leurs yeux ne m'échappa guère.

Elle se pencha vers moi.

-Nous sommes partout Ïlqana et il est désormais trop tard pour nous trouver ! Les Vämïga finiront de toute façon par disparaître. Ce n'est qu'une question de temps.

Mon poignard l'atteignit au front. Elle s'effondra sur le sol, un immense sourire collé sur ses lèvres. Le sang commença à se répendre autour d'elle.

Tremblante de rage, ma main pressa la poignée de mon arme de toutes ses forces.

-Gardes !

-Oui Ïlqana ?

-Nettoyez- moi la cellule et brûlez le corps si il tarde à disparaître. Tout ce qui a été dit et entendu ici ne doit surtout pas être répété est-ce que c'est compris.

-A vos ordres Ïlqana !

Je jetai un dernier regard au cadavre avant de tourner les talons vers l'escalier.

L'idée que n'importe quel humain puisse être une Peur déguisée était terrifiante. Tout comme la possibilité que des humains servent l'intérêt des Peurs.

Au moins avais-je une certitude.

Eryn n'en faisait pas partie.

"Bonjour Ïlqana !

Je sursautai, tirée du sommeil par la porte de ma chambre qui s'ouvrit sans prévenir.

Mon regard se posa alors sur Emile qui approchait avec un immense sourire..

-Qu'est-ce que vous faites ici…..Quelle heure est-il ?

-Huit heures Ïlqana. Je suis désolé de vous réveiller, mais le couturier ne va pas tarder à arriver et je me suis dis que vous préfèreriez l'accueillir en étant lavée, et non à la sortie du lit.

Je secouai la tête pour chasser la brûme de ma tête.

-Le couturier ?

-Pour votre robe de mariée Ïlqana ! Vous n'allez tout de même pas vous présenter devant l'autel en armure !

Je me passai une main sur le front, guettant un signe de fièvre.

Pourtant je ne constatai aucune température alarmante.

-Emile….Pourquoi me parlez-vous de mariage ?

-Le Conseil nous a mis au courant. La date a été fixée à la semaine prochaine. Le délai est extrêmement court et inhabituel mais nous avons fait au plus vite pour envoyer les invitations. Tout le château s'est mobilisé pour les préparatifs.

Un homme vêtu d'une tenue serrée qui mettait en valeur sa fine silhouette élancée apparut prés d'Emile, une cigarette entre les doigts.

-Ïlqana Théa Vämïga, je suis votre courturier, Gidéon Îgöta, pour vous servir. C'est un honneur.

Sa révérence impeccable me laissa de marbre. L'odeur doucereuse de fleur de rêve vint envahir mes narines. Je le fixai sans rien dire, avant de revenir sur Emile.

-Que fait cet homme dans ma chambre ?

-Pardon Ïlqana. Je n'avais pas vu qu'il me suivait. Vous auriez dû attendre dans le petit salon, ajouta t-il avec confusion à l'adresse de l'homme.

-Oh….Je suis navré….Mais puisque je suis là, autant prendre tout de suite les mesures de l'Ïlqana ! Ajouta t-il en levant les bras au plafond avec enthousiasme. Oh ! Mais qu'avez vous à votre main ?

Je serrai les poings, prête à exploser et me forçai à garder un ton calme.

-Très bien….Que ce soit bien clair….Il n'y aura *pas* de mariage….Compris ? Par conséquent Monsieur Îgöti….

-Heu…. En fait, c'est "Îgöta" Ïlqana, rectifia l'homme.

-…..je n'ai nul besoin de vos services…..Alors veuillez récupérer tout votre matériel et quitter ce palais sur le champ. Adressez-vous au Conseil si vous exigez d'être rémunéré. La Couronne refuse de débourser le moindre sou alors voyez ça avec la Noblesse.

-Je…..Mais….Je ne comprends pas….

Le couturier se tourna vers mon majordome mais ce dernier secoua la tête avec impuissance. L'homme serra les poings, furieux.

-J'ai voyagé toute la nuit pour arriver ici à l'heure ! Je me sens insulté !

-Eh bien crachez votre fureur si vous voulez, mais loin de ce palais, ajoutai-je avec sécheresse, la sortie pointée du doigt.

L'homme tourna les talons et quitta la pièce en claquant la porte dans son dos.

Je me tournai vers Emile.

-Dites à tout le monde d'arrêter de faire les préparatifs d'un mariage qui n'aura pas lieu et de reprendre ses activités habituelles.

-Je….Mais Ïlqana….

-C'est un ordre Emile.

Le visage de mon majordome se décomposa à vu d'oeil.

Il explosa soudain en larmes, les yeux dissimulés sous ses mains.

L'inquiétude m'envahit.

-Mais qu'est-c….

-Pardon Ïlqana…., bégaya Emile, les épaules secouées de sanglots déchirants. J'y v-vais de ce pas !

Il quitta la pièce d'un pas précipité, inconsolable

-Et si vous avez le moindre soucis avec le Conseil, envoyez-les moi !

Il disparut de la pièce sans que je ne sache si il m'avait entendu ou pas.

Parfaitement réveillée, je m'habillai en vitesse, incapable de patienter pour prendre un bain. Je craignais de découvrir l'état du palais après ce malentendu.

Mon inquiétude se révéla à la hauteur des dégâts.

Tout le monde s'activait pour embellir les lieux, avec un enthousiasme déboussolant.

Les tapisseries et les rideaux étaient changés ou nettoyés, toutes les pièces aérées, et les serviteurs entreprenaient d'accrocher des guirlandes colorées en verre ou en cristal un peu partout.

Voilà longtemps que je n'avais pas vu de mines aussi joyeuses.

Chaque fois que je passai dans une pièce, les serviteurs me saluaient avec d'immenses sourires, aussi excités que des enfants à leur anniversaire.

Ma décision d'arrêter les préparatifs fondit comme neige au soleil.

Je me tenais donc sous l'immense lustre que deux jeunes gens s'occupaient de nettoyer, perchés sur des échelles lorsque la voix d'Eryn me parvint.

-Par tous les dieux ! Théa ! Enfin je te trouve ! Que signifie tout ceci ! Depuis quand dois-tu te marier ? Et pourquoi ne m'as-tu rien dit !

Blême de colère, son regard bleu rempli d'éclairs me foudroya.

Elle se sentait insultée d'avoir ainsi été mise à l'écart d'une telle nouvelle.

Je levai les yeux vers les serviteurs.

-Désolée….Je n'ai moi-même été mise au courant qu'au lever ce matin.

-Comment ça ce matin ? Qu'est-ce que c'est encore que cette histoire. Comment ne peux tu pas être au courant de la date de ton propre mariage ?

-Va demander ça au Conseil….Il est bien entendu hors de question que je me marie avec qui que ce soit, surtout en ce moment…..

-Mais…..et les préparatifs ? Pourquoi tout le monde continue donc de s'activer et de ne parler que des festivités ?

-Ils ne m'écoutent pas….La Fleur de Rêve a ses inconvénients n'est-ce pas ?

-Tu es l'Ïlqana ! Fais-toi respecter !

Prête à en découdre avec les serviteurs présents, j'attrapai ma soeur par le poignet pour la stopper dans son élan.

-Non Eryn….Laisse-les faire….

-Mais….

Je désignais les lieux.

-Ne trouves-tu pas l'endroit bien plus chaleureux avec ces décorations ?

Ma soeur balaya la pièce de son regard perplexe.

-Si….Mais….

-Les gens ont tellement peur qu'ils avaient oublié ce que c'était que de rire. Même si c'est à mon insu, et qu'ils sont complètement intoxiqués, au moins y a t-il un avantage certain à leur état. Aucune Peur ne se formera et l'ambiance est plus sympathique. Je crois que ça fera du bien au moral de tout le monde.

-Mais….et Lucius ? Et son père ? Tu as pensé à leur réaction ?

Je grimaçai.

-Chaque chose en son temps. Lucius est au courant de ma position sur notre union. Quand à Sëgg Ïgëo, il devra accepter mon refus de m'unir à son fils.

-Tu risques sérieusement de te le mettre à dos.

-Je ne pense pas. Si je dois un jour me marier, Lucius restera un de mes prétendants. Je retarde simplement cette prise de décision. Voilà tout.

Eryn ramena son regard sur les préparatifs.

-Donc tu ne comptes vraiment rien faire ?

-Non. Qu'ils fassent les préparatifs. Ils m'en voudront très certainement lorsque j'annulerai la cérémonie, mais au moins auront-ils eu un moment de répit dans cette période sombre."

Chapitre 7

"Quelles couleurs souhaitez-vous pour la décoration des tables Ïlqana.

-Pour la millième fois Monsieur Ïgöta, je vous dis que je ne vais pas me marier….

Avachie sur mon bureau, je ne savais plus quoi faire. J'avais beau tenter de me dissimuler dans le palais, un serviteur parvenait toujours à me dénicher et à prévenir ce maudit organisateur de mariage.

-Ce n'est qu'une simple couleur mais elle a son importance pour le ton de la fête, insista l'homme sans prêter attention à ma remarque.

-Du noir….

-Du noir ? Le mariage est un événement heureux. Je vous conseille plutôt des couleurs joyeuses comme le vert ou le jaune….

Je me redressai d'un geste brusque lorsque l'on frappa à la porte.

-Qui va là !?

Le panneau de bois s'ouvrit pour laisser apparaître un garde.

-Ïlqana, nous avons un problème en ville.

Je me levai et récupérai mon épée, posée contre le bureau, pour la passer à ma taille.

-Que se passe t-il ?

-L'incident avec la tentative d'enlèvement de votre soeur est parvenu aux oreilles des Sehlariens. Depuis, la tension ne cesse d'augmenter dans les rues. Nous avons tenté de maintenir le calme, mais je crains que la garde ne suffise plus désormais. Les hîsöqii ont besoin d'un coupable sur qui se défouler….Et ils ont accusé plusieurs personnes d'être des espions des Peurs. Les potences sont en train de se monter en ce moment-même.

-Des potences ? Comme si nous avions besoin de ça !

Je m'apprêtai à quitter le bureau lorsqu'une voix inquiète m'interrompit.

-Ïlqana !? Pour combien de temps pensez-vous en avoir ? Dois-je vous attendre ou revenir plus tard ?

Je me tournai vers l'organisateur.

-Rentrez chez vous avec tous vos échantillons !

Je n'entendis pas sa réponse, déjà hors de la pièce.

-Les gardes ont tenté de dispercer la foule avant qu'elle ne devienne trop compacte, mais elle n'a rien voulu entendre, m'apprit le garde.

-Si vous avez échoué à arrêter leur colère, je ne vois pas comment je pourrais faire mieux….

-Vous êtes l'Ïlqana, et ces gens vous respectent autant qu'ils vous craignent. Nous avons songé que vous parviendrez mieux que nous à les calmer.

Nous avions atteint le rez-de-chaussée et marchions désormais vers l'entrée. Je me tournai vers le garde.

-Je veux dix des vôtres prêts à partir immédiatement.

-Bien Altesse.

-Ah Emile ! Vous tombez bien, ajoutai-je en apercevant mon majordome accourir vers moi, le visage en alerte.

Derrière lui, une garde le suivait, l'épée à la main. Je la vis fendre une Peur avant que cette dernière ne termine de se matérialiser.

-Ïlqana ! Je vous cherchai ! C'est une catastrophe ! Il y a….

-Je suis au courant pour la ville, terminai-je. Je pars sur les lieux. Je vous charge de prévenir ma soeur et de lui transmettre ma demande express pour qu'elle reste en sécurité au palais.

-Oui Ïlqana.

-Empêchez-la de venir me rejoindre quoi qu'il arrive. Je ne veux pas qu'elle sorte tant que la situation ne s'est pas calmée.

-A vos ordres.

-Et Emile….Calmez-vous. Tout va bien d'accord ?

Son visage vira au cramoisi.

-Ou-Oui Ïlqana…Veuillez me pardonner.

Je lui tapotai l'épaule. Alors que je marchai vers la sortie, je vis l'homme glisser une boule de Fleur de Rêve dans sa bouche à gestes tremblants d'anxiété. Je secouai la tête avec impuissance et quittai le palais au pas de course. Mon cheval m'attendait, anarché, entouré par ma garde.

-Merci, lâchai-je au lad qui me tendit les rênes.

Je me hissai en selle et fis pivoter ma monture.

-Tout le monde est là ?

-Oui Ïlqana !

Je m'élançai au galop sans rien ajouter. Un tonnerre de sabots assourdit mes oreilles tandis que nous quittions le palais.

"Traitres ! Assassins !

-Vous allez payer !

-Morts aux espions !

Les hurlements de la foule me parvinrent bien avant que je ne la vis, rassemblée sur la place principale.

Il y avait des centaines de personnes présentes, et notre progression fut nettement ralentie.

Nul ne remarqua notre présence.

J'aperçus les quatre personnes attachées et au milieu de la foule qui les frappait avec des armes improvisées.

-Il faut intervenir ! Ils vont finir par les tuer !

J'acquiesçai.

-Eh ! Regardez ! Des nobles ! Vous venez admirer le spectacle !?

Je tournai la tête vers un homme au visage radieux, un couteau de boucher à la main.

Un frisson glacé m'envahit.

A présent que je détaillai chaque présent, ils arboraient tous des mines réjouies, comme si il s'agissait d'un jour particulièrement heureux.

Lorsque mon regard aperçut un enfant sur les épaules de son père, à applaudir en riant aux éclats, mon corps talonna de lui-même ma monture.

La foule s'ouvrit tant bien que mal, mais pour une fois, je n'eus cure à l'idée de marcher sur quelques pieds.

-Ïlqana ! Revenez c'est trop dangereux ! Ils sont tous complètement sous l'emprise de la drogue ! Il ne sert à rien de tenter de les raisonner !

Je ne pouvais pourtant pas laisser de tels meurtres se produire ainsi.

J'atteignis finalement sans trop de peine l'espace où se trouvaient les prisonniers et bondis sur l'estrade.

Il fallut que je m'interpose physiquement avec mon épée entre les malheureux prisonniers et leurs bourreaux pour que ma présence se fasse remarquer.

Les cris s'apaisèrent.

-Eh ! T'es qui toi !? Pourquoi est-c'que tu viens nous gâcher la fête ?

-Idiot, c'est l'Ïlqana, je la reconnais.

-Elle est plus petite que je ne l'avais imaginée. T'es sûr que c'est elle ?

Le calme était revenu. Je m'obligeai à rester calme.

-Quelqu'un peut-il m'expliquer pourquoi ces trois individus se font maltraiter devant une foule en délire ?

-Ce sont des traitres Ïlqana ! Des types qui ont pactisés avec l'Ennemi !

-Comment pouvez-vous affirmer une telle accusation ? Et depuis quand le peuple se charge t-il de rendre justice lui-même ?

-Depuis que vous avez décidé de vous tourner les pouces dans votre palais au lieu d'aller combattre les Peurs ! S'écria quelqu'un.

-Il faut bien que quelqu'un se charge de leur régler leur compte à ces pourritures !

Je serrai les poings.

Bien entendu, mes ancêtres avaient tous passé la majorité de leur vie sur le Front. Que je sois la seule Ïlqana à rester en ville devait sérieusement perturber les hîsöqii. Pour eux, combattre les Peurs ne pouvait se faire qu'au Front.

-Peut-être que vous avez raison. Mais ce rôle ne vous appartient pas. Réfléchissez…..Vous accusez ces gens d'être des traitres ? Mais si vous les tuez, ça fera de vous des assassins…..Est-ce que vous voulez avoir du sang sur les mains le reste de votre vie à cause d'eux ? Porter le poids de leur mort pour le restant de vos jours ?…Non….Je vois ici des artisans, des fermiers et des agriculteurs. Des parents et des enfants….Je ne peux accepter d'y trouver des assassins….Pensez à vos petits et la vie que vous leur montrez…..Est-ce vraiment ça que vous voulez leur apprendre ? La haine ? La vengeance ? La Mort ?….Je ne peux pas croire ça…Gardes, emmenez ces quatre prisonniers. Je souhaite les interroger en personne.

Mes hommes approchèrent.

Je vins moi-même vers une des femmes attachées. Son arcade sourcillère saignait abondemment. Elle avait dû se recevoir une pierre, vu le bleu énorme qu'elle arborait.

-M-Merci Ïlqana.

Son souffle caressa mon oreille tandis que je tranchai ses liens au niveau de ses poignets. La corde était tellement serrée qu'elle avait entamé la chair de la malheureuse.

Il fallait nous dépêcher.

-Elle nous prend les traitres !

Le silence explosa sous de nouveaux cris de protestations. Alors que j'aidai ma protégée à tenir droit, la foule se précipita vers nous, les mains tendues vers l'avant.

Je sentis les ongles s'enfoncer dans mes bras.

-Elle est à nous ! Vous n'avez aucun droit de nous la prendre !

-Hors de question qu'ils soient emmenés !

-A mort ! Mort aux traitres !

Ballotée dans tous les sens, je sentis ma protégée se faire arracher de ma poigne.

-Non !

Le bras tendu, je n'eus pas le temps de rattraper la malheureuse que la foule se referma entre nous, vorace, compacte et inffranchissable quand elle le voulait.

-Reculez bande d'avortons ! Dégagez le passage !

Je vis soudain la masse vivante s'ouvrir devant les gardes. L'épée au clair, ils obligeaient leurs montures à avancer, tout en effrayant les habitants de leurs lames. Je vis avec horreur que plusieurs personnes s'écartèrent, les mains plaquées sur leurs visages, du sang perlant entre leurs doigts crispés.

-Ïlqana ! Vite ! Montez !

J'obéis promptement.

En selle, je talonnai ma monture affolée, qui ne se fit pas prier pour s'élancer. La foule s'ouvrit précipitamment devant nous.

Je jaillis de cette masse comme on s'extirpe d'un bourbier.

Après quelques mètres de galop, je ralentis et me retournai.

Personne ne nous avait suivi. En fait, c'est comme si notre intervention n'avais jamais existée.

Je levai les yeux vers l'estrade juste à l'instant où le premier prisonnier s'effondra, la gorge tranchée sous les cris de joie.

Je frissonnai de froid, glacée de l'intérieur.

-Altesse, il faut rentrer, je suis désolé.

J'acquiesçai et détournai le regard du spectacle macabre. Mes mains se resserrèrent avec force sur mes rênes.

-Allons-y."

"Combien de personnes ont ainsi été accusées et exécutées ?

Retour au palais.

Je traversai rapidement les couloirs, hors de moi.

-E-Et bien, difficile d'évaluer leur nombre, balbutia Emile, mais il semblerait qu'il y en ait eu au moins dix.

-Et sur quels critères ces malheureux ont-ils été amenés à la potence ?

-Je....Vous savez, avec la tension qui ne cesse d'augmenter dans les villes, les hîsöqii ont besoin de décharger leur colère sur quelque chose,...ou sur quelqu'un. Malheureusement ces derniers temps, même un regard de travers suffit pour être accusé de traitrise. Depuis que l'affaire de Mademoiselle Ninon a été rapportée, les accusations ne cessent d'augmenter.

-N'avais-je pas exigé que cette histoire ne soit en aucun cas ébruitée ? M'enquis-je avec colère.

-S-Si Ïlqana.

-Et c'était précisément pour éviter ce genre de problèmes, ajoutai-je. Malheureusement je ne vois pas du tout ce que je pourrais faire pour arrêter une telle situation. Avec la prise de drogue, les hîsöqii ont moins de scrupules à transgresser les règles. J'aurai besoin de l'avis du Conseil, mais ils ne sont eux non plus pas en état de prendre une décision raisonnable. J'aurai dû intervenir sur cette place.

-Je suis heureux que vous ne l'ayez pas fait Ïlqana. Dans leur état, les hîsöqii vous auraient très certainement agressée, au moins verbalement, pour ne pas dire physiquement aussi.

-Mais si nous ne faisons rien, Hîsöq sera bientôt une terre déserte. Je dois voir le Conseil. Il faut vraiment décider de quoi faire.

-Malheureusement, plusieurs de ses membres ne sont pas au palais. Ils ne pourront être présents que ce soir.

-Et bien prévenez-les qu'il y aura une réunion demain matin à la première heure dans ce cas.

-Bien Ïlqana."

Je me tournai et me retournai entre mes draps depuis des heures sans trouver le sommeil.

Mes pensées ne cessaient de ressasser les chiffres des rapports, et la scène de mise à mort des malheureux sur la place publique.

La formation de Peurs avait très nettement diminuée depuis que la Fleur de Rêve avait été imposée à tous.

Mais en deux semaines, le nombre de morts par overdose et les exécutions sans apport concrets de preuves n'avaient fait qu'augmenter.

Je me redressai finalement, et sautai hors de mon lit, incapable de rester immobile.

Je quittai mes appartements et me rendis au rez-de chaussée pour cogner à la porte de la chambre de mon majordome.

Ce dernier finit par apparaître, les yeux gonfflés de sommeil, sa longue chemise de nuit toute froissée sur son corps maigrelet.

"Veuillez faire chercher les membres du Conseil Emile. Je les attends dans la salle de réunion.

Mon coeur cognait dans ma poitrine, aussi ferme que mes pas. Je traversai les couloirs, habitée par une froide détermination.

-Mais….Ïlqana….Nous sommes au beau milieu de la nuit.

-Nous sommes en guerre Emile et le royaume est à l'agonie. Il est temps que tout le monde prenne ce fait au sérieux. Dépêchez-vous de prévenir les gardes !

-Bi-Bien Ïlqana. Tout de suite.

-Et faites appeler ma soeur. J'ai besoin de m'entretenir avec elle.

-Oui.

Je pénétrai dans la salle du Conseil. A cette heure, les cheminées étaient éteintes et aucune lumière n'éclairait les lieux. Je m'emparai d'une perche dont j'allumai le bout du briquet posé à côté, puis pris soin d'enflammer chaque mèche de bougies. Je n'avais toujours pas terminé lorsque des pas me parvinrent.

-Théa ! Bon sang il est à peine deux heures du matin ! Qu'est-ce que tu fais debout !?

-Je ne peux pas dormir.

-Donc tu remues tout le château ?! Lâcha Eryn avec perplexité…..Théa….S'il te plait…..Tu es épuisée….Tu as besoin de dormir…..Nous en avons tous besoin.

Je déposai la perche, après avoir terminé d'allumer la dernière chandelle du lustre et pivotai vers ma soeur. Dans le peu de lumière de la pièce, ses traits semblaient particulièrement sombres et tirés.

-Non….Je me suis suffisamment reposée….Chaque seconde, des gens meurent de peur Eryn. A chaque seconde notre royaume agonise un peu plus. Toi-même tu as failli m'être arrachée.

La jeune fille s'approcha de moi et posa sa main avec douceur sur mon bras.

-Théa…..Je vais bien…..Je vais très bien…..Grâce à toi et aux gardes…..Je vais être plus vigilante. Et avec les gardes devant ma porte, sois certaine que je ne risque absolument plus rien….Je t'en prie….Depuis que père est mort, tu ne t'es pas reposée…..Il faut que tu dormes Théa ou tu ne pourras jamais jouer ton rôle d'Ïlqana aussi bien que tu le voudrais. La fatigue entraîne les erreurs, tu le sais aussi bien que moi. S'il te plait.

-Père a passé la majorité de sa vie à la guerre. Le repos n'était pas sa priorité.

-Et vois où ça l'a mené. Les Peurs sont toujours là. Plus nombreuses que jamais. Et lui est dans une tombe. Théa….Tu es une bonne Ïlqana. La meilleure que je connaisse en vérité. Mais comment veux-tu protéger qui que ce soit si tu ne tiens même pas toi-même debout ? Regardes-toi ! Tu es épuisée !

-Les gens deviennent fous avec la prise de la drogue. Je ne peux rester là sans rien faire.

-Tu n'y peux rien Théa. La Fleur de Rêve exacerbe les émotions. Une simple peine peut devenir une véritable tragédie émotionnelle sous son influence. Ce qui t'arrache un pauvre sourire ou un sentiment d'amusement en temps normale devient source d'un bonheur extraordinaire ou la plaisanterie la plus drôle que tu crois vivre. Et ce n'est pas en t'épuisant que tu règleras ce problème.

Des voix nous parvinrent, ce qui m'évita de répondre à Eryn. La porte s'ouvrit brusquement et un groupe de personnes apparut.

-Ïlqana ! Quelle est donc encore cette folie !?! S'exclama Sëgg Mîrelqa, son charmant visage parcouru de tics de fureur.

-Nous devons reprendre la route tôt demain matin ! Ajouta Sëgga Dhymaqî, indignée aux côtés de son époux.

-Une Ïlqana se doit de respecter ses sujets ! Tous ses sujets ! Rappela ce dernier d'un ton sévère. Et non les tirer du lit au beau milieu de la nuit comme de vulgaires serviteurs !

Les plaintes se poursuivirent. Je restai de marbre, et ne cherchai pas à ramener le silence. Vu l'heure tardive, ils finiraient bien par se taire d'eux-mêmes.

-D'autant plus que la nuit peut provoquer plus de frayeurs que les journées. Surtout lorsque l'on ne connait pas les lieux. Vous tentez le sort Ïlqana, marmona Sëgg Qàhla en surveillant les lieux avec méfiance.

-Ooooh, mais vous allez la fermer oui bandes de trouillards pompeux !? Non mais regardez vous ! Des gamins joufflus vexés de s'être vu confisqués leur lit douillet ! Vous devriez venir faire un tour par chez moi ! Wîqïla vous forgerait ! Vous deviendriez aussi affûtés et votre cul aussi dur que notre acier !

Il y eut des exclamations choquées de la part de quelques uns. Sëgga Gyam était la seule à porter une épée à son côté, et une côte de cuir sur la poitrine. Bien que certainement réveillée brusquement, elle semblait prête à partir aux combats. Elle était reconnue pour son inflexibilité et sa loyauté. Ainsi que pour son franc parler. La quarantaine bien dépassée, elle en faisait pourtant dix de moins tant son corps était sec et affûté.

Son intervention ramena un silence de mort dans la salle.

Elle me fit un petit salut du menton et je fis de même pour la remercier.

-Bien….Messieurs Dames, pardonnez-moi d'interrompre votre sommeil, mais l'heure est grave. Suffisamment à mes yeux pour vous convoquer malgré la nuit….Il semblerait que ce soit le seul moment où j'arrive à vous avoir tous lucides donc j'en profite !

-Qu'est-ce que signifie cette….

-Vous n'êtes pas sans savoir que ma soeur Eryn a été agressée par une Peur hier soir, poursuivis-je sans prêter attention à Sëgg Wîthà. Ces derniers temps, nos ennemies se montrent plus hardies et tentent d'atteindre ma famille par tous les moyens. J'ai repris les recherches que notre père avait laissé à sa mort pour trouver une faille chez les Peurs qui puisse nous servir à les détruire.

-Vous avez trouvé quelque chose Ïlqana ? S'enquit Sëgga Vïlwa avec espoir.

Je secouai la tête.

-Non. Absolument rien. Ce que je sais par contre, c'est que les Peurs semblent toutes attirées par la forêt. Elles s'y retrouvent systématiquement, où qu'elles soient créées. Ce lieu pourrait contenir quelque chose qui les attire, et qui, peut être, pourrait les tuer si elle venait à disparaître.

-Cet endroit est maléfique, intervint Sëgg Hâz. Tout être humain qui s'y introduit n'en sort jamais.Votre père, qu'il repose en paix, y a envoyé bon nombre de valeureux soldats et aucun n'en ai jamais revenu. Le feu ne l'entame pas, ni le froid, la sécheresse…..

-Ce sont des terres maudites, acquiesça Sëgg Qàhla avec une crainte non dissimulée.

-Je sais ce que le peuple raconte sur cet endroit, intervins-je avec sécheresse. Ainsi que le nombre de malheureux disparus en voulant s'y introduire. Mais c'est le seul endroit sur cette terre que nous ne connaissons pas. Et bizarrement, le seul qui attire toutes les Peurs sans exception. Je suis convaincue que si nous voulons des réponses sur nos ennemis, c'est par cette forêt que nous devons commencer.

-Ah oui, lâcha Sëgg Wîthà d'un ton mauvais. Est-ce que votre….certitude est suffisante pour envoyer à la mort d'autres de vos sujets Ïlqana ? Ou prévoyez vous de sacrifier pour une fois des proches à vous ? Votre soeur peut-être ? Non… Excusez-moi….Vos soldats font amplement l'affaire….Qu'ils meurent au front ou dans cette forêt, finalement, c'est du pareil au même !….Ahlàlà….Ïlqa est devenu un titre sans plus le moindre sens. Je ne savais même pas qu'une femme pouvait y prétendre.

-Espèce de….

J'attrapai le bras de ma soeur avant qu'elle ne se jète sur le noble.

-Eryn ! Il suffit !

-Je vais lui faire ravaler son petit sourire de…

-Tu ne vas rien faire du tout, l'interrompis-je, ma main serrée avec fermeté autour de son bras. Sëgg Wîthà, je n'avais pas terminé de parler. Je suis l'Ïlqana, comme vous me l'avez gracieusement rappelée. Et de ce fait, je sais où va mon devoir. Je n'ai pas l'intention d'envoyer d'autres soldats. A l'évidence, cela n'a jamais rien résolu. Je compte m'y rendre moi-même.

Je les pris de court. Je vis ces chères dames écarquiller les yeux, même Sëgga Gyam. C'est d'ailleurs elle qui reprit la première la parole.

-Non Ïlqana…Vous ne pouvez pas faire ça….Accompagner et guider vos soldats à la guerre est une chose. Vous êtes la commandante de vos armées et il est normal que vous soyez au front….Mais là, vous proposez de vous rendre en territoire ennemi ? Ce n'est plus de la défense mais une attaque. Les Peurs vous verront arriver, et auront le couvert des arbres pour vous tendre de multiples pièges….Votre armée va se faire décimer en un instant….Et puis, qu'en est-il du mariage, et de l'héritier ?

Je secouai la tête.

-Je crains de m'être mal faite comprendre Sëgga Gyam. Je n'ai pas l'intention de mener une offensive dans la forêt…..L'armée ne sera pas avec moi. Il s'agit plus d'une infiltration. Je compte m'y rendre seule. Quand à votre idée de mariage, une bonne fois pour toute je vous demande de l'oublier !

Sëgg Wîthà explosa de rire.

-Mais bien entendu ! Nous allons vous laisser vous rendre *seule* dans une forêt qui abrite probablement des centaines de *milliers* de Peurs ! Pardonnez-moi Théa Vämigä, mais c'est l'idée la plus *grotesque* que je n'ai jamais entendu de ma vie !

Je sentis une froide colère m'envahir. Lorsque je pris la parole, ma voix devint aussi tranchante que mon épée.

-Croyez-vous que je n'ai pas déjà réfléchie à tous ces détails Sëgg Wîthà ? Que je vous propose cette solution sur un simple coup de tête ?

Mon ton parut le dissuader de répondre. Je poursuivis dans un silence de mort.

-Cette forêt est à l'évidence magique puisque rien ne la détruit. Nous avons besoin de savoir d'où les Peurs tirent leur pouvoir. Et ce n'est pas en restant ici que nous y parviendrons. Nos soldats ne viennent pas à bout des Peurs. Et ils ne parviennent pas à pénétrer dans leur forêt, parce qu'ils se font repérer immédiatement, et aussitôt tuer…..A ma connaissance, je suis la seule personne à n'avoir *jamais* créé de Peur, ni n'avoir *jamais* été attaquée par l'une d'entre elles sans que je ne les ai agressées auparavant. Je ne pourrais l'expliquer, mais ces créatures me craignent. Ce qui me donne un avantage. Si je ne créée pas de Peurs, peut-être que j'ai une chance de ne pas me faire repérer si je tente d'entrer dans leur forêt. Et je serais bien plus discrète seule qu'accompagnée d'une armée ! Alors dites-moi exactement où est la faille dans mon plan Sëgg Wîthà !

L'homme serra les dents, le regard noir.

Je poursuivis sur le même ton sans le quitter des yeux.

"Par ailleurs, manquez-moi encore une fois de respect Sëgg Wîthà et je vous fais arracher la langue.

L'homme manqua de s'étouffer de surprise.

-Qu-Quoi !? Comment osez-vous….

-Je n'ai pas terminé, l'interrompis-je avant que sa voix ne soit trop forte.

La tension grimpa aussitôt dans la pièce. Je levai les yeux pour fixer l'ensemble des présents.

" Mon père a toléré toute la durée de son règne vos excentricités et vos amusements, comme un père gâteux de ses enfants. Vous avez reçu plus de privilèges et de protection que quiconque dans ce pays. Hîsöq est en guerre depuis des décennies, pourtant, je ne vois parmi vous qu'une seule personne prête à combattre !….Je vais aller dans cette forêt récolter les informations que je pourrais. A mon retour, j'entends mettre un terme à cette guerre. Et vous tous y contribuerez d'une façon ou d'une autre. Non pas uniquement les soldats, mais également la Noblesse, et le peuple lui-même. Il est temps que les hîsöqii prouvent leur valeur et me donnent une raison de les sauver. Votre inquiétude est fondée, mais mal placée Sëgg Wîthà. Ce n'est pas pour moi que vous devriez vous inquiéter. Mais pour la façon dont vous allez arriver à inculquer le courage aux hîsöqii durant mon absence. Ma soeur Eryn est prête à prendre ma place d'Ïlqana à mon départ. Je lui lèguerai le pouvoir officiellement dans quelques jours.

-Vous oubliez que c'est au peuple de décider si oui ou non elle est digne de vous succéder, intervint Sëgg Dhymaqî, un tic de colère faisant frémir sa moustache.

-Je n'ai pas l'intention de déroger à la Loi, intervint Eryn d'un ton grave. Si….

-Ils n'auront pas le choix, l'interrompis-je. Je n'ai peut-être jamais créé de Peurs de ma vie, mais Eryn arrive certainement en deuxième position derrière moi. Elle sera votre Ïlqana que vous le vouliez ou non.

L'homme bondit sur ses pieds, hors de lui.

-C'est une dictature que vous nous imposez !

Je vis d'autres nobles suivre le mouvement, leurs protestations répercutées dans toute la salle. Je les laissai crier tout leur soûl, impassible, notant au passage que Sëgga Gyam ne disait rien.

-C'est au peuple de décider ! S'écria Sëgga Mîrëlqa, furieuse. Vous ne pouvez pas imposer votre soeur au royaume !

-Parce que vous comptez vous proposer pour prendre ma place Sëgga, intervins-je avec ironie. Alors que vous n'êtes même pas à même de protéger votre propre domaine ?

Les cris augmentèrent. Sëgga Mîrëlqa devint hystérique, sa voix perchée transperça le reste des cris.

-Et pourquoi pas ! Hurla t-elle, une lueur de défi dans le regard. Ce sont nos droits !

-Vous mettre à la tête du royaume ! S'exclaffa Sëgg Wîthà, c'est signer notre arrêt de mort ! Avec quoi comptez-vous combattre les Peurs ? Vos muffins à la crème ?

-Parce que vous croyez faire mieux peut-être ! Intervint Sëgg Mîrëlqa, prenant la défense de son épouse. Vos soirées ne sont que d'interminables beuveries, espèce d'ivrogne.

Le volume monta encore d'un cran.

-Vous n'avez pas le droit de nous imposer qui que ce soit !

-Si votre soeur monte sur le trône sans le consentement des hîsöqii, je vous promets que le Peurs seront le cadet de vos soucis comparé à la guerre civile ! Menaça Sëgg Ïgëo. Je refuse d'avoir une gamine pour diriger ce royaume ! Et il est hors de question que vous preniez sa place Mîrëlqa ! Les femmes ne sont pas faites pour diriger !

-Comment osez-vous ! C'est donc vraiment la guerre que vous voulez !

-Ah ! Je serais curieux de voir vos bombardements de petits fours ! Se moqua Wîthà avec méchanceté.

La discussion s'en été réduite à un brouhaha d'insultes indistinctes qui rendait la scène complètement irréelle. Ils étaient tous là, debout les uns en face des autres à se hurler des stupidités. La table de réunion était la seule chose qui les empêchait de se jeter les uns sur les autres.

Installée au fond de mon siège, je me mis à applaudir avec lenteur. Les claquements ramenèrent le calme dans la salle en quelques secondes et des visages rouges de colère pivotèrent dans ma direction.

-Merci Messieurs Dames…..Enfin….J'ai enfin obtenu une réaction de révolte de votre part….

Nul ne broncha, pétrifié. Je quittai mon siège et me mis à marcher avec lenteur autour de la table tout en poursuivant d'un ton calme.

"Hîsöq se fait massacrer depuis *des siècles* mais vous n'avez jamais montré la moindre inquiétude quant à l'avenir du pays….Bien sûr, puisque vous n'avez pas à aller combattre et que vous et vos familles sont à l'abri de tout danger….Ceux qui s'occupent de vos terres, et qui veillent à ce que vous mangiez à votre convenance et soyez vêtus avec élégance se font massacrer, jour après jour par les Peurs….Mais du moment que cela n'interrompt pas vos jeux et vos plaisirs, le monde ne va pas si mal…..

Je revins face à ma place et pivotai vers le Conseil.

-Par contre, si quelqu'un ose toucher à vos privilèges, alors là, c'est la révolution. Avez-vous seulement déjà vu une Peur ? Certains d'entre vous ont-ils même déjà tenu une arme, quelle qu'elle soit ?

Nul ne broncha. Ma voix avait beau être parfaitement calme, ma colère devait se lire dans mon regard.

" Vous m'accusez d'envoyer des innocents à la mort à ma place ? Mais j'ai le regret de vous annoncer que c'est ce que vous faites depuis toujours ! Vous êtes des hîsöqii, au même titre que les paysans ou les villageois. Et je me dois de vous protéger, au même titre que tous les autres. Vous, plus que quiconque sur Hîsöq devez me prouver que vous méritez d'être sauvés. Vous avez des terres, de la nourriture, des soldats pour vous protéger. Vous n'avez à vous souciez ni de la famine, ni des Peurs, ou des hommes-bêtes qui s'accumulent dans tout le pays. A quoi occupez-vous vos journées, si ce n'est ni pour protéger votre vie, ni pour produire votre nourriture ou d'autres biens matériels ?….Aaaaah…Mais vous avez de l'argent…..Bien sûr….Cela justifie tout…..Vous pouvez boire tout votre soûl, vous amuser et ne vous soucier de rien, puisque vos caisses sont pleines !…. (Je me penchai en avant, les mains posées sur la table.) Mais dites-moi….Je suis curieuse de vous voir affronter une Peur en lui jetant des pièces d'or.

Je marquai un temps avant de reprendre, leurs mines pétrifiées.

-Vous êtes contre mon départ chez les Peurs, et contre l'ascension d'Eryn à ma place. Et certains d'entre vous veulent le pouvoir. Allez-y….Tentez de convaincre les hîsöqii que vous serez les meilleurs partis pour les protéger. Vous avez abandonné Hîsöq il y a de ça des années pour combler vos propres désirs. Hîsöq vous abandonnera à son tour en ignorant vos décisions. Si vous voulez retrouver une place parmi nous, alors commencez par vous sentir concernés par nos soucis et non uniquement par les vôtres. C'est la dernière fois que je réunis ce Conseil. Proposez votre candidature aux hîsöqii pour prendre ma place. Je vous laisse une semaine. Je n'ai plus rien à ajouter. Est-ce qu'il y a d'autres protestations ?

Un silence de mort suivit ma demande.

-Combien de temps comptez-vous rester en terre ennemie Ïlqana ? Balbutia Sëgg Hâz, à l'évidence inquiet et mal à l'aise.

Je secouai la tête.

-Je l'ignore. Tout dépend du temps que je mettrais à trouver la source de leur pouvoir. Il se peut que je revienne au bout de quelques jours, comme au bout de plusieurs mois. Ou jamais. Considérez que l'Ïlqa en place sera là de façon permanente.

-Vous acceptez de renoncer à votre pouvoir, au profit peut-être d'une autre lignée totalement inconnue et possiblement issue des basses extractions, pour sauver Hîsöq ? Reformula Sëgg Ïgeö qui avait du mal à y croire.

Je fixai l'homme.

-Pardonnez-moi, mais votre question n'a aucun sens Sëgg. L'Ïlqa n'a aucun pouvoir. Il n'a qu'un devoir. Protéger Hîsöq. Même au péril de sa vie. Si ma soeur ne convient pas aux hîsöqii, alors ils pourront désigner qui ils souhaitent. (Je marquai un temps, et réalisai qu'il ne m'était finalement pas si facile de renoncer à ma place comme en attesta mon pincement au coeur quand je poursuivis.) Pour ma part, en effet, je consens à renoncer à mon titre et à ma vie si nécessaire, pour le bien du royaume.

Un silence religieux accueillit ma déclaration.

-Et nous vous en sommes extrêmement reconnaissants Ïlqana, acquiesça avec gravité Sëgga Vïlwa. Peut-être est-il temps pour le Conseil de procéder au vote. Qui accepte la proposition de l'Ïlqana de s'infiltrer chez nos ennemis pour découvrir leur faille ?

C'est sans surprise que je vis les Wîthà et Îgeö lever aussitôt la main. Il n'était inconnu de personne que les premiers auraient aimé avoir le titre d'Ïlqa, et que le second était tellement égoïste qu'il choisirait toute solution lui permettant de rester à l'abri du danger et d'y envoyer les autres à sa place. Je peinai à croire que Lucius faisait parti de sa famille. Quand aux autres membres du Conseil, ils semblaient plus hésitants. A l'évidence, j'avais beau ne pas être l'Ïlqana idéale à leurs yeux, ils semblaient croire que ma disparition ne leur apporterait rien de bon.

Ainsi ne fus-je guère surprise lorsque Sëgga Gyam prit la parole.

-Pardonnez-moi Ïlqana, mais je ne peux croire que ce soit la solution idéale....Mettre un inconnu à la tête du royaume ne rassurera personne. La plus qualifiée pour vous remplacer est Dame Eryn, tout le monde en conviendra, même les plus sceptiques. A n'en pas douter, ce sera elle que désigneront les hîsöqii. Or, excusez-moi ma dame, ajouta t-elle à l'adresse de ma soeur, vous n'êtes pas une guerrière. Et si je pense pouvoir affirmer sans me tromper que tous les hîsöqii vous aiment, vous savoir aux rênes du royaume ne sera guère plus sécurisant.

J'échangeai un regard avec ma soeur.

"Je te l'avais bien dit." Semblaient m'affirmer ses yeux.

Je serrai les dents.

-Eryn Vämïga n'est peut-être pas reconnue pour ses talents de guerrière Sëgga Gyam. Mais vous ne trouverez personne de plus capable qu'elle pour apaiser rapidement une situation et rassurer. Elle a hérité de la pugnacité de notre père et de la douceur de notre mère. Une main de fer dans un gant de velours. Si je devais désigner quelqu'un pour me succéder, mon choix se porterait sur elle sans la moindre hésitation, et n'imaginez pas que l'affection soit pour quelque chose dans ce choix parce qu'il n'en serait rien. Des soldats et des généraux de guerre, nous en avons ici même, autour de cette table. Mais il ne s'agit pas seulement de lever une épée contre un ennemi. Le royaume a besoin de quelqu'un capable d'entendre la souffrance et le désespoir de chaque hîsöqi, d'accueillir cette douleur et de la transformer en espoir. Ma soeur n'a peut-être pas passé beaucoup de temps sur le terrain d'entraînement, mais ces heures ont été utilisées pour visiter les dispensaires, parler aux malades, aux familles et les plus démunie., Pour se mêler à la population, écouter les maux dont elle souffrait et y placer du beaume. Je pars en guerre, tout comme notre père. Et je laisse à ma soeur le rôle de soigner les blessures des combats, tout comme le faisait notre mère avant elle. Une fois encore, je vous demande de me montrer les failles dans ce plan. Et si elles sont valables, j'écouterai vos propositions de substitution.

-Admettons que Dame Eryn soit désignée par le peuple pour vous succéder, et que vous parveniez à vaincre les Peurs, lâcha Sëgg Dhymaqî d'une voix bourrue. Vous revenez saine et sauve au château. Qu'adviendra t-il alors de la légitimité de Dame Eryn sur le trône.

-Elle ne sera en rien menacée, assurai-je avec fermeté.

-Bien sûr que si. Vous serez partie, seule, affronter notre ennemi, et vous en revenez victorieuse. Pour les hîsöqii, vous serez leur Ïlqana, peu importe à qui vous aurez transmis le titre. Sans même le vouloir, votre retour victorieux risque de conduire le royaume à la guerre civile. Certains voudront conserver Dame Eryn, ou celui qui vous succèdera, sur le trône, et d'autres demanderont la restitution de votre statut, ce en quoi ce serait parfaitement légitime. Ainsi, vous aurez vaincu un mal pour en apporter un nouveau. Votre proposition de partir affronter les Peurs seule prouve votre courage et votre dévotion envers le peuple, mais malheureusement pour nous, cela ne ramènera pas la paix sur Hîsöq.

Un silence tendu suivit la remarque du noble.

-Sëgg Dhymaqî a raison Théa, soupira Eryn. Et même si quelqu'un d'autre que moi prend le pouvoir, la question se posera. Nous risquerons quand même la guerre civile.

Plus je cherchai une solution au problème, plus je me sentais m'embourber. Rester et mener la guerre de front nous condamnait tous, j'en étais parfaitement convaincue. Partir pour régler le problème à sa source même ne résolvait rien non plus si je revenais.

Mon visage se ferma.

-Dans ce cas, je ne reviendrai pas.

-Je vous demande pardon ?

Je levai les yeux vers le Conseil.

-Vous avez raison d'affirmer que mon retour risque de provoquer une guerre civile….La seule solution qui permettrait de ne pas diviser le pays, c'est que je ne rentre pas. Que je vive, ou que je meurs, dés lors que je quitterai la forteresse pour la forêt, je renonce définitivement à mon titre et à mon identité. Théa Vämïga ne sera plus jamais revue. Ainsi la légitimité de mon successeur sur le trône ne pourra être remise en question.

Nul ne prononça le moindre mot durant les secondes suivantes, sous le choc.

-Non.

Je tournai la tête vers ma soeur.

" Je ne te laisserais pas faire un tel sacrifice.

-Et pourtant, il le faut…..Eryn….tel est le devoir d'une Ïlqana. Je ne peux déroger à cette règle. Je suis au service du peuple. Leur premier protecteur face au danger. Ma mort, ou ma disparition fait parti du rôle que je tiens. Et ni mes propres désirs, ou notre lien, ne doivent intervenir dans cette règle….Si je parviens à récupérer des informations utiles et à revenir, alors se sera en secret. Je transmettrais ce que j'aurai appris à l'Ïlqa en fonction et le guiderais. Ce Conseil sera le seul au courant de ma venue et nous déciderons ensemble de ce qui doit être fait, au vue de ce que j'aurai ramené comme informations. Eryn, si tu es sur le trône, alors tu agiras, et je resterais dans l'ombre.

-A condition que je sois désignée pour te succéder. Si ce n'est pas le cas, alors je viendrais avec toi.

J'écarquillai les yeux.

-Il en est hors de question !

-Tu ne pourras pas m'en empêcher.

Je voulus protester, mais Sëgg Dhymaqî intervint, d'une voix ferme.

-La proposition de l'Ïlqana me semble parfaitement convenable. Et si ce Conseil est d'accord, je propose que nous passions au vote. Qui parmi vous accepte la proposition de plan de Théa Vämigä ?

Je vis les mains se lever, plus ou moins rapidement. Eryn fut la dernière à donner son accord, et ses yeux étaient aussi durs que l'acier lorsque nos regards se croisèrent. Il allait m'être difficile de partir sans qu'elle me suive si elle ne me succédait pas.

Je pris une inspiration.

-Bien....Puisque cette question réglée, je propose que nous allions nous recoucher. Demain, j'annoncerai au peuple notre décision et mon souhait de voir Eryn me succéder. Nous verrons alors ce qu'ils décident de faire. Pour que le procédé soit en règle, je compte laisser une semaine de répit afin que les hîsöqii désignent mon successeur. Ce délai écoulé, la personne devra passer l'Epreuve et prendre son poste. Je quitterai ensuite la ville pour aller chez les Peurs. Quelqu'un a t-il autre chose à ajouter ?"

Je fus soulagée de ne voir aucune manifestation.

La réunion fut close et nous retournâmes dans nos appartements respectifs.

Mes rideaux ouverts, mon regard plongea un instant dans l'obscurité de la nuit tandis que j'ôtai mes vêtements pour me rallonger.

D'ici, je ne distinguais que les ténèbres de la nuit, que la lune avait renoncée à tenter d'éclairer.

Un frisson me parcourut, désagréable et glacial.

J'oubliai aussitôt la nuit pour ramener mon regard sur mes mains. Bien que je n'eus pas froid, mes doigts s'étaient mis à trembler imperspectiblement.

L'inquiétude me saisit.

Je savais dores et déjà ce qui allait se produire.

Je quittai vivement ma place d'observation, et me hâtai pour me changer et m'enfouir sous mes draps.

Les tremblements s'étaient accentués.

Je sentais la crise monter, tel un cobra qui se redressait pour attaquer. Je me roulai aussitôt en boule sous mes couvertures et fermai les yeux, concentrée à l'extrême.

Ma peau semblait refermer une énergie folle qui cherchait à tout prix un moyen pour jaillir hors de moi. J'avais la certitude que si une telle chose se produisait, alors mon corps volerait tout bonnement en éclat.

Il fallait que je reprenne le contrôle !

Je me recroquevillais d'avantage encore et pressai de toutes mes forces mes bras autour de ma poitrine.

L'effort me laissa rapidement en nage et le souffle précipité. Pourtant l'énergie refusait de se rendormir au fond de moi !

Je luttai pour ne pas hurler de douleur.

Comme toujours, j'avais la certitude que ma peau ne pourrait pas supporter éternellement la pression que cette énergie exerçait sur elle pour pouvoir sortir. Mais si je laissais une telle chose se produire, je n'avais pas la moindre certitude d'y survivre !

Il fallait donc à tout prix que je parvienne à maitriser mon mal !

La pression augmenta, au point de faire monter mes larmes aux yeux. Je n'avais qu'une envie, déchirer ma chair à coups d'ongles afin de libérer mon corps de ce mal épouvantable.

Je savais d'expérience que ça ne changerait pourtant rien au problème.

J'ouvris la bouche, secouée de spasmes de souffrance, mais retins résolument mon hurlement.

Je sentis soudain ma couverture disparaître.

-Théa !

A travers la brûme douloureuse de mon combat, je sentis les bras d'Eryn me redresser avec fermeté et m'envelopper à son tour pour participer à mes efforts

"Tout va bien aller Théa ! Tu vas y arriver ! Je suis là ! Tu n'es pas seule !

La chaleur de sa peau sur la mienne parut apaiser la douleur. Soutenue par sa force, je parvins à reprendre enfin le contrôle sur l'énergie. Je l'écrasai au fond de moi sans la moindre pitié, décidée à ne plus la laisser s'échapper de nouveau.

Lorsque je fus certaine d'avoir enfin repris le contrôle, je revins pleinement à la réalité.

Les bras fermes de ma soeur me serraient contre elle, au point d'en écraser ma cage thoracique.

-C-C'est bon Eryn….E-Elle est p-partie….

Mes tremblements étaient revenus, mais je ne m'inquiétais plus. Il s'agissait simplement du relâchement de mes muscles épuisés.

La jeune fille se redressa pour prendre mon visage dans ses mains fines. Je la savais rongée d'inquiétude.

-Je vais appeler un médecin.

Prête à se lever, j'attrapai maladroitement son poignet pour la retenir.

-Non !…N-non….Personne ne doit savoir, encore moins maintenant que père n'est plus là !

-Tu ne peux pas rester avec ces crises Théa ! C'est déjà un miracle que nul n'ait jamais rien découvert, mais ça ne peut pas continuer ainsi. Elles vont finir par te tuer !

-Tu sais comme moi qu'il n'y a aucun remède….

-Il n'y en avait pas il y dix ans, mais il y a eu des avancées dans la médecine depuis qu'elles sont apparues Théa. Les médecins d'aujourd'hui seront peut-être à même de guérir ce mal qui te ronge !

-Si ça se sait, si les gens apprennent que je suis malade et qu'il n'y a pas le moindre remède, ils vont avoir encore plus peurs. L'Ïlqa est mort, et son héritière est gravement malade ! Tu te retrouveras toute seule pour affronter les Peurs. Ce n'est pas une image très rassurante pour les hîsöqii. Tu sais comme moi que si quiconque sait pour ma maladie, nous courons au désastre. Nous ne pouvons pas nous le permettre.

-Tu ne nous seras pas plus utile si tu meurs Théa !

Eryn était furieuse. Nous avions tant de fois eues cette discussion.

-Je m'en vais espionner les Peurs. Si les gens savent que je suis malade, alors le maigre espoir que je leur offre en partant tuer les Peurs disparaitra. Eryn….Les hîsöqii ont *besoin* d'y croire…..Si ils commencent à sombrer dans le désespoir, alors nous sommes tous condamnés ! Ma maladie ne date pas d'hier ! Je tiendrais le coup, je te le promets. Mais si ça se sait, je ne pourrais pas réparer les dégâts que ça causera. Imagine le nombre de Peurs qui vont se former à la seconde

 où les gens apprendront la vérité. Hîsöq n'y survivra pas et tu en as autant conscience que moi."

Chapitre 8

Face à mon armoire, je fixai mes affaires sans bouger.

Très bien….De quoi allais-je avoir besoin pour ma mission ?

Il me faudrait un sac qui contienne de quoi voyager durant plusieurs jours, mais néanmoins léger et peu encombrant.

Qui plus est, j'étais à pieds, ce qui impliquait de ne prendre que le strict nécessaire afin d'éviter une charge trop lourde.

Une couverture en toile de naïs.

Capable de recouvrir deux larges adultes, pliée elle avait la grosseur de mon poing. Douce et chaude, c'était effectivement la première chose à laquelle je pensais pour partir en voyage, en dehors de mes armes bien évidemment.

Une tenue de rechange.

Le cuir ferait l'affaire. Les Peurs n'utilisaient pas de lames mais bien leurs griffes ou leurs crocs dans la majorité des cas. Donc du cuir un peu épais me permettrait de bouger efficacement et en silence sans perdre son bienfait de protection. Il ne valait pas le métal mais ce dernier était vraiment trop lourd et trop bruyant pour une mission de ce genre.

Du point de vue des armes, je ne me limiterais pas.

L'épée était mon arme principale. Mais j'emporterais également deux poignards, ainsi que mon arc et des flèches. Sans oublier les deux pointes métalliques dissimulées dans mes manches. Je n'avais pas l'intention de rendre ma mort trop facile.

Du matériel de survie qui me permette d'atteindre la forêt facilement.

Briquet, torche, pierre à aiguiser, corde.

Cela faisait déjà pas mal de choses à prévoir et c'était sans compter les provisions et les produits d'hygiène. Si je sentais trop mauvais, les Peurs détecteraient certainement l'odeur de sueur. Mais trop propre, mon parfum me trahirait lui aussi. J'allais devoir trouver un savon inodore. Je savais que certains domestiques en fabriquaient pour passer inaperçus.

Je me laissai aller sur le lit.

Assise, je sursautai lorsque l'on frappa à ma porte.

Ma main s'était instinctivement armée du poignard posé prés de moi.

"Théa ? Théa tu es là ?

Je fronçai les sourcils et baisssai mon bras armé.

Je bondis pour me diriger vers la porte et l'ouvris.

-Lucius ? Mais qu'est-ce que tu fabriques ici à cette heure ?

Il pénétra dans la chambre sans me demander mon avis et je refermai aussitôt la porte derrière lui sans le quitter des yeux.

-Théa, j'ai appris par mon père que tu comptais partir seule affronter les Peurs ?

-Je serais accompagnée de quatre gardes durant le trajet, rectifiai-je.

Le jeune homme grogna.

-Mais qu'est-ce qui te prend de faire une chose pareille ! Théa ! Tu es la seule personne que les Peurs craignent et tu comptes nous abandonner ?

-Je ne vous abandonne pas Lucius. Je vais tenter de trouver ce qui permet aux Peurs d'exister. Leur point faible.

-Et comment crois-tu que cette histoire va se terminer Théa ? Tu pars toute seule affronter des milliers de Peurs ! Tu as pensé à Hîsöq une fois que tu seras morte ? Tu peux me dire en quoi ton sacrifice nous sera utile ?

Je serrai les poings.

-Et quel autre choix ai-je à ton avis Lucius ? Non mais regarde autour de toi ! Les hîsöqii sont en train de mourir à toute allure et je ne saurais dire qui de la drogue, de la famine, des hommes-bêtes ou des Peurs en tue le plus ! Une fois sur deux, le Conseil est complètement imprégné de Fleur de Rêve et aucune décision importante ne peut alors être prise ! La dernière fois, nous avons d'avantage réfléchis à comment élargir les cultures de Fleurs de Rêves plutôt que de comment se débarrasser des Peurs ! Ma soeur a elle-même failli être enlevée par une Peur ! L'armée est tout juste suffisante pour empêcher que les Peurs ne soient plus nombreuses encore que présentement, mais elle ne va plus tenir très longtemps ! Quand à moi, je suis la seule que semblent craindre les Peurs, mais ici, cet avantage ne semble servir à rien !

-Donc tu comptes partir seule les affronter c'est ça ? S'agaça le jeune homme.

-Exactement !

-Tu es complètement folle Théa ! Il est hors de question que je te laisse faire.

-Dans ce cas, tu auras la mort de milliers de personnes qui comptent sur mon départ pour avoir enfn une vie libérée de toute Peur.

Lucius me foudroya du regard.

-C'est horrible de me dire une chose pareille.

-Peut-être. Il n'en reste pas moins que c'est la stricte vérité.

Il s'empara de ma main. Nos yeux s'accrochèrent.

-Théa….Je n'ai jamais vu d'Ïlqa prendre autant son rôle à coeur….

-Mmh….Ce n'est pas compliqué…..Tu ne connais que moi comme Ïlqana.
Mon sourire moqueur n'effaça aucune ride de soucis de son visage.

-C'est exact. Il n'empêche que je n'ai jamais entendu parler d'un Ïlqa ou d'une Ïlqana qui aurait laissé son peuple pour aller affronter les Peurs tout seul. Ta famille est reconnue pour son incroyable courage, mais dans ton cas, ça frôle la folie….

-M'insulter ne me fera en rien changer d'avis Lucius, grognai-je entre mes dents.

Il soupira et secoua la tête.

-Les Vämïga sont la famille la plus têtue que cette terre ait portée.

-Merci.

-Ce n'était pas un compliment Théa…..Comment te faire comprendre….Théa je….J'ai conscience que nous sommes vraiment dans une phase très critique mais….je ne peux m'empêcher de songer que depuis le début, ta famille et toi-même avez sacrifié toute votre vie pour les hîsöqii et qu'au final, rien ne s'améliore. Peut-être que vous vous trompé depuis toujours….

Je fronçai les sourcils.

-Que veux-tu dire ?

-Peut-être que ce n'est pas aux Vämïga de se sacrifier pour protéger tout Hîsöq mais bien aux hîsöqii d'agir pour se sauver eux-mêmes !

Je levai les yeux au ciel.

-Je croierais entendre Eryn….

-Ah ! Je suis heureux de constater que je ne suis pas le seul à penser ça ! Lâcha Lucius avec inquiétude.

-Vous avez peut-être raison….Peut-être que pour sauver Hîsöq, tout le pays doit combattre les Peurs en face, poursuivis-je. Mais à l'heure actuelle, toi et moi savons que les hîsöqii ne sont pas capables de faire une telle chose. Et il faudra peut-être des années, voir des siècles avant qu'ils ne trouvent ce courage. Or d'ici là, nous avons le temps de tous nous faire tuer par toutes les raisons que j'ai cité tout à l'heure. Peurs, famine, drogue, h…

-Inutile de tout me reciter, m'interrompit Lucius.
Ses épaules s'affaissèrent et son regard vint au sol.

-Théa….Il est clair que tu ne changeras pas d'avis….

-En effet.

Il prit mes mains dans les siennes et les serra tout en relevant les yeux vers les miens.

-Dans ce cas, je veux venir avec toi.

Je fis instinctivement un pas en arrière, me libérant du même coup de sa prise.

-Pardon ?

-Tu as décidé d'aller au combat seule, je l'entends….Mais j'ai bien l'intention de t'accompagner.

-Il en est hors de question !

Son regard me transperça.

-Te souviens-tu de cette Peur que tu dissimulais dans ces appartements et que j'ai tuée....?

Je tressaillis comme piquée par une guêpe.

" Oui, tu t'en souviens....A présent je te pose cette question Théa....Qu'arrivera t-il si tu arrives chez les Peurs et qu'une fois de plus elles te manipulent et te font éprouver de la compassion envers elles ?

-Je....

Impossible de trouver quelque chose à répliquer.

Lucius avait parfaitement raison.

Je n'avais pas songé à cette éventualité.

"Ta sécurité est ce qu'il y a de plus important à mes yeux, poursuivit-il. Laisse-moi t'accompagner....

Je secouai la tête.

-Non....Je ne suis pas de ton avis.....Peu m'importe de mourir.....Le plus important est Eryn. Je resterais sur mes gardes et cette fois-ci, je ne compte pas me faire avoir. Mais je ne suis pas du tout certaine de revenir. Eryn deviendra alors l'unique espoir de ce pays....Lucius....M'accompagner te conduira inévitablement à la mort, car contrairement à moi, tu as déjà créé des Peurs....Mais si tu restes ici, et que tu veilles sur ma soeur, alors tu veilleras du même coup sur l'avenir d'Hîsöq. Eryn sera la dernière Vämïga encore en vie. L'espoir auquel les hîsöqii se raccrocheront si je venais à échouer. Tu comprends ? Si nous disparaissons toutes les deux, ce sera comme reconnaitre les Peurs comme invincibles. Et puis, les différentes familles de nobles vont se faire la guerre pour savoir qui prendra le trône et ce conflit entrainera irrémédiablement la fin de tous. Je sais que tu veux me protéger....Mais cette fois-ci, je te confie ma soeur Lucius. Veille à ce que les Peurs ne la manipulent pas. Je sais que toi tu y arriveras.

Le jeune homme serra les poings....mais finit par acquiescer et s'inclina.

-J'ai conscience de l'honneur que vous me faites Ïlqana en me confiant cette mission et je tâcherais de la mener à bien, je vous en fais le serment.

J'acquiesçai avec gravité.

-Merci Lucius. Du fond du coeur."

Huit heures du matin.

La salle de garde était aussi bruyante et chaleureuse que d'habitude. Plus jeune, alors que j'avais encore du temps libre, je passai beaucoup de temps à courir entre les tables massives en bois et à taquiner les soldats ou à écouter leurs exploits plus ou moins entendables par une enfant.

Aujourd'hui, la salle m'apparut plus petite, mais rien ne semblait avoir changé ici. L'effet était étrange. Tant de choses avaient changé pourtant, certaines semblaient immuables.

La nostalgie m'envahit à l'idée que je ne reviendrais probablement plus dans cette pièce une fois partie.

"Nom de nom !Ïlqana ! Théa ! Vous avez finalement trouvé la porte de sortie de votre bureau !

Je tournai la tête et grimaçai face au garde qui me faisait un large signe de la main, assis sur un tabouret avvec des collègues, une chope à moitié vidée en main.

Je m'approchai du groupe et posai mes mains à ma taille.

-Tu exagères Barl…Je continues tout de même à m'entraîner sur le terrain !

-Ah ! Encore heureux !Vous avez déjà des cheveux blancs, faudrait pas non plus que ce con de royaume vous rende toute malade ! Vous venez donner une râclée ? Ou en prendre une ?

-Désolé mon ami, mais pas d'entraînement pour aujourd'hui. Je te cherchai justement….J'ai à te parler.

Le garde se leva aussitôt, en garde à vous.

-Bien M'dame !

Il vida sa chope d'un coup, et je crus qu'il allait s'étouffer.

Mais il la reposa avec fracas sur la table et le métal chanta contre le bois.

-Ah ! Je suis votre homme !

-Par ici. Trouvons un coin tranquille où discuter.

Barl acquiesça et me suivit dans une pièce adjacente.

Je laissai passer l'homme devant avant de pénétrer à mon tour dans le bureau destiné à l'organisation des entraînements et des tours de gardes.

Ma main sur la porte pour la fermer, le rot retentit dans mon dos. Je me retournai avec surprise.

-Mmh…Excusez-moi Ïlqana….Je crois que j'ai avalé trop vite ma bière…., lâcha l'homme avec embaras.

-Barl….Tout ce qui se dira dans cette pièce doit rester secret. Quelque soit ta décision, je souhaite que tu ne parles à personne de notre entretien d'accord ?

L'homme acquiesça, la mine soudain grave.

-Je vous écoute.

-Le Conseil et moi-même avons décidé que je me rendrais à la lisière de la forêt afin de reccueillir des informations sur les Peurs.

La stupeur traversa le visage de l'homme.

-V-Vous ? M-Mais….Pourquoi ?

-Si je trouve ce qui leur permet d'exister, alors il me faudra les tuer. Telle est ma mission. Néanmoins, le trajet jusqu'à la forêt est long, et il me faut être certaine d'y parvenir saine et sauve. Je souhaite donc être accompagnée par une petite escorte de gardes efficaces qui sont à la fois doués et discrets. J'ai confiance en toi. Je souhaiterais que tu m'accompagnes.

Barl se redressa et acquiesça , sérieux.

-Bien Ïlqana. Quand partons-nous ?

Je lui offris un regard appuyé.

-Attend….Barl….Ce n'est pas une décision à prendre à la légère, et tu as le droit de refuser. Cette requête déroge quelque peu de tes missions ici, et ne te sens pas obligé de quoi que ce soit. Prend le temps de réfléchir.

-D'accord Ïlqana…..(Il leva les yeux au plafond un instant, avant de les ramener sur moi.) Quand partons-nous ?

Je secouai la tête en souriant, un noeud à la gorge.

-Dans huit jours si tout se déroule correctement.

L'homme grimaça.

-Faut jamais dire une telle chose M'dame….Sinon on est à coup sûr que ça n'se passera pas dans les règles !

-Je sais….Une dernière chose Barl….J'aimerais que tu choisisses trois de tes compagnons qui te semblent les plus compétents, et que tu leur demandes si ils accepteraient de participer à la mission.

-Bien M'dame. Je m'en charge. J'ai déjà quelques noms de gars qui pourraient bien faire l'affaire….Trois personnes de plus hein ?

-Question de discrétion.

-Je vois….Vous pouvez compter sur moi !

-Merci Barl….Je te laisse retourner à tes affaires…."

L'homme s'inclina, le dos droit. Je retournai vers la sortie. La main sur la poignée de la porte, je me retournai une dernière fois pour contempler la scène.

Camaraderie était le premier mot qui me venait à l'esprit pour décrire l'ambiance. Barl était de nouveau assis parmis ses camarades qui lui tapaient l'épaule avec des sourires taquins. L'homme rit mais ses yeux ne suivirent pas.

Je soupirai et quittai la pièce.

Je passai par les jardins pour revenir au château. A cette époque de l'année, le printemps était bien installé, et les arbres déjà recouverts de fleurs.

Avec un peu de chance, la saison se poursuivrait sans heurt.

Mon père m'avait souvent racontée enfant des histoires sur les pouvoirs des Peurs. Outre qu'elles pouvaient se métamorphoser à volonté afin d'effrayer au mieux leurs proies, il disait que certaines étaient si puissantes qu'elles pouvaient influencer le temps lui-même. Selon Père, cela était déjà arrivé, il y a bien deux siècles de cela. Un paysan avait tellement craint de perdre sa récolte à cause d'un coup de gèle, alors que la nature avait terminée de fleurir, que la température avait chuté en quelques heures et le jour suivant, le gel avait recouvert toute la région. Grâce au soutien du reste du royaume, ils avaient évité de justesse la famine.

Je priai pour qu'une telle catastrophe ne nous touche pas.

Nous manquions déjà de nourrit….

"Mais qu'est-ce qui se passe ici ?!

Mes yeux venaient de découvrir la longue file qui traversait l'allée principale de la résidence, jusqu'au hall d'entrée. Nobles, paysans et artisans se mêlaient et je constatai avec perplexité que plusieurs bagarres avaient déjà éclatées ça et là, requérant l'intervention des gardes.

-Ïlqana ! Ïlqana ! C'est une catastrophe !

Je me retournai pour découvrir Emile, le visage paniqué. Je m'avançai vers lui à grands pas et désignai la foule.

-Que signifie tout ceci ?

-Ce sont les candidats pour prendre votre poste Altesse. Les prétendants pour devenir le prochain Ïlqa !

Je portai ma main à ma bouche.

Je n'aurai jamais cru que la décision du Conseil prenne de telles proportions.

-Quand donc ces gens sont-ils arrivés.

-Il y a une demi-heure environ. Jamais je n'ai vu un rassemblement se faire en aussi peu de temps. Que faisons-nous Ïlqana ?

-Commencez déjà par vous calmer Emile….Je vois que vous n'avez pas respecté le décret qui vous oblige à prendre une dose de Fleur de Rêve par jour….

-Si Ïlqana….J'en suis à ma troisième dose de la journée !

Je le dévisageai avec perplexité. L'homme était tellement stressé que ses paupières battaient en arythmie complète et son visage était parcouru de tics.

" Je crois que je suis devenu insensible à ses effets…., s'excusa l'homme. Ma mère m'en mettait dans mon biberon et dans mes repas. C'était la coutume chez nous. Comme ça, nous ne risquions pas de nous entretuer par erreur !

-D-D'accord….Bon…Je veux que vous commenciez par prendre quatre grandes inspirations…..

L'homme obéit. Je vis ses muscles finir par se détendre.

" Ça va mieux ?

-Oui, balbutia t-il.

-Bien…..A présent nous allons nous occuper de ces gens d'accord ?

L'homme acquiesça avant de m'emboiter le pas.

-Comment faites-vous pour rester aussi calme Ïlqana.

J'eus un sourire de coin.

-L'entraînement Emile. Les gens ont déjà peur de moi quand je ne fais rien alors j'ai appris très tôt à avoir une apparence la plus rassurante et posée possible. Et puis ça facilite pour prendre des décisions urgentes.

-Oh….Je comprends mieux….Pardonnez-moi.

Je lui tapotai le bras.

-Ne vous en faites pas. Cette situation n'a rien de très sécurisant non plus !

Nous pénétrâmes dans le palais en passant par des couloirs qui évitaient la longue file d'attente. J'atteignis finalement la salle des doléances. Marquant un temps face à la porte close, j'inspirai et tendis la main vers la poignée.

Je me stoppai en plein geste, soudain rappelée à l'ordre par ma tenue.

Je portai un pantalon en toile brun, ainsi qu'une chemise blanche bouffante au niveau des manches, et un gilet en cuir brun usé par dessus, fermé par deux lacets entrecroisés. Mes hausses étaient usées et mes bottes pleines de terre.

Je me tournai vers mon intendant.

-Emile, je ne fais pas trop négligée ?

Il me détailla de la tête aux pieds, ouvrit la bouche….pencha la tête de gauche à droite….

-Je ne dirais pas négligée mais….euh….

Je me mordis la lèvre.

-N'essayez pas de me ménager Emile….J'ai une bonne centaine de personnes qui m'attendent et elles ne le feront pas….

Je passai mes mains dans mes cheveux pour tenter de les démêler et fis rapidement une longue tresse qui me tomba dans le dos.

" C'est mieux là ?

-Ou…oui…

-Je n'avais pas prévu d'avoir si tôt des entretiens. Je me suis habillée ce matin pour voir les gardes et je ne vous cacherais pas que j'étais ravie de remettre cette vieille tenue d'entraînement.

-Je veux bien vous croire Ïlqana. Ne vous en faites pas…Personne n'osera se moquer de vous, même si vous vous présentiez complètement nue.

Je lui jetai un coup d'oeil perplexe.

-Je crois qu'on va en rester là Emile.

Le visage de l'homme vira au rouge

-P-Pardon je…Ma langue est allée plus vite que ma pensée….

Je passai devant lui sans rien ajouter et poussai les deux portes battantes pour pénétrer dans la salle.

La salle était remplie.

Personne ne m'avait remarquée.

Je m'approchai du trône et me campai devant, face à la foule, les mains sur les hanches.

Les premiers rangs me virent enfin et se turent.

Le silence se fit rapidement, telle une trainée de poudre.

-Eh bien, que me vaut l'honneur de votre visite ? Et s'il vous plait, pour faciliter l'échange, une seule personne à la fois.

Des regards s'échangèrent.

-Nous venons pour le trône.

Je levai un sourcil et balayai la foule du regard.

-Vous tous ? Eh bien….Comment allez vous faire si chacun se choisit pour régner ?

-Nous avons décidé que chacun d'entre nous allait vous donner nos compétences et vous devrez désigner lequel vous succèdera.

Je regardai la longue file d'attente.

-Mmh mmh…Donc vous avez l'intention de défiler devant moi durant les prochains jours ?

Je vis les têtes approuver.

" Je ne vous apprends rien en vous déclarant que nous sommes quelque peu pressés par le temps….

-Et bien n'en perdez plus en blabla et choisissez maintenant.

Je vis les têtes approuver les paroles jetées au milieu du lot.

Je tournai la tête et croisai le regard des gardes postés sur ma gauche et ma droite. Ma main vint à ma taille.

Ils acquiescèrent en silence.

Je ramenai aussitôt mon regard sur le groupe. L'échange n'avait duré qu'un bref instant et semblait être passé inaperçu.

-J'ai une meilleure proposition à vous faire…..Mmh…Toi là…!

Plusieurs personnes se pointèrent du doigt.

-Le monsieur avec la magnifique moustache….Oui….Venez, approchez….

Il regarda ses congénères, hésitant.

" Allons, je ne vais pas vous manger ! Approchez….

L'homme obéit avec un large sourire.

-M-Merci Ïlqana….Alors je….

Je l'attrapai par les épaules pour le mener à ma place.

-Comment vous appelez-vous mon brave ?

-Jude Hyro….

-Eh bien, mesdames et messieurs, je vous présente Jude Hyro, vôtre nouvel Ïlqa. Félicitation ! Vous avez le poste….C'est mon choix ! Lançai-je pour couper court aux protestations qui montèrent aussitôt dans mon dos.

-Vous le choisissez comme ça ! Il n'est même pas compétent ! Il n'a jamais dirigé la moindre équipe de travail ! Pour organiser une défense c'est quand même l'essentiel !

-Il n'a aucun enfant ! Une mère de famille serait bien mieux placée quand il est question de protection !

-Il ne sait même pas chasser ! Alors tuer des Peu….

-Sileeeence !

Mon cri fit aussitôt taire les protestations.

Je vins face à Jude Hyro et reculai de quelques pas. Puis je m'inclinai devant lui.

-Ïlqa, je souhaiterais passer pour les doléances….

Nouveaux cris de protestations dans mon dos.

-Tu fais la queue ! Comme tout le monde !

-Quelle honte ! Mais pour qui elle se prend….

-Mmh….S'il vous plait, lâcha le nouvel Ïlqa d'une voix quelque peu tremblante. Elle est la première de la ligne. Autant qu'elle commence….

Mais son argument ne convainquit personne et les cris augmentèrent de volume.

L'homme tenta de se faire entendre, mais nul ne lui prêtait attention. Je croisai son regard désemparé.

Mon regard fut attirée par une silhouette qui s'approchait de moi d'un pas vif.

-Mais qu'est-ce qui se passe ici ?

L'apparition d'Eryn ramena par miracle le silence dans les rangs. Elle posa son regard sur Jude Hyro face à la foule, puis me dévisagea, silhouette presque anonyme parmis tant d'autres.

Je me tournai vers l'homme sur l'estrade.

-Ïlqa ? Permettez que je fasse les présentations ?

Déboussolé, le pauvre homme acquiesça, piétinant sur place. Je me tournai vers Eryn.

-Eryn, je te présente l'Ïlqa Jude Hyro, premier du nom, protecteur d'Hîsöq et commandant des armées. Ïlqa Jude Hyro, voici ma soeur cadette, Eryn Vämïga.

-Théa….Je n'y comprends rien…Pourquoi l'appelles-tu….

-Je lui ai légué ma place.

-Pardon !

La jeune fille dût se rattraper à mon bras pour ne pas tomber.

-Tout à fait….Et j'allais présenter mes doléances. Ïlqa, pardonnez moi pour toutes ces mondalités. Puis-je commencer ?

-Heu…Oui….Allez-y, je vous écoute….

-Mmh…Ïlqa….J'ai une très grande famille dont je dois m'occuper. Certains sont paysans, d'autres artisans. Certains sont très riches, et d'autres plutôt pauvres. Certains pour fuir les Peurs, ont arrêté de travailler, ce qui ne nous permet plus ni de nous chauffer, ni de manger. D'autres ont préféré se droguer en permanence. Et ils ne sont même plus capables de se déplacer seuls. Nous ne pouvons jamais les laisser parce qu'une Peur pourrait les attaquer à tout instant ! Mais il faut quand même que l'on aille au travail ! De plus nos voisins sont devenus extrêmement agressifs et s'en prennent à tous ceux qui approchent trop prés d'eux. J'en ai même trouvé un l'autre fois dans mon jardin. J'ai peur que mes enfants ne le croisent et ne se fassent agresser….J'essaie d'appeler du soutien autour de moi, mais les gens se contentent de sourire sans rien faire, comme si rien n'arrivait. Je n'ai pas assez d'argent pour nourrir tout le monde, ma maison est trop petite pour tous les abriter. Et mes voisins doivent être malades parce que c'étaient des gens adorables….

Je me tus, les yeux braqués sur l'homme. Ce dernier m'avait écoutée, les yeux de plus en plus écaquillés.

Silencieux, il s'était complètement figé.

-Ïlqa Hyro ?

Il se râcla la gorge.

-Je….Je ne sais pas….Je vais vous envoyer l'armée….

-Ah ! Sutout pas ! Si vous la bougez du front, les Peurs vont rentrer dans le pays !

-Oh….Vous avez raison….A-Alors je vais vous donner de l'argent, que vous puissiez aidez les plus pauvres….

-Et qu'est-ce que vous voulez que je fasse de votre argent si les denrées ne sont plus à acheter sur les marchés ! Nous ne voulons pas d'argent….Mais que vous nous protégiez des Peurs et des hommes-bêtes ! Il faut se débarrasser de mon voisin, il est trop dangereux ! Tuez-le !

L'homme dansa d'un pied sur l'autre, de plus en plus mal à l'aise.

-Nous ne pouvons pas tuer quelqu'un sans chercher d'autres solutions, lâcha t-il….C'et mal de tuer….

-Ah oui ? Alors vous avez des propositions à me faire ? Lâchai-je avec enthousiasme.

-Je…Je….

-Quoi ? Vous n'avez rien à me proposer ? Vous êtes l'Ïlqa ! C'est votre rôle ! Pendant que vous restez derrière ces murs entourés de vos gardes, votre royaume meurt vous entendez ?

Jude Hyro chercha du soutien autour de lui, mais nul ne broncha, tous les regards braqué sur lui.

Il se mit à trembler et quitta brusquement sa place pour revenir vers le groupe.

-J'abandonne ! Je ne veux plus être l'Ïlqa !

Je le dévisageai avec stupeur.

-Mais….Monsieur….Qui a nous diriger si vous partez ? Et qui va arrêter les Peurs ? Vous ne pouvez pas vous défiler comme ça ! Vous avez prêté serment ! Vous avez juré de protéger Hîsöq au péril de votre vie ! Vous ne pouvez pas tout simplement quitter votre poste parce que vous l'avez décidé !

-Non ! Ce n'est pas vrai ! Je n'ai fais aucun serment ! Fichez moi la paix ! Je ne veux plus vous entendez !

L'homme recula, comme acculé, pour finalement tourner les talons et se diriger à pas vifs vers la sortie sans un regard en arrière.

Un silence de mort suivit son départ.

Je fis une moue.

-Et pour ma famille alors….Que fait-on ? Je vous préviens que si rien n'est fait, j'arrête de travailler et je mets le feu au palais vous entendez ?! Alors !

Le groupe recula.

Dans la salle, le silence faisait loi.

Je soupirai puis finis par revenir à ma place face à la foule.

" Bien….Sachez que si vous devenez l'Ïlqa, ou l'Ïlqana, et c'est votre droit si vous êtes choisi majoritairement par le reste du pays, ces quelques demandes formulées ne seront que la première couche de tout ce à quoi vous devrez faire face….Je ne vous parle même pas d'aller combattre au front si l'armée est en mauvaise posture, ou de diriger des Conseils avec la Noblesse pour savoir comment sauver le pays….Ou avoir à vous marier avec un parfait inconnu et enfanter dans l'année pour assurer la succession.Vous devrez écouter tous le monde et chacun vous repprochera de ne pas lui consacrer suffisamment de temps et d'énergie pour résoudre son problème. Et personne ne vous dira merci lorsque vous y parviendrez, parce que c'est votre travail de protéger les autres. Et de monter en première ligne pour les protéger, même si vous avez plus de risques de mourir. Le Conseil a déclaré que le poste d'Ïlqa pouvait être revendiqué par tous….mais avant de faire une telle chose, réfléchissez à quel rôle vous devrez jouer pour sauver non pas votre peau, mais celle de tout un pays !Je ne voulais pas de ce poste. Mais je n'ai pas vraiment eu le choix. Aujourd'hui, ma maladie m'oblige à l'abandonner. J'ai de la chance, beaucoup de monde veut prendre ma place….Cette place qui me semble être un enfer. Alors…Pour que j'ai une petite idée, levez la main ceux qui veulent tenter leur chance avec le trône ?

C'est sans surprise qu'il n'y eu aucun mouvement dans la foule.

" Ah…C'est très embêtant ça….Qui va diriger le pays si plus personne ne veut de ce travail ? Qui va nous protéger ?…Personne ? Je ne comprends pas ! Pourtant tout à l'heure vous vous marchiez presque les uns sur les autres pour ce poste ! Pourquoi êtes-vous tous là ?

Pas de réponse. Je haussai les épaules.

-Je ne vois plus qu'une solution dans ce cas. Désigner moi-même quelqu'un…..

Je m'approchai de la foule.

Les premiers rangs eurent un mouvement de recul.

-Pas moi….

-P-Pas moi….

-N-Non….

J'étais devenu un corps répulsif. Chaque fois que j'avançai vers une personne, cette dernière reculait aussitôt.

Pour une fois, je fus heureuse qu'ils soient tous sous l'effet de la drogue, car cette dernière émoussait très certainement leurs jugements et leurs craintes.

Si tel n'avait pas été le cas, la pièce serait rapidement devenue un lieu de carnage car les Peurs l'auraient investie en quelques secondes et avec tant de monde, la fuite était à oublier.

Je pinçai mes lèvres.

En même temps, la Fleur de Rêve était à l'évidence en majeure partie responsable de cette situation.

-Personne ? N'y a t-il donc personne parmi vous qui accepte ce sacrifice ? Dites-vous que votre vie sera en jeu, mais que vous en sauverez des milliers….

Nul ne broncha.

-Votre soeur serait parfaite pour prendre votre succession.

Un soupir me parvint.

Les têtes se retournèrent, la mienne comprise.

Eryn vint se placer à mes côtés, la mine sombre.

J'eus un pincement au coeur.

-Eryn Vämïga….Tu te sens de remplir ce rôle ?

-Il en est hors de question.

-Vous êtes une Vämïga…..Le rôle de votre famille est de nous protéger contre les Peurs ! En tant que dernier membre de votre famille, vous êtes la prochaine personne à pouvoir accéder au trône dans l'ordre de succession.

-Il a raison ! Et interdiction de partir !

Le brouhaha remplit un instant la salle.

Je soupirai de tristesse, heureuse que mes Peurs ne se forment pas. Car à cette seconde, j'aurai aimé fuir de cet endroit et emporter Eryn loin de ce danger mortel.

-Vous avez donc fait votre choix ?

-Oui ! Eryn Vämïga sera parfaite pour diriger ! Elle a ça dans le sang !

-Il a raison !

La jeune fille carra les épaules, ce qui n'enleva en rien la grâce fragile de sa fine silhouette.

-Je refuse ce poste. Les nobles ne sont pas là pour revendiquer le trône.

-Les nobles ! Non non ! Jamais de la vie !

-Nous ne les voulons pas pour nous diriger ! C'est vous que nous souhaitons jeune fille ! Vous êtes proche de nous ! Et le pouvoir des Vämïga coule dans vos veines. Qui mieux que vous pourrait nous protéger ?

Je posai ma main sur l'épaule de ma soeur et me râclai la gorge.

-Le peuple a désigné mon successeur. Eryn Vämïga, la vie de ce pays est désormais entre tes mains. La cérémonie de passation du pouvoir aura lieu après-demain."

Un applaudissement retentit….bientôt suivi d'un autre, et d'un autre, jusqu'à ce que la salle entière résonne sous l'effet de l'ovation.

Je tournai la tête vers Eryn.

Son regard noir posé sur moi me fit tressaillir. Je détournai les yeux, incapable de supporter ses reproches silencieux.

De retour dans mes appartement, j'allais me servir un verre de vin pour faire passer mes tremblements.

"Comment as-tu pu me faire une chose pareille Théa !?

La porte percuta violemment le mur tandis que la jeune fille entrait avec fracas dans la pièce, hors d'elle.

Sa chevelure dorée balayait son dos au rythme de ses grandes enjambées. Elle vint face à moi à pas de loup, ses yeux clairs remplis d'éclairs.

Je ne bougeai pas.

" Je ne voulais pas du trône ! Je voulais venir avec toi ! Et tous ne voulaient pas de moi sur le trône ! Ils étaient décidés à se battre pour devenir le prochain Ïlqa ! C'était l'occasion rêvée pour nous libérer de cette contrainte ! Nous aurions pu partir toutes les deux affronter les Peurs ! Tous les ingrédients étaient à ta portée ! Pourquoi - a-t-il-fallut-que-tu-les-manipules !

Chacun de ses mots s'appuyait sur le coup qu'elle me donnait dans la poitrine.

Je la laissai frapper tout son saoûl, consciente qu'elle le faisait pour nous deux.

" Pourquoi !? Pourquoi !? Pourquoi !?

Dernier coup avant qu'elle ne se fige pour repprendre son souffle. Je profitai de cette acalmie pour parler.

-Nous sommes des Vämïga. C'est notre rôle d'être au service du peuple Eryn….

-Toute notre famille est morte à cause de notre dévotion stupide envers notre peuple ! Des personnes incapables de se prendre en main ! Je n'épprouve aucune fierté, aucune tu entends, à l'idée de diriger cette bande de trouillards ! Je ne t'ai jamais rien demandé Théa. Je n'ai jamais rien exigé de toi. Aujourd'hui je veux, non, j'exige, de partir affronter les Peurs à tes côtés….Et je me fiche de mourir tu entends ! Tout ce que je souhaite, c'est être avec toi lors de mes derniers, ou de tes derniers instants !

Je laissai le silence suivre ses paroles et attendis que son souffle se calme avant de prendre la parole.

-Tu l'as dit toi-même Eryn. Notre famille entière est morte pour protéger Hîsöq.

-Donc tu….

-Si je ne fais rien….Si je ne tente pas de régler ce problème une bonne fois pour toutes Eryn, le pays mourra. Il a déjà bien avancé dans cette direction. Alors tous ces sacrifices de nos aïeux n'auront servis à rien. La mort de nos parents ne sera qu'un fait complètement inutile. Serais-tu capable de te regarder encore en face en sachant que tu as détruit l'oeuvre de générations de sacrifice et de douleur ?

La jeune fille tourna sur elle même, les bras écartée, un rire entre les lèvre.

-Quelle oeuvre Théa ? Où est-ce que tu la vois ? Une oeuvre est achevée. Mais ici rien ne l'est ! La guerre était déjà là avant notre naissance. Les Peurs elles-aussi se formaient déjà bien avant nous ! Alors de quoi parles-tu Théa ?

Je souris.

-De toi….De moi….Et des centaines d'enfants qui sont nés au fil des générations, et ce malgré la guerre sur nos terres. C'est de cette oeuvre là dont je parle.

Ma soeur baissa les bras, incapable de trouver une nouvelle protestation. Je pris son visage entre mes mains.

-Je t'en fait la promesse Eryn. Je te promets de rester en vie et de revenir. Tu entends ? Tiens…..

Je passai ma main à mon cou et ôtai la perle de nacre au bout de sa chaine d'argent. Je la déposai dans la paume de ma soeur. Elle le regarda sans comprendre.

-Ton pendentif de naissance ? Mais….Les cadeaux de naissance ne doivent pas être donné, mais transmis à un nourrisson. Sinon, ils portent malheur….

-Je sais…..Mais mère n'a jamais été capable de me dire qui m'avait fait ce cadeau, alors je doute que la personne en question vienne nous maudire parce que je te le transmet.

-Un collier ne te remplacera pas Théa.

-En effet, mais ne dit-on pas que la perle est l'écrin parfait de l'âme ? Garde la mienne jusqu'à mon retour petite soeur. Ainsi, je ne pourrais pas mourir puisque qu'elle se trouve avec toi.

La jeune fille serra la perle dans son poing.

-J'accepte ton collier Théa, mais je compte bien quand même partir avec toi.

Je la pris par les épaules pour la tenir face à moi.

-Eryn….Tu es la seule en qui j'ai une totale confiance dans ce pays. Je ne peux confier le trône à personne d'autre sans être convaincue qu'elle fera tout son possible pour son peuple….

-Si tu me mets à ce poste, je jure de tuer tous les hîsöqii ! Me menaça la jeune fille d'une voix sombre. Si il faut ça pour que tu acceptes de m'emmener avec toi….

J'éclatai de rire.

-Non, je ne crois pas ! Allons petite soeur….Je ne suis même pas certaine de trouver quoi que ce soit.

-Oui, mais dés l'instant où tu partiras, Théa Vämïga ne pourra plus réapparaître en public. Alors pardonne-moi si je m'inquiète pour toi et ton avenir ! Tu y perds dans tous les cas !

Je lui tapotai doucement sur la tête.

-Rassures-toi….Au moins serons-nous ensemble, n'est-ce pas l'essentiel ?

-En attendant, tu pars en terre inconnnue, où tu ne peux garantir de revenir. Et moi tu me laisses à la tête d'un royaume en ruine où les morts ne font que s'accumuler jour après jour ! Pardonne-moi si je vois ton départ d'un très mauvais oeil !

Je grimaçai et me laissai tomber dans un fauteuil prés de la cheminée éteinte.

-Si tu as d'autres propositions à me faire, je suis preneuse Eryn. Moi je n'ai pas d'autres solutions pour vous sauver !

-Et bien commence déjà par réfléchir à une solution qui permet de tous nous en sortir vivants, toi comprise !

-Déjà que je n'en vois guère quand ma survie n'est pas à l'ordre du jour alors ce que tu me demandes me semble complètement inconcevable….

-Et bien il est temps de le concevoir !

-Eryn, nous n'avons plus de temps ! Tu l'as vue toi même ! Les gens sont complètement déconnectés de la réalité, le Conseil prend des décisions complètement stupides, le peuple est tellement mort de peur qu'ils sont prêts à rejeter la faute sur n'importe qui pour pouvoir l'éliminer et ainsi espérer se rassurer ! Sans parler des décès par overdose de plus en plus nombreux et des Peurs qui n'en finissent plus d'apparaître et d'attaquer de partout ! Ou de la famine et de la pauvreté qui s'étendent de plus en plus ! Bientôt je crains que même les pays frontaliers prennent le risque de nous attaquer rien que pour atteindre nos mines ! Rien ne prouve que leurs Peurs se formerait à eux !

Elle leva un sourcil.

-Tu crois qu'ils n'ont aucun soucis de ce genre eux ?

-Je ne pense pas. Sinon, pourquoi les Peurs resteraient à nos frontières plutôt que d'aller sur les autres terres ? Les Peurs ne veulent pas quitter Hîsöq, c'est une évidence, sinon, le Front n'existerait pas.

-Nous pourrions tenter de négocier pour quitter cette terre et nous installer ailleurs, et laisser cette terre à nos voisins ! Si eux ne sont pas liés à cette terre, alors leurs Peurs ne se formeraient pas. Et en quittant Hîsöq, nous échapperions peut-être à sa maudite magie !

-Mais tu sais comme moi que là encore, c'est impossible. Voilà des siècles que nous voulons entrer en contact avec nos voisins et les rares messagers qui sont parvenus de l'autre côté de la forêt des Peurs et du Front sont revenus découpés en morceaux dans des besaces attachées à un cheval. Les autres peuples ne veulent rien avoir à faire avec nous. Les Peurs sont notre problème et ces gens ne veulent surtout pas s'y retrouver mêlés !

Eryn leva les bras au ciel.

-Très bien ! Va donc espionner les Peurs dans ce cas ! Joue les martyres toute seule dans ton coin ! Je préfèrerais que tout Hîsöq se rende dans cette satanée forêt pour combattre les Peurs ou se faire massacrer, que tu t'y rendes toute seule ! Parce que dans le premier cas, je serais avec toi alors que dans le second, je dois rester ici à gouverner des trouillards sans savoir si le dernier membre de ma famille est encore en vie ! Ou si il est mort pour rien ! Mais nous sommes la famille de Protecteurs !

-Eryn, calm….

-Ne me dis pas ce que je dois faire ! Je dois apprendre à prendre mes décisions seule !

Elle échappa à ma main tendue et tourna les talons, les poings serrés.

La porte du bureau claqua violemment dans son dos.

La cloche retentit, annonçant ainsi à toute la ville que la cérémonie était sur le point de débuter.

Sur la grande place face au palais, je me tenais en silence face à la foule rassemblée là. A mes côtés se tenait le Patriache.

Sur son autre flan, Eryn se tenait en silence, la mine sombre, vêtue d'une robe blanche.

Nous écoutions le Patriarche énumérer les devoirs de l'Ïlqa sans oser se regarder.

Finalement le vieil homme tourna son visage bienveillant vers moi. Ses yeux étaient tristes et compatissants lorsqu'ils se posèrent sur moi.

-Théa Vämïga, en ce jour, vous vous présentez face à Hîsöq en tant qu'Ïlqana. Vous avez demandé à transmettre votre titre à votre soeur cadette, Eryn Vämïga, et ainsi abandonner les responsabilités liées à votre rôle de Protectrice.

Est-ce bien cela ?

-Oui Patriarche.

-Vous savez que l'abandon de votre rôle ne peut être possible qu'en cas d'impossibilité à concevoir, ou pour maladie grave, qui mettrait en péril le pays. En tant que Patriarche, je suis le garant du respect de votre serment. Ma parole ne peut qu'émettre la plus stricte vérité, telle que je la connais. En ce jour, je jure devant vous tous que Théa Vämïga transmet son pouvoir dans le respect de la Loi.

Je sentais la tension autour de nous.

C'était la première fois dans l'histoire de notre famille qu'un Vämïga abandonnait officiellement son poste. Quelque soit la raison, je savais que les hîsöqii n'apprécieraient pas mon geste.

Je balayai la foule du regard.

Pouvais-je leur en vouloir ?

Ces gens avaient des familles, des lieux, qu'ils chérissaient plus que tout et ils se faisaient décimer en permanence. Ils étaient les premiers à voir les gens mourir autour d'eux. Mais ils refusaient la violence. Les Vämïga avait été la seule famille à l'époque à montrer des aptitudes et des compétences guerrières. Il n'y avait rien d'étonnant qu'ils fussent choisi pour protéger le pays.

Ils avaient ainsi eu accés à de l'argent, vivaient dans un certain confort et leur parole avait bien plus de poids que quiconque. En échange ils se devaient de protéger les plus faibles.

Tel était l'accord que nous avions passé, il y a si longtemps de cela.

Et aujourd'hui, j'osai déshonnorer ma promesse de protection ?! J'avais eu accés au pouvoir mais aux yeux de tous je le quittai sans avoir contribué à ma part du marché. Je n'avais pas été à la guerre, et je n'avais protégé personne.

Le Patriarche se tourna vers ma soeur.

-Eryn Vämïga, vous êtes la suivante dans l'Ordre de succession. Le peuple vous a reconnue digne d'accéder au pouvoir. Aujourd'hui, acceptez-vous de devenir la nouvelle Ïlqana d'Hîsöq et d'assumer le rôle de Protectrice du peuple.

Les yeux de ma soeur se posèrent un instant sur moi, encore remplis de colère, avant de revenir sur le Patriarche.

-Oui, si le peuple est d'accord avec cette décision, j'accepte de devenir leur nouvelle Ïlqana..

Le Patriarche acquiesça.

-Parce que vous êtes plus proche des hîsöqii depuis des années que le reste de votre famille, le peuple n'a pas exigé que vous soyez soumise à l'Epreuve.

Eryn dévisagea le Patriarche avec stupeur.

-Pardon ?….Mais….C'est la tradition….

-Ainsi en a décidé le peuple. Eryn Vämïga, vous êtes notre nouvelle Ïlqana.

Les applaudissements explosèrent dans toute la place.

Je ne bougeai pas, en proie au doute.

Et si ma soeur avait raison ?

Et si, pour une fois j'écoutai mes désirs plutôt que mes devoirs ?

Les hîsöqii avaient accepté Eryn comme Ïlqana sans exiger l'Epreuve, alors qu'il s'agissait d'une tradition qu'ils avaient eux-mêmes imposée jusqu'à maintenant ! Se pouvait-il que la drogue les abrutisse au point qu'ils soient prêts à accepter n'importe qui sur le trône ?

Dans ce cas là, pourquoi ne pas transmettre notre pouvoir de dirigeant à une autre famille et nous libérer enfin de ce fardeau pour vivre en paix Eryn et moi ?

Je n'étais désormais plus l'Ïlqana. Je n'étais pas obligée de me sacrifier en allant chez les Peurs….

Je secouai la tête.

Sauf qu'alors, Eryn ne serait jamais totalement en sécurité.

J'ignorai combien de temps il me restait à vivre avec ma maladie, mais j'avais bien l'intention de veiller à quitter ce monde en étant assurée que ma soeur serait saine et sauve !

Finalement, Eryn s'en retourna vers le palais, et je l'accompagnai, quelques pas derrière elle.

Je souris en voyant son pas déterminé tandis qu'elle montait les marches du palais. Déjà les serviteurs et les gardes se trouvaient là pour la saluer.

-Ïlqana.

-Ïlqana.

La jeune fille accepta les saluts sans broncher, le visage fermé.

Elle avança de quelques pas avant de se retourner.

Nos yeux se croisèrent. Un sourire triste apparut sur ses lèvres.

Je réalisai alors que mes muscles étaient complètement crispés. La voir plus calme que je l'avais crains me détendit.

-Gardes, je vous ordonne d'arrêter Théa Vämïga pour traitrise et mensonges envers le royaume et de l'enfermer jusqu'à nouvel ordre.

J'écarquillai les yeux.

-E-Eryn…Qu'est-ce que….

-Tu as menti à Hîsöq. Tu n'es pas inféconde, et les médecins n'ont jamais attesté que ta maladie serait un handicap pour exercer ton rôle. Tu as donc quitté ton poste sur un faux prétexte. Tu as trahi ton pays et pour ça je t'arrête. Gardes, capturez cette femme et enfermez-la.

Je vis les hommes d'armes hésiter, leurs regards allant alternativement entre Eryn et moi. La jeune fille serra les poings.

-Je suis votre Ïlqana et je vous ordonne d'arrêter et d'enfermer Théa Vämïga !

Je me laissai emmener sans résister, trop perplexe pour songer à me rebeller.

Chapitre 9

Mon pied frappa une nouvelle fois les barreaux de la cellule avec rage.

Comment une telle situation pouvait être possible !?

"Eryn ! Eryn laisse-moi sortir d'ici ! Tu n'as pas le droit de m'enfermer sur des accusations totalement infondées ! Eryn !

Du bruit me parvint dans l'escalier menant aux cellules. Je me figeai, et fixai la porte d'entrée qui ne tarda pas à s'ouvrir. Une silhouette familière apparut.

" Mais qu'est-ce que tu fabriques !? As-tu complètement perdu la tête ?

Ma soeur s'approcha de moi, encadrée par deux soldats. Ces derniers fuirent mon regard lorsque je voulus croiser les leurs.

Eryn m'observa avec sévérité.

"Je viens de parler avec Lucius Ïgëo qui m'a appris que tu lui avais personnellement confié ma sécurité durant ton absence. Tu aurais au moins pu me demander mon avis avant de me coller un larbin aux talons !

-Nous savons toutes deux que le maniement des armes n'est pas ton fort Eryn. Et Lucius a l'avantage de posséder une arbalète et d'être un sacré bon viseur. De plus j'ai confiance en lui. Il n'est même pas obligé de rester à tes côtés pour pouvoir te protéger.

-Tu avais pensé à tout n'est-ce pas ? Grommela la jeune fille. A part au fait que je te fasse enfermer. Dommage pour toi. Tu as sous-estimé mon désir de *te* protéger Théa.

Je croisai les bras.

-Cette situation est ridicule. Sois donc raisonnable. Si nous n'agissons pas il ne sera plus nécessaire de nous protéger mutuellement parce que nous serons les deux seules personnes encore en vie dans ce pays et que les Peurs seront bien trop nombreuses pour nous !

-Te rendre dans la forêt n'empêchera pas les gens de mourir. Et tu le sais très bien….Théa, je comprends ton sentiment d'impuissance et je sais que c'est lui qui te pousse à vouloir te rendre en mission d'espionnage prés de la forêt des

Peurs…..Je suis certaine que tous nous avons songé à nous rendre dans cette satanée forêt pour tenter de *faire quelque chose* ! Même si ça causerait notre mort. Mais imagine que tous les hîsöqii se comportent ainsi ? Qu'adviendrait-il ?

-Ils se feraient certainement tous massacrés par leurs Peurs avant même d'avoir pu apercevoir la forêt, grommelai-je….Et c'est précisément pour ça que je dois m'y rendre Eryn ! Je ne créé pas de Peurs ! Il faut que ma particularité serve enfin à autre chose qu'à mettre les gens mal à l'aise ou à les effrayer !

-Tu ne créées peut-être pas de Peurs, et peut-être bien que tu les effraies….Mais sur nos terres, elles restent des étrangères. Dans leur forêt, elles sont chez elles Théa ! Et je doute fort qu'elles vont simplement s'enfuir à ton approche ! Elles ne te détecteront peut-être pas, et encore, rien n'est moins sûr, mais ne crois pas qu'elles vont simplement déguerpir devant toi !

-Je n'avais pas l'intention de me montrer…..

-Mmh ! Je crois que tu surrestimes quelque peu tes capacités ma soeur ! A notre connaissance, elles sont des centaines, voir des milliers dans la forêt. Des milliers de créatures capables de changer de formes à volonté ! Penser que tu puisses te promener chez elles sans te faire voir est de l'insouciance pure, pour ne pas dire de la stupidité ! Je sais que tu n'es pas stupide….Mais je crois aussi que cette situation dans laquelle nous sommes semble tellement inextricable qu'il est tentant de croire en des utopies pour ne pas baisser les bras….Non…Je suis d'accord avec toi pour dire que la forêt est certainement la clef de leur existence….Et de ce fait, voilà ce que je te propose.

Elle tira un verre en métal de sa poche, ainsi qu'une gourde et une pierre à feu.

Je la vis verser le contenu de la gourde dans le verre. La texture était liquide mais visqueuse et sentait la viande.

-Qu'est-ce que c'est ?

-De l'huile et de la graisse animale.

Elle fit jaillir plusieurs étincelles et le liquide finit par prendre feu.

-Si nous envoyons des dizaines de barriques s'exploser contre les arbres, cette huile va couler le long des troncs et sur le sol. Puis nous enflammons le tout et le feu ne pourra que se propager sur toute la forêt. A notre connaissance, les Peurs n'ont pas de machines et ne fabriquent rien. Au mieux elles seront complètement désorientées, et se feront brûler avant de pouvoir agir. Au pire, elles tentent d'éteindre le feu avec de l'eau….et avec la présence de l'huile elles ne feront qu'empirer l'incendie ! Si leur forêt n'existe plus, peut-être qu'elles-mêmes disparaîtront.

Je me mordis la lèvre inférieure.

-Ton idée n'est pas bête du tout Eryn…..Mais il va nous falloir des mois pour rassembler autant de barriques d'huile.

Elle acquiesça.

-En effet.

-Et nous risquons de mettre très en colère les Peurs après cette opération si certaines s'en sortent. Sans compter que rien ne nous garantit que la forêt est bien la clef de leur existence.

-Mais nous devons essayer, insista Eryn.

-Et si le feu passe la lande déserte qui sépare la forêt de nos propres terres, nous risquons de voir brûler toutes les récoltes qui s'y trouvent. Les villageois vont paniquer de voir la fumée et vont créer des Peurs. Ou bien ils seront trop drogués et n'auront même pas l'idée de fuir. Il faudra poster l'armée tout le long des terres à des points d'eau afin d'éteindre les départs d'incendie non voulus. Et prévenir la population. Mais comment l'informer sans que les Peurs ne soient au courant ? D'autant plus que nous savons que certains humains sont de leur côté…..!

Je serrai les poings de colère à cette idée.

" Et puis, je ne suis pas certaine que nous ayons plusieurs mois devant nous….

-Théa ! S'exclama ma soeur avec colère. N'essaie pas de trouver tout les prétextes pour rejeter mon plan ! Nous nous faisons massacrer depuis des années ! Effectivement ces derniers mois ont été plus meurtriers parce que la drogue a eu plus d'effet négatif que positif mais ce n'est pas pour autant qu'il faut agir dans la précipitation ! Je ne te laisserais pas partir toute seule combattre, mets-toi bien ça dans le crâne !

Elle tourna les talons et s'éloigna d'un pas furieux.

"Je te laisse quelques jours pour trouver un autre plan. Si tu n'as rien de mieux à proposer qui ne nécessite pas ton sacrifice, alors nous mettrons ma proposition à exécution.

Je n'essayai pas de la raisonner. Ça n'aurait servi à rien. Eryn avait autant que moi hérité du côté déterminé de notre famille.

"Ïlqana…..Ïlqana !

Allongée sur ma couchette, la voix me tira brusquement du sommeil.

Je me redressai en position assise. Ma main se glissa naturellement sous mon oreiller pour y récupérer un poignard qui ne s'y trouvait bien évidemment pas.

Le décor de ma cellule me rappela avec amertume ma situation grotesque.

Une lueur dansante me fit tourner la tête vers la porte.

Une silhouette se trouvait là, une torche à la main.

Je bondis de ma couchette et m'approchai du visiteur.

-Barl ? C'est toi ?

Il glissa la clef dans la serrure de la porte et déverouilla cette dernière. Je le dévisageai.

" Qu'est-ce que tu fais ?

-Je vous libère Ïlqana.

-Je ne suis plus Ïlqana. Et je ne peux te laisser faire une telle chose. Eryn n'est pas d'une nature cruelle, mais elle n'hésitera pas à te renvoyer de la garde et à t'enfermer pour cette trahison.

-A condition que nous nous fassions prendre ! Sourit le soldat en m'offrant un clin d'oeil. J'aime beaucoup votre soeur Ïlqana, mais elle laisse trop ses sentiments guider ses actes. Les autres nous attendent.

-Pourquoi n'y a t-il personne ici ? M'enquis-je, réalisant que la prison était déserte.

-Nous sommes plusieurs à vous soutenir. Nous avons fait en sorte que les tours de garde nous soient donné sur cette heure-ci afin de permettre votre évasion. Par ici. Tenez, je vous ai pris une épée et des poignards dans la salle d'entraînement. Désolé de ne pas avoir les vôtres mais je n'ai pas trouvé de moyen de les récupérer dans vos appartements.

-Ce n'est pas grave, assurai-je en récupérant les armes. Merci.

Nous quittâmes les murs de la prison par un escalier qui nous mena à la cour intérieure.

L'homme me fit signe de le suivre. Il fut évident que l'itinéraire avait été soigneusement étudié pour éviter les postes de gardes.

L'homme nous fit finalement passer par une porte du rempart déverouillée. Nous nous retrouvâmes dans une rue déserte à cette heure.

Trois cavaliers nous attendaient, deux montures apprêtés disponibles.

-Vous avez fait vite, lâcha une voix. Tant mieux.

J'écarquillais les yeux.

-Jenna ? C'est toi ?

-Evidemment ! Qui d'autre voulez-vous que ce soit ? Rit-elle. Vous nous avez demandé de vous accompagner et nous avons acceptés. C'est que nous approuvons votre plan !

Les deux autres gardes étaient Amaury et Melvin. Des hommes que je connaissais depuis des années. J'approuvai le choix de Barl.

-Vous êtes sûrs de vous ? Vous savez que nous nous rendons au plus prés de la forêt des Peurs n'est-ce pas ?

-Ce n'était pas pour faire un pique-nique nocturne ? Lâcha Barl avec un large sourire. Mince….Moi qui espérais un peu de romantisme !

-Ïlqana, si nous sommes ici, c'est que nous avons fait notre choix, lâcha Melvin avec sérieux. Alors évitons tout le passage où vous voulez vérifier notre motivation pour vous accompagner et allons-y !

-Toi on peut dire que tu ne tournes pas autour du pot, lâcha Jenna. Oh ! Amaury qu'est-ce qui te prend !? Une mouche t'a piqué ou quoi ?

Le troisième garde avait tiré son arme sans prévenir, le regard fixé sur les ombres.

-Quelqu'un vient, lâcha l'homme avec dureté.

Nous tournâmes la tête pour voir une minuscule lueur se rapprocher doucement de nous.

La silhouette devint de plus en plus distincte.

-Qui va là !? Lâcha Barl avec méfiance.

-Théa….Décidément tu es vraiment une tête de mule.

J'écarquillai les yeux en reconnaissant la voix.

-Eryn ???

Le visage de la jeune fille éclairé par sa torche apparut, sombre.

J'entendis mes compagnons d'armes faire aussitôt le salut militaire.

-Ïlqana Eryn.

-Je devrais tous vous jeter en prison pour ce que vous avez fait…..Je ne suis peut-être pas une militaire, mais je connais les tours de gardes. Une chance que je me sois levée cette nuit sinon vous seriez partis sans que nul ne vous voit.

Je cherchai d'autres soldats aux alentours, mais il ne semblait n'y avoir personne.

-Je n'ai pas donné l'alerte, m'informa ma soeur. J'ai bien compris que quoi que je face, tu trouveras toujours un moyen de partir Théa. C'était égoïste de ma part de vouloir te garder prés de moi au péril de tous les hîsöqii. Marchons un instant veux-tu ?

Je la dévisageai avec méfiance.

-Encore une de tes combines pour m'enfermer ?

Elle secoua la tête.

-Non….je veux juste avoir une dernière conversation privée avec ma soeur avant qu'elle ne parte au combat. Si tu refuses, je jure d'envoyer toute la garnison à vos trousses pour vous arrêter.

Je fis signe aux soldats de rester calmes. Eryn se mit à marcher afin de s'éloigner et je la suivis vers le jardin."

La nuit s'étendait autour de nous et j'écoutai un instant le bruit de la vie nocturne qui s'éveillait. J'inspirai profondément l'air frais, étrangement heureuse soudain.

Bien que ma mission me terrifiait, une part de moi ne pouvait s'empêcher de s'émerveiller du monde qui l'entourait et de se réjouir à l'idée que d'ici quelques minutes je serais libre de l'explorer sans avoir à rendre de compte à personne en tant qu'Ïlqana.

"Théa ?

Le ton d'Eryn attira aussitôt mon attention. Je la vis les yeux baissés, dans une attitude qui m'inquiéta.

-Que….Que t'arrive t-il Eryn ? Tu ne vas pas te mettre à pleurer quand même ?

Elle rentra sa tête dans ses épaules, parut se tasser sur elle-même. Mon coeur se serra. Jamais elle n'avait autant ressemblée à une enfant fragile qu'à cet instant précis.

-Oh non…Eryn je t'en prie…C'est déjà terriblement difficile de partir alors….Si tu es ainsi je….je n'arriverais jamais à te laisser.

-Je suis désolée…J'espérais que j'arriverais à tenir mais….Théa…C'est peut-être la dernière fois que…

-Non !

Je l'attrapai fermement par les épaules pour la tenir face à moi.

-Je t'interdis de penser une chose pareille ! Je suis convaincue que nous nous reverrons Eryn ! Tu m'entends ?

Je sentis de petits spasmes secouer ses épaules et l'attirai contre moi pour la serrer avec fermeté.

Ne pas pleurer.

Ne pas lui montrer ma propre peur.

-P-Pardon….J'espérais pouvoir tenir jusqu'à ton départ mais….Je ne veux pas que tu partes Théa….! Je sais ce que tu vas dire, que nous en avons déjà débattu et que tu es la mieux placée pour aller espionner les Peurs mais….Je n'y arrive pas…Tu es la seule famille qu'il me reste ! Si tu ne reviens pas….Si tu ne reviens pas je serais seule au monde !

Mes ongles s'enfoncèrent dans mes paumes.

-Non….Je n'ai pas prévue de mourir Eryn c'est clair ? Dis-toi que je vais juste voir notre ennemi dans son habitat et que je reviens. Je ne prends aucun risque inutile et si je croise la moindre Peur, je la découpe en rondelles et je t'en fait un magnifique collier !

-Mmh….Vu ton talent artistique, je suis certaine qu'il sera à la fois sanglant et ignoble….

-Eh ! Ce n'est pas gentil ! M'exclamai-je. Normalement pour un départ, tu fais des compliments à la personne pour lui donner maximum confiance en elle ! Tu viens de faire effondrer mon espoir d'ouvrir une sympathique petite boutique de bijoux créés à partir de Peurs !

Elle rit à travers ses larmes.

-Désolée….J'attends avec impatience l'ouverture de ton magasin….Tu vas te tailler une sacrée réputation chez les Peurs si tu les utilises pour en faire des bijoux !

- "Tailler" c'est effectivement le bon terme ! Approuvai-je.

Notre complicité nous ramena un même sourire.

Eryn soupira.

-Tu sais, ça va me manquer….Tu es la seule avec qui je me comporte de façon totalement naturelle.

J'acquiesçai.

-Oui, je vois ce que tu veux dire.

Elle soupira.

-Théa….Je voulais te dire….Tu sais…Je t'ai mentie la dernière fois….

-Quelle dernière fois.

-Ce jour où tu es revenue furieuse du marché, avec ce mendiant….

-Oh…Oui, je m'en souviens….Quand m'as-tu mentie ?

Ma soeur parut se tasser de nouveau sur elle-même.

-Quand je t'ai assurée que je n'avais jamais testé la moindre drogue….

Un frisson me parcourut.

-Tu….Tu veux dire que….

Elle acquiesça, penaude.

-Il y a trois ans, Père partait à la guerre de nouveau, et il t'a encouragée à poursuivre ton entrainement au combat avec assiduité….Tu as acquiescé avec détermination, comme tu le fais toujours. Puis Père s'est tourné vers moi et m'a dit de veiller sur les hîsöqii et de les écouter. Et de lire les livres de soins de Mère….Ce jour-là….Ce jour-là j'ai réalisé qu'il avait déjà tout planifié pour nous….Il savait qu'il allait mourir aux combats, et que tu risquais également d'y perdre la vie. J'ai vu dans sa demande que je devais veiller à pouvoir te soigner si tu venais à être gravement blessée. Je devrais veiller sur ta vie pour que tu puisses veiller sur les nôtres en retour….

Mon coeur se serra.

Jamais je n'avais imaginé une telle discussion entre eux. Veiller sur la vie de ma soeur me semblait naturel mais l'inverse ne m'était jamais venu à l'esprit.

-Quel rapport y a t-il avec la drogue ?

Eryn joignit ses mains, et entortilla ses doigts entre eux, les yeux toujours rivés vers le sol.

-J'ai appris avec acharnement. Ma plus grande terreur était l'idée que malgré mes connaissances, je ne parvienne pas jusqu'à toi à temps pour te sauver. Que tu sois gravement blessée sur le champ de bataille et que, restée au château, je ne puisse pas utiliser mes connaissances pour te soigner….J'étais convaincuc que tu ne me laisserais jamais te suivre au front lorsque le temps serait venu pour toi de partir te battre à la place de Père. Comment te soigner si tu ne m'étais pas accessible ?….Mon angoisse est devenue de plus en plus forte jour après jour….J'ai commencé à faire des cauchemars où je te voyais, complètement isolée et inaccessible, agonisante. Ces visions sont devenues de plus en plus présentes la nuit. J'ai crains de provoquer leur réalisation alors j'ai….j'ai un jour décidé de prendre de la Fleur de Rêve.

-Ooooh….Eryn….

-Mes nuits sont devenues plus paisibles et j'ai cessée de faire des cauchemars. Mais la journée, mon angoisse revenait, alors, j'ai pris des infusions avec la fleur pour essayer de m'apaiser et ne pas te mettre en danger….J'ai pris soin de n'absorber que de petites doses, mais je….j'ai toujours eu honte de moi d'avoir cédé à ce besoin….Je…Je suis tellement désolée….

Sa honte était visible. Je pressai avec douceur ses épaules.

-Je suis navrée Eryn….Comment t'en vouloir….Tu as risqué ta santé pour ne pas me blesser…..Est-ce que….Est-ce que tu continues à….

Elle secoua la tête.

-J'ai arrêté après la mort de Père.

J'écarquillai les yeux, faisant enfin le lien avec les événements passés.

-Alors, ton attitude, le jour des funérailles…..

Je la vis acquiescer, penaude.

-Oui…J'avais un peu forcé sur la dose….Mais je voulais être forte pour toi….Pour te soutenir…Je n'en ai plus jamais repris après ce jour. J'avais tellement honte.

J'écartai un mèche de devant son visage.

-Tu aurais dû m'en parler….J'aurai pu t'aider. Nous aurions tous pu t'aider….Les Vämïga sont décidément trop fiers et têtus….A présent j'ai encore moins envie de partir…..

Elle m'offrit un triste sourire sans rien dire.

-Si tu veux que cet idiot de Lucius soit vraiment mon garde du corps personnel, autant te dire que tu ferais mieux de rester en effet !

-Ne sois pas trop méchante avec lui, grimaçai-je. Je sais qu'il va prendre sa mission très au sérieux.

Le silence retomba entre nous.

Je secouai la tête, portai mes mains à mon cou et ôtai mon collier.

-Tiens….Je te la confie.

Ma soeur récupéra mon bien.

-Ta perle de naissance ? Mais….Je ne t'ai jamais vue sans elle….Tu es certaine….

-C'est une promesse Eryn….Je te la confie jusqu'à mon retour d'accord ? Allez….Je dois partir….Les gardes sont probablement déjà en train de m'attendre.

-Attends Théa ! Je t'en prie ne pars pas ! Je vais tellement m'inquiéter pour toi sinon qu'il me faudra repprendre de la Fleur de Rêve ! Tu imagines l'état du pays si même l'Ïlqana est complètement droguée ?

-Ne dis pas n'importe quoi….je sais que tu ne le feras pas. Tu as beau prétendre trouver les hîsöqii agaçants avec leur peur permanente, je sais que tu les aimes profondément. Pourquoi passer ton temps libre à les soigner sinon ?

Je dus fournir un effort colossal pour m'écarter de la jeune fille.

Sa main s'empara d'un geste vif de mon poignet.

-Non ! Je ne peux pas te laisser partir comme ça sans rien faire !

-Arrête Eryn, tu vas finir par former des Peurs….S'il te plait, calmes-toi….Nous n'avons pas le choix !

Je m'arrachai à sa poigne et commençai à m'éloigner d'elle, le coeur battant.

Ne pas me retourner.

-Théa ne pars pas je t'en prie !

Je serrai les poings. Mon ouïe capta les bruits de course dans mon dos. Je me mis aussitôt à courir.

" Théa ! Si tu t'en vas, je jure de me suicider tu entends ! Je refuse d'être la dernière des Vämïga encore en vie !

Je savais qu'elle n'en ferait rien.

Je m'obligeai à regarder devant moi et à m'éloigner coûte que coûte.

Des pas de course me parvinrent, plus proche.

-Laisse-moi partir Eryn ! Ne fais pas l'enfant !

Un poids sur mes jambes me fit basculer au sol. Je jetai un regard.

Ma soeur s'aggrippait avec acharnement à mes chevilles, faisant fi de toute retenue, le visage trempé de larmes.

-JE REFUSE TU ENTENDS ?! JE NE TE LAISSERAI PAS MOURIR ! THEA ! SOIS RAISONNABLE !

-Eryn ! Ça suffit ! Lâche-moi !

Je tirai sur mes pieds, trainant ma soeur sur la pelouse. Oublieuse de toute tenue ou de ses vêtements, son visage trempé de larmes avait une expression effrayante de détermination désespérée.

Je sentis mes propres yeux me brûler.

-GARDES ! MA SOEUR S'EVADE !

"Je suis désolée Eryn....Il le faut ! Il le faut si je veux avoir une chance de te sauver de cette menace."

Je me baissai et me libérai de ses doigts. Je bondis aussitôt en avant afin d'éviter sa main tendue vers moi.

Des pas de course me parvinrent devant moi.

-Gardes ! Arrêtez-la ! Elle s'évade !....Arrêtez-la c'est un ordre !

Je vis les soldats en approche, entre moi et la sortie.

Je me crispai, prête à en découdre.

Mais ils me dépassèrent sans me toucher. Je jetai un regard dans mon dos et les vis faire barrage entre moi et Eryn. Cette dernière voulut passer, mais ils ne bronchèrent pas, décidés à lui bloquer le passage coûte que coûte.

-Qu'est-ce que vous fabriquez ! C'est elle qu'il faut arrêter ! Je vous ferais tous exécuter si vous refusez de m'obéir ! Théa ! Théa reviens c'est un ordre !

-Adieu Eryn. »

Les larmes aux yeux, les poings et les mâchoires serrés à m'en faire mal, je m'obligeai à retrouver mes compagnons d'armes, les cris de ma soeur résonnant à mes oreilles.

"Ïlqana....Vous êtes certaine que c'est une bonne idée de partir en si petit nombre ? Et sans armures ?

- Nous ignorons comment fonctionnent les Peurs, ou comment elles communiquent entre elles. Si elles ont des espions dans le pays, elles verront en nous un simple groupe de voyageurs, alors qu'en plus grand nombre, avec de l'équipement militaire, il n'y aura plus le moindre doute sur nos intentions.

-Il n'empêche que je me me sens tout nu avec cet accoutrement, lâcha dans sa barbe Amaury.

-Je te rassure, si tu étais vraiment nu, tu nous aurais tous fait fuir depuis longtemps ! S'exclama Barl avant d'éclater de rire.

-Une autre chose. Ne m'appelez pas par mon titre, sinon, tout ceci ne servira à rien.

-Ah....Et comment devons nous vous appeler dans ce cas ? S'enquit Barl. Camarade ?

-Vous pourriez être ma fille, lâcha Amaury. Une femme avec des armes, ce n'est pas très courant. Surtout que vous êtes encore jeune….

-Et ça te pose un problème peut-être que nous sachions nous battre mieux que la plupart d'entre vous ?

La voix de Jenna était légère, pourtant Amaury leva les mains devant lui en signe de paix.

-Pas du tout Jen….Je n'ai aucun problème avec ça….Simplement, vous êtes peu nombreuses à faire ce choix de carrière….Voilà tout.

La jeune fille balança sa longue chevelure blonde dans son dos et offrit un ravissant sourire au pauvre soldat qui se sentit rougir. Le corps menue, petite, à l'ossature délicate, Jenna était mon garde le plus improbable qui soit.

Elle avait dix-huit ans, et tout son corps clamait haut et fort sa fragilité. Avec son visage de poupée et ses formes parfaites, elle aurait dû avoir une multitude de soupirants à ses trousses.

Pourtant, elle avait choisi dés son plus jeune âge d'apprendre à se battre. Aujourd'hui, elle était une des meilleures épéistes que je connaissais et sa réputation au sein de la garde n'était plus à faire.

La jeune fille s'approcha de moi et me donna une tape amicale sur l'épaule comme une amie aurait pu le faire. Son geste si spontanné me prit complètement de court.

-Ne me regarde pas comme ça….Si nous devons voyager sous couverture, autant que nous nous comportions avec toi de façon différente qu'en temps normal. Sinon, nous aurons beau être déguisés, ça ne servira à rien. Comment devons-nous t'appeler ?

-Oh….Et bien….Tu n'as qu'à m'appeler Ana.

Je lâchai le premier prénom qui me vint à l'esprit. Jenna m'offrit un large sourire.

-Parfait. Dis moi Ana, nous allons marcher jusqu'où comme ça ?

-L'orée de la Forêt des Peurs. Sur la face Nord.

-C'est un coin plutôt désert par là-bas, lâcha Melvin. Le nombre de Peurs doit être faible. Crois-tu que ce soit le meilleur endroit pour observer l'ennemi ?

-Si les Peurs se rassemblent dans la Forêt depuis plusieurs siècles, alors cette dernière en est complètement infestée. Nous en rassemblons une partie au Front, mais je doute qu'elles s'y tiennent toutes. Donc il suffit de prendre une partie de la forêt située loin des combats, où les Peurs ne sont pas sur le qui-vive, et de repérer leurs activités.

-Tu crois vraiment qu'en dehors de manger, une Peur peut s'occuper à autre chose ? S'enquit Jenna, peu convaincue.

-Je l'ignore. Et c'est en partie pour ça que nous nous y rendons.

-Mouais….Je ne vois pas une Peur réfléchir….Je veux dire, c'est juste une créature qui change de forme et qui veut à tout prix t'attaquer….Elle marche à l'instinct….Un bon coup de lame, et voilà le travail ! Le problème serait vite résolu si les gens arrêtaient de trembler pour un rien.

-Sauf qu'ils ne s'arrêtent pas la gamine. Alors les Peurs, y en a toujours !

Intervint Barl en levant les yeux au ciel.

-Ils ont qu'à tous apprendre à se défendre ! Déjà ils auraient moins peurs ! Tu ne crois pas Ana ?

-Ce n'est pas un art que l'on maitrise en quelques jours malheureusement, et c'est précisément du temps qu'il nous manque, soupirai-je.

-L'Ïlqa Léandre aurait dû imposer à tout le monde d'apprendre à manier une arme de façon correcte. Nous n'en serions peut-être pas là aujourd'hui….

-Jenna ! S'offusqua Amaury en me jetant un regard désolé. N'as-tu donc aucun respect pour les morts ?

-Ce ne sont pas des saints à ce que je sache ! Et puis, tout le monde fait des erreurs. Moi je crois que vu le contexte, chacun aurait dû apprendre à se battre. C'est une loi qui aurait dû être instaurée dés que les hîsöqii ont découvert que leurs peurs devenaient réelles ! Je n'ai rien contre l'Ïlqa Léandre. C'est son plus ancien ancêtre qui aurait dû agir.

J'acquiesçai.

-Ce n'est pas une mauvaise idée. Il faudra y réfléchir d'avantage en rentrant.

La jeune fille tira la langue à Amaury, très satisfaite de sa proposition.

-Vous imaginez…..Si les Peurs disparaissaient….Nous pourrions aller voir dans les autres pays….Vous savez ce….Tu sais ce qu'il y a au delà des frontières Ana ?

-Je ne possède que très peu d'écrits sur le sujet. Les peuples qui s'y trouvent vivent à plusieurs semaines de nous. Ce que nous savons par contre, c'est qu'ils ne veulent surtout pas que les hîsöqii rentrent sur leurs territoires. Les rares émissaires qui sont parvenus à traverser la lande désertique qui nous sépare du reste du monde ne sont jamais revenus. Le seul qui nous a été ramené par nos voisins était mort, à l'évidence de façon violente, vu tout le sang qui recouvrait sa peau. Nous savons qu'il ne s'agissait pas d'une rencontre avec une Peur car le cheval était intact et anarché avec du matériel bien différent de nos propres méthodes. Et les scarifications que portait l'homme évoquaient comme des symboles religieux. Il était clairement signifié que cet autre peuple ne voulait pas de nous sur son territoire. Je crois que les Peurs ne s'en prennent pas à eux. En allant à leur rencontre, nos soldats ont dû être vus comme des menaces, capables de leur transmettre cette espèce de….malédiction que nous avons…C'est du moins ainsi que mon père a interprêté le message à l'époque.

-Des gens dont les Peurs ne se formeraient pas….Ce doit être sacrément reposant, songea Barl tout haut.

-Mais si les Peurs disparaissaient….Vous ne croyez pas que ces personnes tenteraient de nous envahir ?

-Melvin, je vois que tu as toujours le mot qui ramène le sourire sur les lèvres ! Ironisa Jenna. Si nous survivons aux Peurs, je ne vois pas ce que des humains peuvent nous faire de plus !

Nous marchâmes à travers les champs toute la nuit, jusqu'aux premières lueurs de l'aube. Installant notre campement, nous dormîmes jusqu'en fin de matinée. Les Peurs étaient plus promptes à attaquer dans le noir, ce qui nous obligeait à décaler ainsi notre rythme de vie. Nous repprîmes notre route tout en mangeant.

-Ïl....Ana, tu ne comptes pas dormir dans une auberge au moins une fois ? Lâcha Barl avec le sourire.

-J'aimerais que les Peurs ne soient pas au courant de notre approche. Or le meilleur moyen d'y parvenir c'est de nous tenir éloignés de la population.

-Oui...., acquiesça Melvin. C'est logique. Moins il y aura de monde autour de nous, moins il y aura de Peurs. Donc plus nos chances de passer inaperçus seront élevées.

-Exactement.

Ma vue se troubla brusquement. Je me figeai, le monde devenu flou autour de moi.

-Ana ? Qu'y a t-il ?

Ma peau s'était mise à me démanger de partout.

Il fallait que je reste calme. La crise allait passer.

De démangeaison, elle passa à la douleur. Comme à chaque fois, j'eus le sentiment que mon corps était devenu trop étroit et que mon être poussait de toutes ses forces ma peau pour tenter de la déchirer et se libérer.

Je me recroquevillai sur moi-même, enroulai mes bras autour de mes épaules, afin d'atténuer la pression exercée sous ma peau.

Il n'y avait pas lieu de s'inquiéter....ça allait passer....Il fallait que ça passe !

J'entendais les gardes m'appeler à travers la brume de douleur, mais j'étais incapable pour le moment de prononcer un mot. Toute mon énergie centrée pour contenir la pression.

Lorsqu'enfin la crise passa, j'étais couverte d'une fine couche de sueur et mon corps tremblait comme une feuille, complètement épuisé. Ma monture s'agitait sous moi.

-Ana ! Est-ce que vous vous sentez bien ?

Des bruits d'épées me parvenaient. J'ouvris les yeux et tentai de me redresser, mais mon corps était complètement ankylosé.

-Qu'est-ce qui....

-Ce n'est qu'une Peur qui s'est formée....Restez là, nous nous en chargeons.

Jenna me rendit mes rênes et s'écarta pour prêter main forte à ses compagnons, sa rapière à la main.

Les combats firent rapidement place au calme. J'avais eu le temps de me remettre quelque peu de ma crise.

Maudite maladie !

Elle allait tous nous mettre en danger si elle décidait de se manifester de façon aussi violente durant le voyage !

-Ï….Ana ! Vous vous sentez bien ?

-Tu vois bien que non idiot…Regarde comme elle est pâle….

Je secouai la tête.

-Ce n'est rien….Cela m'arrive de temps en temps….Il n'y a pas de quoi s'alarmer….

-Vous voulez dire que ce genre de crise vous est déjà arrivé ? S'étonna Amaury avec inquiétude.

-Oui…..Elle sont assez régulières, bien que rarement aussi violentes…..

-Pourquoi n'en avons nous jamais eu vent ? S'étonna l'homme.

Je secouai la tête.

-Pour ne pas inquiéter les hîsöqii. Le pays n'a vraiment pas besoin de ça.

-Vous êtes malade Ana….Je doute que ce soit une bonne idée d'entreprendre ce voyage….Vous devriez rentrer. L'un de nous vous raccompagnera, et les autres poursuivrons notre rou….

-Hors de question.

-Mais….

Je me redressai, et serrai les poings.

-Je suis partie en connaissance de cause. Et j'ai bien l'intention d'aller au bout de mon objectif. C'est honorable de votre part de vouloir me protéger, mais vous vous trompez de cible. Ce sont les hîsöqii que nous devons sauver. Pas moi…..Repprenons notre route.

Je partis en tête, déterminée.

Il était hors de question que je rentre à Sehla maintenant. Il avait fallut me battre pour convaincre le Conseil de me laisser partir. Eryn était devenue l'Ïlqana officielle. Si je revenais après si peu de temps, non seulement j'anéantirais tout espoir de voir le pays sauvé, mais en plus les Vämïga perdraient toute crédibilité aux yeux de tous. Sans compter que le pays continuait d'avancer vers sa perte chaque jour qui s'écoulait.

Je devais atteindre les Peurs coûte que coûte et trouver un moyen de les détruire de façon définitive.

La sueur perlait à mon front, gouttes d'eau glacées sur ma peau brûlante de fièvre. Je levai une main tremblante pour dégager mes yeux de mes mèches. Je me sentais poisseuse et prête à défaillir.

Jamais une crise n'avait duré aussi longtemps, ni de façon si intense.

Je luttai pour faire bouger mon corps. Il n'aurait jamais dû peser aussi lourd.

"Ï….Ana….Nous devrions faire une pause…..

Je secouai la tête, les mâchoires crispées.

-Hors de question. Nous en avons fait une il y a à peine deux heures. A ce rythme nous n'atteindrons jamais la forêt. Ne vous inquiétez pas pour moi. Je n'ai pas l'intention de baisser les bras maintenant !

Les pas se stoppèrent dans mon dos.

-Amaury ? Que se passe t-il ?

Je me retournai à la question de Barl.

-Je sens quelque chose, souffla le soldat, à l'affût.

Nous balayâmes les lieux du regard, mais je ne vis absolument rien.

-Si il s'agissait d'une Peur, elle nous aurait déjà attaquée, lâchai-je en poursuivant ma route. Ne nous laissons pas distraire. J'aimerai atteindre la lisière de la forêt avant la tombée de la nuit.

Amorcer un nouveau pas fut plus difficile que je ne l'avais imaginé. Ce court arrêt était parvenu à plomber mes jambes.

Je vacillai.

Me ressaisis juste à temps pour ne pas tomber.

Comment allais-je bien parvenir à destination dans cet état ?

C'était complètement insensé !

Un silence total régnait autour de nous.

C'était incroyablement calme ici. Même les oiseaux ne chantaient pas.

Ce constat accrut ma vigilence.

Si il y avait eu une Peur dans les environs, elle nous aurait déjà attaquée. Ces créatures n'étaient pas capables de se contrôler.

Si nous n'avions essuyé aucun assaut, alors c'est que nous étions vraiment seuls.

L'absence d'animaux prouvait néanmoins que nous nous approchions du territoire de nos ennemis.

-Ïlqana, cet endroit est trop calme, souffla Barl, prés de moi. Ce n'est pas normal.

Entendre l'homme énoncer tout haut mes propres conclusions me crispa d'avantage.

Des craquements sur ma gauche me firent tourner la tête.

L'épée jaillit dans le poing de mes compagnons de route.

-Du calme.

-Excusez-moi Ïlqana….

Je posai ma main sur le bras de Barl.

L'espace d'un instant, je vis très clairement l'homme courir après ses deux garçons dans les rues de Sehla. Leurs éclats de rire attiraient les regards des passants qu'ils dépassaient sans qu'eux-mêmes ne les remarquent, absorbés par leurs jeux.

-Tu vas revoir ta famille Barl. Votre mission était de m'accompagner jusqu'à la forêt. Nous y sommes. A présent vous tous êtes libres de repartir vers vos familles sans vous sentir coupables de quoi que ce soit.

Les quatre soldats m'offrirent des regards surpris.

-Nous avons plus de chance de vaincre les Peurs à cinq qu'en vous laissant y aller seule Ana, lâcha Jenna.

-Peut-être. Mais plus nous nous enfoncerons dans la forêt, plus nos chances de survie diminueront. Vous avez tous acceptés de me suivre en toute connaissance de cause. Vous savez que devant nous nous attendent très certainement des milliers de Peurs. Il y en aura bien d'avantage que sur le Front. Vous m'avez fait sortir de prison et je vous en suis infiniment reconnaissante. Mais subir la colère d'Eryn est bien moins dangereux qu'affronter autant de Peurs à la fois….Il n'est plus question d'être loyals envers moi, mais de bien peser le pour et le contre. M'accompagner vers une mort fort probable, perdus au milieu de ces bois, où personne ne viendra nous chercher ? Ou revenir auprès des vôtres et passer votre vie à leur côté, même si tout se termine dans quelques mois pour Hîsöq.

Jenna baissa légèrement son arme.

-Revenir en arrière ? Lâcha t-elle, le regard songeur.

Elle avait l'âge d'Eryn. Et ce n'étaient pas les prétendants qui manquaient. Je la vis soudain, aux bras d'un jeune inconnu, le visage radieux, puis le jour de son mariage.

La jeune fille secoua la tête, comme pour chasser ses pensées.

-Rien n'est perdu. Nous vous aidons à botter les fesses de ces Peurs, puis nous rentrons.

Je soupirai.

-C'est honorable de le penser. Mais soyons réalistes. Je reste la seule personne à ne pas former de Peurs. Pour votre part, vous vous exposez clairement à la perte de votre humanité, voir de votre vie. Je suis votre Ïlqana et j'ai besoin de vous savoir en sécurité. Mais en vous laissant me suivre dans ce voyage, je manque à mes devoirs de protection envers vous.

- Nous sommes vos soldats. Notre première mission est de protéger votre vie Ïlqana, rappela Melvin. Ma femme sait que mon devoir envers votre famille passera toujours avant elle. C'est ainsi. Et si je meurs ici, elle sera heureuse parce qu'elle saura que je suis mort en accomplissant mon devoir, donc en restant intègre avec moi-même.

-Je crois surtout qu'elle aura le coeur brisée à l'idée de ne plus vous revoir, soupirai-je. Elle repensera à tous les bons moments que vous avez passés ensemble et songera qu'il ne lui restera plus que ces souvenirs de vous.

Melvin frissonna.

-Je….Je n'ai jamais voulu songé à la possibilité que je ne reviendrais pas de ce voyage…..Enfin, je le sais, mais….je suis toujours parti du principe que ça ne pouvait pas arriver.

-Nous pensons tous ainsi, lâcha Jenna. Qui pourrait aller au devant dc sa mort de façon anticipée sans garder le moindre espoir de survie ?

-En effet. Mais je préfère croire que vous vous en sortirez vivants que vous entraîner avec moi dans la mort. Je suis prête à mourir pour Hîsöq. Mais vous en faites partis.

-Nous vous suivons, lâcha Amaury. Jusqu'au bout vous entendez Ïlqana ? Alors arrêtez de vouloir nous faire douter. C'est surtout à vous qu'il faut poser la question. Vous semblez bien trop mal en point pour pouvoir poursuivre la mission.

J'inspirai profondément et réalisai alors que la douleur ressentie plus tôt avait nettement diminuée.

-Non….ça va beaucoup mieux.

Je me remis en route.

-Ana…..Nous devrions profiter qu'il fasse encore jour pour monter le campement, intervint Melvin.

-Nous n'avons pas encore atteint la forêt. Je préfèrerais monter le camp sous le couvert des arbres.

-Mais nous serons tout autant exposé aux Peurs là-bas ! Voir même d'avantage qu'en nous arrêtant ici !

-C'est fort probable. Mais d'après les rapports, les hommes-bêtes ne s'y rendent pas. Je préfère combattre plus de Peurs que lutter sur deux fronts. Au moins avons-nous l'avantage qu'elles semblent me craindre, ce qui n'est pas le cas de ces humains sans peur.

Mes hommes n'émirent plus la moindre objection et nous poursuivîmes notre avancée.

L'homme sursauta de nouveau, son regard cherchant de façon frénétique la moindre menace.

Mais une fois de plus, ce fut une fausse alerte.

Melvin s'obligea à détendre les doigts sur son épée, tellement crispés qu'il peinait à les bouger.

Cette mission n'avait vraiment aucun sens. Qu'est-ce qui avait pris l'Ïlqana et le Conseil de lancer une telle opération. Si une armée était incapable de s'approcher de la forêt, pourquoi eux le pourraient ?

Il sursauta violemment lorsqu'une main se posa sur son épaule.

Son regard croisa celui de Barl.

-Du calme l'ami. J'aimerai arrêter de tuer tes formations de Peurs à chaque pas.

Le soldat écarquilla les yeux.

-Mais….Je n'ai rien vu….

-Evidemment. Je ne leur laisse pas le temps de prendre forme. Tout le monde est concentré sur l'Ïlqana et elle-même dévore les kilomètres sans manifester le moindre doute. Mais si tu continues à stresser à ce point, tu vas finir comme ces hommes-bêtes. J'aimerais éviter d'avoir à attacher un de mes meilleurs soldats si tu veux bien.

Melvin acquiesça.

-Pardon…Je vais tenter de me contrôler un peu plus.

-Parfait.

Barl reprit quelques pas de distance. De nouveau isolé, Melvin inspira profondément.

Il devait absolument se calmer.

La forêt se dressait enfin face à eux, immense et menaçante.

L'Ïlqana se stoppa sans prévenir devant lui. Ils suivirent le mouvement.

-Nous allons nous installer ici pour la nuit. Je veux une réserve suffisante de bois pour tenir jusqu'au lever du jour.

"Un éclat.

Je fixai le point lumineux au dessus de ma tête, fascinée par la lumière et les couleurs qui la composaient.

Quelque soit l'angle sous lequel je l'observais, elles changeaient, pourtant parfaitement distinctes les unes des autres.

"Théa ?

J'étais fascinée. Comment un si petit cristal pouvait contenir autant de beauté ? Voir à travers lui, c'était découvrir le monde derrière un arc-en-ciel.

Une main me fit sursauter. Je me retournai d'un bond.

Le regard de bonté de Léandre Vämïga se posa sur moi.

-Encore à rêvasser à ce que je vois, sourit-il, amusé.

Je fus arrachée du sommeil par un juron.

Je me redressai, nauséeuse.

"Que se passe t-il ?

La vision embrumée, la langue pâteuse, je posai mon regard sur les gardes qui discutaient à voix basse prés d'un feu de bois.

-Bonjour Ïlqana ! Lança Barl avec un sourire crispé. Avez-vous bien dormie ?

Je le fixai avec attention.

-Que s'est-il passé ?

Son visage s'affaissa.

Je posai mes yeux sur le reste du groupe, et me crispai aussitôt.

-Où est Melvin ?

Ils baissèrent les yeux, penauds.

Jenna serra les poings.

-Il est parti, grogna t-elle, à l'évidence furieuse. Comme un lâche, pendant que tout le monde dormait ! Abandonner son poste en plein tour de garde , ça mériterait la potence !

Je grimaçai.

-Non….Certainement pas. Je vous aie assurée que vous pourriez partir quand bon vous semblez. Melvin a jugé qu'il était temps pour lui de retourner auprès des siens. Je suis heureuse qu'il se le soit permis. Et sachez que vous pouvez en faire autant.

-Ïlqana, vous tremblez….

Je resserai ma couverture autour de mes épaules.

-Ce n'est rien. Ne nous attardons pas ici. Mangeons et mettons-nous en route.

Le repas fut succinct et plus silencieux que jamais. De nouveau prêts à partir, je me levai, mon sac sur le dos.

Mes jambes se mirent à fléchir.

Je serrai les mâchoires.

Pas de crise !

Ce n'était vraiment pas le moment.

Nous reprîmes notre voyage sans échanger plus de paroles que nécessaire.

La forêt se dressait face à nous, et jamais encore je n'avais vu d'arbres aussi grands.

Dans mon dos, la plaine était totalement déserte.

Pas le moindre signe de vie humaine où que mon regard se pose. Selon mes calculs, le plus proche village se trouvait à plus d'une journée de marche d'ici. Il y avait par conséquent peu de risque de croiser une Peur déjà existante. L'inconvénient de cette stratégie, c'est qu'en cas de problèmes, nous serions seuls pour y faire face.

Un son étrange me parvint. Il me fallut plusieurs secondes pour l'identifier.

Je me retournai avec surprise.

-Amaury ? Mais…Que t'arrive t-il ?

Je vis le soldat passer le dos de sa main sur ses yeux embués de larmes.

-V-Veuillez m'excuser Ïlqana….Je ne voulais pas…..Je…Je pensais juste à M-Melvin….Et à vos paroles….Même votre père n'aurait pas eu une telle générosité à son égard pour avoir déserté son poste à un moment si critique….Mais vous…Vous acceptez sa faiblesse et….je ne veux pas vous abandonner Ïlqana ! Pardonnez-moi ! Pardonnez-moi mais chaque pas que j'effectue me tort un peu plus les tripes et j'ai le sentiment que je vais finir réduis en gruau si je poursuis plus loin !

Perplexe, je m'apprêtais à rassurer l'homme lorsque Barl passa devant moi à grandes enjambées déterminées.

La gifle qu'il administra à son compagnon d'armes aurait assommé un enfant.

Amaury tomba à genoux, la paume sur sa mâchoire. Mais au lieu de se ressaisir, les sanglots de l'homme redoublèrent.

-Tu vas cesser tout de suite de chialer comme un môme ?! Mais qu'est-ce qui te prend Amaury ! Fulmina Barl avec colère. Tu savais ce qui nous attendait avec ce voyage ! Faut te secouer mon vieux ! C'est cet endroit qui te fait pisser dans ton froque ! Tu peux pisser autant que tu veux, personne ici ne te jugera ! Mais nous avons un devoir à accomplir et je n'ai pas l'intention de te laisser te déshonorer de façon si pathétique !

-J'suis désolé….Pardon Ïlqana….

Je vis les traits de son visage se tordre sous l'effet de l'angoisse.

Un gloussement me fit sortir mon épée d'un geste vif.

-Amaury….Il faut que vous vous calmiez…..

Le souffle de l'homme devenait de plus en plus laborieux à mesure que son angoisse augmentait.

-J-J'ai mal au ventre, gémit-il, les bras autour du corps, plié en deux.

Un nouveau sifflement me parvint. A la recherche de la menace, je distinguai enfin des formes au milieu de l'herbe folle.

Une crinière d'un rouge sang pointait au milieu des herbes sauvages.

A sa taille, je sus que la créature était énorme.

Mes mains se ressérèrent sur la poignée de mon épée.

-Barl, Jenna, aidez Amaury à se relever. Il faut fuir, tout de suite !

-Quoi ?

Jenna s'était approché de moi, son arme en main.

C'est à cet instant que choisit notre prédateur pour bondir.

-Ïlqana attention !

Je me sentis poussée sur le côté. Mon corps percuta le sol et la douleur fusa dans mes membres. Je n'avais vraiment pas besoin de ça dans mon état actuel !

Le cri de la garde me tira de mes pensées. Je me retournai.

-Nous allons mourir…Tous mourir !

Amaury beuglait comme un dément.

Je fixai notre assaillant avec fascination.

J'avais entendu parler de ces créatures, sans jamais en avoir croisé une seule.

Un visage proche de l'humain, sur une tête de lion, au milieu d'une crinière couleur sang flamboyante. Un corps de félin aux pattes et à la queue reptiliennes. J'avais lus des rapports et entendu des chansons sur ces monstres. Elles avaient pour nom chimères.

-Fuyez Ïlqana ! Nous allons la retenir !

Barl faisait barage entre la créature et Amaury, toujours prostré sur le sol.

Une nouvelle silhouette bondit vers le duo par derrière. Je levai mon arme, soudain envahie par une fureur sans nom. Une bouffée de chaleur m'envahit. Saisie par une nouvelle énergie, je laissai jaillir un cri de rage pure.

-Hors de ma vue !

La tête du monstre se détacha de son corps encore en mouvement, j'atterris sur mes pieds, ma lame maculée de sang.

Une ombre se profila au coin de mon champ de vision. Ces monstres tentaient d'atteindre Amaury !

Je me jetai dans la mêlée,

" Si vous voulez l'avoir, il faudra d'abord me passer sur le corps !

Je sentais ma lame s'enfoncer dans la chair, encore et encore. La résistance rencontrée par les muscles de mes adversaires ne faisait qu'attiser plus encore mon envie de les pourfendre.

" Si vous croyez que l'homme est une proie facile, alors vous allez regretter de vous en être pris à nous !

Je vis rouge.

Ma lame étincelait entre mes mains malgré le sang qui la maculait. J'éprouvai chaque section de tendon que je causai à mes adversaires. Leurs déchirures vibraient sous ma peau comme des abcès que je perçai. Jamais je n'avais ressenti une sensation aussi jouissive. J'exultai ! Enfin ! Je n'avais attendu que ça ! Terminé de jouer la comédie ! Bas les masques ! Théa Vämïga n'était pas une femme faible incapable de se défendre ! Fini de retenir mes émotions de peur d'effrayer ! J'allais éradiquer toute cette vermine du royaume une bonne fois pour toutes !

-Je jure…de t'offrir…un royaume en paix Eryn !

Mon épée percuta le sol sur lequel je venais de l'abattre.

Je pris alors conscience de la tête enfin détachée de mon adversaire.

Le cadavre recouverts d'entailles profondes, auquel manquait plusieurs membres me fit comprendre que la chimère devait être morte depuis un moment.

Confuse, je me redressai. Mon regard se posa sur les corps qui gisaient sur le sol.

Plus que tués, la plupart étaient fracassés de partout. Et au sang qui recouvrait ma lame et mes avant-bras, je ne me fatiguai pas à chercher un responsable. Ce n'était pas la première fois que ma fureur décuplait ainsi ma force.

Je pris une ample inspiration, le coeur au galop dans ma poitrine.

La pointe de ma lame plantée dans le sol, je m'appuyai dessus, prête à recevoir le poids de la fatigue qui suit inévitablement un combat.

Elle s'abattit sur mes épaules et je vacillai, les poumons en feu et les jambes de coton.

-Ïl-Ïlqana ?

Jenna recula d'un pas lorsque mon regard se posa sur elle. Son arme à la main, du sang avait éclaboussé son visage. Toutefois elle avait l'air d'aller.

-Oui ?

-Vous…Vous devriez vous reposer Altesse….

-Ne vous ai-je pas ordonné de m'appeler Ana ?

-S-Si Ïl….Ana….Pardon mais…Vous semblez épuisée….Nous ferions mieux de trouver un lieu où vous reposer.

Ma main serra la poignée de mon épée à m'en faire blanchir les jointures.

-Impossible. A présent que c'est commencé, je ne peux plus me permettre de me poser. Les Peurs vont certainement arriver en force d'ici peu. Restez ici si vous voulez, mais pour ma part, je continue.

-M-Mais….A-Ana !

Je parvins à me redresser, le corps tremblant.

" Vous êtes exténuée !

-Le pays tout entier est mourant Jenna ! Quelle genre d'Ïlqana serais-je si je laissai mes besoins passer avant ceux de mon peuple ?

-Comme une personne cencée ! Vous êtes épuisée, et….vous n'êtes pas dans votre état normale ! Ajouta la jeune femme, un brin de frayeur dans la voix.

J'éclatai de rire mais sentis mon corps vaciller. Je trébuchai.

" Vous tenez à peine sur vos pieds ! Je vous en prie ! Prenez du repos ! Cessons cette folie et rentrons ! Ou nous allons tous y rester et Hîsöq ne sera pas plus avancé ! Melvin est parti, Amaury est dans un sale état, et vous tenez à peine sur vos jambes !

-La gamine a raison Ïlqana, intervint Barl, accroupi prés du corps inconscient d'Amaury. Notre situation actuelle devient trop risquée....Continuer serait du pur suicide.

-Alors rentrez ! Je poursuivrais seule ! Vous avez bien assez fait comme ça ! Conduisez Amaury à un guérisseur et prévenez ma soeur que je suis décidée à accomplir mon devoir coûte que coûte....

-Non ! Hors de question que l'on vous laisse ici ! S'écria Jenna. Il ne faut pas nous séparer ! Sinon nous....

Elle s'arrêta, la respiration précipitée, les yeux écarquillés de frayeur.

Autour de nous, la brûme se formait et se mit à ramper sur le sol, anormalement blanche. La forêt perdit rapidement de sa netteté et de ses couleurs.

La brûme m'enveloppait et je vis mes compagnons se fondre en elle.

-Oh n-non Ïlqana !....Ïlqana je ne veux pas rester ici ! NE ME LAISSEZ PAS ICI TOUTE SEULE....ÏLQANA !....Ïlqan...a....Ïl-q....

-Jenna ?

Le son de sa voix terrorisée s'éloignait déjà de moi tandis que le monde qui m'entourait se drapait dans un étrange habit argenté et moelleux.

Je fis quelques pas prudents, mon regard incapable de distinguer quoi que ce soit au delà de mes pieds.

" Jenna ! Barl !

La brûme était apparue si vite ! Comment se pouvait-il que les sons soient à ce point étouffés ? Mes compagnons d'armes ne devaient être qu'à quelques pas à peine de moi....

Les mains tendues vers l'avant, je saisis soudain un poignet. L'espoir m'envahit.

-Bar...

Avant d'avoir eu le temps de le voir, l'homme se dégagea de ma prise d'un mouvement brusque.

Je ne pouvais pas les laisser dans un pareil lieu.

" Barl c'est moi votre Ïlqana !

Le mouvement de l'air me fit me décaler de profil, ce qui me sauva la vie. L'épée fendit la brûme argentée à l'endroit où je me tenais un battement de coeur plus tôt.

-BARL CESSEZ TOUT DE SUITE ! C'EST MOI ! THEA !

Je trébuchai, et reculai au plus vite, juste à temps pour parer une autre attaque.

Que ce soit à cause de la brûme ou du mal qui me rongeait, la sueur me collait à la peau et à mes habits. La brûme m'aveuglait et je ne distingai que les mains armées du garde alors qu'il allait me pourfendre.

Je reculai hors de portée, le souffle court.

J'avais commis une erreur de taille.

Pour moi, la forêt n'était qu'un lieu comme un autre. Un endroit où les Peurs avaient trouvé refuge. Mais jamais je n'aurais imaginé qu'elle puisse se révéler elle-aussi une ennemie !

J'avais dans l'idée que la brume ne disparaitrait pas de sitôt, alimentée par la peur de Jenna et Barl.

Je devais m'éloigner d'ici avant de me prendre un coup d'épée malencontreux.

Si je voulais les sauver, il fallait que je trouve les Peurs.

Que je les trouve et que je les détruise.

C'est à contrecoeur que je m'éloignai de là où je supposai être mes compagnons, une prière aux lèvres qu'ils s'en sortent vivants.

Chapitre 10

"Tout n'était que ténèbres. Elles suintaient des troncs entrelacés, recouvraient le sol pour assourdir mes pas, rendaient l'air trop épais et écrasant.

Et plus j'avançais, plus je me sentais m'engluer dans la panique.

Ce n'était pas une forêt mais un ventre vorace. Et j'en étais presque venue à souhaiter que le supplice se termine.

Autour de moi, les arbres se dressaient, leurs cimes englouties dans l'épaisse brume qui recouvrait les lieux et empêchait les rayons du soleil de passer.

Mes pas ne produisaient aucun bruit. Le monde avait perdu la couleur et mes habits, dont la teinte brune était pourtant discrète en temps normal, ressortait de façon frappante dans ce paysage fantômatique. Je me sentais terriblement visible et vulnérable. La folle idée de me déshabiller pour que la pâleur de ma peau se fonde dans le décor et me dissimule me traversa l'esprit.

Je la chassai aussitôt.

Je n'étais pas ici pour me cacher mais pour me battre.

J'avais toujours imaginé que les ténèbres étaient noires et qu'elles rendaient ainsi la vue inutile.

Je m'étais lourdement trompée.

Ici, le gris pâle dominait et le monde n'était formé que de silhouettes tordues de troncs d'arbres gigantesques. J'avais les yeux ouverts, pourtant ils ne m'apprenaient guère d'avantage sur cet endroit que si je les avais gardés clos ou que la nuit s'était installée.

Jamais je ne m'étais sentie aussi seule et isolée de toute mon existence.

Mes yeux ne pourraient rien m'apprendre avant que le danger ne surgisse et qu'il ne soit trop tard.

Mon odorat était saturé par l'odeur de l'humus et de l'humidité minérale.

Je tremblai de froid au milieu de cette absence totale de chaleur et de vie.

Mes doigts se resserrèrent autour de la poignée tiède et rassurante de mon épée, tous mes sens aux aguets. Autour de moi, le silence était total. Même le bruit de mes pas était étouffé.

Si quelque chose m'arrivait, personne ne saurait jamais ce qui était advenu de moi.

Un craquement trancha net l'épaisseur de l'air. Je bondis aussitôt pour me retourner, et redressai mon arme, prête à parer la moindre attaque.

Mon coeur cognait si violemment dans ma poitrine que je crains un instant que les Peurs puissent m'entendre rien qu'avec ses battements effrénés et mon souffle précipité.

Rien.

Rien que la brûme et les silhouettes de bois immobiles.

J'inspirai profondément, consciente des tremblements dans ma respiration.

Mes Peurs auraient dû se former.

Etaient-elles là, dissimulées dans l'ombre, à m'observer en souriant ? Attendaient-elles le meilleur moment pour me sauter dessus et me réduire en poussière ?

Je relevai la tête et cherchai le moindre signe de mouvement.

Nul danger ne se manifesta pourtant….Et avec cette maudite brume, je ne distinguais absolument rien !

Un écran obscur traversa sans prévenir ma vision avant de disparaître.

En réponse, mon ventre se tordit douloureusement.

Une vague de terreur glacée me balaya aussitôt de la tête aux pieds.

Non….Pas encore !

Je ne pouvais pas montrer le moindre signe de faiblesse maintenant !

Je me mis pourtant à trembler de façon incontrôlable.

La moindre parcelle de mon être bouillonnait en moi, comme prête à jaillir hors de ma peau. Pétrifiée, j'oubliai un instant le danger extérieur pour me concentrer sur mon corps.

J'avais lutté contre ma maladie depuis toujours, et ce n'était pas maintenant que j'allais la laisser gagner !

Les yeux clos, les mâchoires serrées, concentrée à l'extrême, une goutte de sueur glacée dessina un sillon le long de ma colonne vertébrale tandis que je repoussai la crise pour reprendre le contrôle sur mon corps. Mon mal semblait plus puissant ici et lorsque je le rejetai de nouveau aux tréfonds de mon être, je me sentis ensuite vidée de toute énergie.

Le cri d'un corbeau me fit violemment sursauter. Mes jambes tremblaient tellement que je manquai de perdre l'équilibre.

Courir.

La pensée me traversa en un éclair de lucidité.

Partir au plus vite de cet endroit et disparaitre.

Personne ne s'attendait à me revoir à Hîsöq.

Nul ne saurait que j'avais renoncé à la mission que je m'étais moi-même attribuée.

J'avais cru ces bois remplis de Peurs qu'il me faudrait combattre, et rien ne m'avait préparé à devoir affronter autre chose.

Pourtant, c'était bien ma propre Peur que je combattais en ce moment-même. Ce mal qui me rongeait de l'intérieur et que j'avais gardé secret toutes ces années, même à ma propre famille, tant il m'effrayait.

Je l'avais presque oublié, pourtant lui ne m'avait pas abandonné.

Il était là et il se tenait prêt pour me terrasser, ici, et maintenant, pour peu que j'ose m'enfoncer plus en avant dans ces bois maudits !

Je jetai un regard en arrière, sur le chemin que j'avais déjà eu tant de peine à parcourir.

Puis je vins sur celui qu'il me restait à affronter.

La brûme flottait toujours, où que mon regard se pose. Inchangée et paisible.

Personne ne saurait.

L'espace d'une folle seconde, je me vis me retourner et m'enfuir pour échapper à mes démons.

Pour aller où ? Pour faire quoi ? Ou combien de temps, ça, je n'en avais pas la moindre idée.

Et je m'en moquais désespéremment.

Je voulais seulement que cesse la pression qui s'exerçait à l'intérieur de mon corps lui-même.

Mûe par un élan de survie, je m'élançai, les mains vers l'avant.

Mes chevilles vrillèrent sur le sol inégal. Je me rattrapai de justesse à un tronc d'arbre. Lorsque j'ôtai ma paume du tronc, l'écorce resta collée à mes mains, visqueuse.

Je secouai mon poignet, mais la substance restait fixai à ma paume.

Mes pieds se prirent dans une racine et mon corps bascula vers l'avant. Je rencontrai le sol et les feuilles piquèrent ma peau à travers mes habits.

Des lames. Les feuilles mortes étaient aussi tranchantes que des lames d'acier !

Ma poitrine me brûlait, et je dus fournir un effort qui me laissa au bord de l'épuisement pour m'extirper des feuilles métalliques.

J'y laissai le devant de ma tunique en lambeaux et me remis sans plus attendre à courir.

La terre perdit soudain de sa solidité sous mes pieds et ces derniers s'y enfoncèrent. Le visage innondé de larmes, la vision brouillée, je tirai comme une enragée pour me libérer, le regard braqué sur la brûme.

Il ne fallait pas que je reste immobile !

Mais le sol refusait de me lâcher !

Allongée sur le ventre, je cherchai autour de moi une racine ou une pierre, n'importe quoi qui puisse me soutenir !

La terre, traîtresse, ne m'offrit aucune prise.

Je la sentais qui grimpait le long de mes mollets en feu, gaines de plus en plus solides pour me clouer au sol.

"LÂCHE-MOI !

Un cri de soulagement jaillit de ma gorge lorsque je sentis enfin une prise solide sous mes doigts. Je me hissai pour m'extirper de ce piège.

Mes articulations gémirent tandis que la terre résistait à mes efforts pour me libérer.

Je sentais les cailloux et les ronces griffer ma peau, et mes genoux craquèrent, prêts à se démettre. Je percevai leurs gémissements remonter jusque dans mes oreilles.

Mais ce fut la terre qui céda la première. L'odeur fraiche et humide de l'humus atteignit mes narines.

Je m'effondrai en avant, le souffle précipité et ramassai mes jambes sous moi.

Un rire monta du fond de ma poitrine, pur soulagement qui se déversa à l'intérieur et hors de moi pour me remplir d'une chaleur bienfaisante.

J'étais sauvée !

Je tapotai avec reconnaissance la prise qui m'avait permise de me libérer de ce piège.

La surface molle sur laquelle rebondirent mes doigts me fit relever la tête. Les cheveux devant les yeux, collés à mon front par la sueur, mon regard se posa sur les orbites creux du macabé qui me souriait de toutes ses dents, à quelques centimètres de mon regard.

La peau de son visage avait eu le temps de se peler en plusieurs couches, telle la peau d'une banane ouverte avant que la putréfaction ne rende le processus difficile à poursuivre. L'odeur de vieille mort remplit mes narines et mon coeur se souleva. Ma gorge vomit mon hurlement, tels des doigts crochus prêts à m'arracher ma voix.

Ma main chercha mon arme sous les feuilles mais je ne trouvai que des débris de branches et de la mousse. Je relevai soudain mon bras, mon poing crispé sur une pierre qui épousait toute ma paume.

Soulagée de posséder une arme, même aussi rudimentaire, le verrou qui bloquait ma poitrine sauta et l'air rentra plus librement dans mes poumons. C'est d'un pas trébuchant que je me remis sur pieds, prête à frapper.

Un effleurement glacé glissa sur mon cou. Je me retournai d'un bond.

-C'est ça que tu cherches ?

La silhouette d'ombre tenait debout un corps en bouclier devant elle et gesticulait sa macabre marionnette.

Mon regard fixa alors avec horreur la chevelure blonde qui encadrait le visage de la morte.

Pas besoin de voir ce dernier pour le reconnaitre.

Mon ventre se retourna.

L'ombre jeta le corps de ma soeur sur le sol. Je plongeai en avant pour rattraper ce dernier et rebondis sur la terre.

Le visage enfoui, bras tendus, je tremblai tellement que je peinai à contrôler mes mouvements.

Une poigne squelettique jaillit et s'empara de mon bassin pour l'attirer en arrière. Je sentis la terre remuer sous moi et relevai la tête.

C'est alors que je compris mon erreur.

Ce n'était pas le sol qui m'avait réceptionné. Mais une pile de mourants. Leurs doigts cherchaient à crocheter la moindre parcelle de ma peau écorchée pour m'attirer vers eux.

"Sauvez-nous…Ïlqana….A l-l'aide….

-Non…LÂCHEZ-MOI !

Les gémissements de souffrance me remplissaient les oreilles. A quatre pattes, je brisai les doigts et donnai des coups de pieds dans tout ce qui tentait de m'attrapper.

Je portai mes mains à mes oreilles.

Il fallait que tout ça cesse !

Je voulais partir de cet enfer !

Je cherchai une issue mais les corps dans le sol accaparaient toute mon attention.

Mes doigts effleurèrent un bâton.

Mon coeur bondit dans ma poitrine. Je m'emparai de mon arme improvisé et sautai sur mes pieds, cette dernière brandie devant moi. Je me mis à frapper mes agresseur enterré de toutes mes forces.

-JE NE QUITTERAIS PAS DE CET ENDROIT AVANT D'AVOIR OBTENU CE QUE JE SUIS VENUE CHERCHER C'EST COMPRIS !

Je vacillai lorsque mon bâton cogna soudain la terre.

Personne.

Plus un bruit.

Plus une image.

J'étais seule, mais qu'importe. Hurler faisait un bien fou.

Avoir une arme bien en main aussi.

Mon coeur cognait fort contre ma poitrine mais ses battements s'apaisaient et résonnaient en moi.

Je pris une profonde inspiration. Mes épaules s'affaissèrent.

Mes muscles se détendirent.

Mes traits s'assombrirent. Je sentis mon visage se fermer.

Ne pas partir.

Quelle folie.

Mais ma maudite raison avait repris le dessus sur ma peur.

Et je ne trouvais rien à redire à mes propres pensées.Fuir ne me sauverait pas et tuerait les hîsöqii. Plus encore, je condamnerais Eryn.

Rester me coûterait la vie à n'en pas douter, mais me permettrait peut-être de trouver un moyen de sauver ma soeur.

Je me devais d'essayer.

Même si disparaître était le prix à payer !

Je levai les yeux.

Plus de complaintes. Plus de doigts en forme de serres. Plus d'appels au secours.

Par contre, mon corps était toujours prêt à voler en éclat, l'énergie de mon être en lutte pour déchirer mon épiderme.

Mon pas suivant ne fut pas plus facile à faire, ni ma pression sous ma peau plus supportable, mais je m'accrochais avec fermeté à ma résolution.

Mon pied buta. Je baissai les yeux, crispée, et un soupir soulagé s'échappa de mes lèvres lorsque je réalisai alors qu'il s'agissait de mon arme.

Je jetai le bâton et la repris en main, rassurée d'être redevenue moi-même.

Mon regard se porta devant moi, sous le couvert des arbres vêtus de brûme collante.

Je serrai les dents.

Un pas après l'autre.

Je finirais bien par arriver quelque part, où que cc soit."

Jamais les battements de mon coeur n'avaient été aussi lents.

Concentrée à l'extrême, les yeux braqués sur la brûme épaisse, je guettais le moindre signe de présence.

Ma peau me démangeait comme si des yeux me fixaient.

Je me sentais épiée sans rien voir de mes ennemis.

Les doigts crispés sur mon arme à en devenir douloureux, je me figeai lorsque la brume parut s'éclaircir.

Rien ne bougeait pourtant.

Je risquai un nouveau pas.

Mes jambes pesaient un poids fou. La douleur fusait à travers chacun de mes muscles, et je luttai pour écarter la crise qui menaçait de m'emporter.

Un craquement dans mon dos me fit me retourner d'un bond. Mon arme se releva d'un coup, prête à frapper.

Mais rien.

Rien que cette écharpe de brûme impénétrable.

Le coeur battant, je fermai un instant les yeux, consciente de la tension qui m'abitait.

Quelle heure était-il ? Depuis combien de temps avançai-je ainsi dans cette étrange grisaille ?

Je n'avais pas le moindre repère. Tous les troncs se ressemblaient autour de moi et je ne parvenais pas à distinguer mes traces sur le sol, ce qui, je l'espérai, prouvait bien que je ne tournai pas en rond.

Mon souffle ralentit.

Les muscles de mon dos et de mes épaules consentirent enfin à se dénouer, et à la relâcher la douleur qu'ils provoquaient.

Un soupir de soulagement m'échappa.

Mon regard se braqua devant moi.

Peu importe où j'allais sortir. Il fallait que je quitter cette brûme.

Mes pas glissaient sur le sol, inaudibles à mes sens. Je savais toutefois que même silencieuse, mon odeur attirerait forcément mes ennemis.

C'était l'endroit idéal pour m'attaquer.

La lumière parut peu à peu à travers l'air opaque.

Je m'arrêtai. Mon coeur cogna plus fort dans ma poitrine et de légers tremblements parcouraient mes mains crispées sur la poignée en métal de mon arme.

C'était là. Tout prés.

Très certainement un piège mais la seule piste à suivre.

J'arrangeai ma prise sur mon épée et accélérai mes pas.

Derrière ce voile, le secret d'existence des Peurs allait enfin m'être révélé.

Mes pas s'arrachaient au sol tandis que je me mis à courir, comme si tous les hîsöqii se trouvaient avec moi.

Ma vision se fit rouge.

L'arme pointée en avant, je jaillis de la brûme d'un coup.

Prise de court, je me figeai aussitôt et écarquillai les yeux.

Mon épée se leva un peu plus devant moi.

Elles étaient bien là, immobiles et silencieuses.

Je jetai un coup d'oeil en arrière et constatai que la brûme s'était nettement éloignée.

Les Peurs m'encerclaient, ombres, animales, monstres ou de formes humaines. Toutes attentives à mes moindres faits et gestes. Elles restaient à une certaine distance de moi, immobiles. Sans le moindre signe d'hostilité apparent. La tension qui se dégageait de leur immense cercle résonnait à plus forte raison d'une attente démesurée. Leurs regards me fixaient avec une telle intensité que s'en devenait déroutant.

"Vous feriez mieux de me tuer tout de suite, lâchai-je, ma voix maîtrisée.

Je cherchai une faille, un moyen de fuir ces lieux, mais n'en voyais aucun. Mon instinct me soufflait de disparaitre, mais je ne pouvais rien faire !

L'épée levée, je me voyais mal lutter contre autant de Peurs, alors même que mon corps semblait prêt à voler en éclats ! Maudite crise ! Elle avait bien choisi son moment pour se manifester !

-Et pourquoi ferions nous cela ? S'enquit une voix.

Le cercle s'ouvrit, et la silhouette d'un homme immense apparut. Il devait bien dépasser les deux mètres cinquante.

Recouvert d'une peau brune qui le mêlait à la pénombre, son corps n'était que muscles. A l'évidence il aurait dû peser très lourd, pourtant ses pas n'émettaient pas la moindre vibration sur le sol. Je n'aurai pas été surprise qu'il ne laisse aucune empreinte.

-Qui êtes-vous ? M'enquis-je, quelque peu inquiète à l'idée de devoir affronter un tel individu.

-Je m'appelle Ar'Wil….Je suis un des Anciens de notre peuple.

-Vous souhaitez négocier ?

L'être s'approcha d'avantage. Je levai mon arme, prête à le frapper mais il n'y prêta guère attention et tendit une de ses mains vers moi, paume vers le ciel.

-Nous ne vous voulons aucun mal Théa Vämïga. Vous ne courrez aucun danger ici, je vous donne ma parole.

Je baissai légèrement mon arme,prise de court par la tournure des événements. Je n'avais pas envisagé un tel déroulement dans mes plans.

Je relevai ma garde.

-Vous vous adressez à moi comme si j'étais votre invitée…..Pourtant, je suis ici pour vous détruire….

Une vague de murmures s'éleva du cercle à l'entente de mes paroles, et le dénommé Ar'Wil releva la tête.

-Les humains vous ont appris à nous haïr, et vouloir notre mort est par conséquent une attitude tout à fait compréhensible de votre part. Mais je suis certain que vous ne possédez en fait que dc maigres informations sur nous je me trompe ?

Sa façon si calme et intelligible de s'adresser à moi m'était encore plus déroutant que le fait d'être encore en vie.

Jamais je n'aurais cru une Peur capable de dialoguer ainsi.

-Pourquoi ? Vous souhaitez me faire un cours ? M'enquis-je, ironique, pour dissimuler ma perplexité.

-Et bien….si vous avez un peu de temps à m'accorder, et il semblerait que ce soit le cas étant donné que vous aviez prévu de nous combattre, je peux me charger de pallier à ce manque en effet…Qu'en dites-vous Théa ?

Je regardai autour de moi, et réalisai que les autres Peurs brisaient le cercle les unes après les autres pour retourner chacune de leur côté dans la forêt. Ma méfiance reprit aussitôt le dessus.

-Où vont-elles ?

-Vaquer à leurs occupations….., lâcha Ar'Wil d'une voix paisible.

-Vous voulez dire "s'en prendre aux humains pour se nourrir" ? Grognai-je, furieuse de m'être laissée berner aussi facilement.

-Non….la plupart vont simplement se promener ça et là….Seules les plus jeunes Peurs doivent se nourrir pratiquement en continue.Plus nous sommes des Peurs dites "développées", moins il nous est nécessaire de nous nourrir….Parfois c'est tous les trois jours, parfois une fois par mois….Une fois par an…..Tout dépend de la quantité de Peur que l'on a absorbé au cours de notre existence.

-Je ne vous crois pas….Ma famille combat des Peurs depuis des générations et il ne s'est pas écoulé un jour sans que mon peuple ne soit attaqué par les vôtres. Si vous avez si peu besoin de vous nourrir, comment ce fait-il que le nombre de Peurs augmente à Hîsöq ?

-Eh bien, tout simplement parce que ceux que vous appelez les hîsöqii ne cessent jamais de créer des Peurs.

Nous n'étions plus que tous les deux. La tête levée pour écouter le colosse, je restai attentive aux sons et aux mouvements qui m'entouraient, prête à parer la moindre attaque surprise.

-Si vous ne passez pas votre temps à vous nourrir, alors que faites-vous de vos journées. A quoi occupez-vous votre temps ?

Je ne parvenais pas à imaginer les Peurs avoir une vie propre. L'idée qu'elles puissent occuper leur temps d'une autre façon demandait une imagination dont je manquai cruellement. Eryn n'en croierait probablement pas ses yeux devant le spectacle que nous offrions. Une humaine et une Peur en pleine discussion sans qu'elles ne cherchent à s'entretuer. Ce devait être une première dans l'histoire !

-Tout dépend de chacune et de son état d'évolution. Comme je vous l'ai dit, les Peurs les plus jeunes sont en chasse pour se nourrir. Il est impossible de discuter avec elles. Elles sont tellement obnubilées par leur faim que la raison n'a pas sa place dans leur fonctionnement....

-Et lorsque vous commencez à communiquer comme vous-même ? M'enquis-je, malgré moi curieuse de la réponse.

-Nous nous émerveillons.

-Pardon ?

Le géant eut un sourire amusé face à mon expression.

-Les humains nous offrent leurs peurs.....On pourrait penser qu'il ne s'agit que d'une seule émotion, ce qui conduirait les Peurs à être toutes identiques....Pourtant, ce n'est pas le cas. Les Peurs d'un enfant d'humains sont très différentes de celles d'une mère, ou d'un vieillard.....Elles révèlent ce qu'il y a des plus précieux dans la vie de l'humain en question. Plus l'on absorbe de peurs, plus ces subtilités apparaissent...Les Peurs qui vous attaquent sont généralement assez jeunes....Elles n'ont pas suffisamment accés aux subtilités pour être distraites de leur faim par les milliers de détails qui les entourent en permanence. Plus elles se nourrirront, plus elles y seront sensibles et leur attention sera accaparée par les détails.

-Avez vous déjà vu des Peurs ayant cessé de se nourrir ?

Le regard de la Peur se fit vague.

-Oui....Cela est arrivé, une fois seulement.

Entendre une pointe de tristesse dans la voix de la créature ne m'échappa guère.

-Et qu'est-elle devenue ?

-Comptez-vous utiliser ces informations pour nous détruire Théa Vämïga ?

Je m'arrêtai de marcher.

La question, loin d'être méfiante ou accusatrice, semblait d'avantage être une simple curiosité de la part de mon interlocuteur.

-Je veux protéger mon peuple. Si il est possible de le faire sans que les humains ou les Peurs n'en souffrent, alors je compte utiliser cette information en cela. Cette Peur est-elle morte ?

-Non….Pas encore….Mais elle finira par l'être si elle s'obstine à ne pas se nourrir.

-Puis-je la rencontrer ?

Ar'Wil secoua sa crinière.

-Impossible. Elle ne vit pas ici. Nous avons essayé de la ramener à maintes reprises mais elle reste inaccessible.

-Donc, une Peur peut survivre sans se nourrir.

-Elle est une exception. Comme je vous l'ai dit, plus une Peur est puissante, moins elle éprouve le besoin de se nourrir. Celle-ci était et reste la plus puissante d'entre nous.

Un bruit dans les branchages me fit sursauter et relever mon arme. Les sens en alerte, je cherchai la menace mais rien ne vint.

-Mmh.

Je tournai la tête vers la Peur Ar'Wil.

-Qu'est-ce qui vous amuse ?

-Vous….

Je me crispai d'avantage lorsqu'il s'approcha de moi. Sa main attrapa ma lame sans qu'elle ne le blesse, et l'écarta doucement pour ne plus que je le vise.

Il s'arrêta à deux pas de moi.

Je le dévisageai, incapable de quitter son regard des yeux.

-Nous n'avons jamais eu d'émissaires d'humains. Je vous fais visiter ?

Puis il s'écarta doucement de moi, sans montrer la moindre crainte, ni le moindre doute.

Je restai un instant pétrifiée, indécise.

Pourquoi ne me tuait-il pas ? Et quelle était donc cette proposition de me faire visiter ? Visiter quoi ?

" Vous venez Théa ?

Cette occasion pouvait me renseigner sur la façon de les détruire. Je décidai de jouer le jeu et cédai à ma curiosité. Je m'engageai à sa suite, néanmoins toujours sur le qui-vive.

L'homme immense se déplaçait avec une grâce qui aurait fait jalouser mon maitre d'armes, pourtant réputé pour sa fluidité de mouvements. J'aurai aimé savoir où nous allions, mais je m'obligeai à rester muette, sur mes gardes. Si la Peur me tendait un piège, sa réponse serait certainement un mensonge. Si elle était sincère, alors je découvrirais sous peu ce qu'il voulait me montrer.

Nous traversâmes la brûme et je fus un instant de nouveau incapable de disserner quoi que ce soit au milieu de cette couverture grise épaisse.

Mon regard fut soudain attiré par la lumière.

Peu à peu l'air retrouva sa transparence.

Devant nous, la forêt semblait moins épaisse, et laissait ainsi passer des rayons de soleil.

Je me pétrifiai aussitôt face au spectacle devant moi.

Jamais je n'avais vu de telles choses.

Les arbres semblaient tendre leurs multiples bras au sommet de leur tronc, et leurs branches s'entrelassaient les unes aux autres, telle une immense ronde. A travers cette véritable voûte naturelle, des raies de lumière traversaient les feuilles ou les trouées, créant un contraste de clair-obscur saisissant.

Mais ce n'était pas tout.

Je découvris un nombre incroyable d'animaux présents. Ainsi que des humains.

Non, pas des humains.

Ils avaient l'apparence d'êtres humains, mais mon instinct me soufflait qu'il s'agissait bien de Peurs.

Chacun était occupé à une tâche qui l'absorbait complètement semblait-il.

L'un était penché sur l'écorce d'un arbre, et je vis qu'il taillait en fait une sorte de lierre qui en jaillissait pour enrouler le tronc de l'arbre ou tomber en cascade jusqu'au sol.

Je passai devant un lion énorme à la crinière noire, alors qu'il sortait d'un pas guilleret d'une mare aux reflets argentés. Il trottina avec souplesse vers un rocher énorme recouvert de mousse. La bête se posta devant le volumineux minéral et secoua avec énergie sa crinière. Des gouttes d'eau en jaillirent et vinrent parsemer la mousse et le rocher lui-même.

Aussitôt les gouttes capturèrent la lumière et le rocher fut ainsi moucheté de soleil, comme des diaments incrustés dans la pierre grise et la mousse. Le lion bondit souplement sur ce dernier et s'allongea au milieu de ces perles de lumière. Sa fourrure noire n'en ressortait que d'avantage. Sa vision sur ce rocher, sous ce rayon de soleil, m'apparut à la fois irréelle et sublime.

Chacun, avec la forme qui lui convenait le mieux, semblait occupé à apporter de la beauté à l'endroit qu'il avait choisi. Certains créent de véritables oeuvres d'art, possédant alors une apparence humanoïde pour faire usage de leurs mains. D'autres se contentaient, comme la Peur-lion, de choisir un endroit qui les inspirait, et d'y faire quelques modifications pour apporter au lieu un aspect magnifique. D'autres encore restaient juste là à contempler l'espace de leur choix, véritablement fascinés par ce qu'ils voyaient.

Les Peurs se côtoyaient sans pour autant sembler s'interesser les unes aux autres.

Je fis part de ce détail à mon guide.

-La plupart des Peurs ne sont pas à ce stade d'évolution. Nous nous apprécions, vivons en harmonie ensemble, mais sans pour autant chercher à créer des liens très forts. Nous partageons simplement cette beauté que nous percevons. C'est ce qui nous lie les uns aux autres.

-Pourtant vous vous battez ensemble contre nous ?! Grommelai-je, les poings serrés. Vous vous vantez de chercher la beauté dans le moindre détail, mais qu'y a t-il de beau dans le fait de tuer des innocents ?

L'être posa son regard serein sur moi.

-Je pourrais vous retourner la question Théa. Qu'y a t-il de beau à faire la guerre ? Notre reine en est venue la première à cette même conclusion. Elle a cherché un autre moyen de nous nourrir, sans devoir affronter les hommes et nous faire tuer. Mais elle n'est jamais revenue de cette quête.

J'écarquillai les yeux.

-Votre "reine" ? Alors cette Peur dont vous parliez tout à l'heure, qui avait cessé de se nourrir….Il s'agit d'elle n'est-ce pas ?

-Oui.

Il baissa les yeux, et je reconnus là un profond sentiment d'affliction.

Je levai les yeux pour contempler la forêt.

Cet endroit était magnifique, je ne pouvais qu'en convenir.

Il régnait ici un sentiment de paix tranquille, où le temps semblait inexistant.

Une petite silhouette s'approcha de moi avec souplesse et je reconnus une hermine au pelage brun clair. Elle se redressa face à moi sur ses pattes arrières et me tendit une patte. Je découvris un caillou au milieu de ses griffes.

-Oh….Je….C'est pour moi ?

Le caillou tomba dans ma paume. La Peur resta immobile à me fixer, en attente évidente d'une réaction de ma part.

J'observai le caillou.

-Que suis-je cencée faire avec ceci ? M'enquis-je.

-C'est un cadeau qu'elle vous fait pour vous souhaiter la bienvenue, m'apprit Ar'Wil de sa voix profonde.

-Un cadeau ? Mais….Je suis ici pour vous tuer….Pourquoi….?

-Elle est juste très heureuse de vous rencontrer, sourit Ar'Wil. Vous ne pourrez pas le lui rendre, ajouta t-il, devinant visiblement mes pensées.

-Je….Bon…Eh bien…Merci…C'est….magnifique….

La Peur repartit en bondissant.

Une autre silhouette s'approcha, bien plus imposante.

-Une manticore….C'est la première fois que j'en vois une….

L'animal secoua sa magnifique crinière et un reflet multicolore s'en dégagea.

Je l'observai malgré moi avec admiration. Jamais je n'avais vu un tel phénomène de ma vie entière.

La Peur repartit aussitôt,

Une autre la succéda, un bouquet dans sa patte, composé de fleurs, de branches et d'herbe.

Je finis par récupérer à contrecoeur le bouquet que la créature, mélange de renard et de marmotte semblait -il, me présentait.

-Heu….Merci….Ar'Wil….Je ne peux pas accepter tous ces….Oh…C'est très joli….

Une petite créature humanoïde de la taille d'un enfant de quatre ans, maigre à la peau couleur brune venait d'ouvrir sa main délicate, pour laisser s'échapper un oiseau aux couleurs turquoise et gris. Son sourire d'extase lorsqu'il observa l'envol de l'animal me toucha malgré moi.

" Si ils comptent m'acheter avec ces présents, ils perdent leur temps…..

-Ils ne veulent pas vous acheter….Simplement vous faire plaisir en partageant avec vous ce qui les rend heureux….

-Je suis gênée…..Est-ce qu'ils peuvent cesser de s'en prendre aux humains ? J'accepterais leurs présents à condition qu'ils ne nous attaquent plus.

-Votre requête est impossible à réaliser Théa Vämïga. Les humains ne cessent jamais de créer des Peurs. Et nous avons besoin de nous nourrir. Est-ce que cela vous viendrait à l'esprit de dire aux hommes de cesser de prendre des fruits aux arbres, ou de chasser, sous prétexte que ça réduit la population d'animaux et d'arbres fruitiers ?

-Ce n'est pas la même chose….

-Bien sûr que si ! A la différence que les animaux et les abres ne peuvent venir vous voir pour vous demander d'arrêter. Ils ne peuvent que subir vos attaques. Et bien c'est exactement la même chose pour les Peurs. Nous avons besoins de nous nourrir. Et pour ça, nous prenons vos peurs. Si nous cessons, nous disparaissons. Et vous ne trouverez personne ici prêt à laisser les trésors qui composent sa vie pour sauver l'espèce humaine, qui elle marche sur ce monde de façon complètement aveugle.

J'acquiesçai.

-D'accord….Je comprends votre point de vue, mais pourquoi rester sur Hîsöq. Pourquoi ne pas changer un peu de pays ? Ça permettrait aux hîsöqii de se développer de nouveau. A l'heure actuelle, nous sommes au bord de la famine, il n'y a pratiquement plus de naissances et les hommes-bêtes sont partout. Sans parler des Peurs qui continuent de nous attaquer. A ce rythme, nous allons tous disparaître. Ce qui vous privera de nourriture….Vous comprenez ça ?

-Oui….Malheureusement, je ne peux rien faire pour les humains….Nous sommes attachés à cette terre. Aucune autre ne nous permet d'y survivre.

Je tournai vivement la tête vers lui.

-Comment ça ?

-Inutile de me faire ce regard Théa Vämïga. Si vous parveniez vraiment à nous repousser tous au delà des frontières d'Hîsöq, nous ne disparaîtrions pas. Simplement, les peurs des autres peuples ne nous sont pas accessibles. Nous ne pourrions nous nourrir et serions condamnés à mourir de faim.

-J'ai déjà assisté à une Peur morte de faim, songeai-je tout haut, la Peur Dragon en tête.

-Et bien, les jeunes Peurs disparaissent au bout de quelques jours si elles ne se nourrissent pas….Mais pour des Peurs comme moi, nous pouvons mettre bien deux ans sans rien avaler avant que la mort ne nous emporte. Alors n'imaginez pas vous débarrasser de nous aussi facilement.

-Et savoir que les Peurs vont également disparaître, cela ne vous fait rien non plus ?

-Nous trouverons une solution.

-Et bien, c'est précisément pour ça que je suis ici ! Non ! Je ne veux plus de cadeaux ! Je veux que vous disparaîssiez !

La Peur qui s'était approchée, un ogre énorme, ramena ses doigts gros comme mon avant bras, et la fleur délicate qu'il avait souhaité m'offrir. Son sourire disparu, il recula avec frayeur avant de faire demi-tour, les larmes aux yeux.

-Vous n'êtes qu'une brute, lâcha Ar'Wil avec reproche. Il a passé la matinée à trouver cette fleur pour vous.

-Je m'en moque complètement. Je ne suis pas ici pour recevoir des cadeaux !

-Mais eux vous attendent depuis des années et sont heureux de vous revoir Thel'Ana !

Son ton était chargé de colère et d'un désespoir qui me prirent de court.

Mon souffle se figea.

Chapitre 11

"Que dites-vous ?

-Théa Vämïga, vous êtes Thel'Ana….Vous êtes notre reine !

Mon coeur parut un instant s'arrêter dans ma poitrine avant de repartir de plus belle.

-Vous plaisantez j'espère ?

Le stress me jouait des tours. Il était plus que temps que je quitte cet endroit. Ar'Wil s'approcha, mais je reculai en même temps afin de garder une distance de sécurité entre lui et moi.

Il se figea de nouveau.

-Vous êtes partie chez les humains il y a quelques années afin de détruire la famille royale, le dernier espoir auquel les hîsöqii peuvent s'accrocher pour ne pas totalement être à notre merci. Après la mort de la lignée Vämïga, vous auriez dû nous revenir et mener l'offensive pour asservir les humains. Mais pour cela, il a fallut attendre que leur reine tombe enceinte. Votre plan s'est alors déroulé comme prévu.. Vous avez fait l'exploit d'entrer dans le corps de cette humaine, de prendre la place de son bébé à peine existant et de modifier votre apparence sur plusieurs mois, afin que le corps de l'humaine vous prenne pour son propre enfant….Les premières années de votre enfance, nous avons gardé le lien….Nous voyions le temps passer et vous qui assuriez que pour détruire les Vämïga, votre disparition en tant que leur fille serait le coup fatal. Cela nous a semblé une bonne tactique. Vous étiez incroyablement douée pour reproduire l'humain, quelque soit son âge, preuve que vous les avez beaucoup étudiés et récupéré leurs souvenirs. Malheureusement, leur reine est de nouveau tombée enceinte et est arrivé à terme en donnant naissance à une fille. Vous nous avez assuré que vous tueriez cette enfant. Mais ce jour n'est jamais arrivé. Et vous avez cessé de donner de vos nouvelles. Nous avons attendu, mais ne vous voyant pas revenir, des Peurs volontaires ont décidé d'aller vous chercher. Cela s'est révélé impossible. Les humains vous gardaient avec soin, ils vous protégeaient. La seule façon pour nous de vous revoir, c'était que vous reveniez de vous-même ici….Sauf que vous ne l'avez pas fait. Vous êtes restée chez les hommes et lorsqu'il a été évident que vous n'y étiez pas prisonnière, nous avons fini par comprendre que vous nous aviez oubliés….Vous étiez devenue votre déguisement, au point de vous leurrer vous-même.

-Ce que vous dites n'a aucun sens Ar'Wil. Je suis la fille de Léandre et Shana Vämïga. Une Peur ne peut prendre la place d'un foetus ! De nombreuses personnes ont assisté à ma naissance…..Arrêtez de vouloir me faire croire de telles stupidités, vous êtes ridicule….Qui espérez vous donc tromper ainsi ? Une Peur nait d'un humain effrayé et doit se nourrir régulièrement, sinon elle meurt. Si je vous comprends bien, vous sous-entendez que je suis une Peur née d'un humain, et qui plus est, qui ne s'est jamais nourrie en vingt-quatre ans ?! Comment une telle chose peut être possible ?!

Le géant secoua la tête.

-Non….Vous vous êtes introduite dans le ventre de la reine et avez grossie au fils des mois…..Vous vous êtes nourrie de ses peurs à elle pour survivre. Quelle meilleure façon de vous faire passer pour une humaine que celui de naitre d'une humaine ? Je n'ai jamais rencontré de Peurs ayant survécu à un jeûn aussi long. Mais vous êtes Thel'Ana. Je sais que vous avez été extrêmement puissante dés votre naissance. Je parle de votre première naissance, lorsque vous êtes apparue en tant que Peur. Par la suite, vous vous êtes nourrie en grande quantité durant de nombreuses années. Bien d'avantage que la moyenne d'entre nous. Votre puissance n'a fait que s'accroître de façon incroyablement rapide. Si l'on m'avait demandé quelle Peur me semblait la mieux placée pour survivre à un jeûn de cette envergure, j'aurai certainement pensé à vous, puisque vous sortez des normes depuis toujours.

-Je me suis nourrie durant de nombreuses années ? Répétai-je, perplexe. Mais alors selon vous, quel âge aurai-je aujourd'hui ?

-Quel âge ?

La Peur parut perplexe face à ma question.

-Vous voulez dire selon les repères humains ?

J'acquiesçai.

-Je n'en sais absolument rien. A quoi bon mesurer le temps alors qu'il ne nous touche pas ?

-Vous n'en avez vraiment aucune idée ?

Ar'Wil leva les yeux au ciel.

-Voyons…..Il s'est écoulé….environ une quarantaine d'années je dirais….Peut-être un peu moins.

J'écarquillai les yeux.

-C'est ridicule. Comment est-ce possible ? Je ne me souviens pas d'avoir vécu autant de temps !

-Ce n'est pas surprenant. Nos premières années ne sont dirigées que par notre besoin de nous nourrir. Le temps file à toute allure sans que nous ne nous en apercevions. Ce n'est qu'une fois que notre faim s'apaise que nous réalisons que les jours et les nuits se succèdent. Mais même à ce moment là, nous ne mesurons pas le temps en années. Ce repère temporel est typiquement humain.

-Oh….Je vois….Pourquoi se soucier de son âge si le temps n'a aucune emprise sur nous…..?

-Vous avez dû vous fondre parmi les humains. Donc veiller à grandir et vieillir en même temps qu'eux. C'était d'ailleurs une de vos craintes. Comment vous mêler à eux sans éveiller les soupçons. Comment savoir quoi modifier dans le corps que vous adoptiez afin de le faire grandir au rythme d'un humain. Je ne compte plus le nombre de mois que vous avez passé à les observer avant d'agir.

Je secouai la tête, et fus la première surprise lorsqu'un rire s'échappa de mes lèvres.

" Thel'Ana ?

-Théa ! Le repris-je avec dureté, toute joie envolée. Je m'appelle Théa. Vous auriez dû trouver une histoire un peu plus plausible si vous vouliez me convaincre !

-Je ne comprends pas…., lâcha la Peur, déçue.

-Vraiment ? Très bien. Je vais vous expliquer dans ce cas. Votre reine a disparu il y a vingt-cinq ans, certainement tuée par les humains. Et au lieu d'accepter sa mort, vous avez inventé cette histoire selon laquelle je serais votre reine disparue. L'étrangeté de ma naissance vous a visiblement bien inspirée….Peut-être étiez-vous tellement désespérés de ne plus avoir personne pour vous guider que vous m'avez choisie comme étant….votre reine. Mes parents sont on ne peut plus humains. Mais vous êtes restés convaincus que j'étais des vôtres, afin de ne pas perdre pied et de vous fixer un objectif. Me récupérer. Mais je suis navrée de vous apprendre que vous vous trompez. Je ne suis pas Thel'Ana. Et pour preuve….Une Peur ne peut pas survivre tant d'années sans se nourrir. Vous l'avez dit vous-même ! Si ça se trouve, Thel'Ana n'a même jamais existée. Mon prénom vous a tout autant inspiré que moi. Vous avez transformé "Théa" en "Thel'Ana", une nomination plus semblable à celles que vous utilisez.

-Vous vous trompez, m'assura la Peur. Nous n'avons pas besoin de votre nom pour savoir que vous êtes une des nôtres. Nous le sentons. Même les Peurs les plus jeunes, celles qui n'ont jamais pu vous croiser en tant que Peur, savent qui vous êtes. Une Peur….Une Peur terriblement puissante. Mais tant que vous ne vous rappelerez rien, vous restez Théa Vämïga."

"C'est ce que je m'acharne à vous répéter ! Je ne suis pas votre reine ! Ni une Peur. Vous souhaitez tellement le retour de votre Thel'Ana que vous vous êtes convaincus que j'étais elle. Certes, je n'ai jamais créé de Peurs, mais ça ne fait pas de moi une des vôtres !

-Vous avez oublié votre nature. Tant que vous ne vous en souviendrez pas, vous resterez Théa Vämïga. Mais au fond de vous, Thel'Ana est toujours là.

Mes espoirs qu'il comprenne son erreur volèrent en poussière.

-Non…Ar'Wil ça suffit ! Cessez de croire en une telle stupidité ! Vous en devenez ridicule ! Vous l'avez dit vous-même. Une Peur ne peut survivre sans se nourrir aussi longtemps !

-Sauf que vous avez survécu Thel'Ana, insista le géant. Et vous souffrez… Nous le savons. Ce qui vous ronge n'est pas une maladie. C'est votre oubli. L'oubli de votre véritable nature….

Je reculai d'un pas face à son insistance, la peur m'envahissant.

-Comment….Personne n'est au courant en dehors de ma soeur. Ma maladie a été gardée secrète….!

-Parce que contrairement à vous, nous ne vous avons pas oublié Majesté. Vous êtes notre reine et nous avons attendu votre retour toutes ces années. Et lorsqu'il a été évident que vous nous aviez oubliés, nous avons tout fait pour vous amener à nous. La dernière tentative d'enlèvement de la Vämïga n'avait pour seul et unique but que de vous conduire ici.

-Je vous demande pardon ?

-A l'évidence, rester aussi longtemps parmi les humains vous a rendu plus sensible et plus prompt à l'attachement. Vous vous êtes….

Il se tut, visiblement hésitant quant au qualificatif à utiliser.

-Quoi ? Affaiblie ? Attendrie ?

-Oui….Vous n'êtes plus la Thel'Ana que nous connaissions, celle qui ne se souciait que de la journée à venir et qui considérait les humains comme des imbéciles qui méritaient leur sort. Mais le point positif, c'est qu'en croyant votre…soeur en danger, vous êtes venue jusqu'à nous.

-Etant donné que je ne me considère pas comme cette femme….cette Peur….Je ne relèverais pas cette remarque. Existe t-il un moyen d'empêcher les jeunes Peurs d'attaquer les humains ?

-Bien sûr que non, lâcha Ar'Wil d'une voix perplexe.

-Oh….Dans ce cas ma présence ici n'a plus le moindre intérêt. Vous n'arrêterez jamais d'attaquer les humains, et nous ne pourrons jamais cesser de vous créer. Je crains que la guerre entre nos deux peuples ne se poursuive jusqu'à l'extermination d'une des deux espèces.

Je pivotai pour revenir sur mes pas.

Ma vision se troubla aussitôt, et une vague de chaleur secoua mon corps.

La fièvre semblait m'avoir gagné depuis mon entrée dans la forêt.

Ce pouvait-il que cet endroit soit toxique pour les humains ?

Cela expliquerait qu'aucun de mes espions ne soit jamais revenu au palais faire son rapport !

Je me sentais de plus en plus mal.

Il fallait à tout prix que je sorte d'ici !

-Que faites-vous Thel'Ana ?

-Théa….C'est mon prénom….Je rentre chez moi annoncer la mauvaise nouvelle aux hîsöqii. Sauf si vous m'avez mentie en m'assurant que je ne risquais rien en venant ici. Auquel cas je suppose que je vais devoir me défendre pour repartir.

-Personne ici ne se risquerait à vous faire du mal Théa, lâcha Ar'Wil avec tristesse. Mais je tiens tout de même à vous dire que vous seriez bien mieux parmi nous que chez les humains….

-Je ne crois pas non.

-Vraiment ? Ne vous dévisagent-ils pas de façon étrange ? Ne vous craignent-ils pas sans la moindre raison apparente ?

-Je suis leur Ïlqana. Et je n'ai jamais créé de Peurs. Les croyances sont puissantes chez les hîsöqii, je ne vous apprends rien. Qu'ils me craignent n'a rien d'étonnant, même si c'est profondément agaçant. Votre peuple est différent de ce que j'imaginais, mais je ne vous aurais pas cru désespérés au point de désigner une humaine comme une prétendue reine disparue de votre peuple !

-Vous n'avez jamais créé de Peurs… Cela signifie t-il pour autant que vous n'avez jamais eu peur, de toute votre vie ?

-Les Peurs n'ont pas peur…..

-Vraiment ? En êtes-vous certaine Théa Vämïga ?

Je savais que je me trompais alors même que je parlais. J'avais déjà lu la peur dans le regard de mes ennemis. Même parmi les plus faibles d'entre elles, qui pourtant avaient une pensée extrêmement simple et instinctive.

D'aussi loin que je me souvienne, elles avaient toujours montré de la crainte envers moi. Mais pouvais-je affirmer être la seule humaine à les effrayer ?

Je secouai la tête.

-Vous cherchez à m'embrouiller. Je m'en vais. Et si l'un d'entre vous cherche à m'atteindre, je n'hésiterai pas à le tuer.

Partir d'ici.

Voilà tout ce qui importait désormais.

Même si Ar'Wil m'avait assurée qu'aucune Peur ne m'attaquerait, je fus surprise de les voir s'écarter de moi et libérer le passage. Je m'engageai dans l'allée qu'elles formaient, en lutte pour empêcher mon corps de trembler.

Ma mission était un échec. Les Peurs allaient continuer à s'en prendre aux humains et je n'avais pas le moindre indice pour les arrêter !

Si je partais, tout ceci aura été fait en vain.

Mais si je restais, je craignais que ma maladie ne s'aggrave aux contact des Peurs.

Quant au fait que je puisse être moi-même une Peur était grotesque.

Elles étaient incapables de vivre autant d'années sans se nourrir.

N'est-ce pas ?

Je me pétrifiai face au mur de Peurs qui se dressait devant moi. Elles devaient être des centaines rassemblées là. Pourquoi m'empêcher de passer maintenant ?

-Laissez-moi partir !

-Impossible. Vous êtes notre reine. Vous vous êtes sarifiée en allant vivre chez les humains pour tenter de nous sauver. Nous ne vous laisserons pas y retourner. Pas alors que vous ignorez aujourd'hui qui vous êtes.

La Peur qui s'était adressée à moi n'était pas plus haute qu'un chien et ressemblait un lézard aux écailles turquoises. Je lisai sa crainte dans son regard, et son tremblement ne m'échappa guère lorsque nos yeux se croisèrent. Je la terrifiais, pourtant elle semblait décidée à ne pas bouger. Aucun hîsöqi n'aurait osé me tenir tête de cette façon. En dehors d'Eryn qui y prenait toujours un malin plaisir.

-Ce que vous pouvez être agaçants ! Aaaaah !

Mon épée fendit l'air, et la Peur au passage.

Elle fit de même avec la suivante.

Et la suivante.

" Si vous ne vous écartez pas, je n'hésiterais pas à tous vous tuer ! Et ne croyez pas que parce que vous ne vous battez pas je retiendrais mon bras !

-Théa, ne compliquez pas les choses, lâcha Ar'Wil. N'êtes-vous pas venue pour sauver les hîsöqii ? Si vous partez maintenant, tout ce voyage n'aura servi à rien et nous reviendrons au point de départ !

-Et c'est fort regrettable mais c'est ainsi !M'exclamai-je par dessus mon épaule, quelque peu essoufflée. Laissez-moi passer !

Pourquoi ces Peurs restaient-elles immobiles alors que mon épée les taillait en pièces !

Fallait-il être si désespéré que l'on soit prêt à mourir sous les coups sans se défendre pour ses convictions ?

Je levai les yeux et sentis mon sang déserter mon visage alors que j'apercevai les Peurs venir de toute la forêt pour grossir les rangs qui m'empêchaient de repartir.

Mes mains se resserrèrent sur la poignée de mon arme.

-Aaaaaah !"

Je me pétrifiai en plein mouvement lorsque mes yeux se posèrent sur le gnome hideux qui se tenait devant moi. Il m'offrait un sourire effrayé.

L'affreuse créature tendit ses deux mains jointes vers moi et les écarta.

Un papillon bleu saphir en jaillit, tellement énorme que ses ailes battaient lentement et avec souplesse, de la même façon qu'un oiseau.

Jamais je n'en avais vu de si gros et je fus un instant accaparée par l'animal qui s'élevait avec grâce dans les airs.

Le coup me surprit par derrière et m'expédia dans l'obscurité.

Je repris connaissance, allongée sur un lit de mousse.

"Aoutch….

Ma main passa derrière mon crâne et je sentis la bosse sous mes doigts.

Je battis des paupières.

La cage m'apparut alors au-dessus de moi.

Je me redressai d'un coup.

-Que s'est-il passé ?

Je me tus en découvrant le cercle de Peurs autour de moi.

Ma main passa instinctivement à ma taille, mais mes armes avaient toutes disparues. Je reconnus la plus haute des silhouettes.

-Traitez-vous tous les humains qui viennent jusqu'ici de cette façon Ar'Wil ? M'enquis-je.

-Aucun n'est jamais parvenu aussi loin dans la forêt Majesté.

-Ar'Wil, écartes-toi de cette humaine, lâcha une voix impérieuse.

Je vis le géant serrer les mâchoires et son regard s'assombrir.

-Kal'Dor, ce n'est pas une humaine….Il s'agit de notre reine.

Sa fureur silencieuse était impressionnante. Derrière son calme, je sentais qu'il fournissait un effort colossal pour ne pas exploser. Il se retourna et je pus apercevoir son interlocuteur.

Il s'agissait d'une Peur ayant elle aussi une apparence humaine.

Son corps était très maigre, et ses os semblaient avoir été brisés au niveau des épaules et des genoux avant de se ressouder pas exactement à la bonne place, ce qui donnait des angles étranges à ses membres.

Les Peurs autour firent quelques pas en arrière, la mine baissée.

"Elles ont peur de lui."

Cette forme humaine appelait à première vue d'avantage à la pitié d'autrui qu'à la terreur. Son visage se sillonnait de rides pourtant j'étais certaine que ses os brisés en étaient d'avantage la cause que la vieillesse.

La Peur-vieillard s'approcha de moi d'un pas claudiquant et m'offrit un sourire tordu.

-Ainsi donc, voici la célèbre Thel'Ana ! Je suis honoré….J'ai tellement entendu parler de toi ! La Peur qui, dés sa naissance, fut plus puissante que ses aînées….Tu ne paies pas de mine à première vue !

Je serrai les poings.

-Je ne suis pas votre reine. Mais Théa Vämïga, l'Ïlqana des hîsöqii….Et je suis ici pour vous détruire.

A mes paroles, le vieillard leva un sourcil surpris, avant d'exploser de rire, la tête rejetée en arrière.

-Une humaine ! Et pas n'importe quelle humaine ! La seule qui n'ait jamais créé la moindre Peur depuis qu'elle est née ! Ne trouves-tu donc pas cela étrange ?

-Non.

Mon grognement le fit sourire.

-Tu sais….J'aurais beaucoup aimé être face à Thel'Ana….Car après tout, elle est une légende ici. Et aussi….J'ai quelque peu…ursupé sa place selon les termes humains.

Je croisai les bras.

-Vos histoires ne m'intéressent pas….Je suis ici pour tous vous tuer et c'est tout ce dont j'ai besoin de savoir.

-Oui, c'est un noble objectif…..Malheureusement pour toi, j'ai le regret de t'apprendre que tu vas mourir….Mais pas encore….Il me faut tout d'abord savoir si tu es la vraie ou non.

Le vieillard se tourna vers les Peurs rassemblées là.

-Il est formellement interdit de lui apporter quelque nourriture que ce soit. Si elle est Thel'Ana, alors sa véritable nature finira par réapparaître, une fois que son corps aura éliminé toute source d'énergie. Si elle n'est qu'une simple humaine, alors elle mourra de faim. Si je surprends l'un d'entre vous en train de la nourrir, il aura affaire à moi, c'est compris ? Et interdiction de lui adresser la parole ou de la toucher !

Je vis les Peurs courber l'échine sans oser regarder leur chef.

Kal'Dor me jeta un sourire mauvais avant de repartir d'un pas boiteux.

Assise par terre, j'avais passé ma journée à observer mes ennemis.

Ma cage se trouvait au milieu des arbres, sans rien autour qui indique que qui que ce soit vive là.

Si les Peurs n'avaient pas circulé autour de moi, je me serais crue complètement seule au milieu de la forêt.

J'observai une Peur-gnome qui depuis une bonne heure s'appliquait à faire tomber des gouttes d'eau sur une toile d'araignée.

Je ne comprenais pas vraiment l'intérêt d'un tel acte, mais sa concentration me fascinait. Jamais je n'aurais imaginé une Peur capable de rester autant de temps concentrée sur une activité autre que celle de chasser pour se nourrir.

Je finis par me relever.

Mon pied percuta une fois de plus les barreaux de ma cage. Bien que fabriqués à partir du bois, ils se révélaient d'une tenacité redoutable.

J'avais à plusieurs reprises croisé le regard de mes geôliers, mais aucun n'avait osé dire quoi que ce soit ou fait le moindre geste pour m'arrêter.

Leur chef leur avait interdit de m'adresser la parole ou de me toucher et ils respectaient ses ordres à la lettre, pour mon plus grand plaisir.

Je frappai ainsi contre ma cage dans l'intention de briser quelques barreaux, sans craindre de me faire arrêter par quiconque.

Au bout d'une vingtaine de nouveaux coups de talons, je me stoppai de nouveau, essoufflée, les genoux douloureux.

Voilà plusieurs heures maintenant que je m'acharnais sur ces maudits barreaux. J'avais bien perçu quelques craquements de la part du bois, néanmoins insuffisants pour me permettre de le briser.

"Aaaaah ! Tu vas te casser oui !?

Un chapelet de jurons cascada de mes lèvres tandis que je me déchainais en vain contre les barreaux de ma prison.

Finalement à bout de souffle, je me laissai tomber par terre, hors de moi.

Jamais je n'aurais imaginé un tel dénouement.

Me faire enfermer dans une cage et affamer par mes ennemies !

Un éclat de lumière attira mon attention.

Mon regard s'éleva entre la cime des arbres et croisa le regard de la créature.

Il s'agissait d'un écureuil. Pourtant, ce dernier n'agissait pas comme il aurait dû.

Il tenait un éclat de cristal entre les pattes, et cherchait à capturer les rayons du soleil. Un nouveau reflet m'aveugla une seconde. Je détournai les yeux, le temps de retrouver les couleurs, puis les ramenai vers l'animal.

Que faisait-il ?

Un nouveau reflet jaillit du cristal.

Cette fois-ci, la lumière se fragmenta.

J'écarquillai les yeux de surprise.

La lumière traversait les milliers de gouttes d'eau suspendues entre les branches, leur donnant un aspect de joyaux multicolores.

L'écureuil voulut poser le cristal sur la branche, le regard accaparé par les toiles étincelantes. Mais son mouvement brisa le trajet du rayon de lumière et cette dernière s'éteignit.

Aussitôt l'animal releva la gemme, et ramena les gouttes de lumière au milieu des arbres.

Il bondit sans prévenir de la branche, ramenant l'obscurité. Je l'aperçus quelques branches plus bas.

Son regard se leva vers le point qu'il venait de quitter. Un petit cri s'échappa de ses lèvres. Il se précipita de nouveau dans les hauteurs et ramena la lumière entre les gouttes.

Je l'observai ainsi une bonne demi-heure. Le pauvre animal voulait apparemment trouver de quoi fixer le joyau à la bonne place pour obtenir les reflets, sans pour autant rompre le circuit de la lumière ainsi créé, même le temps qu'il trouve le bon support. Un écureuil n'aurait jamais eu ce genre de comportement. La Peur ne trouva pas de solution et la lumière se mit à baisser de plus en plus à l'horizon, réduisant tout son travail à néant. Il leva les yeux vers le soleil de plus en plus bas, puis vers son joyau.

Soudain, il bondit de sa branche pour descendre à celle de dessous.

Son regard balaya les alentours, attentif au moindre mouvement.

Je regardai moi aussi autour, mais je ne remarquai rien.

Nous semblions seuls.

La Peur bondit de branche en branche et atterrit finalement face à moi. Avant que je ne sache que penser, il me tendit la pierre.

J'eue un mouvement de recul instinctif.

Mais il insista.

-Qu'est-ce que tu veux que j'en fasse ?

Son regard se posa sur le soleil, puis de nouveau sur moi.

Le message était clair.

-Je croyais que vous ne deviez pas vous approcher de moi.

Je pris néanmoins sa pierre et la détaillai un instant.

Il devait s'agir d'une améthyste.

Sa surface était complètement débarrassée de sa gaine de roche et bien que d'une forme archaïque, elle n'en restait pas moins une gemme d'une taille impressionnante.

-J'accroche ton fil, à condition que tu me fasses sortir de cette cage. Tu es une Peur après tout. Tu dois pouvoir te transformer en un énorme animal et briser ce bois en un instant non ? Qu'en dis-tu ?

Il laissa échapper un petit cri qui ne me renseigna guère sur ses intentions.

Son regard revint dans son dos, puis sur moi.

Sa peur était palpable. Cela me paraissait toujours étrange de savoir qu'une Peur pouvait éprouver ce sentiment.

" Alors sors-moi de là.

Il ne bougea pas, les yeux braqués sur mes mains, en attente.

Au bout de cinq bonnes minutes d'immobilité, je laissai échapper un soupir résigné.

-Très bien.….J'ai compris.….Je me demande bien à quoi ça peut servir d'être votre reine franchement, si personne ne m'obéit ou ne m'aide à le rester.….

Je secouai la tête et eus un sourire.

Les hîsöqii attendaient de moi que je les protège coûte que coûte. Mais j'avais aussi eu à prouver ma valeur lors de l'Epreuve. Finalement cette situation, pour incongrue qu'elle soit, y faisait bizarrement écho.

J'attachai la ficelle et fis un solide noeud puis tendis le joyau à la Peur.

Cette dernière récupéra son bien et remonta à toute allure dans les branches. Il plaça sa pièce maîtresse au milieu des feuilles, bien dans la trajectoire du soleil.

De nouveau les gouttes s'illuminèrent de mille feux. J'admirai ce paysage, réellement sans voix.

Des grognements ramena mon attention devant moi.

Je découvris avec surprise la Peur aggrippée aux barreaux, en train de les attaquer avec ses dents.Je restai un instant saisie de surprise.

Je n'aurais jamais imaginé qu'il puisse tenir parole.

Je m'emparai à mon tour du bois et tirai.

Mais rien ne bougea.

Je regardai autour avec inquiétude, mais ne vis aucune trace de Kal'Dor.

Par contre, j'aperçus d'autres paires d'yeux tapies dans les ombres des arbres.

Malgré ses effort, la Peur-écureuil ne semblait obtenir aucun résultat.

-Tu ferais mieux d'arrêter avant que ton chef ne revienne tu sais.…? Sinon, tu risques d'avoir de sérieux ennuis.

Mes paroles n'eurent aucun effet.

M'avait-il seulement entendu ?

Mon regard fut attiré par un mouvement en périphérie de mon champ de vision. Un loup s'approchait, le ventre à ras le sol, et laissa tomber une espèce de boule visqueuse. Je grimaçai de dégoût, avant d'y découvrir un liquide doré. Je compris alors qu'il s'agissait d'un morceau de ruche.

Je tendis aussitôt la main pour récupérer le présent et léchai le miel qui coulait sur mes doigts.

" Mmh…Merci beaucoup….C'est délicieux….Ne peux-tu pas briser cette…Eh….Attend ! Ne t'en va pas !

Mais le loup avait fait demi-tour sans plus attendre, la queue entre les jambes.

Je terminai de manger le miel que je pus atteindre et jetai le morceau de ruche loin de moi dans les fourrés. Hors de question que Kal'Dor ne la voit.

Encore à lécher mes doigts, je constatai que les Peurs restaient toujours tapies dans leurs cachettes.

Un flocon blanc passa alors juste devant mes yeux.

-Tiens ? Qu'est-ce que c'est ?

Ma paume ouverte reccueillit ce dernier. Ça ressemblait à de la neige, mais elle n'était ni froide et ne fondit pas au contact de ma peau.

En fait, je réalisai qu'il s'agissait de boules de coton.

Je baissai les yeux et en découvris de plus en plus répendus sur le sol.

-Attendez….Qu'est-ce que vous voulez que je fasse avec ça….?

La pluie blanche ne cessait de tomber sur moi.

Je rassemblai le coton en un tas conséquent. Puis m'assis dessus.

Effectivement, c'était bien plus confortable ainsi.

Allongée sur mon nid improvisé, je prenais mon mal en patience.

Quelle étrange journée.

Jamais je n'aurais imaginé les Peurs ainsi.

Elles avaient défilé devant moi, venant même parfois directement dans ma cage, pour y déposer des objets en tout genre. Certaines s'étaient juste même contenté de prendre l'apparence de petits animaux tels que des rongeurs, pour venir se lover contre ma peau.

Je n'avais pu m'empêcher de songer à cette Peur-dragon. Elle aussi avait recherché ma compagnie et m'avait manifestée un besoin de contact évident.

Je battis des cils lorsque la patte de l'écureuil palpa à cet instant ma joue prés de mon oeil.

Il était le seul à être resté avec moi. Il avait dormi contre ma poitrine un bon moment, sa petite respiration sifflante chantant contre mon coeur.

Je secouai doucement la tête en grimaçant.

-Au risque de me répéter, tu vas sérieusement avoir des ennuis si tu restes ici tu sais ? Et crois moi que je ne ferais rien si ton chef décide de te punir, j'espère que tu es bien au clair avec ça….!

Les deux petits yeux noirs apparurent en face des miens. L'animal se mit à me sentir et les chatouillis froids de son nez humide me firent rire malgré moi. Ses pattes appuyèrent soudain sur mes deux joues.

-Tu as plus de force que tu n'y parais au premier abord….Est-ce que tu pourrais cesser de m'étirer la peau dans tous les sens je te prie ? Ce n'est pas quelque chose que l'on fait habituellement….Non….Tu es trop prés….Tu entends ce que je te dis ?

Ignorant mes mots, l'écureuil appuyait ses pattes avant sur ma bouche, le museau collé à mon nez. Nos yeux se fixaient à quelques centimètres de distance.

J'aurai pu sans mal le faire reculer, mais je m'ennuyais à mourir et son attitude était attendrissante.

-Je me demande vraiment à quoi vous sert une reine ? Mes ordres vous passent bien au dessus de la tête, et vous ne semblez pas autant me craindre que ce Kal'Dor…..Chez les hommes, j'ignorais pourquoi ils avaient peur de moi. Et ici, je ne comprends pas à quoi je peux bien vous servir si réellement je suis votre reine….

Je secouai aussitôt la tête.

Non….Je n'étais pas leur reine.

Elles pensaient que je l'étais. C'était d'ailleurs complètement fou qu'elles se soient accrochées à cette idée durant toutes ces années.

Et si la véritable Thel'Ana revenait ?

Je baissai les yeux lorsque mon ventre émit un long gargouillement.

Je commençais à avoir faim.

Ce Kal'Dor avait-il vraiment l'intention de m'affamer ?

-Ah !….Que t'arrive t-il ?

L'écureuil s'était redressé sans prévenir, son nez pointé vers l'air, tendu à l'extrême.

Il se faufila précipitamment dans mon dos pour s'y dissimuler. Ses minuscules griffes s'enfoncèrent dans mon omoplate.

Je levai les yeux pour guetter le moindre mouvement dans la forêt.

Je sentais aussi que quelque chose avait chang dans l'atmosphère. Quelque chose arrivait.

Des silhouettes apparurent, quittant l'ombre des arbres. Les Peurs s'approchaient par groupe, et toutes surveillaient le même endroit, en attente.

Je fis de même, les tremblements de la Peur-écureuil contre ma peau.

La tension dans l'air avait brusquement augmentée.

Soudain, la silhouette tordue du vieillard apparut.

-Alors mes chères sujets….Qu'avez-vous ramenées…..

La silhouette d'un serpent énorme rampa le premier face à la Peur.

Il se redressa pour se mettre au niveau de la poitrine du vieillard et courba la tête.

De ma place je pouvais voir les geste de chacun.

Ainsi Kal'Dor planta son regard sur la Peur et resta immobile.

Sa langue passa sur ses lèvres qu'il bougea pour créer un "o" avant d'inspirer.

Comme si il aspirait quelque chose.

Je fronçai les sourcils.

Que se passait-il ?

Je ne quittai pas le duo des yeux.

Peu à peu, je notai que le serpent diminuait de taille et perdait en couleurs.

"Dragon était ainsi lorsqu'il a commencé à avoir faim….Mais cela s'est fait sur plusieurs jours….Pas brusquement….Pourquoi cette Peur perd t-elle de l'énergie ?"

Ce pouvait-il que ce Kal'Dor vole l'énergie de ses sujets pour se nourrir ?

Les Peurs étaient-elles en capacité de faire une telle chose ?

Le vieillard se redressa avec une moue déçue.

-Ce sera suffisant, mais tu as intérêt à faire mieux la prochaine fois tu entends .

Le serpent se hâta de quitter le devant de la scène pour se dissimuler du regard sombre de son roi.

Une autre Peur approcha.

Plus importante au vue de sa taille de félin.

A moins que les formes adoptées ne dépendent pas de la force de chacune….

J'ignorais la réponse à cette question mais je constatai qu'une fois encore, Kal'Dor aspira de l'énergie de la Peur, qui perdit en couleur et en taille.

Ses sujets défilèrent ainsi face à lui. Je constatai que la Peur ne changeait pas en apparence. Pourtant, l'air vibrait de plus en plus autour de lui.

Un colosse approcha finalement.

-Ar'Wil. Comment a été ta chasse aujourd'hui ? S'enquit le vieillard.

Je vis l'autre serrer des poings, à l'évidence furieux.

-Je n'ai pas chassé.

-Vraiment ? Et pourquoi avoir fait une telle chose. Tu sais que ne pas te nourrir ne te dispensera pas pour autant du tribut que tu me dois.

-Seuls les humains parlent de tributs. Tu n'es pas un roi Kal'Dor, grogna le géant. Et encore moins le mien.

-Vraiment ?….Dis-tu cela uniquement parce que ta soit-disant reine se trouve parmi nous ?

Je me redressai avec surprise.

Ar'Wil tourna son regard vers moi.

-Thel'Ana….Je sais que vous ne vous souvenez de rien….Mais ici c'est vous qui nous dirigez….Et même si vous ne faites rien, sachez que mon allégeance vous sera toujours acquise….

L'autre siffla de fureur.

-Ne lui adresse pas la parole tu entends ?!

Son bras squelettique jaillit et il s'empara de la gorge de l'autre Peur.

J'écarquillai les yeux de surprise.

Le vieillard était devenu aussi grand que son interlocuteur.

L'autre serra des dents, en lutte pour se libérer. Ses contours devinrent flous et je compris qu'il cherchait à changer de forme, mais il n'y parvint pas et se mit à trembler, secoué de spasmes.

-Cessez Kal'Dor ! Vous allez finir par le tuer !

Un sourire mauvais illuminait le visage du vieillard. Il jubilait alors qu'Ar'Wil devenait de plus en plus gris, les yeux révulsés.

Le vieillard jeta la Peur sur le sol d'un geste dédaigneux, et le géant roula sur le sol, sa masse réduisant à néant la toile d'araignée parsemée de gouttes.

Je serrai des dents.

J'avais espéré voir pourquoi cette Peur avait ainsi mit de l'eau avec autant de soin sur ces fils de soie, mais à présent je n'aurai pas la réponse à cette question.

Kal'Dor se tourna vers la Peur qui avait crié.

-Tu as quelque chose à dire Dar'Ina. Tu es une Ancienne alors ne te gêne surtout pas !

-User de la douleur sur nous pour imposer ta volonté ne fera que renforcer notre détermination à t'éliminer coûte que coûte tu entends ? Quelle genre de Peur es-tu pour être ainsi si aveugle de la beauté qui t'entoure ? Tu ne sais que détruire et faire souffrir ! Thel'Ana est revenue. Et elle est notre reine. Tu ferais mieux de fuir d'ici pendant qu'il est encore temps !

-Pourquoi fuir ? Parce que votre reine va me gronder ?

Le vieillard marcha en claudiquant dans ma direction et son regard croisa le mien.

" Alors Thel'Ana ? Il parait que tu vas me punir ?

Je serrai les poings.

-Qu'avez-vous fait à cette Peur ?

-Tu parles d'Ar'Wil ?…Et bien, sache que toutes les Peurs sont loin d'être égales. Certaines ont principalement des souvenirs d'enfants, ou d'humains qui éprouvent une peur passagère.

-Des souvenirs….?

-Oui….C'est ainsi que nous nous nourrissons. Nous récupérons les souvenirs des humains, ceux auxquels ils pensent au moment où ils ont peur….Tous ici se sont nourris de tous les humains qu'ils ont pu croiser au cours de leurs existences…..

-Laisse-moi deviner….Toi tu ne chasses pas…..Tu te contentes de voler les souvenirs des autres pour te nourrir n'est-ce pas ?

-Tu as donc au moins compris cela…..En effet, je prends les souvenirs que mes sujets me donnent. Et si c'est insuffisant pour rassasier ma faim, je prélève un peu plus…..

-Pourquoi cette Peur s'est-elle effondrée ?

Il sourit avec cruauté.

-Disons que ma naissance fut quelque peu différente de la vôtre….Enfin, si vraiment vous êtes Thel'Ana, ce dont je doute fort. J'ai été formé principalement des peurs d'un seul individu. Un homme qui fut séquestré par d'autres et torturé durant des années…..La douleur a ce pouvoir incroyable de soumettre plus rapidement ne crois-tu pas ?

Je plissai les yeux de fureur.

-Donc pour t'imposer tu infliges la souffrance de tes souvenirs à ceux qui te désobéissent c'est cela ?

-On m'avait dit que tu étais vive pourtant, soupira le vieillard. Tu ne dois pas être Thel'Ana….Mais en effet, c'est bien cela….Oh mais….Qu'est-ce donc que cela….

Son regard s'était posé sur mon épaule.

Je tournai la tête et aperçus l'oeil de l'écureuil dissimulé sous ma tunique.

Je reculai.

-Tu ne le toucheras pas.

-Non…C'est parfaitement inutile.

L'air vibra autour de moi. Un cri de terreur me parvint de mon épaule.

Je portai mes mains vers l'animal pour tenter de le récupérer.

Mais je sentis sa forme diminuer entre mes doigts. Mes yeux s'écarquillèrent de stupeur et d'horreur alors qu'il diminuait en taille et en couleurs.

-Arrêtez ! Arrêtez ça ! Il n'a rien fait de mal !

Mais j'eus beau dissimuler l'animal contre moi, il continuait de perdre en substance. Son regard noir croisa alors le mien, rempli de terreur, avant d'être réduit lui-aussi à néant.

Les mains désormais vides, j'entendis Kal'Dor soupirer de dépit.

-A peine une bouchée. Je suis vraiment déçu. Il ne s'était pas nourrit depuis longtemps.

Je serrai les poings.

-Cette Peur ne vous avez rien fait.

-Si, elle m'a désobéit. J'en suis ravi. Cela faisait longtemps qu'aucune Peur ne l'avait fait. Au moins avais-je une excellente raison de me nourrir d'elle sans avoir à me justifier….

-Si je me révèle être Thel'Ana, comptez-vous me faire subir le même sort qu'à cette Peur ?

-Eprouverais-tu de la tristesse à son encontre ? Je pensais que tu venais pour nous détruire !

-En effet. Je suis bien là pour vous éradiquer….Mais j'ai le sentiment que le véritable problème vient de vous, Kal'Dor…..Si vous disparaissez, peut-être pourrais-je poser une entente avec ce peuple. En tout cas, je suis prête à en discuter avec les Peurs…..Mais vous n'avez pas répondu à ma question.

-Qu'adviendra t-il de toi si réellement tu es Thel'Ana, la Reine-Née ?

-La Reine-Née ? Qu'est-ce que ça signifie ?

-Thel'Ana est la seule Peur qui naquit tellement puissante que les autres Peurs la reconnurent tout de suite comme leur reine. C'est elle qui veilla à ce que les Peurs ne se nourrissent pas plus que nécessaire. Son discours sur l'équilibre des forces entre chasseurs et proies était juste insupportable. Bien que je sois né après sa disparition, j'ai terriblement souffert de la restriction !

-Ooooh…Pauvre vieillard affamé….Pauvre petit tyran….C'est toi qui obliges les Peurs à chasser plus que nécessaire n'est-ce pas ? Par conséquent, c'est toi que je vais devoir éliminer en premier.

Kal'Dor écarquilla les yeux….avant d'exploser de rire, la tête en arrière.

-Ce que tu peux être drôle !

Il ramena son regard vers moi.

" Mais s'en est assez à présent. J'ai faim…Je te dis à plus tard Altesse !"

"Théa….Théa Vämïga réveillez-vous.

Mon rêve de festin gargantuesque vola en éclat. J'ouvris les yeux, ma faim pourtant bien présente pour sa part.

" Théa réveillez-vous bon sang !

Je tournai la tête. Et découvris une petite femme au corps voûté par le poids des années.Ses yeux d'un bleu délavé me fixaient avec sévérité et inquiétude.

-Qui êtes-vous….

Ma voix ne sortit pas tout à fait comme je m'y attendais, de sorte qu'elle fut bien roque. Mais la vieille femme soupira de soulagement.

-Vous êtes enfin là….Je m'appelle Dar'Ina.

-Oui….Je me souviens de vous….Kal'Dor vous a désignée comme une Ancienne. Vous avez pris la défence de cet Ar'Wil.

-Il est incorrigible lorsqu'il s'agit de Thel'Ana, soupira l'Ancienne. Ecoutez, nous n'avons pas beaucoup de temps devant nous. Il faut que vous sortiez d'ici et que vous éliminiez ce Kal'Dor….

-Pourquoi ne pas le faire vous même ? Vous êtes des centaines de Peurs. Si vous vous y mettez toutes, vous devriez pouvoir lui régler son compte à ce vieillard non ?

-Malheureusement, non. Nous ne pouvons rien contre lui, même nous autres les Anciennes. Nous avons beau être les Peurs les plus vieilles de toutes, donc celles qui se sont le plus nourries, nous ne pouvons rien faire pour échapper à la douleur qu'il nous inflige.

-Alors ce qu'il m'a raconté est exact n'est-ce pas ? Le fait d'être né à partir des peurs d'un humain torturé durant des années….

-Oui….Même une fois devenu homme-bête, il a continué à craindre la douleur physique et ainsi à nourrir Kal'Dor. Ce dernier ne connait que ce genre de nourriture. L'humain a tellement été brisé qu'il en est venu à aimer la souffrance endurée, tout en la redoutant.

-Mais, pour se faire nourrir ainsi durant tout ce temps, Kal'Dor a dû rester avec son…créateur ? N'est-ce pas ?

-En effet. Il n'est parti qu'une fois ce dernier mort.

Je fronçai les sourcils.

-Pourquoi faire une telle chose ? Je n'ai jamais entendu dire qu'une Peur devait rester avec son créateur jusqu'à la mort de ce dernier….Une telle loi existe donc ?

-Non….Une fois créés, nous devenons indépendantes. Il semblerait que Kal'Dor ait pris goût à cette nourriture-là….

Je fronçai les sourcils.

-Vraiment ? Une Peur peut apprécier ce genre de….souvenir ?

-De toute évidence….

Je réfléchis.

-Vous me demandez de tuer cette Peur…Mais ne va t-elle pas m'infliger à moi-aussi ses souvenirs de souffrance ?

-Vous ne créez pas de Peurs…J'ose espérer que vous serez aussi insensible à son pouvoir….

-Mais si ce n'est pas le cas….

-Et bien….nous aurons essayé au moins…..

Je fronçai les sourcils.

-C'est bien gentil de votre part, mais je n'ai pas envie de me mesurer à cette Peur si c'est pour souffrir le martyr ! C'est votre problème ! Moi je suis ici pour vous détruire. Pourquoi viendrai-je à votre aide, alors même que je risque de mourir !

-Parce que vous vous êtes la célèbre Théa Vämïga, l'humaine qui n'a jamais créé la moindre Peur de sa vie. Vous avez une chance de réussir là où nous échouons. Et parce que Kal'Dor ne cessera jamais de se nourrir à l'excés et que les hîsöqii sont les premières victimes de son règne de terreur.

Je braquai mon regard dans le sien.

-Si j'accepte de vous aider et que par miracle je parviens à éliminer cette Peur, accepterez-vous que nous discutions pour envisager que vous cessiez d'attaquer les hîsöqii. Et pour m'aider à stopper la création de Peurs ?

Dar'Ina pinça ses lèvres pâles. Je ne cessai de la fixer jusqu'à ce qu'elle acquiesce à contre-coeur.

-Si vous nous aidez, je vous promets que les Peurs quitteront la Terre d'Hîsöq pour s'installer dans un autre royaume. Les vôtres seront en sécurité. Notre départ stoppera la création des Peurs par les hîsöqii.

-Vraiment ?

L'Ancienne acquiesça avec gravité.

-Nous l'aurions fait plus tôt si Kal'Dor ne s'était pas trouvé là. La présence des Sans Peur devient un véritable problème pour nous.

-Les Sans-Peur ?

Dar'Ina pencha sa tête sur le côté.

-Je crois que vous les appelez les hommes-bêtes….Alors….Acceptez-vous ce marché ?

Je ne pouvais pas lui faire confiance. Pourtant, j'étais certaine que ce Kal'Dor était un vrai problème pour les autres Peurs.Or, si tel était le cas et que personne ne s'était débarrassé de lui, c'est qu'aucune Peur ne le pouvait.

Au moins étais-je certaine de la véracité de cette partie de l'histoire de Dar'Ina. Pour ce qui concernait sa promesse de partir d'Hîsöq avec les autres Peurs, rien n'était moins sûr.

Malheureusement pour sortir de cette cage, j'allais avoir besoin d'elle.

-Très bien, c'est entendu. Je vous aide à vaincre cette Peur et en échange vous quittez le royaume.

La femme soupira de soulagement.

-Merci infiniment Théa.

Je levai les yeux vers la cage.

-Bon….Faites-moi sortir de là. Vous le pouvez n'est-ce pas ?

La vieille femme regarda les barreaux avec un sombre sourire.

Son corps se dissout brusquement pour devenir un nuage sombre qui se plaça entre les barreaux. Il parut se rétracter, avant de se solidifier. Une forme apparut, qui grandit à toute allure sous mon regard. Il s'agissait de l'animal le plus massif que je n'avais jamais vu. Il devait bien faire deux fois ma taille en hauteur et son volume équivalait à celle d'une charette remplie de foin .Sa brusque apparition fit voler les barreaux en éclat.

Je constatai que l'animal ne semblait n'avoir aucune blessure.

Il disparut aussitôt sous mes yeux, redevenant brûme.

L'instant d'après, Dar'Ina réapparut face à moi, à l'emplacement même du trou qu'elle venait de créer.

-Quelle était donc cette terrifiante créature !?

-Un éléphant….Je n'en ai jamais vu moi-même, néanmoins j'ai croisé un jour un homme à la peau sombre qui créa une Peur sous cette forme. C'est ainsi qu'il l'a nommée. J'ignore toutefois si il s'agit d'un véritable animal ou simplement du fruit de l'imagination de cet humain.

Elle me tendit un objet.

-Tenez…Je pense que vous aurez besoin de ceci.

Je récupérai mon épée avec surprise, ainsi que mon poignard.

J'avais beau savoir que je partais combattre une Peur, je ne m'étais pas attendue à retrouver aussi facilement mes armes.

-Merci. Un dernier conseil ?

-Si par malheur son pouvoir vous affectait, ne retenez surtout pas votre faim de sang….Votre colère….

Je me sentis mal à l'aise.

-Ma soif de sang…..

-Pardon ?

-Chez les humains, nous parlons de "soif de sang"….Pas de faim….

-Oh…Excusez-moi….C'est vrai que nous autres Peurs ne connaissons que la faim…..Quoi qu'il en soit, utilisez la douleur pour lâcher prise. J'espère que cela n'arrivera pas bien sûr mais quand bien même, ne le laissez pas vous distraire….Je sais que ce procédé existe, que ce soit chez les Peurs comme chez les humains.

J'acquiesçai sombrement.

-Et vous, que comptez-vous faire ?

-Vous soutenir bien sûr ! Dés que les autres Peurs vous verront vous battre contre Kal'Dor, elles viendront en renfort, soyez en certaine….Après tout, elles vous prennent pour leur reine….

-D'accord.

Je m'apprêtai à me mettre en route lorsque Dar'Ina me retint par le poignet.

-Théa Vämïga….Gardez en tête que la survie de votre peuple dépend entièrement de l'issue de ce combat.

-Croyez-moi, je n'ai pas l'intention de l'oublier…."

Je me mis en route.

"Mais dis-moi reine déchue….Comment as-tu quitté ta cage ?

Je sursautai et me retournai d'un bond, l'épée levée.

Kal'Dor se tenait devant moi, nonchalement appuyé contre le tronc d'un arbre.

-Dar'Ina m'a aidée.

Il eut un sourire mauvais.

-Evidemment….Cette vieille folle ne pouvait pas s'en empêcher….Tant pis pour toi, tu viens d'avancer ton heure de mort ! Je m'occuperais ensuite d'elle.

Il grandit face à moi, et son corps devint une brume noire informe.

Je relevai mon arme.

Comment allais-je bien pouvoir vaincre de la brûme avec ma lame ? Elle allait lui passer à travers !

Mon regard chercha autour de lui le moindre élément qui pourrait me venir en aide. Mais je ne vis rien.

Dar'Ina n'avait-elle pas assurée qu'elle et les autres Peurs viendraient en renfort ?

Je savais bien que ses belles paroles n'était que du vent….!

Ne jamais faire confiance à une Peur.

-As-tu des dernières paroles à prononcer avant ta mort reine déchue ?

Je me jetai vers lui en courant.

-Aaaaaah !

Je m'attendais à le voir disparaitre devant moi, mais le vieillard esquiva mon coup sans mal, puis un second.

J'enchainai les attaques, y mettant tout mon savoir faire.

-Ah ah ah ! Voilà donc tout ce que peut donner la célèbre Théa Vämïga ?

Son bras fusa. Je me sentis projetée en arrière avec force, telle une vulgaire balle d'enfants.

La douleur traversa mon corps alors qu'il roula sur le sol après une chute violente.

" Rien de plus ?

Je serrai les poings et relevai les yeux vers mon adversaire.

Je me propulsai en avant, l'épée pointée vers ma cible.

L'homme esquiva d'un pas.

-Mmh….Pathé….

Préparée à le voir m'éviter, je m'étais sans attendre retournée pour lui porter un coup à la gorge. Je le vis écarquiller les yeux avec surprise alors que ma lame fusait dans sa direction.

Il parvint à esquiver de justesse. Je sentis néanmoins le métal mordre sa chair.

Sans attendre la fin de mon attaque, je lui retourna un revers qu'il para de nouveau.

Son équilibre mit à mal, son corps perdit en consistance.

-Oh non Tu vas rester ici !

Mon coup d'estoc lui passa à travers son corps devenu immatériel.

Emportée par mon poids, je me sentis partir en avant.

Une onde de choc me repoussa en arrière. J'atterris sur mon postérieur.

Désarmée.

Je vis la Peur me foudroyer du regard.

-Très bien, assez joué. Passons aux choses sérieuses.

Il bondit, et son corps disparut de nouveau pour devenir une forme indéfinie faite d'ombre.

"Eryn….Hors de question que je laisse ce dingue arpenter ce monde sans rien faire pour l'en empêcher ! Même si c'est la dernière chose que je dois faire sur cette terre !"

Accroupie, ma main serra solidement la poignée de mon épée.

Je levai les yeux alors qu'il arrivait au-dessus de moi.

"Pour le vaincre, tu dois te fondre en ton adversaire. Entrer dans sa tête et comprendre sa façon de fonctionner. Alors seulement tu pourras espérer le surprendre."

Je me propulsai le plus haut possible.

Ma vision devint floue. Mon corps se retrouva soudain à l'étroit, comme enchassé dans un étui bien trop petit pour lui.

Je fermai les yeux.

Et repoussai résolument la douleur hors de moi.

Ma peau devint brûlure.

Brûlure glacée qui semblait se répendre à toute allure autour de moi.

La sensation disparut aussi vite qu'elle était apparut, me laissant complètement désorientée.

Je retombai sur le sol, directement sur mes pieds, et retrouvai ainsi mes repères d'espace.

Je me redressai, surprise d'être encore en vie.

Aucune trace de Kal'Dor.

Mais les autres Peurs étaient toujours là.

Je me jetai sur mon épée, abandonnée sur le sol et me remis en position de garde.

Mes ennemies reculèrent avec précipitation, et je crus sentir une onde de peur les traverser.

-Où est-il ! Où est Kal'Dor ?!

Dar'Ina s'avança hors du cercle, ses mains de vieille femme tendues vers moi en signe de paix.

-Qui êtes-vous ? Lâcha t-elle d'un ton calme.

Je serrai les dents.

-Comment ça qui je suis ? Je m'appelle Théa Vämïga, fille de Léandre et Shana Vämïga, Protecteurs d'Hîsöq !

-Les Vämïga ne sont pas capables de faire ce que vous venez de réaliser....Tuer cette Peur ainsi.

-Nous apprenons à nous battre dés l'instant où nos doigts sont capables de tenir des objets. Alors, à présent que votre oppresseur est mort, j'entends que vous teniez parole et que vous quittiez ces terres Dar'Ina, car tel étaient les closes de notre marché.

Elle me dévisagea, les yeux écarquillés.

-Vous ne vous êtes rendue compte de rien ?!

Je reculai d'un pas, l'arme plus haute.

-De quoi parlez-vous ?....Soyez plus claire ! Je tiens à vous faire remarquer que vous m'aviez promis votre soutien et que vous n'avez pas bougé de tout le combat !

Je balayai les lieux à la recherche du moindre indice. Mais je ne croisai que le regard des Peurs qui me fixaient, à bonne distance de moi.

Je réalisai alors qu'elles reculaient instinctivement lorsque mon regard croisait le leur.

Quelque chose s'était passé durant le combat.

Mais je n'avais pas la moindre idée de quoi.

Dar'Ina soupira, la mine triste.

Elle tourna la tête vers son dos.

-Ar'Wil ? Tu sais ce que tu dois faire ?

Le géant acquiesça sombrement. Son regard croisa le mien et je levai mon épée, prête à le voir foncer sur moi.

Mais il tourna les talons et disparut dans la forêt en silence malgré son corps massif.

"Ïlqana. Nous tiendrons parole. Que chaque Peur se prépare à partir. Nous quittons Hîsöq !

J'écarquillai les yeux lorsque je vis le cercle se briser tandis que chacun se rendait dans une direction différente.

Moins de deux minutes plus tard, je me retrouvai seule avec l'Ancienne.

Je me redressai, perplexe.

-Alors vous allez vraiment tenir parole….

Elle acquiesça sombrement.

-Oui. Ar'Wil est parti ouvrir la voie qui nous permettra de traverser la frontière vers les autres terres….Eh bien, adieu Théa Vämïga.

Elle me tourna le dos.

-Attendez ! Pourquoi avoir voulu à ce point me convaincre que j'étais votre reine disparue ?

-Ce n'est pas vous que je tentais de convaincre, mais Kal'Dor. Thel'Ana était sa plus grande crainte.

-Une dernière chose…De quoi parliez vous quand vous m'avez dit que je ne m'étais rendue compte de rien ?

La Peur secoua la tête.

-Ça n'a plus d'importance. Vous n'avez pas vu comment Kal'Dor était mort….Cela m'a surprise, voilà tout….A présent, adieu.

J'écarquillai les yeux.

-Je l'ai tué ? Mais….Je n'ai rien vu….Attendez !

Mais elle inclina la tête et disparut entre les arbres, à l'opposé de là où se trouvait Hîsöq.

J'étais seule, complètement.

Je pivotai sur moi-même.

Tout avait disparu.

La forêt semblait ne jamais avoir été habitée par les Peurs.

Le corps tremblant, je me laissai finalement aller sur le sol, sasie d'une fatigue écrasante.

C'était terminé….

Dar'Ina avait-elle été sincère. Leur départ stopperait-il réellement la formation de nouvelles Peurs ?

Je me relevai avec lassitude.

Je devais revenir au plus vite à Sehla pour m'en assurer. Mon arme toujours en main, je me mis en route.

Il ne me fallut pas longtemps pour réaliser que je mourrais de faim.

Les sens en alerte, je guettais le moindre signe d'attaque-surprise, mais il n'y avait rien au alentour en dehors des animaux.

" A l'aide !

La voix me fit sursauter et relever mon arme.

" Est-ce que quelqu'un m'entend !?

Une femme ?

Une femme se trouvait dans les environs.

Piège ? Pas piège ?

" Au secours !"

Je me mis à courir en direction de la voix.

Chapitre 12

"Ïlqana ! Barl ! Melvin ! Amaury !

Un piège ? Est-ce un dernier tour de la part des Peurs ?

J'entendai sangloter, alors que quelqu'un s'enfuyait à travers les branches, à quelques mètres à peine de la clairière.

Je courai à travers les troncs d'arbres, mes sens à l'affût du moindre signe de présence humaine.

La femme était désespérée, ça ne faisait aucun doute. Et hurler ainsi n'améliorerait pas sa situation ! Les Peurs allaient se jeter sur elle. Pourquoi m'obéiraient-elles après tout ?

Mon coeur cognait dans ma poitrine et le sang filait dans mes veines aussi vite que mes pieds pouvaient me porter.

J'avais chaud et la peur provoquait de nouvelles bouffées de chaleur dans tout mon être.

Ne pas faiblir maintenant !

Cette femme avait besoin de moi !

Le cri de frayeur me fit m'arrêter net.

Je pilai, face à elle qui semblait complètement affolée.

Munie de son épée, elle me fixait, le regard en alerte.

Un soulagement sans borne traversa ses traits.

-Jenna, lâchai-je en la reconnaissant.

Je voyais le tracé sec de ses larmes sur ses joues. Son sourire valait tous les soleils du monde.

-Par tous les dieux ! Ïlqana ! Vous êtes en vie ! J'ai perdu la trace de tout le monde ! J'ai cru que vous étiez morte ! Mais je n'ai pu me résoudre à rentrer sans en être certaine !

Elle parlait avec précipitation, ses mots bousculés par sa peur hors de ses lèvres.

Je m'approchai d'elle et la pris dans mes bras, tremblante comme une feuille.

" Je croyais que les Peurs vous avez eue….Vous n'avez aucune idée de où sont les autres ?

-Non….Je suis parvenue à m'enfuir et me cacher, mais impossible de sortir de cette maudite forêt. Je n'arrive pas à me repérer sans le ciel ! Mais vous Ïlqana….où étiez-vous passée ?

-J'ai rencontrée les Peurs….Elles sont parties….

Jenna écarquilla les yeux, n'en croyant pas ses oreilles.

-P-Parties ? Mais…Comment avez-vous fait….

Je l'incitai à avancer.

-J'ai tué leur chef. Cela les a visiblement convaincues que je représentais un danger. Je ne m'attendais pas à ce qu'elles cèdent aussi vite….

Une odeur de nourriture m'assaillait, et l'air en était complètement saturé.

J'avais *tellement faim* !

-Mais ne pensez-vous pas qu'elles vous jouent un tour Ïlqana ?

-Si, bien entendu. C'est pour ça que nous devons nous éloigner au plus vite de cet endroit. Il nous faut du repos et manger. Je meurs de faim.

Elle acquiesça.

-Vous avez raison. Moi aussi je n'ai rien mangé depuis que nous nous sommes séparées en dehors de mes quelques provisions.

Je pouvais voir ses pupilles dilatées, et le sang qui affluait sous sa peau. Son souffle s'était légèrement accéléré, ainsi que sa température corporelle.

Tout son être criait sa peur, mais elle n'était pas encore suffisamment élevée pour prendre forme.

Je serrai les poings.

-Ïlqana ? Vous vous sentez bien ? Vous tremblez….

Je sentais la crise arriver depuis un moment.

La pression sous ma peau était tellement forte !

Je vacillai, avant de comprendre que je n'allais pas pouvoir aller plus loin.

-Jenna…Il…Il faut que tu sortes au plus vite de…de cette forêt.

-Ïlqana ! Je ne partirais pas sans vous ! Hors de question de vous abandonner !

Elle s'approcha de moi et commença à me soutenir.

-Vous êtes épuisée…..

-N-Non Jenna….Ce n'est pas uniquement d-de la fatigue….J-Je suis malade….Je crois qu-que mon corps a atteint son seuil de tolérance….

-Vous…Vous êtes malade ? Depuis quand ? Je peux peut-être trouver des herbes qui peuvent vous soi….

J'attrapai son poignet pour l'empêcher de s'éloigner.

-Jenna….Ma maladie date de mon enfance, et elle n'a fait qu'empirer au fil des années. Je savais qu'il ne me restait guère de temps…..

La jeune femme me dévisagea.

-Alors….Vous saviez que vous n'alliez pas revenir quoi qu'il arrive n'est-ce pas ?

J'acquiesçai.

-Oui….Ma soeur est sur le trône et les Peurs sont parties….Aujourd'hui je peux m'en aller en paix….Je te demande simplement de lui transmettre mes excuses. Je lui avais promis que je reviendrais.

Les larmes apparurent dans le regard de la garde.

-Nooon ! Il en est hors de question !

Elle se baissa pour passer ses épaules sous mon bras et m'obligea à me relever.

-Jenna….Qu…Qu'est-ce que tu fais…

-Je vous ramène auprès de votre soeur ! Ces mots, vous les lui transmettrez vous-même ! Il est hors de question qu'après tous ces sacrifices vous mourriez seule dans cette maudite forêt !

-Jenna….Les Peurs….Elles risquent de revenir….

-Je vais vous conduire à un médecin….

Mon nez dans le cou de la garde, son odeur m'enveloppait, recouvrant celui de la forêt elle-même.

J'écarquillai les yeux.

-Ton odeur….

J'avais le sentiment de me tenir prés d'une cheminée où de la viande grillait. S'y ajoutait une douce odeur, sucrée comme du miel. Ma salive remplit ma bouche. Je tournai instinctivement la tête vers la jeune fille. Sa chevelure se trouvait juste sous mon nez. Sonparfum n'en devint que plus entêtante encore.

" T-Tu es…morte de peur….

Je me débattis et parvins à échapper à ses mains.

-Mais….Ïlqana….Qu'est-ce que vous faites ?

Un craquement la fit sursauter. Le parfum était plus entêtant que jamais.

Il retournait mes pensées, obnubilait mon odorat et ma réflexion.

J'avais tellement faim que mon corps en tremblait violemment.

-Je s-suis trop faible….J'ai besoin de manger….

-Raison de plus pour rentrer. Eloignons-nous d'ici et je m'occupe de vous trouver de quoi apaiser votre f….

-Non…Il faut que je mange….maintenant….

Remplir mon estomac….C'était tout ce qui comptait, avant que je ne perde complètement le contrôle.

Je fouillais dans mes poche et tirai un reste de viande séchée.

Ce n'était pas grand chose mais j'espérais que ça suffise le temps que Jenna sorte de cet endroit.

J'arrachai une bouchée de la viande élastique avec mes dents et la mâchai furieusement.

L'avalant, son goût m'apparut immonde, mais je me forçai à en prendre une nouvelle part.

Je ne pus aller plus loin.

Mon estomac se retourna et rendit ce que je venais de lui offrir. Soutenue par Jenna, je sentais la sueur perler à mon front, tandis que le parfum ne quittait pas mes narines.

J'avais le sentiment d'être une affamée, privée de nourriture depuis une éternité, assise à côté d'une table pleine à craquer de victuailles plus appétissantes les unes que les autres.

Les branches craquèrent.

-Allez Ïlqana ! Lâcha la garde d'une voix effrayée. Hors de question que je vous laisse ici, quitte à vous porter si il le faut !

Je n'arrivai plus à tenir sur mes pieds. La jeune fille s'accroupit à mes côtés, et me hissa sur son dos. Vacillante sous mon poids, elle se mit en route.

-Ces stupides hommes ne sont jamais là quand on a besoin d'eux, grommela t-elle.

-Ils sont…morts….Ils sont tous morts….

Je la sentis se tendre sous moi. Les pulsations de son coeur traversaient sa peau, et je sentais leur accélération vibrait en moi, ainsi affalée sur elle.

Jamais je n'aurai imaginé avoir les sens aussi aiguisés.

Sucré.

Doux.

Epicé.

Chaud.

Velouté.

Je me laissai bercer par un tel bien-être et un sourire vint étirer mes lèvres.

Si j'avais eu une mère aimante, c'est ainsi que je l'aurais vue.

-Ah !

Je chutai brusquement sur le sol, et une onde de douleur traversa mon épaule.

Un goût de fer envahit ma bouche.

-Ïlqana mais….Qu'est-ce qui vous prend ?

Je relevai la tête et vis Jenna presser le côté de sa gorge, là où mes dents l'avaient entamée.

L'horreur m'envahit.

Je l'avais mordue ?

D'où le goût immonde du sang sur ma langue.

L'odeur devint plus entêtante que jamais.

-Je suis désolée…Je ne sais pas….Ton odeur…ton odeur est tellement….Mais qu'est-ce qui m'arrive….?!

Il fallait que je me ressaisisse. Pourtant je me retenais à grande peine de me jeter sur la jeune femme.

J'enveloppai mes épaules de mes bras, décidée à ne pas laisser mon corps s'exploser de nouveau. Quoi qu'il se soit passé avec Kal'Dor, il ne fallait pas que ça se reproduise en présence de Jenna.

-Ïlqana ! Altesse qu'est-ce que je dois faire !

Je dus arracher mes mots de ma gorge tant me contenir mobilisait toute mon énergie.

” Cours….Je t'en conjure…COURS !

Les yeux écarquillés par la peur, la jeune fille m'obéit sans chercher à protester, une main appuyée sur sa plaie.

J'espérai que son odeur disparaisse avec elle, mais il devint plus entêtant que jamais.

J'enlaçai mes jambes, décidée à ne pas me lever.

-Lui laisser le temps de quitter la forêt….Elle doit quitter la forêt ! Allez Jenna dépêches-toi !

Quitter la forêt ?

C'était grotesque. Elle était certainement la seule humaine des environs encore en vie et je ne me voyais pas chasser pour aller en trouver d'autres plus loin !

Je secouai la tête avec effroi.

Chasser des humains ? Mais qu'est-ce que je racontais !

Si seulement je n'avais pas aussi faim !

"Elle va disparaître et tu vas mourir de faim ! N'as-tu pas promis à Eryn que tu reviendrais ? Dépêches-toi de la rattraper Théa !"

Je redressai la tête, tous les sens aux aguets.

J'entendai Jenna fuir à travers les fourrés, trébuchant sur les racines en partie dissimulées par la brûme.

Je bondis comme un ressort.

Je me mis à courir, poussée par ma faim.

L'excitation m'envahit.

J'allais avoir un bon repas !

Ma proie avait tellement peur que j'aurai pu percevoir son parfum à l'autre bout de la forêt !

Le monde défilait à toute allure autour de moi. Je me figeai soudain et réalisai sans surprise que j'avais dépassé la jeune fille et que je lui bloquai désormais la route.

Elle poussa un cri d'horreur en m'apercevant.

-Comment avez-vous fait ! Hurla Jenna en tirant un poignard. Comment êtes-vous parvenue à me dépasser sans que je ne vous vois ?! Vous n'êtes pas l'Ïlqana ! Qui êtes-vous ?! Qu'avez-vous fait de Son Altesse ?!

Mes yeux n'arrivaient pas à se détachaient d'elle. Elle brillait. Elle brillait de milles feux et sa lumière était d'une beauté à couper le souffle.

Je laissai échapper un rire, incapable de me reconnaitre.

-Je l'ignore ! Ah ah ah ! Je crois qu'elle n'a jamais existé ! Mais ça n'a aucune importance ! Parce que tu brilles ! Tu entends ? Tu es magnifique ! Et tu sens tellement bon !

Je me précipitai sur elle. Sa lame hésita à venir sur moi et je l'esquivai sans peine avant d'immobiliser ma proie.

-Lâchez-moi ! Qui que vous soyez je vous ordonne de me lâcher !

-Ton parfum….Je vois ton parfum émaner de toi….C'est incroyable….Comment est-ce possible ? Cesse de te tortiller Jenna.

-Vous me faites peur ! Où est Théa Vämïga !?

Comment était-ce possible ? Ce pouvait-il que je sois intoxiquée par l'air de cette maudite forêt ? Jamais je n'avais ainsi vu une telle aura. Elle brillait de plus en plus à mesure que je la fixai, et son parfum me faisait saliver. Je réalisai que je mourais de faim.

-J'ai déjà vu ce phénomène….

Les cris de la jeune fille et sa résistance ne parvenaient pas à me détacher de ma fascination.

Je desserrai une de mes mains pour la tendre vers la lumière.

Je passai à travers sans provoquer la moindre réaction. Ni chaleur, ni perturbation. Son odeur était telle que j'en avais l'eau à la bouche et mon estomac se contractait douloureusement. Mon être tout entier semblait prêt à jaillir hors de ma peau pour attraper cette merveilleuse lueur dont je ne comprenais pas la nature. J'étais fascinée et à l'agonie de ne pouvoir l'attraper.

Une violente crampe me plia en deux. La fille tenta de m'échapper mais je la ramenai contre moi.

Ce parfum bon sang !

Soyeux, fondant, chaud, sucré, pétillant…!

Chaque nouvelle inspiration m'apportait une caractéristique en plus, rendant l'expérience inoubliable.

Je sentais le sol sous mes genoux, et compris que mes forces m'avaient quittées. Jenna me frappait, pourtant ses coups n'étaient rien comparé à ma propre résistance.

J'étais incapable d'ouvrir mes doigts et de la libérer.

Une partie de moi le voulait pourtant mais sa volonté fondait à toute allure tandis que ma faim en devenait incontrôlable.

-J-Je n'y…arrive pas…

Ma voix me semblait tellement lointaine ! Que m'arrivait-il en effet ? Mon esprit était complètement accaparé par la jeune fille. Elle sentait tellement fort et de façon si incroyable que ça en devenait inconcevable.

Mon ventre me torturait. Si je ne le remplissais pas rapidement, je craignais de le voir s'auto-dévorer dans les prochaines minutes.

-Aaaaaah !

Le goût du sang envahit ma bouche, ignoble. Pourtant ce n'était rien comparé à l'odeur exquise.Jenna tenta de se dégager, une main appuyée sur sa plaie au cou, mais je le retins sans mal contre moi.

Il dégoulinait de ce parfum merveilleux, comme si son sang ne faisait que l'augmenter d'avantage.

-Je vous en prie….Laissez-moi partir…! Théa….

-Théa est morte….Et tu le seras toi-même bientôt….

Je plantai de nouveau mes dents dans sa gorge. Je sentais ses efforts pour se dégager, pourtant je n'avais aucun mal à la tenir. Sa force était vraiment ridicule.

Le goût de fer était vraiment épouvantable mais l'odeur me subjuguait. Je l'aspirai, et des images se mirent bientôt à défiler dans mon esprit.

Celle d'une femme au visage radieux et aux cheveux noirs dressés sur sa tête fine. Puis celui d'un homme riant aux éclat sous le jour. Son regard était malicieux et son sourire aurait pu allumer des dizaine de soleils si il en avait eu le pouvoir. Puis d'autres visages. Ceux de deux enfants. Un garçon et une fille. Le premier ressemblait à sa mère, la seconde à son père. Ils jouaient dans un champ et criaient en se poursuivant. Les douces soirées de chansons au coin de la cheminée, alors qu'une tisane chauffait doucement au dessus des braises. L'odeur des bougies de cire d'abeille qui brulaient lentement autour, et enveloppaient la pièce d'une douce et douillette quiétude. La voix entraînante de la femme qui captivait son auditoire de son histoire, riant des yeux émerveillés de son époux et des deux petits assis devant elle.

Les souvenirs défilaient, et chacun d'entre eux m'enveloppait d'une chaleur merveilleuse. J'en voulais plus ! Jamais je n'avais réalisé ce vide en moi. Mais à présent que je commençais à le combler, je comprenais à quel point il s'était creusé au fil des années.

A force d'aspirer, la lumière finit par s'éteindre. L'odeur par mourir.

Je retrouvai alors le sens de la réalité.

-Lâche-moi !

Je vis son poing foncer sur moi et fus surprise par sa lenteur.

Pourtant je savais que la jeune fille y mettait toute sa force. J'aurai dû peiner à esquiver son attaque. Au lieu de ça, je me décalai. Jenna frappa dans le vide, tandis que je me tenais désormais à quelques pas d'elle, trop rapide pour qu'elle ait pu suivre mon mouvement. Je la vis me chercher du regard.

" Où est-ce que tu es ? Hein ? Montres-toi c'est un ordre !

Elle brûlait d'une fureur noire et le meurtre brillait dans ses pupilles.

Je perdis tout intérêt pour elle. Invisible, je revins sur ma propre forme.

Mon corps avait disparut.

Pourtant, je ne me sentais pas morte pour autant….Bien au contraire !

Voilà une éternité que je n'avais éprouvé ce sentiment de parfaite harmonie avec moi-même !

Et j'avais faim.

Terriblement faim.

Jenna continuait de me provoquer, incapable de me voir.

Je repris forme humaine devant elle..

-Ici.

-Aaaaah !

Elle s'élança vers moi, la haine dans son regard.

Je l'esquivai, et la fis trébucher de mon pied. La jeune fille s'étala de tout son long sur le sol. Je me baissai et la retournai sur le dos.

Bloquant de mes mains son visage, je plongeai mon regard dans le sien.

-Je te laisse partir, si tu ne cherches pas à m'atteindre. Tu pourras retrouver ta famille. Et poursuivre ta vie.

Je cherchai le moindre signe de soulagement sur ses traits, mais mes paroles semblaient tomber dans l'oreille d'une sourde.

-Je vais te tuer tu entends ?! Te tuer !

Elle se démenait comme une démone, et tentait de m'atteindre par tous les moyens.

En vain.

Je la laissai s'agiter, comprenant qu'il était trop tard.

-Tu n'as plus peur n'est-ce pas ? Ni pour ta vie, ni pour celles de tes proches. Cette part de toi-même a disparu quand je me suis nourrie….Je comprends….Il ne reste à présent que ton instinct de survie. Tu ignores pour quoi tu veux vivre, mais ton corps est prêt à se battre pour y parvenir….Ainsi donc, voici comment les hommes-bêtes sont formés…..En perdant votre peur, vous perdez votre attachement envers l'autre…..Je suis désolée…..

Sa nuque se brisa entre mes mains. Jenna cessa aussitôt de bouger et retomba lourdement sur le sol.

" Je ne peux pas laisser autant de haine se répandre sur ce monde.

Je laissai là le cadavre et me redressai.

Je sentais l'énergie courir en moi et baissai de nouveau les yeux sur mon corps.

Je possédais de nouveau l'apparence de Théa Vämïga, pourtant, une simple pensée me suffit à modeler mon être.

Je devins homme, puis animal.

Je pouvais prendre n'importe quelle forme et réalisai que chacune possédait ses avantages et ses inconvénients.

Néanmoins, mon corps d'humaine finit par réapparaître. Avoir vécue aussi longtemps ainsi m'était devenu familier.

Le cri d'un oiseau me fit lever les yeux vers la voûte des arbres.

J'apercevai les reflets du soleil à travers le feuillage, imperceptible, et pourtant bien présent. Les nuances de vert, la finesse des feuilles, les veinures du bois et les différentes teintes qui le coloraient me coupèrent le souffle tant l'image était magnifique.

Je baissai les yeux sur le corps.

Déjà les couleurs désertaient sa peau. Il n'était pas encore rigidifié, mais cela ne tarderait pas. Les souvenirs qui s'étaient déversés en moi résonnaient encore, comme la plus merveilleuse musique que j'aurais pu entendre.

Les humains disaient souvent qu'au moment de mourir, leur vie défilait dans leurs yeux.

Ils faisaient erreur.

Ce n'était pas leur vie qui leur apparaissait, mais les meilleurs moments qui l'avaient comblée. Et au lieu de les perdre à tout jamais, ils nous les confiaient à nous, les Peurs.

-Je prendrais soin d'eux, je te le promets.

Je me détournai de l'enveloppe vide pour m'intéresser à la forêt.

Chaque détail me fascinait.

La lumière et les reflets, les détails de la pierre et de l'écorce, les variantes de couleurs, les sons, les odeurs.

Chaque élément qui m'entourait possédait une multitude de détails magnifiques.

Jamais je n'aurai imaginé m'extasier face à une flaque d'eau.

Pourtant je restai un instant fascinée devant le reflet argenté qu'elle prenait parfois, ainsi que la texture laiteuse que semblait posséder le liquide, alors que l'air froissait imperceptiblement sa surface lisse.

-Thel'Ana ?

La voix me fit lever la tête.

Je découvris alors le géant face à moi. Fascinée par la beauté de la forêt, je n'avais pas perçu son arrivée.

-Ar'Wil…..Je me souviens….Je me souviens de toi.

Son sourire fendit son visage et je retrouvais la joie infantile qui caractérisait si bien mon ami autrefois.

Avant que je ne quitte les Peurs, mon peuple, pour me mêler aux humains.

-Comment vous sentez-vous Majesté ? S'enquit-il avec douceur tout en se laissant doucement tomber sur son arrière train, sa tête enfin à la hauteur de la mienne.

Je balayai la forêt du regard, et peinai à en détacher mes yeux. Chaque détail captait mon attention, et je ne me lassai pas de savourer leur perfection.

Ar'Wil rit doucement à mes côtés. Je parvins enfin à le regarder de nouveau.

-Qu'y a t-il ?

-C'est bien vous, oui….Autrefois, avant que vous ne partiez chez les humains, vous restiez parfois des heures immobile à contempler ce lieu. De nous tous, vous êtes celle qui est la plus touchée par ce spectacle. Vous disiez que chaque détail vous fascinait.

-Oui….C'est exactement ce mot…..La fascination….Comment ai-je pu oublier….Comment ai-je pu tous vous oublier ?

La brise souleva des grains de poussière et j'observai avec attention le tourbillon qu'ils créèrent avant d'être dispersés par le souffle. Certains captaient les rayons du soleil et se transformaient, l'espace d'une fraction de seconde, en poussière de lumière. Je restai, le souffle coupé, à voir le cheminement des grains s'étendre dans l'air, libérés du souffle et propulsés dans toutes les directions à une vitesse de plus en plus ralentie.

-Je suis partie….Je suis partie pour vous sauver n'est-ce pas ?

-Oui….Les humains causaient de lourds dégâts dans nos rangs et vous n'avez plus pu le supporter. Vous avez décidé de détruire leur famille royale, les Vämïga, afin que tout espoir disparaîsse chez les humains. Cela ne devait prendre que quelques jours tout au plus….Pourtant, vous avez retardé votre mission.

-Je me souviens….., murmurai-je.

A présent je me souvenais.

Cette sensation de se retrouver lovée dans le ventre d'une mère, enveloppée de chaleur. Cet amour que j'avais éprouvé, profond, pour l'humaine qui me protégeait. Aucune Peur ne m'avaient offert un tel sentiment de sécurité. Cette nouveauté m'avait plu.

Je secouai la tête pour chasser mes souvenirs.

-Je suis désolée….Je n'avais pas prévu de rester aussi longtemps parmi les humains.

-Vous nous avez oubliés.

Il n'y avait aucun repproche dans son affirmation, pourtant je me sentie terriblement honteuse.

-Je vous ai oubliés et combattus….J'ai tué des Peurs sans la moindre hésitation…..Comment pouvez-vous encore m'accepter et m'accueillir ainsi parmi vous.

-Vous êtes notre reine Thel'Ana….Avant vous, nous n'étions que de simples Peurs qui ne nous préoccupions que de nous nourrir. Votre arrivée a changé nos perceptions du monde. Vous veniez de naître, et pourtant, vous arriviez déjà à vous émerveiller de ce monde alors que la plupart d'entre nous étions encore obnubilés par notre faim….Vous nous avez initié à la beauté et vous nous avez donné une raison de vivre. Que représente une décennie pour une Peur, quand elle peut vivre une éternité ? Nous voulions votre retour car vous nous manquiez. C'est notre nostalgie qui a tenté plusieurs d'entre nous à vouloir aller vous chercher chez les humains.

-Je regrette de vous avoir fait ainsi souffrir…..Mais je suis revenue à présent….Et je n'ai pas l'intention de vous abandonner de nouveau.

-J'en suis profondément heureux, sourit le géant."

La mousse était douce et moelleuse sous mes plantes de pieds.

Je marchai en silence au milieu des arbres, les images de mes rêves passés se superposaient à la réalité de la forêt.

Finalement, je n'avais pas totalement oublié mon existence de Peur. Je me souvenais parfaitement de la solitude que j'éprouvais lorsque je me réveillais de ces songes au château. Je ne comprenais pas leur sens à l'époque, mais ils exprimaient clairement la nostalgie d'un lieu qui me manquait.

Mon regard capta les éclats de rosée scintillantes sur les minuscules fleurs blanches étoilées qui parsemaient le sol.

Je me penchai, pour reccueillir une de ces perles de lumière et la portai à mes yeux.

Selon l'angle choisi, la goutte était transparente ou opaque. Dorée ou argentée. Remplie d'un arc en ciel de couleur ou reflétant simplement la forêt elle-même. Fut un temps où je pouvais passer des journées entières à m'émerveiller des moindre détail d'un lieu. Je réalisai que ces moments m'avaient profondément manqués.

"Thel'Ana….

Je me tournai pour découvrir Dar'Ina, accompagnée par Si'Onel, Chi'Zal et Ar'Wil. Dar'Ina et Ar'Wil avaient conservés leurs apparence de vieille femme et d'homme immense. Je m'intéressais aux deux autres membres du groupe des Anciens. Si'Onel était le plus petit, de la taille d'un enfant de dix ans tout au plus. Sa peau reproduisait à la perfection les motifs de l'écorce d'un sapin, néanmoins sur des tons d'un ocre-brun, couleur de la forêt en fin d'après midi lorsque les rayons du soleil traversaient les arbres à l'horizontale. Son crâne était paré d'une chevelure faite de longues lianes, nouées en queue de cheval. Je remarquai les traits sombres de maquillage autour de ses yeux, faisant ressortir d'avantage leur teinte mordorée.

Quand à Chi'zal, ses contours restaient flous, parcourus d'ondulations bleutées, telle de l'eau ondée par un souffle d'air. De taille humaine lui aussi, tout chez lui semblait constitué d'eau, jusqu'à ses yeux à demi transparants. Il m'offrit un large sourire.

-Ma chère enfant…..

Il tendit ses mains alors que son pas s'accélérait pour venir à moi.

Chi'zal. La plus ancienne de toutes les Peurs. C'était lui qui m'avait prise en charge lors de ma naissance.

A l'époque, j'étais déjà accaparée par les détails de ce monde et j'étais en permanence en lutte entre ma faim dévorante et mon besoin d'admirer tout ce qui m'entourait.

Il m'avait appris à canaliser ma concentration, puis, plus tard, à temporiser mon besoin dévorant de me nourrir. Pour chaque angoisse que j'avais épprouvée, il avait été mon confident et mon guide.

Je le serrais contre moi. Son corps frais rappelait la texture de l'eau sans pour autant que je ne sois mouillée.

-Je suis tellement désolée de vous avoir abandonnés aussi longtemps….Dire que j'étais partie pour nous sauver. Tout ça n'aura servi à rien….

-A rien ? Allons Thel'Ana…..Ne soyez pas si sévère avec vous-même. Léandre et Shana Vämïga sont tous les deux morts….

-Je ne suis pour rien dans leur disparition….

-Je ne serais pas aussi certain que ça de votre affirmation…..Votre "naissance" dans leur couple a apporté plus de discorde que de joie entre eux. Qui sait. Si l'Ïlqa et son épouse s'étaient mieux entendus, peut-être que nous aurions eu plus de mal encore à les vaincre. L'idéal aurait été de supprimer leur fille, mais vous aviez alors déjà oubliée qui vous étiez vraiment….

J'acquiesçai.

-Mais Eryn Vämïga est désormais seule et elle ne connait rien à l'art de la guerre. La vaincre ne sera pas difficile.

-Et leur royaume est au plus mal. Cette mesure prise où tous les hîsöqii devaient prendre des produits pour ne plus créer de Peurs était une bonne trouvaille.

Je me sentis rougir.

-Vraiment ? Je n'aurais pas cru que ça vous plairait.

Une part de moi-même, l'ancienne Théa Vämïga, grinça intérieurement des dents.

Elle n'avait pas fait ça pour rendre service aux Peurs mais bien pour les vaincre. Les entendre dire que cette mesure était un véritable échec sur tous les plans ne l'enchantait guère.

Je secouai la tête.

-Si les humains continuent de créer autant de Peurs, ils vont bientôt tous devenir des Sans-Peur, ce qui les rendra complètement inutiles et dangereux. Diminuer la création de nouvelles Peurs nous laisse plus de possibilités pour nous nourrir.

-Oh….Tant mieux. Les Sans-Peur…..Oui, cela est probablement plus approprié comme nom que 'les hommes-bêtes". En parlant d'eux, j'aimerais que vous en capturiez un ou deux. Il faut que nous sachions à quoi ils peuvent nous servir.

-Vous voulez les emmener ici ? Mais…Ils vont tout détruire.

-Nous allons faire des cages pour les retenir. Je suis désolée de vous imposer cela, mais nous devons absolument résoudre ce problème si nous voulons perdurer dans le temps Car si nous ne trouvons pas de solution et que tous les hommes deviennent des Sans-Peur, nous ne pourrons plus nous nourrir.

Dar'Ina acquiesça.

-Vous avez raison. Mais qu'arrivera t-il si nous ne trouvons rien à faire avec eux ?

Son regard perçant me laissa penser qu'elle me tester toujours. Je lui rendis son regard.

-Il faudra les éliminer, je ne vois pas d'autres solution à ce problème malheureusement.

Elle approuva.

-Bien.

-Une fois le problème des Sans-Peur réglé, nous nous occuperons des humains. Avec tous les soucis auxquels ils doivent faire face en ce moment, je doute qu'ils nous attaquent. Mais Dar'Ina, j'aimerais que le Front soit dissout.

Elle écarquilla les yeux.

-Mais….Pourquoi…C'est vous-même qui l'avez mis en place.

-Il avait pour but d'attirer Léandre Vämïga à découvert pour pouvoir l'atteindre, ce qui est chose faite. Mais Eryn Vämïga n'est pas une guerrière. Elle ne montera jamais en première ligne. Or notre objectif de départ était d'éliminer toute la famille Vämïga afin de briser les derniers espoirs des hîsöqii. Inutile de sacrifier les nôtres au Front.

Dar'Ina acquiesça lentement.

" Une dernière chose Dar'Ina.

La Peur se tourna de nouveau vers moi.

-Thel'Ana ?

-Qu'est devenu Kal'Dor ?

Je fus surprise de lire la tristesse dans son regard.

-Vous avez aspiré la peur qui le formait jusqu'à ce qu'il ne soit plus. Kal'Dor est mort Majesté.

Je levai un regard surpris.

-Vous semblez triste de sa disparition…..N'était-il pas un tyran pour vous ?

La Peur secoua la tête.

-Nous avons toujours su que votre point faible était votre besoin de protéger ceux qui vous sont confiés. Il suffit de savoir que vous avez vécu chez les humains durant toutes ces années dans le seul but de nous sauver, et qu'une fois là-bas et amnésique, vous avez protégé les humains du mieux que vous pouviez….Votre besoin de protéger est extrêmement puissant, probablement parce que vous êtes arrivée à un stade de développement qui vous permet de vous attacher aux autres de façon extrême. Kal'Dor ne nous a jamais dirigé. Personne ne l'a fait depuis votre départ. La seule chose que nous autres Anciens ayons tenté, c'est de trouver des volontaires pour vous récupérer chez les humains.

-Donc….Kal'Dor n'était pas un tyran….

-Non….Bien au contraire….Il est vrai qu'il a été créé à partir des souffrances d'un seul individu. Mais cette souffrance l'avait rendu extrêmement doux. C'était une Peur à l'écoute des autres, mais il n'avait pas l'âme d'un chef. C'est lui qui a proposé de jouer ce rôle pour vous obliger à vous souvenir….Nous avons songé que si vous vous nourrissiez de Kal'Dor, vous retrouveriez probablement votre mémoire. Mais ça n'a pas fonctionné.

Je restai un instant incapable de dire quoi que ce soit.

-Mais….et cette Peur qu'il a aspiré ?

-Une mesure désespérée face à votre incapacité à vous souvenir. Il vous a poussée à bout. Vous avez retrouvé vos réflexes en l'aspirant, mais pas votre mémoire. Mais peu importe. Nous serions tous prêts à faire ce sacrifice pour vous. Je vais transmettre vos ordres.

-Attendez Dar'Ina ! Une dernière question….Pourquoi vous montrer aussi fidèles envers moi ? Pourquoi vous donner autant de mal pour me récupérer de chez les humains ? Vous auriez pu choisir un autre roi….

La Peur eut un sourire.

-Les Peurs sont solitaires par nature. Elles n'ont pas l'instinct de se regrouper….A vrai dire, c'est vous qui nous avez rassemblés. Et grâce à vous, nous avons découvert pour la plupart d'entre nous des valeurs comme l'amitié, ou le plaisir de partager, qui dépassent toutes les beauté physiques que ce monde peut nous offrir. Votre vision est magnifique et nous voulons qu'elle nous guide. Si vous disparaissiez, cette splendeur ne nous sera plus jamais accessible.

Je fus incapable de trouver quoi que ce soit à dire.

Les Ancienne me saluèrent et s'en retournèrent vers la forêt.

Voilà des mois que je n'avais plus dormie aussi paisiblement.

Mais cela faisait moins longtemps que je ne m'étais faite réveiller par des cris de panique.

Je me redressai dans ma couchette, la couverture de soie glissant sur ma peau.

Autour de moi, la forêt était obscure, parsemée pourtant çà et là de lumières surpendues.

Les cris se poursuivaient.

"Alerte ! Les Sans Peurs ! Les Sans Peurs attaquent !

Je bondis hors de ma couche et enfilai ma tenue d'humaine en vitesse avant de quitter mon perchoir.

Mes pieds se mirent à sauter de branche en branche jusqu'à l'endroit d'où provenaient les cris.

J'aperçus plusieurs formes s'enfuirent entre les arbres, suivis par des silhouettes plus lentes.

Elles poursuivaient les Peurs, tout en brisant tout ce qu'elles trouvaient sur leur passage.

Les oeuvres d'arts de mes sujets jonchaient ainsi le sol, anéanties.

Je fondis vers la terre pour atterrir entre une Peur gnome et nos assaillants. La petite créature était prostrée à terre, en larmes, touchant du bout des doigts les fleurs écrasées face à lui.

Mon épée jaillit, pour arrêter l'homme-bête le plus proche de nous.

-Ne reste pas là ! Cours !

Ma lame trancha la gorge de l'humain qui s'effondra en plein mouvement.

Le gnome n'avait pas bougé de sa place, paralysé par le désespoir.

Je notai que d'autres Peurs étaient dans le même cas.

Je quittai ma forme humaine pour fondre sur un autre ennemi.

Le calme était finalement revenu.

Debout au milieu des arbres, je fixai avec effroi le désastre sous mes yeux.

Des corps, qu'ils appartiennent aux Peurs ou aux hommes-bêtes, jonchaient le sol en mousse tâché de sang. Des branches, des plantes et des oeuvres d'art avaient été complètement arrachées et brisées.

La forêt, habituellement associée à la paix ressemblait aujourd'hui à un véritable champ de bataille.

Je marchai d'un pas tremblant parmi les décombres et les corps, consciente que plus jamais cette partie de la forêt ne serait en paix et qu'il nous faudrait certainement nous installer ailleurs.

"Majesté….

-Ar'Wil….Combien de pertes ?

-Dix parmi les Peurs….Quand aux Sans Peur, les quinze qui nous ont attaqués sont morts.

Je portai ma main à ma poitrine. Un sentiment de poids bien présent l'alourdissait.

-Vingt-cinq vies disparues….

-Je suis vraiment désolé Thel'Ana. Nous ne nous attendions pas qu'ils s'enfoncent autant dans la forêt.

Je serrai les dents.

-Les nôtres ne sont pour la plupart que des enfants, murmurai-je. Les hommes-bêtes ne peuvent nous nourrir, et leur façon de tout détruire terrorise encore plus les Peurs….Ar'Wil, rassemble les Peurs volontaires. Nous allons devoir partir à la chasse.

Il acquiesça, la mine sombre.

-Bien Thel'Ana."

La forêt était paisible.

Il était étrange de me promener ainsi entre les arbres, après avoir autant rêver de le faire.

Après deux jour à traquer les hommes-bêtes les plus proches de notre territoire, les Peurs qui m'accompagnaient avaient jugé notre travail achevé. Elles s'en étaient retournées à leurs passes-temps sans plus tarder. J'aurai aimé poursuivre la traque afin de régler le problème de façon plus pérenne, mais découvris que j'étais la seule à me projeter ainsi autant en avant dans le temps.

J'avais dû renoncer à mon projet.

La clairière m'entourait, baignée de lumière mordorée. Je me souvenais parfaitement de la profonde et inexplicable tristesse qui m'empoignait le coeur dés lors que je rêvais de cet endroit humaine.

A présent que j'avais retrouvé mon chez moi, j'éprouvai un soulagement sans borne, et une joie presque infantile à être ici.

Les oeuvres d'art se trouvaient dans chaque détail, parfois subtils, d'autre fois exposées aux yeux de tous, selon le niveau d'évolution de la Peur qui était à l'origine de l'oeuvre.

Entrelacs de troncs entre eux, le sol était parcemé de fleurs sauvages pourtant placées à des endroits bien précis, qui valorisaient au mieux leur beauté.

Je voyais certaines Peurs affairées pour faire ressortir la beauté d'un détail qu'elles avaient noté, et je n'avais aucun doute sur le fait que si je traversais la forêt toute entière, je constaterais ce même spectacle où que j'aille.

En dehors du front, bien évidemment.

"Thel'Ana ?

Je me tournai, pour découvrir Di'Hôl. Il avait pris l'apparence d'un immense lion à la crinière soyeuse. La lumière semblait légèrement émaner de ses poils. Je croisai les bras, un sourire amusé sur les lèvres.

-Tu n'as pas changé mon ami. Toujours à quatre pattes hein ?

-Vous savez mon affection pour la forme féline Majesté. La métamorphose a toujours été l'art qui m'attire le plus.

-Oui. Je me souviens.

Ma main s'enfouit avec délice dans l'épaisseur de sa crinière, chaude et douce contre ma peau.

-Vous avez beau vous être absentée durant vingt-cinq ans, vous êtes encore capable de rester immobile à observer un lieu pendant plusieurs heures sans même vous en apercevoir...., lâcha le lion de sa voix profonde.

-Cet endroit m'est si familier....et pourtant, j'ai le sentiment de le découvrir comme au premier jour.

-Les oeuvres ne sont pas les mêmes que lors de votre départ, acquiesça mon ami en balayant la forêt de ses yeux mordorés. Mais surtout, vous êtes vous-même bien différente de celle qui nous a quittés.

-En effet. Le changement est si évident que ça ? M'inquiétai-je.

-Non....Pas pour un simple observateur. Mais nous avons passé suffisamment longtemps ensemble pour que je note les détails....Le plus évident est que vous avez cessé de vous métamorphoser....C'était pourtant votre jeu favori à vous aussi vous vous souvenez ?

Je souris.

-Oui....Je me rappelle. Je voulais apprendre à devenir tout ce que j'affectionnais....

-Jusqu'à la lumière elle-même, termina Di'Hôl.

Un rire s'échappa de mes lèvres.

-Mais ce fut un bien vaste échec ! La lumière est bien la chose la plus subtile que je connaisse.

-Ce n'est pas ce que vous disiez à l'époque. Vous juriez que l'humain était au sommet de la complexité.

Mes lèvres s'affaissèrent.

-Oui....C'est exact. Les sentiments des hommes sont comme la lumière. Ils peuvent changer à tout instant et l'on ne sait jamais quelle teinte, quelle émotion va apparaître.

-Et bien, vous avez dû vous sentir comme un poisson dans l'eau là-bas ! ....Tiens...Votre perle a disparu....

-Ma perle ?

Il désigna mon cou.

-L'unique création faite de toute pièce par une Peur. Vous n'avez utilisé que votre essence pour la créer. Si je n'avais pas assisté au phénomène, je n'aurais jamais cru qu'une telle chose fut possible. Une perle de nacre blanche. Dés lors que vous l'avez créé, elle ne vous a plus jamais quittée. Le Coeur, c'est ainsi que vous l'appeliez. Je n'ai jamais su pourquoi.

Je haussai les épaules.

-Je m'en souviens….Je l'ai donnée à Eryn Vämïga alors que je me croyais encore votre ennemie. C'est elle qui la possède désormais….Bah…j'en ferais une autre….Je suis vraiment désolée, pour être partie aussi longtemps….

-Ne le soyez pas….Vous êtes la Peur la plus puissante que je connaisse. Personne ne peut prétendre s'être autant nourrie que vous ici, même les Peurs les plus anciennes. Quand vous êtes partie, Ar'Wil nous a prévenus que vous ne reviendriez peut-être pas. Que vous voudriez rester chez les hommes.

-Vraiment ? Comment l'ont pris les autres Peurs ?

-Très mal. Personne n'y a cru. Nous savions que vous vouliez nous protéger et cette trahison ne pouvait être envisagée, pour la simple raison qu'elle ne vous ressemblait pas.

-Eh bien, il semblerait pourtant qu'il ait vu juste….

-Vous ne nous avez pas trahis Majesté. Mais vous avez trouvé une oeuvre d'art à observer bien plus complexe que toutes celles que nous créons ou découvrons ici. Vous vous êtes perdue dans votre contemplation n'est-ce pas ? Au point d'oublier que vous ne veniez pas de ce monde si fascinant.

-Oui….On peut voir les choses sous cet angle en effet. (Je secouai la tête pour sortir de mes pensées.) Mais c'est terminé ! Les hommes ont beau produire des choses magnifiques, ils ont un esprit complexe et une part d'ombre que ne possèdent pas les Peurs. Et je n'ai pas apprécié cette facette destructrice….Non….Mon peuple est bien celui des Peurs et je compte tout mettre en oeuvre pour prendre soin de vous, comme j'aurai dû le faire toutes ces années. L'Ïlqa Léandre est mort, le royaume d'Hîsöq est à l'agonie. Les hommes ne seront plus un problème désormais.

-Je suis heureux de l'apprendre Thel'Ana. Les raids contre ces Sans-Peur ont redonné espoir aux Peurs d'ici. Votre manière de penser une bataille est vraiment devenu celle d'un humain.

-Mmh….Quoi de plus logique après avoir été élevée si longtemps parmi eux. J'ai suivi des cours de stratégie durant ma formation pour devenir Ïlqana. Autant que cela serve à quelqu'un. A présent les hommes-bêtes sont loin et nous pouvons vivre en paix.

Mon regard revint sur les Peurs affairées chacune dans son coin.

-Mmh….C'est vraiment trop calme ici….

-Majesté ?

Je tirai un miroir de ma poche et l'orientai vers le soleil.

Un rond de lumière vint se refléter sur le tronc d'un arbre qu'une Peur sous la forme d'un être humanoïde tout fin aux doigts très longs était ocupée à orner de gouttes d'eau. Je vis son regard aussitôt capté par le reflet. Il leva une de ses mains pour tenter de l'attraper.

Je bougeai le rond de lumière sur tout son corps, amenant la Peur à danser sur place pour tenter d'attraper le point.

-Un éclat….Un éclat !

Le cri attira l'attention des autres. J'amenai le reflet sur d'autres Peurs, fascinée par la réaction de ces dernières. Tout comme la première, elles tentèrent chacun de s'emparer de la lumière.

En quelques secondes, le calme jardin devint une scène de chasse, où chacun tenta de s'emparer du point lumineux comme il pouvait.

Le faisant aller sur les troncs, au milieu de l'herbe, ou sur les Peurs elles-mêmes, ces dernières adaptaient leur apparence selon la situation.

Tantôt animaux pour tenter d'attraper la lumière entre leurs pattes ou dans leur gueule, tantôt munies de branches pour l'aplatir, ils se sautaient les uns sur les autres sans chercher à se faire mal ou à se ménager, complètement accaparés par l'éclat.

-Ne bouge pas !

Je vis une Peur loup envoyer un coup de patte dans le visage d'un démon, sur lequel le reflet apparaisait. La patte traversa l'être sans lui faire le moindre mal, mais l'éclat avait disparu.

-Tu l'as eu ? Tu l'as eu ?

L'autre contemplait sa patte avec déception.

-Non….Tu l'as avalé je crois. Recrache-le ! Allez !

Le démon ouvrit la bouche pour laisser son accolyte y enfouir son museau.

-Ch'es pas près abréable tu ch'ais ?

-Arrête de me souffler ton haleine infecte !

-Non !…Là ! Il est là !

Ils fondirent aussitôt dessus, suivis par les Peurs les plus proches de l'éclat. Ce dernier leur échappa, bien sûr, les laissant tous empilés les uns sur les autres.

J'amenai la lumière sur une flaque d'eau qui vola en une gerbe d'eau l'instant d'après. Ceux autour se figèrent, soudain fascinés par les gouttes d'eau accrochés à eux.

J'en vis un soulever une motte de terre sur laquelle je laissai la lumière apparaître. Un sourire radieux apparut sur son étrange faciès. Les humains appelaient cette créature un troll.

Et il avait beau les effrayer, jamais un visage muni de tant de crocs n'avait paru plus enfantin et heureux que celui-ci. Il trottina sur ses courtes jambes jusqu'à moi et m'apporta le tas de terre sur lequel je reflétai la lumière.

-Un éclat pour vous Majesté.

-C'est magnifique, merci….Comment t'appelles-tu ?

-Par'El Votre Majesté.

-C'est un très beau cadeau Par'El. Mais comme souvent, sa beauté reste éphémère. Que dirais-tu de le relâcher ?

-Oui ? D'accord.

Je laissai l'éclat de lumière courir le long d'un tronc avant de disparaitre.

Un silence religieux s'ensuivit.

-Il n'est pas resté bien longtemps, lâcha le troll, un peu triste.

-Il reviendra, lui assurai-je.

"Des enfants….Ce sont tous….des enfants…."

-Un papillon !

Par'El disparut brusquement pour sautiller autour de l'insecte volant. Il était bien étrange de voir cet être massif et trappu, sans la moindre grâce, danser avec maladresse autour de l'insecte gracile et délicat. Ses contours devinrent flous pour laisser bientôt apparaître un second papillon à côté du premier. Les autres Peurs s'approchèrent, certaines déjà occupées à vouloir reproduire la grâce de l'animal avec ce qui leur tombait sous les mains.

Le vent souffla doucement sur la clairière et mon nez se fronça.

L'odeur âcre de la fumée commença à me piquer la gorge.

Je me retournai, inquiète.

J'aperçus alors un épais nuage noir s'élever de l'orée de la forêt et inonder cette dernière.

Déjà, la lumière commençait à baisser, masquée.

-L'armée…..

Des cris retentirent dans mon dos.

-Les couleurs ! Où sont passées toutes les couleurs !?

-Revenez ! N'ayez pas peurs ! Ce n'est que de la fumée !

-Au secours, mes yeux me brûlent !

Ce qui l'instant d'avant ressemblait à un lieu paisible était désormais complètement sans dessus-dessous.

Privés de l'éclat du soleil, les Peurs voyaient leurs oeuvres d'art perdre de leur beauté. Pour ceux qui savouraient simplement d'être dans un corps, la fumée attaquait leurs sens et je sentis la panique monter.

-Majesté ! Majesté ! Je suis aveugle ! Aidez-moi ! Quelqu'un !

-Les arbres ! La forêt brûle ! La forêt brûle !

Je vis les oiseaux sortirent des feuillages pour fuir la provenance du feu.

-Majesté ! Il se propage très vite !

La situation avait virée en si peu de temps. Un instant le monde était d'une beauté à couper le souffle, et à présent tout était englouti par cette immonde obscurité !

Si nous ne faisions rien, c'était la forêt toute entière qui risquait d'être détruite.

-Qu'un groupe se charge d'éteindre le feu ! Et qu'un autre groupe me suive ! Nous allons éloigner les hommes de la forêt !

-Majesté au secours !

-Je suis aveugle ! Je suis aveugle !

Prête à m'élancer pour trouver les humains responsables de ce carnage, je réalisai que les Peurs n'avaient pas bougé de leur place, complètement paniquées.

Je voyais certaines affaissés, les pattes ou les mains plaquées sur leurs yeux, à l'évidence souffrantes, tandis que d'autres restaient pétrifiées, l'horreur peinte sur leurs traits face à la fumée qui masquait en grande partie la forêt.

-Il n'y a plus le moindre...plus la moindre couleur ! Tout a disparu ! Tout a été détruit !

Je ne voyais que des silhouettes prostrées autour de moi, englouties dans un désespoir tellement prégnant que mon propre coeur vacilla.

-Majesté ! Par ici !

Le cri m'arracha à la désolation qui m'entourait.

J'aperçus Dar'Ina, Chi'zal, Si'Onel et Ar'Wil courir ou voler en directionn de la provenance du feu.

Je laissai les autres Peurs à contre-coeur pour rejoindre ce petit groupe.

-Les humaines espèrent nous chasser de cette terre en nous brûlant, mais c'est grotesque, lâcha Si'Onel d'une voix dure. Ils ne vont parvenir qu'à détruire cette forêt !

-*Et briser le coeur de milliers de Peurs au passage,* songeai-je sombrement.

Gâcher autant d'arbres pour nous chasser de chez nous. C'était un procédé répugnant.

Pourtant, je me souvenais vaguement que l'Ïlqa Léandre avait plusieurs fois tenté ce procédé et que la forêt avait tenue le coup.

Comment se faisait-il alors qu'elle prenait feu aujourd'hui alors qu'elle ne l'avait pas fait durant des siècles ?

La fumée masquait désormais complètement ma vue. Ma peau était brûlante.

-Ce feu n'est pas normal, lâcha Ar'Wil, comme en réponse à mes pensées. Il s'est étendu bien trop rapidement.

Je me pétrifiai.

-L'huile.

-Que dis-tu Thel'Ana ? Lâcha mon ami.

Je me tournai vers lui avec horreur.

-Quand j'étais humaine, ma soeur, Eryn, m'a fait part d'un plan. Asperger les arbres d'huile et y mettre le feu afin que les Peurs ne puissent l'éteindre. J'ai refusé cette idée parce que l'incendie risquait de réduire en cendres des terres agricoles. Mais il semblerait qu'elle l'ait finalement mis à exécution.

Ar'Wil grogna de colère.

-C'est monstrueux !

-Allez ! On s'étend !

La voix de Dar'Ina me parvint parfaitement malgré le vrombrissements des flammes. Bien que je ne puisse plus à la voir, je perçus sa conscience s'étirer et grandir. Prenant sa forme de Peur la plus basique, le voile obscur qui la formait désormais s'étirait à toute allure sur les flammes pour les étouffer.

Les autres suivirent son exemple. J'étais impressionnée par leur capacité à s'étendre ainsi sur plusieurs mètres, étouffant les flammes au passage. Bien qu'efficaces, ils ne seraient jamais suffisants pour éteindre l'incendie qui s'étendait déjà sur plus d'un kilomètre de diamètre.

-Thel'Ana ! Aide-nous !

Chi'zal venait d'apparaitre à quelques pas de moi, et sa colère me brûlait bien d'avantage que les flammes qui nous environnaient.

-Comment est-ce que je fais ! Hurlai-je pour couvrir le vacarme. Je n'y arrive pas !

-Quitte cette enveloppe ! Redeviens toi ! Tu l'as déjà fait !

-Mais je *suis* moi !

-Ne raconte pas n'importe quoi ! Ce n'est qu'une enveloppe humaine ! Lâche-la ! Allez !

Ses paroles me percutaient comme des poings. Sa fureur ne faisait que s'accroître tandis que je tentais de me libérer de ce corps alors que je n'y voyais aucune façon de m'en évader.

-Etires-toi Thel'Ana ! Vite ! Nous ne pouvons pas couvrir tout l'incendie !

-Mais moi non plus !

-Bien sûr que si ! C'est toi qui t'en chargeais autrefois !

J'éteignais ce genre d'incendie ? Toute seule ?

Une vague sensation remonta à ma mémoire, mais je ne pus la saisir, la panique serrée comme un étau autour de ma gorge.

Des cris de panique retentirent dans mon dos.

Une explosion attira mon attention. J'eus juste le temps de voir un autre pot en terre exploser contre un arbre, à l'évidence catapulté, et l'huile qu'il contenait jaillir pour éclabousser les troncs autour. Le feu l'embrasa aussitôt.

Je serrai les poings.

Le feu progressait et nous ne faisions que reculer. Si je ne faisais rien, nous allions tous y passer !

L'image des Peurs, immobiles et fascinées face aux flammes jusqu'à être dévorées par ces dernières m'apparut très clairement.

Des enfants sur un bûcher.

Voilà ce qu'elles seraient.

La fureur m'envahit.

-Hors de question que mon peuple meurt ! Vous entendez !? Je ne l'accepterais pas !

Je bondis en avant, les bras tendus de chaque côté, hurlant ma haine face au brasier.

La chaleur devint insoutenable.

Quittant ma forme humaine, je devins un simple nuage d'obscurité. Sans attendre, mûe par un réflexe défensif, je m'étirai au dessus des flammes, décidée à les envelopper et de les étouffer avant qu'elles ne fassent d'avantage de dégâts.

Soudain, je réalisai que le vacarme avait cessé.

Que la chaleur avait diminuée, ainsi que la fumée.

Ma conscience caressait chaque tronc, et leurs écorces complètement carbonisées me fut un véritable supplice.

-*Par tous les dieux,...quelle horreur....*

Chaque tronc racorni, chaque carcasse d'animal brûlée était un trésor de beauté perdu. Tant de splendeur, réduite en cendre en quelques minutes....!

Je m'étirai, toujours plus, et sentai mes compagnons me soutenir dans l'effort.

Finalement les flammes disparurent, dévoilant peu à peu un paysage de désolation.

La cendre encore chaude coula entre mes doigts, ses grains soyeux collés pour certains par ma transpiration.

J'avais repris forme humaine, et ce corps mourrait de chaud.

-Thel'Ana....Vous avez réussi....

Je tremblai, et chaque arbre brûlé que mon regard croisait était un nouveau coup de poignard dans ma poitrine.

-Di'Hôl.....Regarde....Toute cette mort....Qu'y a t-il de réussi là-dedans ? Ces arbres ont mis des siècles à grandir....Et voilà qu'ils ne sont plus rien....Et ce en moins d'une demi-heure....!

Je pressais mon sternum de ma main, mon âme étouffée par la souffrance. J'aurai aimé voler en éclat pour la libérer, mais malheureusement, je savais que je ne pouvais pas la fuir.

Je levai mes yeux larmoyants vers mon ami. Son visage était affaissé par la tristesse, néanmoins, il semblait bien moins atteint que moi par une telle tragédie.

Son calme m'était incompréhensible.

"N'es-tu donc pas triste ? Où sont les autres Peurs ? Pourquoi n'y a t-il que nous ?

Il se pencha vers moi sous une forme d'humain à la peau brune.

-Tout le monde va bien et a repris son activité....Vous et les Anciens nous avez sauvés la vie.

-Mais...la forêt....

-Ce sont les humains Majesté, lâcha doucement Di'Hôl. Ils cherchent par tous les moyens à nous détruire et pensent qu'en brûlant la forêt, ils parviendront à nous anéantir avec elle. Ne l'avez-vous pas fait vous-même en tant que Théa Vämïga ?

Cette demande me révulsa.

-Non ! Bien sûr que non ! Et ne m'appelle plus jamais ainsi tu entends ? Théa Vämïga est une prison dans laquelle je me suis perdue pendant toutes ces années ! Elle est morte et c'est tant mieux ! Elle n'appartient désormais qu'au passé qui aura tôt fait de disparaître des mémoires !....Comment vont les autres ?

-Personne n'a été blessé Majesté.

Je soupirai de soulagement. Mon regard revint sur l'étendue de cendre aux silhouettes carbonisées.

-La lande qui sépare notre forêt des hommes....Ce sont des arbres qui ont subis le même sort qu'ici n'est-ce pas ?

-Oui....D'autres incendies. Ceux que les nôtres n'ont pu maîtriser à temps.

Heureusement, c'est assez rare. Aujourd'hui fut malheureusement une de ces exceptions où le feu nous a pris par surprise. C'est la meilleure arme que les hommes possèdent contre nous. Ils nous privent de la beauté, de notre raison de vivre, et attisent ainsi notre colère. De cette façon, nous décidons de partir au front.

-Oui…La majorité des Peurs ne peuvent éprouver qu'un sentiment à la fois…..Si c'est la rage, alors elles voudront en découdre avec les humains…..

-Et ainsi la guerre ne cessera jamais.

Je serrai les poings à en blanchir les jointures.

-Ils se croient donc tout permis hein ? Les Peurs ont besoin des hommes pour se nourrir. Nous ne pouvons rien y changer. Les humains eux détruisent des milliers de vies dans les flammes alors qu'elles ne leur ont rien fait ! Toutes ces plantes, ces arbres, ces bêtes ! C'est…..intolérable !

Je pivotai sur moi-même pour marcher d'un pas vif vers le coeur de la forêt.

-Majesté ! Que comptez-vous faire ?!

-Il est grand temps de rappeler aux humains qu'ils ne sont pas les maîtres de ce monde ! Nous allons les détruire. Détruire leur toute-puissance et leur stupidité ! Après tout, ce ne sont que des proies pitoyables qui ont oubliées qu'elles étaient d'une faiblesse pathétique. Allons donc leur raffraîchir la mémoire ! »

Chapitre 12

"Thel'Ana, pourquoi nous avoir réunis ?

Au centre du cercle que formaient les Peurs, je tournai lentement sur moi-même pour les regarder alternativement.

"Bien…..Je sais que vous avez tous envie de vous venger des humains et je suis comme vous. Ce qu'ils ont détruit sera irreparable et leurs actes sont monstrueux. Néanmoins je vous demande de ne pas céder à votre colère. Nous avons besoin des humains pour nous nourrir, ne l'oubliez pas. Si nous les rendons tous hommes-bêtes, nous nous condamnons. Est-ce que c'est bien compris ?

-Oui Majesté.

-Afin d'éviter une telle situation qui détruirait nos deux espèces, je veux que vous épargnez certaines zones. Elles seront exclusivement réservées aux humains. Ils pourront ainsi cultiver en toute sécurité, et se reproduire.

-Comment allons-nous savoir quelles zones ne pas attaquer ? S'enquit un nain à la peau en écorce.

-Prenez-vous en principalement aux villes et aux terres sauvages. Evitez les cultures. Pour le moment, les hommes sont assaillis de tous côtés et la famine menace entre autres de tous les tuer.

-Les villes rassemblent beaucoup d'humains…Mais elles comportent aussi des soldats, lâcha Ar'Wil. Nous risquons de subir plus de pertes en nous attaquant à ces territoires. Jusqu'à maintenant, seules les Peurs les plus puissantes et celles qui se forment sur les lieux sont en ville. Mais y envoyer les jeunes Peurs les condamnera probablement.

J'acquiesçai.

-Malheureusement, si nous voulons protéger les Peurs, cela va exiger des sacrifices. N'imaginez pas que je vous expose de façon volontaire. Le mieux serait qu'une Peur puissante prenne en charge une ou deux Peurs plus jeunes et les protège le temps qu'elles soient à leur tour suffisamment puissantes pour assurer seules leur sécurité.

Je les vis acquiescer.

Je pris le large pan d'écorce récupéré prés de l'étang. Je désignai les gravures que j'y avais faite.

-Voici les principales régions du pays. L'Hêqa, Lynaï et Bayma sont les trois territoires sources de nourriture pour les hîsöqii. Si nous les leur laissons, ils pourront continuer à se nourrir et survivront. Pour les autres régions, elles leurs apportent principalement de quoi acheter ainsi que du métal pour fabriquer des armes. Si nous nous en prenons à ces régions, ils auront d'avantage de difficulté pour se défendre.

Il y eu des signes d'approbations autour de moi.

" Toutefois, ces régions sont les plus dangereuses pour les Peurs. Puisque que c'est là que les humains seront les plus aptes à se protéger. Il va donc falloir agir de façon coordonnée afin d'éviter le maximum de pertes.

-Les jeunes Peurs vont pourtant bien devoir s'y rendre.

-Oui. Inévitablement, acquiesçai-je.

-Mais vous savez qu'elles sont impossibles à canalyser Majesté.

-Il faudra faire avec, grimaçai-je. Est-ce que c'est clair pour tout le monde ?

Ils acquiesèrent.

Je souris de toutes mes dents.

-Dans ce cas, allons nous nourrir !"

Je filai à travers le vent, informe, invisible. Autour de moi, je sentais la présence de d'autres Peurs,

Le soleil dissimulé par les nuages nous permettait de nous fondre plus facilement dans le paysage.

L'aprés-midi venait de commencer, et les humains devaient tout juste sortir du repas. Nous avions voyagé plusieurs heures et je sentais parfois une Peur s'écarter de notre petit groupe, incapable de résister à l'appel de sa faim.

Je ne cherchai pas à l'arrêter. Elle connaissait notre destination et nous retrouverait une fois sa faim apaisée.

Il fallut plusieurs heures de trajet avant d'atteindre Wiqîla. Ici, chaque ville ou village comportait au moins une forge, voir plusieurs. Je finis par me poser en terrain découvert, loin des regards humains. Les Peurs qui m'accompagnaient, et qui m'étaient complètement inconnues, vinrent à mes côtés.

Comme toujours j'adoptai l'apparence de Théa tandis qu'elles prenaient des formes hunanoïdes

-Majesté ? Que faisons-nous ?

Je désignais les énormes cheminées.

-Ce sont les forges les plus imposantes du pays. C'est ici qu'une partie des armes est créée. Si nous détruisons ces bâtiments, nous affaiblirons l'ennemi. Le mouvement de panique sera notre meilleure arme, alors soyez créatifs ! Gardez en tête que même si vous vous nourrissez, l'objectif est de détruire cet endroit. Mais en évitant de tuer les humains.

-A vos ordres Thel'Ana.

-Allons-y."

La forge était vraiment impressionnante par sa taille. Le foyer se trouvait au centre de la pièce, dans une cheminée métallique ouverte. Huit tuyaux en fer rougeoyant s'étiraient aux quatre coins de la pièce, contenant une chaleur semblable à celle du foyer central.

Le long de ces canalisations, des forgerons s'affairaient à fapper le métal ou à le faire fondre afin de forger les meilleures lames et armures possibles pour les soldats.

Il devait bien y avoir une centaine d'ouvriers amassés dans ce lieu.

Un violent courant d'air balaya les lieux. Je vis les humains relever la tête de leur travail, sur le qui-vive. Chacun avait à sa portée une arme en cas de nécessité.

Néanmoins, aucune Peur ne se montra.

Prêts à se remettre au travail, un nouveau souffle violent frappa les lieux. Cette fois-ci, les humains durent se ramasser sur eux-mêmes pour ne pas risquer d'être arrachés de leur place. Les hautes citernes dans les coins du bâtiment grincèrent sous l'effet du souffle.

Cette fois-ci, chaque ouvrier se leva et brandit une lame devant lui.

Le maître d'oeuvre quitta son poste pour regarder autour de lui.

-Qu'est-ce qui se passe ici ?! Qui va là ?

Il récupéra une épée juste forgée pour la brandir devant lui.

" Vous n'avez vraiment pas choisi le meilleur endroit pour attaquer ! Nous sommes tous armés ici ! Alors que vous soyez une peur ou un humain qui a perdu la raison, je vous conseille de partir d'ici sur le champ pendant qu'il est encore temps !

Je me plaçai au dessus de la cheminée métallique et m'enroulai autour du tuyau.

Sous mes yeux, les humains étaient aux abois, prêts à passer à l'attaque dés lors que nous apparaîtrions.

Les quatre citernes explosèrent simultannement. Les cris retentirent dans toute la forge tandis que des litres d'eau se répendaient sur les lieux, créant des vapeurs blanches épaisses dés lors qu'ils entraient en contact avec les tuyaux brûlants.

-Protégez le foyer principal ! Ouvrez les portes et faite évacuer l'eau plus vite possible. Nous devons empêcher les tuyaux de trop se refroidir ! Allez allez ! Que deux émissaires aillent chercher la garde !

Tels des soldats, les ouvriers obéissaient aux ordres dans une efficacité qui démontrait la préparation à cette situation.

-Maitre d'oeuvre ! Les portes sont bloquées !

-Enfoncez- la !

J'observai la scène, captivée par toute cette agitation. C'était comme observer une fourmilière.

Les humains eurent beau cogner contre les portes, ces dernièrent résistèrent. La force d'une Peur était bien supérieure à celle d'un humain. Je savais donc qu'ils n'avaient aucune chance de s'en sortir.

J'apparus un peu à l'écart des armes, néanmoins parfaitement visible.

-Là ! Une Peur !

Deux hommes se précipitèrent, épée au poing.

J'esquivai la première attaque et m'emparai de la gorge du second. Son regard s'écarquilla lorsqu'il découvrit mon visage.

-C'est….C'est l'Ïlqana !

L'odeur suave de sa peur titilla mes narines. Je lui offris un immense sourire.

-Nourrissez-vous ! M'exclamai-je.

Mes Peurs ne se firent pas prier. Ma présence avait pris de cours les humains et leur résistance fut bien affaiblie par leurs doutes.

Autour, j'entendais crier et rugir, tandis que mes sujets obéissaient à mon appel. Les hurlements de douleur des humains firent trembler de terreur mon otage.

Le halo de lumière à l'odeur exquise apparut autour de lui.

J'aspirai aussitôt sa peur avant qu'elle ne prenne forme. Ma faim s'apaisa aussitôt bien qu'encore présente.

Autour, les hurlements avaient cessé, tandis que je sentais les Peurs se rapprocher de moi.

Terminant de me nourrir, je brisai la nuque de l'homme désormais devenu homme-bête et laissai choir son cadavre sur les dalles de pierre.

Je découvris mes sujets, un sourire radieux sur les lèvres.

-Est-ce que tout le monde va bien ?

-Oui Majesté !

-Excellent…..Terminons dans ce cas de détruire cet endroit.

Je vins m'enrouler autour du tuyau de la cheminée principale. Mes Peurs me rejoignirent et entreprirent elles aussi de presser le metal de toutes leurs forces.

-Majesté, ça brûle !

-Evitez de rendre l'ensemble de votre corps solide ! Contentez vous de n'avoir qu'une enveloppe externe afin de pouvoir faire pression sur le métal !

Bientôt, le bruit fort satisfaisant de cassure nous parvint. Le tube de métal se brisa et chut sur le foyer en pierre qui explosa sous le poids. Des blocs de roche se répendirent tout autour.

La forge était désormais inutilisable.

Je quittai les lieux sans plus attendre.

"Bien. Comment s'est passé la journée ?

-Nous avons suivi vos instructions Majesté. Nous avons fait s'effondrer les deux mines au sud d'où les humains extrayaient leur métal.

J'approuvai et barrai les points d'attaque que nous avions réalisé sur mon pan d'écorce.

-Il manque encore une équipe de Peurs. Elles devaient s'occuper des mines au nord. Elles ne devraient pas tarder à revenir.

-Majesté !

Je levai les yeux vers Ar'Wil qui venait d'apparaître, son visage crispé par la peine et la colère

-Qu'y a t-il ?

-Nous avons échoué à détruire les mines.Les humains ont opposés une résistance bien plus importante et rapide que celle que nous avions prévue. Nous ne sommes que trois à y avoir rééchappé. Et aucune Peur n'a été créée.

-Wiqila est une des rares régions où les hîsöqii montrent un esprit combatif. Que le plan se déroule sans accroc aurait été incroyable. Très bien. Comment avez vous attaqué ?

-Directement dans les galeries. Nous pensions que l'étroitesse des souterrains et la lumière limitée seraient à notre avantage….

-Les mineurs ont certainement appris à se protéger dans des conditions aussi contraignantes. Nous allons porter une nouvelle attaque. Mais cette fois-ci, il va falloir rester à l'extérieur.…Très bien.…Les mines sont rarement très étendues sur la longueur. Elles ont plutôt tendance à s'enfoncer profondément dans le sol. Si nous condamnons les sorties en créant un effondrement dans les parties de galeries les plus proches de la surface, les humains se retrouveront bloqués sous terre.

-Mais, ne serons-nous pas exposés par l'armée Majesté ?

Je secouai la tête.

-J'avais demandé un renforcement de la garde sur les sites miniers lors de mon investiture en tant qu'Ïlqana. Mais ils resteront principalement avec les mineurs, soit sous terre. Il n'est pas nécessaire d'aller les affronter. Simplement de les bloquer.

Je reformais les rangs et nous lançames une nouvelle attaque contre la mine qui restait. Sous forme d'ombres , nous attaquâmes directement les parois plutôt que les personnes, jusqu'à créer les vibrations suffisantes pour fêler les murs des galeries.

"Sortez tous de là ! Hurla le maître d'oeuvre tandis que les mineurs s'affolaient pour tenter de retrouver leur chemin dans le labyrinthe de galeries creusées. Par ici ! Vite !

Un nouvel assaut de notre part vint à bout de deux souterrains.

J'entendis les cris des hommes avant que la terre ne s'écrase sur eux. Ils allaient mourir d'étouffement si le poids de la terre ne les avait pas tué sur le coup.

Je me matérialisai.

-Séparés les ! Bloquez les galeries !

Redevenant ombres, nous nous acharnâmes donc à attaquer les extrêmités des tunnels et à séparer ces derniers en plusieurs compartiments.

L'attaque nous prit une bonne heure. Il n'était pas si simple de provoquer l'effondrement des plafonds sans pour autant tuer les mineurs. Nous déplorâmes plusieurs pertes parmi nos proies, avant qu'ils aient pu épprouver assez de peur pour nous nourrir. Toutefois, plusieurs groupes de survivants se retrouvèrent finalement bloqués sous les décombres.

Je rejoignis mon équipe dans une galerie à proximité, vide.

Chacun arborait un immense sourire.

-Excellent. Du bon travail. Je crois que ça mérite un bon repas !"

Ils ne se firent pas prier et disparurent aussitôt. Rapidement, des cris de panique me parvinrent à travers les murs, en provenance des humains prisonniers.

Je grimaçai.

J'aurai aimé éviter toute cette souffrance.

Mais nous n'avions pas le choix.

Les armes humaines causaient vraiment trop de dégâts.

Je balayai mes sentiments de pitié et décidai de me joindre à mon groupe pour le festin.

La semaine avait été intensive.

Entre les attaques menées contre les humains et celles contre les hommes-bêtes, j'avais à peine eu le temps de me poser. Mais un problème évident avait émergé.

Je convoquai Dar'Ina. Mon apparence de Théa Vämïga lui avait fait prendre une allure également humaine, celle d'une vieille femme au regard sage.

"S'allier aux humains ? Mais…Majesté….Pourquoi faire une telle chose ? Les hommes bêtes tuent certes un certain nombre d'entre nous, mais ils ne sont pas dangereux au point de nous menacer sérieusement ! Pourquoi s'associer à notre nourriture pour les éliminer ?

-C'est nous qui formons les hommes-bêtes en nous nourrissant des sentiments humains Dar'Ina. Mais qu'arrivera t-il lorsque tous les humains seront devenus des hommes bêtes ?

La Peur resta la bouche close, incapable de trouver une réponse à cette question.

-Les tuer ne résoudra pas le problème, fit-elle remarquer.

-Mais les laisser en vie ne fera que l'aggraver. Ils tuent les humains, donc nous privent de nourriture. Puisqu'ils nous sont inutiles autant vivants que morts, autant régler leur compte une bonne fois pour toutes ! Par ailleurs, si nous continuons à nous nourrir ainsi il n'y aura bientôt plus aucun humain pour nous fournir de la peur. Il va donc falloir songer à une façon de maintenir l'espèce humaine en vie afin de nous fournir de la nourriture. Sans la transformer totalement en hommes-bêtes.

-Et comment pouvons nous palier à un tel problème ?

Je la fixai, impassible, tandis que les souvenirs bouillaient en moi.

-Nous devons nous assurer qu'une partie des humains continuent de vivre et soient capables de se reproduire.

La Peur baissa le regard, embarrassée.

-Majesté….Vous êtes capable de vous contrôler quand il s'agit de votre faim, vous l'avez prouvé. Mais très peu de Peurs sont dans le même cas que vous. Je crains que nous n'échouions à les maintenir suffisamment intacts pour qu'ils soient en capacité de se reproduire et de mettre leurs progénitures à terme. Sans compter que ces derniers devront grandirent et se reproduire à leur tour.

-C'est exact, acquiesçai-je. Mais nous n'avons pas le choix. Nous élèverons des humains comme eux le font pour le bétail. Ainsi nous ne courerons pas le risque de mourir affamés.

-Je comprends oui…..

Son regard pesa sur moi. Mes traits se durcirent.

-Quelque chose ne va pas Dar'Ina ?

L'Ancienne secoua précipitemment la tête.

-Non….Vous avez changé Thel'Ana….Autrefois, un tel stratagème ne vous serait jamais venu à l'esprit. Vous voir vous projeter ainsi dans le futur est nouveau. Voilà tout.

J'acquiesçai.

-Autre chose ?

-Non Majesté.

-Bien. Préparez-vous à combattre avec les humains. Pour le moment, nous allons nous occuper des hommes-bêtes tous ensembles. Et faites passer le mot. Il est strictement interdit de se nourrir durant les combats. Que ceux qui ne se sentent pas capables de résister à la tentation s'abstiennent de combattre.

Dar'Ina acquiesça.

-Je vais transmettre le message Majesté.

-Merci."

Je laissai ma substance reprendre forme humaine pour me tenir bientôt debout au milieu du petit salon. Quelques mèches terminaient de brûler dans leurs bougeoirs, leur lumière vacillante en lutte contre les ténèbres de la nuit. Les ombres des objets s'étiraient jusqu'au plafond, et je savais que les humains seraient prompts à y former des images effrayantes qui deviendraient aussitôt réelles. Ce genre de Peurs, il en arrivait chaque jour de nouvelles dans la forêt.

Mon sourire s'affaissa.

Du moins, c'était avant que les hommes-bêtes ne prolifèrent et ne menacent mes sujets.

Qui aurait pu prédire cela ?

Mon peuple était intrépide et enthousiaste. Fier et pratiquement indestructible face aux humains.

Jamais je n'aurais imaginer que ces derniers deviendraient une réelle menace pour nous.

Bien que le silence soit total, je sentis la présence dans mon dos, alors que je détaillai le manteau de la cheminée en marbre.

"Théa ?

Le nom glissa sur moi, sans y trouver la moindre résonnance. Je n'avais jamais songé à ma vie humaine depuis mon retour chez mon peuple et je constatai qu'il n'en restait pas le moindre lambeau. Je pivotai lentement sur moi-même et découvris la jeune femme, solidement campée sur ses deux pieds, sa rapière levée vers moi.

-Bonsoir Ïlqana.

Elle tressaillit, et la pointe de sa lame se redressa légèrement entre nous deux.

-Ainsi la rumeur disait vraie…..Tu es une des leurs à présent….

-Je suis leur reine depuis des années.

-Leur reine ? Depuis des années ? Tu es née ici Théa….Pardonne moi mais j'ai du mal à te croire !

-Je n'ai pas à me justifier devant toi Eryn. Au fil des années, j'ai oublié ma véritable identité et me suis contentée d'être Théa Vämïga. Mais aujourd'hui les choses ont repris leurs places. Je ne m'appelle plus Théa, mais tu peux continuer à utiliser ce prénom si tu le souhaites Eryn Vämïga.

Son teint devint plus pâle à l'entente de son prénom et je vis sa mâchoire se crisper sous l'effet de la colère.

-Alors c'est ainsi désormais entre nous ? Tu m'as pratiquement vue naître, nous avons été inséparables durant dix-huit années, et à présent tu me traites comme une étrangère et une ennemie ? Que viens-tu faire ici ?

Son ton était sec, mais je la sentais blessée face à mon indifférence. L'écho de mon ancienne vie vint serrer mon coeur et l'espace d'une seconde, l'envie me prit de courir vers ma soeur pour guérir sa peine.

Mais l'élan disparut, aussi fugace qu'un battement de cils. J'étais ici pour les Peurs, et non pour les humains.

Je repris la parole, parfaitement immobile pour ne pas la déconcentrer.

-Nous avons toi et moi un ennemi commun….Les hommes-bêtes sont de plus en plus nombreux et ils ravagent tout sur leur passage. Ils n'éprouvent pas la peur, et nous sont donc totalement inutiles. Qui plus est, ils s'en prennent aux humains, ce qui réduit encore d'avantage notre source d'alimentation. Vu qu'ils s'en prennent aux tiens, j'ai pensé qu'une trève entre nos deux peuples pourrait être envisageable, le temps de régler ce problème.

-Et ensuite ?

-Ensuite ?

-Qu'arrivera t-il ensuite ? Insista Eryn d'une voix dure. Nous allons joyeusement continuer à nous entretuer jusqu'à ce que l'un de nos deux peuples ne soit plus ? Est-ce là ton plan ? Est-ce que tu te ficherais de moi Théa ?!

Sa colère me percuta, mélangée à sa douleur. N'importe quel humain aurait été terrifié de me voir. Les Peurs elles-mêmes me craignaient.

Mais pas Eryn.

Sa lame était certes levée pour me maintenir à une certaine distance, pourtant ce n'était pas la peur qui l'habitait.

Je connaissais peu d'humains capables d'un tel exploit. Le roi Léandre avait été l'un d'entre eux, et j'avais également eu cette réputation. J'eus un petit sourire.

-Regardes-toi Eryn...J'ai le sentiment de me voir avant que ma véritable nature ne me soit révélée. Tu es brave et fière, sans parler de ton opiniâtreté. Les humains sont faibles, et la seule chose qu'ils t'apporteront, ce sont leurs larmes et leurs supplications. Et lorsque tu auras tout sacrifié pour les sauver et leur procurer la joie, il ne te restera plus rien. Et eux t'auront oubliée au bout de deux jours. Tu es leur Ïlqana. C'est ton rôle de les sauver et ils n'ont pas à t'en remercier pour ça. Ne m'as-tu pas toi-même dit que tu ne voulais pas prendre ma place sur le trône parce que les hîsöqii ne te donnaient pas envie de les défendre ?

-Fut un temps où tu aurais fait de même...Du moins, c'est ce que tu as laissé croire....A quel moment as-tu changé d'avis Théa ? Le jour du couronnement ? Ou peut-être bien avant ? Dire que tout le monde t'a pleurée suite à ton départ....Jamais je n'aurais cru que tu partais en fait pour t'allier à nos ennemis !

-Je ne m'en souvenais pas à ce moment là. J'aurais dû rentrer chez moi il y a des années de cela. Mais trève de bavardages....Les hommes-bêtes sont aux portes de nos deux territoires.....Acceptes-tu l'alliance que je te propose ou pas ?

-Comment puis-je être certaine que ta proposition n'est pas une ruse pour nous tuer ? Tu nous as trahis et attaqués à maintes reprises avec ton....peuple....Les hommes-bêtes sont peut-être réellement un problème pour toi, mais je trouve cette excuse difficile à croire....Peut-être devrais-je tout simplement t'embrocher, ici et maintenant pendant que tu es seule....La Théa que je connais aurait été horrifiée d'apprendre qu'elle allait devenir une Peur. Et je crois qu'elle m'aurait demandée de la tuer si un jour une telle chose se produisait.

J'acquiesçai lentement.

-Oui....Tu as sans doute raison....Mais les Peurs ne cherchent pas à vous tuer. Nous avons besoin de vous pour nous nous nourrir. Et vous avez besoin de nous contre les hommes-bêtes.

-Qu'est-ce qui te fait dire ça ?

-L'évidence même. Ils sont trop nombreux pour ton armée. Tes soldats ne peuvent pas affronter mes Peurs et les hommes-bêtes à la fois. Les hîsöqii finiront par se faire massacrer, submergés par le nombre. Allie-toi à moi et nous leur règlerons une bonne fois pour toutes leur compte....

Son expression fermée m'affectait bien plus que je ne l'aurais souhaité. Cette fois-ci, au lieu de repousser cet élan d'affection, je le laissai sortir.

" Eryn....fut un temps où nous avons été soeurs et alliées....Je te respecte bien plus que n'importe quel humain. Je suis partie chez les Peurs avec pour seule véritable mission de te protéger. Tu veux savoir pourquoi je suis restée aussi longtemps parmi vous ? Pour la simple raison que je t'aime…..Je ferais n'importe quoi, même aujourd'hui, pour m'assurer que tu vives et que tu sois heureuse….S'il te plait Eryn….Laisse-moi te sauver….Laisse-moi joue mon rôle de soeur….J'aurais pu venir ici des centaines de fois, et te tuer. Les hommes seraient complètement perdus et désorganisés. Ce qui serait un avantage pour nous. Nous pourrions simplement vous réduire en esclavage et nous assurer que vous continuiez à vous reproduire. Mais je ne peux pas faire ça….Malgré tout ce qui nous sépare, je continue à vouloir te protéger toi. Alors, si tu acceptes notre alliance, je demanderais aux Peurs de ne plus vous attaquer, jusqu'à ce que nous trouvions une solution qui permette aux humains et aux Peurs de coexister sans s'attaquer….

-Ah ! Et tu dis ça après avoir détruit une partie de nos mines et de nos forges ! Tu as un sacré culot !

-J'ignorais que les hommes-bêtes s'en prendraient à nous. Et vous êtes les premiers à avoir porté l'offensive. Vous avez brûlé la forêt.

La rage m'envahit à ce simple souvenir.

-Nous sommes les premiers ? S'offusqua Eryn, les yeux écarquillés. Tu n'es pas Théa pour dire une telle stupidité ! Les hîsöqii se font massacrer par les Peurs depuis des générations l'aurais-tu oublié ? C'était prétendument pour les sauver que tu es partie dans cette maudite forêt !

-Seules les jeunes Peurs vous attaquent. Mais nous sommes des milliers Eryn et les Peurs de plus de dix ans mangent bien moins. Et notre besoin diminue au fur et à mesure que nous nous nourrissons. J'en suis la preuve. Je ne me suis pas nourrie durant vingt-quatre ans. Je suis responsable de leur sécurité et il me fallait vous empêcher de les tuer. Le moyen le plus rapide était de détruire vos mines.

-Si tu as pu jeûner aussi longtemps, pourquoi ne pas leur demander de faire de même ?

-Parce que ça n'empêchera pas les hîsöqii d'avoir peurs.

-Je crois donc que le mieux à faire, c'est de détruire toutes les Peurs, lâcha Eryn. Les hommes-bêtes redeviendraient peut-être alors normaux et Hîsöq serait sauvée.

Je me crispai.

-Je ne te laisserais pas les toucher.

-Mmh…..Dans ce cas, je crains que nous soyons dans une impasse Théa.

L'air était devenu électrique.

Je sus que nous ne trouverions jamais un terrain d'entente si nous poursuivions la discusion dans ce sens.

-Peurs et humains ne peuvent co-exister pour le moment selon les apparences, repris-je d'une voix tendue. Mais serais-tu d'accord pour former une alliance contre les hommes-bêtes. Car à l'évidence, ils représentent une menace autant pour vous que pour nous.

-Vraiment ? S'étonna Eryn avec un intérêt qui ne me plut guère. Je n'aurais pas cru les Peurs menacées par quoi que ce soit d'autre que l'armée.

-Ne compte pas sur moi pour te donner plus de détails Eryn.

Une part de moi-même trouvait regrettable nos regards calculateurs et attentifs tels deux prédateurs qui tentent de s'entre-tuer.

Car quelque part, Théa Vämïga existait toujours et se réjouissait de savoir sa soeur encore en vie et en bonne santé.

Cette dernière relâcha brusquement sa respiration et ses épaules se détendirent.

-C'est entendu Théa, ou quelque soit ton nouveau nom. Je sais que malgré ton apparence familière, tu n'es plus celle que j'ai connu. Pourtant tu es venue ici. Et je suis certaine que si tu l'avais voulu, tu m'aurai tuée depuis longtemps. Quelque chose me dit que les hommes-bêtes y sont pour beaucoup. Les Peurs ne peuvent les vaincre seules et les humains non plus. Nous avons besoin de cette alliance. Mais si elle se forme, les Peurs ne devront plus s'en prendre aux hisöqii et nous cesserons également de vous attaquer. Toutefois, une fois le problème des hommes-bêtes réglé, qui m'assure que vous ne nous attaquerez pas ?

-Je ne peux malheureusement guère te donner d'avantage de garanties que ma propre parole. Toutefois, si tous les hommes perdent leur humanité, les Peurs sont condamnées à mourir. Par conséquent, il de la survie de nos deux peuples de trouver une solution viable. Une siluution qui nous permette de co-exister.

-C'est impossible, lâcha Eryn, dont la lame s'était lentement abaissée.

-Qu'en sait-on….Nous n'y avons jamais réfléchis, jamais songé à cette possibilité….Peut-être qu'il existe une solution, juste sous nos yeux. Mais que nous ne l'avons jamais vue parce que nous sommes persuadées qu'elle est impossible….

Ma soeur resta un instant silencieuse avec son regard qui transperçait le mien. J'attendai, plus nerveuse que je n'aurai dû l'être, ignorant ce qu'elle lisait en moi. J'avais été sincère, et ce constat m'horrifiait. J'aurai aimé rejeter les hommes dans leur totalité mais Eryn était l'exception à la règle.

-Très bien. J'accepte notre alliance.

Je reculai aussitôt.

-Excellent. Rassemble le Conseil au plus vite. Je ferais de même de mon côté. Dans trois jours nous nous rencontrerons de nouveau por mettre nos plan en lien. Puis nous attaquerons….ensemble….

-Et tu ordonneras à tes sujets de ne plus attaquer les humains, rappela Eryn d'un ton implacable.

J'acquiesçai.

-Je veillerais à ce que l'ordre soit respecté. Par contre, je n'aurais aucune prise sur les nouvelles Peurs créées….Il me faut quelques minutes pour que la connexion s'établisse entre nous.   Durant ce labs de temps, elles feront ce qu'elles veulent. Après, je me charge de leur éducation….

Eryn fronça les sourcils :

-Tu es connectée à toutes les Peurs ? Tu veux dire que tu peux parler à chacune d'entre elles à distance ?

-Oui. Elles mènent leurs vies, et je n'interviens jamais….Néanmoins elles m'écouteront si je leur ordonne de ne plus vous agresser.

-Pourquoi t'obéiraient-elles Théa ? Qu'est-ce qui les pousserait à faire une telle chose ?

Son scepticisme était palpable. J'eus un sourire tordu.

-Disons qu'elles me craignent bien plus que vous…..Ce n'est pas sans raison que je suis leur reine Eryn. Elles me suivront, sois en certaine."

Je balayai d'un revers l'homme-bête qui s'apprêtait à bondir sur moi. Avant de devoir en esquiver un autre.

Un soldat apparut brusquement à mes côtés, et sa lance transperça un troisième assaillant venu par derrière.

Nos ennemis commençaient à diminuer en nombre.

"Aaaaah !

Une odeur alléchante attira toute mon attention.

J'aperçus alors un soldat renversé sur le dos, alors que deux hommes-bêtes s'apprêtaient à se jeter sur lui.

Mon sang s'échauffa dans mes veines et la salive envahit ma bouche.

Je réalisai que les combats m'avaient terriblement ouvert l'appétit.

Une ombre traversa à toute allure mon champ de vision.

Je reconnus la Peur alors qu'elle s'apprêtait à se jeter sur le soldat.

Elle me percuta de plein fouet, avant même que je réalise que j'avais bougé entre eux.

Elle recula et prit la forme d'un énorme loup, les babines retroussées, le ventre néanmoins à ras du sol.

-Interdiction de toucher aux humains tu entends ? Ou c'est à moi que tu auras affaire !

Le loup grogna et son poil se hérissa. Il n'attaqua pas pour autant. Son regard se posa sur l'humain terrifié tandis que la Peur de ce dernier se formait à ses côtés.

Mon attention fut captivée par la naissance de mon nouveau sujet. Tant que sa conscience ne s'éveillait pas, son odeur restait terriblement tentante. Après tout, qui m'en voudrait si je me nourrissais ? Les combats étaient rudes et j'avais tué beaucoup d'hommes-bêtes.

L'ombre d'une autre Peur qui s'approchait entra dans mon champ de vision et m'arracha à la faim qui m'habitait.

Elle aussi avait repéré le soldat terrifié sur le sol.

Je lâchai un grognement et tirai mon épée.

-Prenez-vous en aux hommes-bêtes c'est compris !?

Les deux Peurs reculèrent sous mon attaque. Ma lame décapita du même coup la Peur pas encore totalement formée qui sortait du soldat.

Ma faim devenue de plus en plus dévorante diminua aussitôt, à mon plus grand soulagement.

Je jetai un regard au soldat sur le sol.

-Vous êtes blessé ?

-N-Non….

-Pouvez-vous vous battre ?

-Je…Oui….

-Parfait, dans ce cas debout.

Il obéit et récupéra son épée sur le sol.

Prêt à se jeter de nouveau dans la mêlée, il se tourna vers moi.

-Merci.

Je hochai la tête sans rien dire et il disparut de ma vue, englouti par les autres.

Je tournai mon regard vers les deux Peurs que j'avais retenues, mais elles avaient disparu.

Mon ventre gargouilla lorsqu'une nouvelle odeur alléchante vint caresser mes narines.

Mon regard se posa sur un nouvel humain. Aussitôt, j'aperçus des Peurs converger vers lui, oublieuses de leur véritables cibles.

Mes poings se serrèrent.

Je bondis.

Mon bras s'empara de l'homme-bête qui agressait l'homme et je le jetai contre les Peurs.

Ces dernières bondirent sur les côtés pour échapper à mon attaque.

-Interdiction de vous nourrir des humains ou c'est à moi que vous servirez de déjeuné ? Retournez au combat !

Le souffle de l'homme qui se relevait avec peine parvint à mes oreilles. Ma bouche pâteuse, je n'osai me retourner, de crainte de l'agresser à mon tour.

Il me fallut toute ma volonté pour arracher mon corps de ma place et m'éloigner de cet appétissant repas. Mon regard chercha attivement une nouvelle cible à atteindre.

Mes griffes ouvrirent aussitôt le ventre de bas en haut d'un nouvel homme-bête. Je ne retenais pas mes coups, plus violente que jamais.

Du sang pour oublier ma faim de plus en plus dévorante.

Et un seul objectif.

Empêcher les Peurs de s'en prendre aux humains.

Je me redressai, les mains couvertes de sang, le regard posé sur le corps sans vie.

Une moue dégoûtée tordit mes lèvres.

Quel gâchis. Toutes ces vies, potentiellement capables normalement de nous nourrir, inutiles à tout jamais !

C'était d'une tristesse !

"Ma reine ? Nous les avons tous eu.

Je relevai la tête pour découvrir Di'Hôl qui trottinait vers moi de sa démarche souple de félin.

-Je n'avais aucun doute là-dessus mon ami….

Il s'approcha pour venir appuyer son front contre ma paume levée, à la manière d'un chat. Je sentais la tension sous sa peau. Tuer l'avait affamé. Et il n'était pas le seul dans ce cas. Je sentais un désir croissant monter des Peurs autour de moi. Leur faim ne faisait qu'amplifier mon propre désir de me nourrir. Ma main se mit à trembler.

-Thel'Ana, êtes-vous souffrante ? Vous tremblez….

-Ce n'est rien…..

Mes yeux se posèrent sur les hommes. Ils se regroupaient lentement. Les valides aidaient les blessés à se déplacer au milieu des corps. Ils surveillaient les Peurs avec méfiance, et la peur qui émanait d'eux était une fragrance envoûtante pour mes narines. Elles s'accroissaient dans l'atmosphère, et à présent que les hommes-bêtes n'étaient plus là pour canaliser mon attention, je me retrouvai complètement absorbée par les humains et leurs craintes. J'étais ce drogué prêt à tuer pour obtenir sa dose. Dire que je n'avais éprouvé que du mépris pour ce sans-abris, croisé quelques mois plus tôt dans une rue de Sehla.

Aujourd'hui je réalisai que je ne valais guère mieux.

Mes mains sur mes yeux et mon nez, je tentai d'interrompre l'afflux de peur contre mes sens, mais rien n'y fit. Une fine pellicule de sueur se mit à recouvrir ma peau à vif. Mon sang pulsait dans mes veine, brûlant, avide, et les bouffées de chaleur me saisirent, alternées par des vagues glacées.

Je délaissai aussitôt ma forme humaine pour rester une brûme informe. J'espérai qu'ainsi j'échapperai à la sensation de faim qui me dévorait de plus en plus, mais cette nouvelle apparence ne fit qu'empirer mon état. Sans plus de peau pour me limiter, je me sentis aussitôt irrésistiblement attirée vers les humains. Sous cette forme primaire de Peur, je pouvais parfaitement distinguer leur énergie vitale autour d'eux. Une lumière sucrée et soyeuse, chaleureuse et hypnotique.

C'était trop bon, trop tentant. Il fallait être fou pour renoncer à un tel trésor.

Et je mourrais de faim.

-Thel'Ana ?

Le propre désir de Di'Hôl me percuta de plein fouet.

Les humains passaient leur vie à se contraindre. Libres à eux.

Mais nous étions des Peurs et nous n'avions pas à suivre les mêmes règles. Je m'étirai pour prendre de la hauteur et englober les humains encore en vie sur le champ de bataille.

-Nourrissez-vous.

Et sans plus attendre, je fondis sur mes proies.

C'était exaltant. Ma première victime ne fit aucun bruit, mais écarquilla les yeux lorsqu'elle me vit apparaître devant elle. D'une main je l'empoignai à la gorge pour l'élever au niveau de mes yeux. Plongés dans son regard, je vis la peur danser dans ses pupilles avant de jaillir d'elle. Il ne me suffit plus qu'à l'aspirer avec délectation.

Mes particules réagirent instantannément. Secouée d'une décharge, l'énergie se mit à circuler à toute allure en moi. Mes sens s'affûtèrent d'avantage.

Plus douce que de la soie, la peur me galvanisait, me réchauffait. Chaque explosion de plaisir qu'elle provoquait était unique en soi. Ma victime craignait de mourir et de laisser sa femme seule avec ses enfants….Oui…J'épprouvai le parfum de lavande que la femme dégageait, la douceur exquise de sa peau contre celle du soldat lors de leurs unions, les rires argentins de ses deux garçons qui jouaient dans les bottes de foin. Les souvenirs défilaient et leur contenu me réchauffait et comblait l'attroce gouffre qui demeurait en moi. J'aspirai avec avidité et comme toujours, les souvenirs les plus précieux de cet humain se déversaient, uniques, magnifiques.

Je me délectai jusqu'à tarir la source. Puis la peur cessa de couler lorsque plus rien ne put l'alimenter.

Je reculai et brisai aussitôt la nuque de l'homme.

Je ne commettrai pas deux fois la même erreur en laissant les hommes-bêtes revenir.

Je bondis aussitôt sur une autre silhouette qui fuyait en hurlant.

Terrorrisée.

De nouveau la chaleur, la douceur, et les lumières précieuses d'une vie éphémère.

Les cadavres s'accumulaient, et je poursuivis mon repas délectable.

Ma faim ne faisait pourtant que s'accroître et j'épprouvai un bonheur sans limite à la combler.

Autour de moi, les Peurs avaient suivi mon exemple et un vent de panique s'était emparé des humains survivants.

Chapitre 13

Le calme était revenu.

Les Peurs avaient quitté le champ de bataille, rassasiées, prêtes à traquer les survivants.

J'étais désormais la seule silhouette encore debout.

Mon regard balaya les corps allongés sur le sol. Le sang se répendait lentement autour de moi, et bientôt, la terre en serait gorgée.

Les souvenirs que j'avais volés aux humains défilaient sous mes yeux, aveuglants de lumière.

Ce père qui avait crains de ne plus revoir son fils. Cette femme qui s'était engagée dans l'armée, fière de servir son royaume. Un royaume que j'avais juré de protéger, il y a de cela un an.

Je me laissai aller sur le sol et réalisai que j'avais repris ma forme d'humaine. Ma main appuyait sur ma poitrine tandis que la douleur pulsait dans tout mon être.

Tous ces regards d'horreur, tous ces cris et cette souffrance !

A présent que le vacarme de la guerre avait cessé, je les entendai, chacun de ces râles d'agonie, comme si mon être tout entier s'en été imprégné.

Je me sentais oppressée, étouffée, ensevelie.

Ces humains voulaient simplement vivre ! Vivre avec leurs familles, avoir des moments de bonheur à partager ! Tous ces instants fugaces, tous ces trésors qu'ils craignaient tant de perdre et qu'ils m'avaient confiée dans leurs derniers instants….C'était trop….C'était beaucoup trop.

Trop de peur, trop de larmes et de désespoir !

J'étais leur Ïlqana ! Comment avais-je pu causer à ce point leur malheur !?

La souffrance courait sous ma peau, feu liquide qui m'écorchait et me brûlait les veines.

J'avais brisé des familles, brisé des sourires, de la joie et du bonheur !

Tant de souvenirs ! Tous ces souvenirs qui ne cessaient de revenir dans mon esprit !

Balayés par le sang, par mon appétit égoïste !

Recroquevillée, je sanglottais, incapable de me libérer de ce poids insoutenable.

Mon coeur s'était brisé.

Je me souvenais à présent.

Je me souvenais pourquoi j'étais réellement partie de chez les Peurs….

C'était une fois de plus mon égoïsme qui m'avait guidée.

Je m'étais tellement nourrie.

J'avais fini par éprouver bien plus d'émotions.

La peur de mes victimes me nourrissait, mais j'étais devenue capable de comprendre.

Comprendre la simple beauté que renfermaient les pétales d'une rose perlés de rosée.

Mon attachement envers les Peurs, même si eux-mêmes étaient encore incapables de me le manifester.

J'étais habitée par trop d'émotions.

Et plus je me nourrissais, plus elle m'écorchait.

Les Peurs étaient incapables de me comprendre.

La faim les obnubilait trop.

J'étais donc partie chez les hommes. J'espérais apprendre comment utiliser toutes ces nouvelles sensations. Je les avais effrayée et pourtant….pourtant certains m'avaient manifestée autre chose. Ces mêmes sentiments complexes qui m'habitaient peu à peu.

La peur ne m'intéressait plus. Je recherchais autre chose alors.

Je voulais moi-même vivre et partager ces moments de bonheur avec des personnes qui les comprendraient.

Je n'avais jamais eu l'intention de revenir chez lesPeurs.

Le jour où j'avais croisé le regard d'Eryn, alors qu'elle n'était qu'une nouvelle-née.

Ce jour-là, j'avais oublié mon peuple et ma propre identité. Oublié mon objectif et mon rôle.

Cette chose minuscule et si fragile m'avait offert un sourire immense là où les autres humains manifestaient de la méfiance.

Cette lumière qui me nourrissait, ma soeur la portait en elle en permanence. Ces sentiments complexes de bonheur et d'amour que je peinais à saisir et que je n'avais fait qu'observer et éprouver à travers les souvenirs des hommes, elle me les avait spontannément offerts, pour me permettre de les créer moi-même.

Je redressai la tête, la peur au ventre.

Ma soeur.

Où était-elle ?

Depuis notre trahison, je ne l'avais plus aperçue.

Je devais la trouver et m'assurer qu'elle était en sécurité !

"Majesté, nous avons songé que vous voudriez vous charger vous-même de cette humaine.

Je m'approchai et sentis mon coeur faire un bond dans ma poitrine lorsque je vis Eryn face à moi, chaque bras tenu par une Peur.

Son regard croisa le mien et je lus du défis dans le fond de ses yeux.

-Une fois leur Ïlqana morte, les hommes n'opposeront plus la moindre résistance et la peur ne les quittera plus.La dernièreVämïga éliminée, ce monde nous appartiendra.

Dar'Ina s'inclina devant moi et me présenta une épée.

Celle-là même que je portai lorsque j'étais venue dans la forêt dans l'intention de tuer les Peurs.

Je plantai mon regard dans celui d'Eryn.

-Tu peux encore nous rejoindre Eryn. Vivre avec moi et les Peurs et renoncer aux humains.

Son visage fermé me dévisageait avec dureté.

-Je suis une humaine. Je ne trahirais pas mon peuple, même si cela sous-entend que je meurs. Cela a toujours fait partie des risques pris par notre famille. Fut un temps où toi aussi tu le savais. Mais à l'évidence, trahir ne t'as jamais posé de problèmes. Tu as certainement joué la comédie dés le début. Tue-moi Thel'Ana, qu'on en finisse une bonne fois pour toutes !

Je serrai les poings. Mais n'arrivais pas à faire le moindre geste.

Nous écarquillâmes les yeux de surprise lorsqu'une lame lui traversa le corps.

Je levai les yeux vers Dar'Ina qui recula, une lueur de curiosité dans son regard posé sur moi.

-J'ai songé à vous simplifier le travail Thel'Ana. Ses Peurs se formeront plus facilement avec la douleur. Ne vous inquiétez pas, la blessure n'est pas mortelle. Je vous laisse ce privilège.

Je serrai les mâchoire avec détermination. Eryn et moi étions si prés l'une de l'autre que nos poitrines se touchaient.

-Les hîsöqii m'ont toujours crainte ! Et j'aurai pu me faire tuer des dizaines de fois par leurs Peurs ! Je ne leur dois rien tu entends ?! Les Peurs sont mon peuple !

Une ombre se forma prés de nous. Aussitôt, les Peurs se jetèrent dessus avant qu'elle ne prenne forme, mais reculèrent à mon approche sans n'avoir rien fait.

Je me précipitai pour me nourrir de la Peur de ma soeur avant qu'elle ne prenne forme ou que d'autres l'aspirent.

-Théa…..C'est ça que tu comptes faire ? Me laisser me vider de mon sang jusqu'à ce que mort s'en suive et me voir créer des Peurs ?

Ma main se crispa sur la poignée de mon arme.

-Tu n'as jamais voulu du trône ! Ça t'arrangeait bien que je sois l'aînée n'est-ce pas ? Tu m'as laissée gérer un pays qui tombait en ruine ! Et même alors que j'étais prête à me sacrifier pour Hîsöq en allant détruire les Peurs, même à ce moment là il à fallut que je te force la main pour que tu acceptes de prendre ma place ! Toi autant que tous les autres humains, tu as profité de mon statut d'aînée pour mettre sur mon dos toutes les responsabilités !

Derrière-moi, les Peurs avaient reculé, mais je sentais leur avidité.

-Jamais j-je n'aurai imaginé que ce soit t-toi qui…me tue, lâcha ma soeur, son corps tremblant entre mes mains. J'espérai qu'un coup fatal me faucherait et que je passerais de vie à trépas sans même avoir le temps de ressentir quoi que ce soit…..Mais ça f-fait beaucoup plus mal qu-que je ne l'avais imaginé….

Nouvelle Peur formée, un nuage argenté dont je me nourris.

-Continuez comme ça Thel'Ana. La tuer lentement est bien plus utile que d'un coup. Et ses Peurs sont magnifiques.

-Mère s'est toujours méfiée de toi. Tu étais sa fille aînée et pourtant elle savait que quelque chose n'allait pas. Mais Père était tellement fier. Si lui était mort plutôt que mère à l'époque et qu'elle avait pris sa place pour diriger, je suis certaine qu'elle aurait fini par comprendre que tu n'étais qu'un ignoble imposteur.

Eryn se plia en deux lorsqu'une nouvelle Peur jaillit d'elle. Son teint devint de plus en plus blanc.

" Toutes ces années à vouloir me protéger à tout prix…C'était donc juste pour pouvoir me tuer au bon moment n'est-ce pas ? Cracha t-elle, d'une voix de plus en plus haineuse et hâchée. Tu n'es qu'une ignoble ingrate, un monstre sans coeur qui aurait dû creuver à la naissance Théa ! Quand je pense que j'ai pleuré durant des jours entiers après ton départ pour la forêt ! Que j'étais prête à aller te chercher, sans prévenir personne parce que je considérais que les hîsöqii ne méritaient pas ton sacrifice ! Quelle belle i-idiote j'ai été ! Espèce de sale traitresse !

Sa fureur et sa haine me percutaient comme des cailloux alors que je voyais la lumière dans son regard se ternir de plus en plus au fur et à mesure que la joie des souvenirs disparaissaient.

Je sentis mes larmes jaillir et mes mains sur ses épaules se mettre à trembler

Un éclair de terreur traversa son visage. Sa main s'empara du devant de ma tunique avec force.

-Théa ! Théa ne me laisse pas ! Je ne veux pas être toute seule ! Je ne veux pas….

-Je suis désolée Eryn….J-Je dois le faire tu comprends ? Je dois le faire….

Je répétai cette phrase, comme pour me convaincre moi-même et aspirai encore et encore ses Peurs.

-Grande soeur….

Elle se tut, le regard soudain vide.

Je me redressai, le souffle retenu.

-E-Eryn ?

Les Peurs reculèrent sans quitter l'humaine des yeux.

-Et voilà Majesté, sourit Dar'Ina avec douceur en me tapotant l'épaule. C'est terminé. Les humains n'ont plus la moindre raison de résister. L'armée n'a plus personne sur qui compter pour se reformer. Nous allons pouvoir former les camps d'esclaves. Quand à elle, il faut la tuer.

Elle tendit le bras. Je serrai les poings sur les épaules de ma soeur, le regard braqué vers le sol.

-Ne me touchez pas.

L'Ancienne se crispa, et rameva sa main, comme si mes paroles l'avaient brûlée.

-Thel'Ana ? Que vous arrive -t-il ? C'est vous qui vouliez prendre l'ascendant sur les humains. Je ne fais que suivre votre plan.

Eryn s'était mise à s'agiter entre mes mains. J'écartai ces dernières pour la libérer. Elle bondit aussitôt en arrière, hors de portée.

Les dents découvertes, elle tentait d'atteindre les Peurs autour, qui la dévisageaient avec crainte et respect mélangés.

Dar'Ina reprit la parole d'une voix douce.

-Thel'Ana, vous avez fait ce qu'il fallait. Souhaitez-vous que quelqu'un se charge de lui donner le coup de grâce à votre place ? Nous comprendrions…..

Je braquai mon regard noir sur l'Ancienne.

-Le premier qui s'approche d'elle, je l'aspire, est-ce que c'est bien compris ?…..Je vais m'en charger. Elle mérite au moins une belle mort.

-Je….Bien Majesté.

Dar'Ina s'inclina.

Je m'approchai de ma soeur sans la quitter des yeux.

Accroupie sur le sol, son regard se posa sur moi, rempli de haine et de fureur. Elle découvrit ses dents et laissa échapper un avertissement à mon encontre.

Une nouvelle Peur se forma devant elle, que j'aspirai aussitôt.

Elle se jeta sur moi, son cri inhumain.

Nous roulâmes sur le sol. Eryn tentait par tous les moyens de m'atteindre avec ses dents et ses ongles, tellement remplise de haine qu'elle n'arrivait même plus à formuler des mots. Sa plaie ne semblait nullement la gêner au milieu de sa fureur.

-Thel'Ana ! Achevez-la, qu'attendez-vous ?

Le prénom rebondit sur moi sans parvenir à s'accrocher.

A quel moment cette appelation avait-elle cessé de signifier quoi que ce soit pour moi ?

Je serrai les poings et me ressaisis.

J'étais une Peur bon sang !

Plus encore, c'est moi qui les dirigeais !

Je sentis mes congénères s'approcher.

Je me crispai aussitôt.

-Restez où vous êtes ! C'est à moi de m'en charger !

Le devant de mon corps solide, mes bras maintenaient Eryn devant moi, et l'empêchaient de m'atteindre. Toutefois, mon dos n'était que brûme, et je façonnai l'arrière de mon corps afin de former un mur autour de nous.

Enfermées et en sécurité dans cette sphère, j'inspirai profondément et obligeai ma soeur à croiser mon regard.

" Ça va aller Eryn….Tout va bien se passer….

Je laissai mon corps disparaître pour repprendre ma forme originale de Peur. Brûme, j'enveloppai Eryn, et continuai de maintenir les autres Peurs à distance.

Je n'avais jamais fait ça….

Eryn.

Le visage d'un nourrisson jaillit de ma mémoire.

Il reposait calmement dans son berceau et ses deux yeux bleus me transperçaient comme si ils parvenaient à lire au plus profond de moi.

La première fois que tu tendis tes deux mains minuscules dans ma direction pour tenter de m'attraper le visage alors que tu n'avais que quelques mois à peine. A l'époque, je me souvenais encore de qui j'étais. Ce fut ce jour-là, en croisant ton regard ravi, que mon passé disparu de ma mémoire.

Tu as été la première personne à ne m'avoir jamais crainte, quelque soit la situation.

Tes colères lorsque nous nous disputions enfants pour obtenir l'attention de Père et Mère.

Ta façon systématique de prendre ma défense lorsque les autres enfants me fuyaient parce qu'ils me craignaient instinctivement.

Nos jeux qui faisaient tourner en bourique les habitants du château.

Ton soutien inconditionnel à toutes mes décisions face au Conseil et nos prises de bec en privé lorsque tu n'étais pas d'accord avec moi.

Tes pointes d'humour pour me remonter le moral.

Ton soutien face à ma maladie alors que j'ignorai qu'il s'agissait simplement d'une manifestation physique de ma nature de Peur affamée.

J'ai vécu quelques siècles sur ce monde, à ressentir les plus belles émotions des autres par procuration, mais grâce à toi Eryn j'ai pu créer cette beauté moi-même. Je ne suis pas une humaine, et je ne suis plus vraiment une Peur, trop sensible pour le prétendre. Je ne sais pas ce que je suis aujourd'hui mais une chose est certaine, tu es ma soeur, et ce peu importe que je sois Théa ou Thel'Ana.

Prends toutes ces émotions Eryn….Je te les donne pour remplacer celles que tu as perdues.

"Théa…..

Mon être fit un bond en entendant le prénom.

La jeune fille leva son regard vers moi.

La lumière y était revenue.

Je tendis une main rendue tremblante sous l'effet de l'émotion et effleurai sa joue, un sourire entre mes larmes.

-Ne t'en fais pas, c'est bientôt terminé.

Ma main glissa sous le col de sa veste et tira la chaine dissimulée là. La perle apparut.

-Ne laisse plus jamais passer une vie avant la tienne Eryn….Sauf si tu la considères réellement digne de ce sacrifice.

La peur envahit le regard de la jeune fille.

-Non ! Théa ! Quoi que tu aies en tête, ne m'abandonne pas de nouveau !

-Je suis désolée petite soeur.

J'arrachai le collier et levai les yeux vers les Peurs.

"Non !

Si'Onel se précipita vers moi.

Je me redressai et laissai mon corps s'étirer pour maintenir le barrage entre la Peur et Eryn.

-Thel'Ana ! Qu'est-ce que vous faites !

-Je suis navrée Si'Onel. Mais je ne peux pas laisser les Peurs prendre le contrôle de ce monde.

Un éclair de fureur traversa le regard de la Peur.

-Traitresse ! J'étais sûr que vous aviez changé ! Comment pouvez-vous protéger les humains ?! Ils ne savent que détruire !

Je secouai la tête.

-C'est ce que nous voudrions qu'ils soient, mais vous et moi savons que ce n'est pas vrai n'est-ce pas ? Grâce aux souvenirs dont vous vous êtes nourris au fil de tous ces siècles, vous savez aussi bien que moi que les hommes ne sont pas uniquement des machines à tuer….Qu'ils sont capables de rire, de s'émouvoir ou d'aimer. Comment de tels sentiments naitraient-ils en nous autrement….

-Ah ! Ne me faites pas croire que vous les appréciez d'avantage que nous Thel'Ana ! Vous êtes la première à vous plaindre de leur capacité destructrice ! Il y a à peine quelques heures, vous étiez aussi déterminée que nous à tous les réduire en esclavage ! Il s'agit de cette humaine n'est-ce pas ? Votre incapacité à tuer la famille Vämïga, puis l'oubli même de votre véritable identité et aujourd'hui votre stupidité à vouloir sauver Eryn Vämïga, tout ceci vient d'elle ! Que vous a t-elle promis pour que vous lui soyez plus fidèle que votre propre peuple ? C'est une tueuse de Peurs ! Et quoi qu'elle vous promette, elle essaiera de vous tuer coûte que coûte !

-Eryn ne m'a rien promis Si'Onel. Simplement, j'ai compris que je n'étais plus Thel'Ana. Je ne suis plus cette Peur certaine de mon droit d'exister en détruisant des vies.

-Vous n'êtes pas une humaine non plus ! S'écria la Peur avec fureur.

-En effet….Je devrais me trouver un nouveau nom. Non, que personne ne bouge, lâchai-je, la perle entre mes doigts….Pour ceux qui l'ignorent, ceci est la source même de la magie qui nous permet d'exister. C'est moi-même qui l'ai créé. Sans le vouloir, j'y ai enfermé notre pouvoir.

Je balayai des yeux les Peurs immobiles et tendues face à moi.

-La beauté, telle est notre quête lorsque nous sommes libérés de notre faim. Malheureusement, nous détruisons l'humanité plus rapidement qu'elle-même peut se créer….

-Nous avons déjà parlé de tout ceci….Thel'Ana, c'est vous-même qui avez proposé d'élever les humains pour veiller à ce qu'ils continuent de se reproduire….

-En effet….Et aujourd'hui, j'ai honte d'avoir pu envisager un jour de faire une telle chose. Où se trouve la beauté et l'harmonie dans l'esclavage et la destruction d'une espèce. Nous prétendons nous émerveiller, et j'étais tellement fière de diriger un peuple encore capable d'une telle innocence….Mais je me suis leurrée….Nous ne sommes pas meilleurs que les humains. Pires encore, notre survie entraine la destruction de l'espèce humaine, mais également celle des autres espèces. Car les hommes-bêtes eux n'ont aucune limite. L'incendie de la forêt n'en est qu'une preuve parmi tant d'autres. Qui plus est, nous sommes peut-être sensibles à la beauté naturelle de la nature, mais la majorité d'entre vous ignorent en fait tout de la véritable beauté.

-Mais de quoi parlez-vous ? Grommela Dar'Ina.

-Amour, amitié, partage, protection d'autrui….Les Peurs ne connaissent rien de ces sentiments. Vous êtes d'une loyauté sans faille envers moi, parce que vous me respectez…Mais si vous me respectez, c'est principalement parce que je vous effraie. N'est-il pas étrange qu'en plus d'un siècle d'existence, je ne considère n'avoir qu'un seul ami. Qu'une seule Peur en qui j'ai une totale confiance ? Qui me dira ce qu'elle pense, tout en sachant avec certitude que je ne lui ferais aucun mal….Lors des combats, j'ai cru que mon âme se brisait en mille morceaux chaque fois que je tuais. Chaque fois aussi que je voyais une Peur disparaître…..Je me suis alors souvenue de la véritable raison de mon départ de la forêt…..Je suis plus humaine que Peur. Et Eryn Vämïga est ma soeur. Par conséquent, il est hors de question que quiconque lui fasse le moindre mal. Et puisque les Peurs ne peuvent cesser de se nourrir, il ne me reste plus qu'à faire ceci.

-Arrêtez-la ! S'écria Dar'Ina, paniquée.

Les Peurs bondirent sur moi dans un même mouvement.

Je pressai les doigts et sentis la perle exploser contre ma peau.

L'onde jaillit entre mes doigts, pour balayer l'air tout autour de moi.

Je vis les Peurs les plus jeunes se réduire aussitôt en poussière à peine en contact avec l'énergie libérée par la perle.

Le souffle d'air maintenait les Peurs les plus anciennes à distance de moi et je voyais ces dernières lutter contre le souffle pour tenter de m'atteindre.

"Tu ne t'en tireras pas comme ça Thel'Ana !

Dar'Ina luttait contre le souffle et je voyais des grains de matière sortir d'elle, emportés par le souffle, alors qu'elle tentait de m'atteindre. Ses doigts se tendirent et je regardai sa main s'effriter alors qu'elle s'apprêtait à me toucher.

" Je ne veux…pas…mourir….Je n-ne…peux pas….Traitressssss…..

L'Ancienne finit par totalement partir en poussière.

Le hurlement d'un loup me fit tourner la tête.

Je croisai le regard de ce dernier alors même que son corps avait déjà disparu. Une tristesse insondable brillait au fond de ses pupilles.

-Di'Hôl, je suis vraiment navrée mon ami.

-T-Théa…

Je tournai aussitôt le regard vers Eryn. La jeune fille me fixait avec horreur.

Je baissai les yeux et ne réalisai que maintenant les filets de matière qui s'évaporaient dans l'air.

Le bas de mon corps avait déjà disparu.

" Oh mon dieu Théa ! Ne pars pas je t'en supplie ! J'ai besoin de toi tu entends !

Eryn avait bondit pour s'accrocher au reste encore visible de mon corps. J'enroulais à mon tour mes bras autour d'elle et sentis mes larmes monter et glisser sur mes joues.

-Petite soeur….Je suis désolée mais je crois….Je crains de ne pas pouvoir tenir ma promesse….Je ne pourrais pas revenir à Sehla avec toi….

-Ce n'est pas juste ! Pourquoi as-tu fait ça ! Tu aurais pu simplement revenir avec moi chez les humains ! Changer d'apparence ! Nous aurions combattu les Peurs ! Et qu'importe si au final nous aurions perdues ! L'important aurait été que nous soyons ensemble ! Ne pars pas Théa ! Ne va pas dans un endroit où je ne peux te suivre !

Je souris, ses mains sur mes épaules alors que le reste avait disparu. Mon front vint contre le sien. Nos yeux s'accrochèrent.

-Je t'ai donné une partie de moi….Alors je ne serais jamais très loin de toi Eryn. Ma soeur….Avant de vivre pour ton peuple, je te demande de vivre pour toi-même. Promets le moi….

-Rien ne sera pareil tu entends !? Sanglotta t-elle en me dévisageant. Je refuse de vivre si tu n'es pas là…..!

-Mais je suis là….Je serais toujours là Eryn….Souviens-toi que tu m'as absorbée…..Rien ne nous séparera. C'est une promesse….Je serais toujours….en toi….

Je me laissai fondre dans ma soeur, un sourire sur les lèvres.

Epilogue

La lande était parfaitement déserte et silencieuse.

Installée sur sa monture, Eryn observait l'horizon avec calme, alors que le soleil s'élevait tranquillement dans un ciel d'azur. La matinée était bien entamée et l'air doux de ce début d'été était des plus agréables.

-Ïlqana, il revient.

La jeune fille resserra les mains sur les rênes de sa monture, la mine grave et déterminée.

Le cavalier arrivait dans leur direction dans un galop fracassant. La sentinelle s'arrêta dans un dérapage face à eux et salua la jeune fille de la tête.

-Les troupes arrivent. Elles se trouvent à moins d'un kilomètre de nous.

-Parfait. Préparez-vous.

La jeune fille fit pivoter sa monture pour se tourner face à la foule qui attendait dans son dos.

Elle se redressa sur ses étriers.

-Hîsöqii ! Le moment est venu !

Sa voix se répercutait sur les collines autour et elle savait que des crieurs répèteraient ses paroles.

" Nous avons survécu aux Peurs, à la famine, à la souffrance de voir nos proches mourir par notre propre terreur. Aujourd'hui, les Peurs sont parties. Aujourd'hui, cette terre est pleinement la nôtre, imprégnée par notre sang et nos souvenirs ! Elle nous a testé et nous avons vaincu les démons qu'elle nous a envoyée. Ses richesses nous appartiennent.

Sa main se pointa vers la lande déserte face à eux.

-Ces envahisseurs croient qu'ils trouveront des soldats à bout de souffle et terrorisés ! Ils imaginent qu'ils vont pouvoir piller nos richesses sans rencontrer la moindre résistance ! Que notre armée a été décimée au fil des ans par les Peurs et qu'elle n'existe plus ! Que notre peuple a subi tellement de pertes qu'il les laissera prendre ces terre en toute impunité !

Elle ramena ses mains devant elle et serra les poings.

-Montrons-leur qu'ils se trompent lourdement ! Il est temps de rappeler à ces peuples étrangers que cette terre nous appartient, que nous avons affronté nos pires cauchemars pour la conserver ! Et qu'eux ne sont que de simples hommes faits de chair et de sang et qu'ils n'ont aucun droit sur nous ! Vous avez répondu à l'Appel alors c'est que vous croyez en nous ! Apprenons à ces fous ce qu'est la peur. Montrons leur de quoi il en retourne de s'attaquer à nous. Forgerons ! Boulangers ! Couturièrs ! Mineurs ! Joaillièrs ! Riches ! Pauvres ! Nobles ! Paysans ! Artisans ! Soldats ! Montrons-leur ce que signifie être un peuple uni à une terre !

Des cris jaillirent de la gorge des milliers d'hommes et de femmes rassemblés là, leurs armes levés vers le ciel.

Des cors retentirent au loin. Eryn ramena sa monture face à la plaine. Des silhouettes apparurent au sommets des collines et bientôt, un mur de guerriers se forma face à eux.

La jeune fille dégaina l'épée dans son dos. La poignée de cette dernière épousait parfaitement sa main, son métal chaud, comme si Théa venait tout juste de lui donner son arme.

Eryn sourit.

-Tu avais bien raison de croire en eux grande soeur. Ton peuple ne te sera jamais assez reconnaissant pour ce que tu as fait pour nous. Mais j'ai bien l'intention de tenir la promesse que je t'ai faite.

Des cris retentirent en face, et la jeune fille leva les yeux.

L'ennemi chargeait.

Elle leva son arme.

-Pour Hîsöq !"

Sa monture bondit, aussitôt suivie par l'armée. Derrière, les cris de guerre des hîsöqii la portaient, tellement puissants que le sol et l'air en vibraient.

Pour la première fois, tout Hîsôq partit en guerre.

Ce fut leur première et unique bataille.

Et ils la gagnèrent.

10337880R00152

Printed in Germany
by Amazon Distribution
GmbH, Leipzig